걸 디코디드

걸 디코디드

라나 엘 칼리우비 지음
캐롤 콜먼 공저

최영열 옮김

인공지능에 감성을 부여한 여성 과학자의 삶

문학수첩

나의 감정들을 보듬어 주고
당당히 드러내도 괜찮다는 것을
가르쳐 준 엄마를 위해

차례

서문

감맹
(感盲, Emotion Blind)

감정의 힘을 무시하는 인간의 본성에 대한 견해는
슬프게도 근시안적이다.

─대니얼 골먼 박사 · 작가《정서 지능은 왜 IQ보다 중요한가》

2017년 여름, 센트럴 플로리다에 사는 서른한 살의 장애인 자멜 던은 자신이 연못 너무 깊은 곳까지 들어갔음을 깨달았다. 던은 물가에서 놀고 있던 10대 무리에게 도움을 요청했지만 소년들은 돕기를 거부했다. 두 아이의 아버지인 던이 물속에서 허우적대며 살려 달라고 애원했지만 청소년들은 그를 '병신'이라고 조롱하며 비웃기까지 했다. "아저씨 이제 죽겠네요." 아이들은 물에 뛰어들어 던을 구할 생각도, 휴대전화로 911에 신고할 생각도 하지 않았다. 휴대전화를 꺼내기는 했지만, 목적은 던의 모습을 녹화하는 것이었다. 몇 분 후 던은 수면 아래로 모습을 감췄고, 무리 중 하나가 "죽었네"라고 말하자 아이들은 다 같이 소리 내어 웃었다.

이 이야기가 사람들에게 알려진 이유는 그 청소년들이 녹화하는 것에 그치지 않고 해당 영상을 온라인에 게시했기 때문이다. 이 영상은 대중에게 충격을 안겼다. 온라인에 공유되지 않았다면 2017년 여름 플로리다 코코아에서 벌어진 이 비극적인 사건은 세계 언론에 보도되지 않았을 것이고, 보스턴 교외에 사는 나에게까지 닿지 않았을 것이다. 이 영상을 본 던의 여동생은 경찰에 신고했고, 경찰은 청소년들을 경찰서에 소환해 정황 파악에 나섰다. 한 여자 경찰관은 CNN과의 인터뷰에서 이 청소년들이 양심의 가책을 느끼지 않는다고 이야기했다. 사실 그 청소년들은 거의 감정을 드러내지 않았다. "제가 이 일을 시작한 지 20년 정도 됐는데…… 겁이 나더라고요. 할 말을 잃었어요."

결국 그 청소년들은 어떠한 처벌도 받지 않았다. 플로리다주의 법에는 물에 빠진 사람을 돕지 않거나 신고하지 않은 행위를 처벌할 근거가 없었기 때문이다. 그럼에도 사람들은 그들의 냉담함과 잔인함에 몸서리를 쳤다. 하지만 그것만으로는 이 사건이 널리 퍼진 이유가 설명되지 않는다. 나는 이 청소년들에게 인류애가 결핍돼 있다는 사실이 사회에 경종을 울렸다고 생각한다. 이 사건은 우리가 현재 살아가는 세상의 추악한 진실을 보여 줬다. 우리는 단순히 예의가 없는 차원을 넘어 충격적일 정도로 공감력이 부족한 사람들과 매일 마주친다.

불과 몇 년 전만 해도 충격으로 와닿았을 냉담하고 증오에 찬 언어와 행동을, 이제는 소셜 미디어나 정치, 연예, 대중문화에서 흔히 볼 수 있게 됐다. 나는 이제 갓 미국 시민이 된 이집트 출신의 이슬람교도다. 내가 두 아이를 데리고 미국에 이민 왔을 당시, 정치 지도자들은 이슬람교도의 이민을 막는 정책을 쓰고 있었다. 그렇기에 나는 무신경하고 때로는 잔인해질 수 있는 사이버 세계의 여론에 대해 잘 알고 있다. 하지만 누구나 공격의 대상이 될 수 있다.

보다 분별 있는 총기법을 옹호한다는 이유로 총기 폭력 사고 생존자인 파크랜드 학생들에게 악담을 퍼붓는 이들도 있고, 성적 학대의 희생자들에게 수치심을 안기는 발언을 서슴치 않는 이들도 있다. 인종차별, 반유대주의, 성차별, 동성애 혐오적 발언은 물론 이민자에게 혐오감을 표하는 글들도 공공연히 올라온다. 단지 자신의 의견에 반대한다는 이유만으로 타인을 조롱하는 사람들도 있다. 이런 일들이 우리의 공동체, 직장, 대학 캠퍼스에서 일어나고 있다. 이제 그런 행동은 대수롭지 않게 여겨진다. 그런 행동으로 수천만 명의 팔로워를 얻기도 하고, 케이블 텔레비전 황금 시간대를 꿰차기도 하고, 백악관으로 가기도 한다.

플로리다에서 일어난 일은 우리 사회에 만연한 문제를 대표적으로 보여 준다. 일부 사회과학자들은 이를 "감정의 위기"라고 부른다. 타인의 입장에 자신을 투영해 연민, 동정심, 동류의식을 느끼는 기능이 결핍되는 현상이다. 함께 공동체를 이루는 이들에게 무신경해지는 이 충격적인 관심 부족 현상은 사이버 세계, 특히 소셜 미디어에 만연해 있으며 이제는 현실 세계로까지 번지고 있다.

우리는 하나의 사회로서 점점 더 큰 위험에 당면하고 있다. 애초에 우리를 인간으로 만드는 바로 그 특성들이 훼손될 위험에 처해 있다.

20여 년 전, 저널리스트 대니얼 골먼은 베스트셀러 저서 《EQ 감성 지능(Emotional Intelligence)》에서 공감의 중요성에 관해 이야기했다. 그는 진정한 의미의 지능이란 아이큐(IQ)에 우리가 감성 지능(또는 EQ)이라고 부르는 것을 합친 것이라고 주장함으로써 똑똑한 것이 무엇인가에 대한 우리의 생각을 바꾸어 놓았다. 감성 지능은 자신의 감정을 이해하고 통제하는 동시에, 타인의 감정 상태를 읽고 적절하게 반응하는 능력 지수를 뜻한다. 업무나 대인 관계에서의 성공 여부, 심지어 건강 결과를 예측하는 요인으로도 아이큐보다 감성 지능이 우위에 있다.

느낌이나 감정 없이는 정서적 지능을 경험할 수 없는 것이 당연하다. 하지만 우리의 컴퓨터는 '느낌'이라는 걸 보거나 감지하지 못하므로, 우리가 사이버 공간에 있을 때 감성 지능은 영향을 끼치지 못한다. 사실상 우리는 가상 세계에 들어설 때 잠시 감성 지능을 내려놓는다고 말할 수 있다.

어쩌다 보니 우리는 감정을 인식하지도 못하고, 타인에게 감정을 표현하지도 못하는 세계로 곤두박질쳤다. 이 새로운 세계에서 인간의 지능은 원래 수치보다 현저하게 감소된다. 그리고 오늘날 우리는 감정을 인지하지 못하는 상호작용으로부터 괴로워하고 있다.

컴퓨터는 인지 지능, 즉 아이큐가 풍부하게 설계되었다는 점에서 '스마트'하지만 감성 지능은 완전히 결여되어 있다. 전통적인 컴퓨터는 감정을 인식하거나 반응하지 못하는 감맹(感盲)이다. 약 20년 전, 나를 포함한 소수의 컴퓨터과학자들은 컴퓨터가 우리의 삶에 더 깊이 뿌리내릴수록 컴퓨터로서의 스마트함에서 한 걸음 나아가 인간의 스마트함을 장착해야 한다는 사실을 인지했다. 그러지 못한다면 '스마트 기술'에 의존하는 우리는 인간과 기계를 구별하는 그 지능과 능력 자체를 서서히 빼앗기는 위험에 처할 것이다. 지금처럼 감맹 상태인 기술을 계속 이용하다 보면 우리는 현실에서도 사회적 기술들을 잃을 수 있다. 그렇게 되면 인간은 서로에게 동정심을 느끼고 공감대를 형성하는 방법을 잊게 된다.

나는 보스턴에 기반한 인공지능 회사의 공동 창업자 겸 최고경영자(CEO)로, 감성AI 분야의 개척자이다. 감성AI란 디지털 세계에 감성 지능을 도입하는 것을 목표로 하는 컴퓨터과학의 한 분야이다. 인공지능, 즉 AI는 사람처럼 생각하고 판단하도록 컴퓨터를 훈련하는 과학이다. 감성AI는 인간의 감정을 인식하고, 수량화하고, 대응하는 등 기존의 컴퓨터가 할 수 없던 것들이 가능하게끔 컴퓨터를 훈련하는 데 초점이 맞춰져 있다. 나의 목표는 감성적인 컴퓨터를 만드는 것이 아니라, 사이버 세계에서 인간이 인간다움을 유지할 수 있도록 하는 것이다. 나의 삶을 담은 이 책은 기술이 우리를 비인간화하기 전에 우리 자신을 인간화하려는 탐구 과정을 다룬다.

기계에게 감정을 가르치기 위해 인간이 가진 감정의 '전문가'가 되려고 노력하는 과정에서, 나는 무엇보다 내 감정에 주목하고 있는 나 자신을 발견했다. 이 과정은 코딩하는 일보다 힘들었고, 나를 주눅 들게 했다. 속마음을 공유하려면 내 감정을 인식하고 행동하기를 꺼리는 나의 내면과 싸워야 했다. 궁극적으로 가장 힘든 일은 나 자신을 해독(decode)하는 것, 즉 나 자신의 감정을 표현하고 그에 따라 행동하는 방법을 배우는 것이었다. 이 주제의 전문가가 되기는 했지만 나는 여전히 진행형이라고 느낀다.

나에게 일과 개인적인 이야기는 불가분의 관계에 있다. 그 두 물줄기는 서로에게 흘러 들어가 만난다. 이 책은 그 두 여정을 다루는 연대기이다. 기계에 감성 지능을 장착하고, 그 과정에서 내 감성 지능의 문을 여는 탐구에 관한 책이다.

나는 기술계에서는 드문 부류에 속한다. 남자 백인이 압도적으로 많은 이 분야에서 난 갈색 피부의 여자 최고 경영자다. 나는 중동에서 자랐다. 그곳의 문화는 남성 중심적이고, 숨 막히는 속도로 변화하는 이 세상에서 여성에게 어떤 역할을 부여해야 할지에 대해 여전히 고민하고 있다. 기술계와 이슬람권이라는 두 집단에서, 여성은 권력을 갖는 지위에서 배제되거나 제한되어 왔다. 지금의 내 위치에 오기 위해서는 두 문화 안에서 나만의 계책을 세워야 했다.

내가 지금의 나인 이유는 현대적인 면과 보수적인 면을 모두 지닌, 시대를 앞서가는 생각을 하면서도 전통에 갇혀 있는 부모님 손에서 자랐기 때문이다. 나는 이슬람교도다. 나는 종교를 통해 나 자신이 더 강해지고 중심을 잡을 수 있음을 느낀다. 비록 예전만큼 충실하진 못하지만 난 내 종교의 가치관을 고수한다. 그리고 나는 새로이 미국인이 됐으며 이 위대한 나라로부터 에너지와 활력, 창조적 정신을 듬뿍 받고 있다.

이 책을 통해 중동에서 성장기를 보낸다는 것이 어떠한지 내 경험을 바탕으로 들려주고자 한다. 타 문화권에서는 좀처럼 접하기 힘든 이야기일지도 모른다. 나는 독자들에게 우리 가족을 소개하고 우리가 겪은 일들을 나누고 싶다. 사람들 사이의 분열을 메우는 행위를 통해 우리는 공감력을 습득하고, 그 과정을 통해 강하면서도 감정적으로 온전한 사람과 세상을 만든다. 그것이 현실과 가상 세계에서 내가 하는 일의 핵심이다.

나는 AI가 무엇인지, 그것이 삶에 어떤 영향을 미칠지 사람들의 이해를 돕는 일에 대해서도 열정적이다. 이 세상이, 즉 당신의 세상이 바뀌려고 한다. 이 운동의 선봉에 섰던 사람으로서 난 여러분을 무대 뒤로 데려가 AI가 어떻게 구축되는지, 앞으로 이 기술이 어떻게 전개될 것인지, 무엇보다도 어떻게 하면 잘 활용할 수 있는지를 보여 주고자 한다. AI는 더 이상 머나먼 미래의 하늘을 나는 자동차 같은 개념이 아니다. AI는 주류가 되어 가고 있다. 우리의 차를 운전하고, 만성 건강 문제를 관리하고, 입사 지원서를 검토해 주는 등 전통적으로 사람들이 하던 역할을 대신하고 있다. 우리 주변에 만연한 AI가 앞으로의 삶에 미칠 영향을 고려하면 우리는 적극적으로 나서서 어떻게 AI를 설계하고, 개발하고, 이용할지를 제시해야 한다.

컴퓨터에 대한 의존도가 높아진 현재 상황에서 감성AI는 필수적이다. 지금 우리는 애초에 제 몫이 아니었던 일까지 수행하도록 요청하면서 기술을 벼랑 끝으로 밀어내고 있다. 컴퓨터라는 건 어디까지나 인간보다 빠르고 정확하게 숫자를 계산하도록 설계된 기계이다.

몰입형 기술 시대의 컴퓨터는 숫자 계산보다 훨씬 많은 일을 하도록 요구받고 있다. 모바일 기술(스마트폰, 태블릿, 스마트워치)은 트위터, 페이스북, 스냅챗, 크라우드소싱, 디지털 뱅킹, 온라인 쇼핑 등이 존재하는 완전히 새로운 세계를 열었다. 이 세계에서 우리는 가상 비서를 통해 호텔 예약, 주식 거래는 물론 데이트 약속까지 잡는다. 핏비트, 시리, 알렉사 같은 장치들은 우리가 어디에 있든 항상 온라인 상태를 유지시킨다.

컴퓨터가 작아지고, 세련되어지고, 강력해지고, 진정한 의미의 이동성을 가지면서 우리는 삶의 모든 곳에 컴퓨터를 사용하기 시작했다. 감성 지능의 부재가 치명적인 곳도 예외는 아니다.

많은 이들에게 컴퓨터는 주요한 의사소통 수단이 되었다. 우리는 어디에 있든 항상 연결되어 있지만, 이 연결을 통해 실제로 의사소통을 하거나 의미 있는 방식으로 이어져 있지는 못하다. 우리는 서로 얼굴을 맞대고 소통하도록 수천 년에 걸쳐 진화했다. 인간은 음성 언어만으로는 진정한 의미를 전달하지 못한다. 인간과 인간이 하는 의사소통은 대부분 비언어적 신호, 즉 표정 외에도 목소리, 손짓, 몸짓의 변동을 통해 전달된다. 그런데 온라인으로 소통하는 순간, 이 모든 것은 없어진다.

나는 우리의 모든 비언어적인 단서 중에서 얼굴이 가장 강력한 감정 전달 매개체라고 믿는다. 얼굴은 즐거움, 놀라움, 두려움,

호기심, 지루함, 사랑, 분노에 이르기까지 우리의 감정뿐만 아니라 다른 정신적 상태의 완전한 스펙트럼을 보여 준다. 그래서 나는 인간이 하는 것처럼 표정을 읽는 법을 컴퓨터에게 가르쳤고 미소, 쏘아보기 등 우리의 표정을 인식하고 반응할 수 있도록 만들었다.

인간은 태어나자마자 비언어적인 단서들을 해독하고, 실시간으로 서로를 관찰함으로써 감정의 뉘앙스를 이해하기 시작한다. 우리는 나이를 먹고 점점 많은 사람과 표현을 접하면서 이 기술을 계속 발전시켜 나가고, 이를 통해 지혜를 얻고 공감하는 법을 배운다. 그것은 감성 지능의 필수적 구성 요소이다.

나는 연구의 일환으로 자폐 스펙트럼 장애가 있는 10대, 20대들과 가깝게 지냈다. 이 신경계 질환의 특징은 무엇보다도 다른 사람들의 감정적 단서들을 인지, 처리, 반응하는 데 어려움을 겪는 것이다. 그들은 눈을 마주치거나 누군가의 얼굴을 직접 보기를 싫어하기 때문에 대부분의 표정을 놓친다. 이는 다른 이들과 소통하고, 가족과 생활하고, 학교에 다니고, 직장을 유지하고, 긴 시간 동안 인간관계를 유지하는 데 심각한 영향을 미칠 수 있다.

나는 감정을 인식하고 해석하는 부분에서, 컴퓨터에게 기능적으로 자폐증이 있음을 연구 초기에 깨달았다. 컴퓨터는 감정 데이터를 보거나 처리할 수 없고 감정 단서에 반응하지 못한다. 감정을 인지하지 못하는 상태로 사이버 세계에서 상호작용할 때, 우리는 모두 기능적으로 자폐증을 갖게 된다.

누군가와 직접 만나 말할 때, 우리는 상대방의 표정과 몸짓을 보고 자신의 말에 반응하는 목소리의 톤을 듣는 것으로 즉각적인 피드백을 받는다. 자폐증이 없는 사람에게는 이러한 감정 단서들을 처리하는 능력이 있다. 이 능력을 통해 사람들은 자신의 말이 다른 사람에게 미치는 영향을 파악한다. 즉 우리는 서로를 관찰하고 그에 맞춰 반응한다.

그러나 사이버 세계에서 소통할 때, 다른 사람의 반응을 바탕으로 우리의 행동을 조절하는 자연스러운 피드백 시스템은 없어진다. 우리가 취하는 의사소통 방식의 큰 비중을 차지하는 비언어적 부분이 사라지기 때문이다.

수많은 사람을 연결하는 소셜 미디어 플랫폼은 비인간적일 수 있다. 진정한 감정적 연결 없이는 다른 사람들과(또는 다른 사람에 대해) 이야기를 나누고 있다는 사실을 망각할 수 있기 때문이다. 게다가 사회적 상호작용이 실시간으로 이루어지지 않기 때문에 우리의 행동은 뒤틀리고 왜곡될 수 있다. 우리의 컴퓨터는 마치 자폐증이 지배하는 세계에 사는 것처럼 행동하도록 우리를 훈련해 왔다. 디지털 세계에서 우리는 타인의 감정적인 신호를 읽을 수 없다.

소셜 미디어 서비스가 생기기 이전에는 인간에게 잔인하고 편협한 면이 없었다거나, 예전 세상은 정이 넘치고 좋았다고 말하려는 것이 아니다. 인류 역사 속에는 공감 결핍의 끔찍한 사례들이 존재한다. 대량 학살과 노예제도는 우리의 얼룩진 과거이고, 여전히 우리를 괴롭히는 문제들이다. 오늘날 달라진 점이 있다면 24시간 온라인 세계가 가동되는 현실에서는 편협함의 언어가 우리의 얼굴과 전자 기기에 늘 도사리고 있다는 것이다.

나는 감성AI가 그 문제를 치유할 것이라는 데 내 경력을 걸었다. 감성AI는 문자 메시지와 이메일, 페이스북, 스냅챗 게시물 등의 디지털 세계에서 감정 지능을 강화하는 데 도움을 주고, 인류 역사상 처음으로 감정이란 개념 없이 존재하는 공간인 사이버 지대에서 우리 삶과 관계의 중요한 부분을 수행함으로써 20년 이상에 걸쳐 파손된 부분들을 복구하기 시작할 것이다.

20여 년 전 내가 이 여정을 시작했을 때에는 스카이프나 페이스타임, 화상 회의 같은 게 없었지만 오늘날에는 이 서비스들을 모두 손쉽게 사용할 수 있다. 가상으로 얼굴을 맞대는 이러한 상호작용은 감맹 상태와 비교하면 많이 개선된 것이기는 하지만, 대부분의 의사소통에는 여전히 시각적인 요소가 배제돼 있다. 현재, 통신의 주된 형태는 문자 메시지다. 업계 지인에게 물어본 바에 의하면 연간 발송되는 문자 메시지는 수조 건에 달한다고 한다. 즉 우리가 의사소통하는 일차적인 방법에는 감성 지능이 전혀 개입되지 않는다.

어떤 이들은 "감성AI가 왜 필요해? 그냥 휴대전화를 끄면 되잖아! 문자 메시지도 보내지 마! 트위터도 하지 마! 그냥 사람을 만나라고!"라고 말할지도 모른다. 물론 그런 일은 일어나지 않을 것이다. 문자 메시지와 소셜 미디어의 요정이 마법의 램프 밖으로 나온 이상, 다시 이를 넣을 방법은 없다.

1978년에 태어난 (밀레니얼 세대를 위해 길을 닦은 X세대인) 나는 소위 컴퓨터 시대에 유년기를 보냈다. 디지털 기술은 우리 세대에게 세계로 뻗어 가는 문을 열어 주고, 우리의 시야를 넓혀 줬다. 나는 출장 중에 페이스타임이나 왓츠앱을 통해 저렴한 비용으로 아이들과 손쉽게 연락을 주고받고, 지구 반 바퀴 거리에 사는 친지들과도 언제든 연락할 수 있음에 감사한다. 분산된 인력과 협업하는 회사의 경영자인 나는 보스턴에 있는 내 사무실이나 회의실에 앉아 런던, 뉴욕, 카이로에 있는 고객 또는 직원들과 화상 미팅을 한다.

난 아침에 눈을 뜨자마자 휴대전화를 집어 들고 트위터, 일정표, 메시지를 확인하거나 이메일을 작성한다. 밤에 잠자리에 들기 직전에 마지막으로 교류하는 상대 또한 휴대전화이다. 휴대전화를 침대 옆 테이블에 두기 때문에, 자다가 새벽에 깨면 재빨리 들여다보기도 한다. 휴대전화는 좀처럼 내 곁을 떠나지 않는다.

나는 내가 아는 같은 세대 사람들 대부분과 다르지 않다. 최근 퓨리서치센터에서 진행한 연구에 따르면 전체 인구의 26퍼센트, 18세에서 29세 사이의 39퍼센트가 '거의 항상' 온라인 상태로 지낸다. 다양한 업계 보고서에 따르면 2020년에는 전 세계적으로 한 사람당 온라인으로 연결된 장치를 네 대에서 여섯 대꼴로 보유할 것이라고 한다. 나는 우리의 습관이 단시간 내에 변할 일은 없으리라 생각한다. 오히려 그 반대가 더 유력하다. 컴퓨터는 우리의 삶에 더 깊이 들어올 것이다. 그것이 우리의 새로운 현실이다.

직접 대면이 중요하지 않다고 말하는 게 아니다. 그 반대다. 저녁 식사 자리에서 함께 앉은 사람들과 실제로 대화하는 대신 문자 메시지를 보내는 행동은 용납될 수 없다. 하지만 오늘날 대인관계의 많은 부분이 사이버 세계에서 이뤄지고 있는 것은 엄연한 사실이며, 이는 좀처럼 변하지 않을 것이다. (나는 실용주의자다.) 컴퓨터 이전의 세계로 시계를 되돌려 전자 기기를 죄다 끄고 지내자는 것이 아니다. 그것을 포기하기에 우리는 기술에 너무 많이 의존하고 있다. 그리고 그렇게 하는 것은 끔찍한 실수가 될 것이다. 우리에게는 그 어느 때보다도 기술이 필요하다. 다만 그 기기들을 더 똑똑하게, 더 낫게, 더 인간적으로 만들어야 한다. 다행히도 우리는 그렇게 할 수 있는 도구를 가지고 있다.

감성AI의 세계는 인간 중심의 세계다. 이 세계에서 기술은 든든한 아군이 되어 더 건강하고, 행복하고, 더 많이 공감하는 개인이 될 수 있도록 우리를 돕는다. '감정 디코더'를 탑재한 구글 글라스(Google Glass)는 자폐 아동들이 다른 사람들과 사회적으로 더 잘 교류할 수 있도록 도울 것이고, 반(半)자율주행 자동차는 운전자가 너무 화가 났거나, 정신이 산만하거나, 피곤함을 느낄 때 운전 통제권을 가져가 매년 수백만 건에 달하는 사고를 예방할 것이다. 스마트워치, 스마트폰, 스마트 냉장고에 설치되는 감정 인식 장치들은 정신적, 육체적 질환이 발병하기 몇 년 전에 미리 감지할 것이며, 공감력을 장착한 가상 비서는 사용자의 기분을 추적해 적시에 도와줄 것이다. 인사 감정 분석 도구는 채용자가 직책에 적합한 사람을 보다 정확하게 선별할 수 있게 돕고, 채용에서 무의식중에 발생하는 편견의 상당 부분을 없앨 것이다. 지능형 학습 시스템은 학생의 집중도를 감지하고 그에 따라 접근 방식을 조정한다.

감성AI의 잠재력을 생각하면 놀라워서 숨이 막힐 지경이지만 세상은 그렇게 단순하지 않다. 사용자의 감정 상태를 인식하고 기록할 수 있는 능력을 갖춘 컴퓨터가 존재한다면 사생활 보호 문제가 대두될 수밖에 없다. 감성AI에는 사용자의 동의와 완전한 이해가 따라야 하며, 사용자는 언제든 동의를 철회할 수 있어야 한다. 감성AI는 사용자의 감정 상태, 순간순간의 기분, 상호 소통한 내용 등 우리에 대해 많은 정보를 얻는다. 이 정보들은 악용될 가능성이 있으므로 대중은 이 기술이 무엇이며 데이터가 어디에서 어떻게 수집되고 있는지를 반드시 알아야 하고, 어떻게 활용되어야 하는지에 대해서 발언할 수 있어야 한다.

모든 인간을 염두에 두고 AI 기술을 개발하는 것 또한 매우 중요하다. 점차 알게 되겠지만 내 연구의 대부분은 모든 연령, 성별, 인종, 지역을 대표하는 다양한 사람에게서 얻은 자료에 기반을 둔다. 우리의 소프트웨어는 소수 엘리트의 세계만이 아니라 실제 세계를 반영해야 한다. 그렇게 하지 못한다면 우리는 되돌리기 매우 어려운 새로운 형태의 차별을 만들어 내게 된다. 편향된 기술의 도움을 받아 인류가 정진한다면 우리는 인구 중 일부를 소외시키는 결과를 낳을 것이고, 이는 우리 모두에게 재앙이 될 터이다.

내가 이 책을 쓰는 이유 중 하나는 AI와 기술에 대한 좀 더 인간적인 비전을 제공하기 위해서이다. 동시에 나는 다른 몽상가들과 발명가들이 세상을 바꿀 '미친 발상'을 품는 데 내 이야기가 영감이 되어 주기를 바란다.

우리는 두려움 때문에 좌절하는 경우가 많다. 나처럼 모험적인 요소를 피하는 것이 상식으로 통하는 문화에서 자란 사람에게는 더더욱 자주 발생하는 일이다. 나는 나 자신을 믿기까지 오랜 시간이 걸렸고, 그 과정에서 두려움은 나를 나아가지 못하게 붙잡았다.

나는 내가 이루고 싶은 꿈과 엄격한 부모님의 가치관 사이에서 정말 긴 시간을 갈등했다. 내 머릿속은 의심으로 가득했다. '넌 못해. 해서는 안 돼. 어차피 안 할 거잖아.' 나는 내 안에서 속삭이는 목소리를 오랫동안 듣고 살았다. 난 감정을 억누른 채 주위 사람들이 옳다고 말하는 것을 이루는 데 집중했다. 하지만 나만의 목소리를 찾아가는 여정을 통해 '착한 이집트 소녀'였던 나는 어느새 '대표직을 맡은 여자'가 됐다. 이제 나는 내 감정을 표현하고 감정에 따라 행동하기를 두려워하지 않는다. 그로 인해 나는 힘과 이해력을 얻었고, 나아가 이전보다 나은 리더이자 인간이 됐다. 자신의 감정을 잘 알면 알수록, 우리는 더욱 과감하게 스스로의 연약함을 내보일 수 있게 된다. 그러면 우리는 타인에게, 그리고 자신에게 더 마음을 열고, 비로소 서로에게 진정으로 공감하게 된다.

PART 1

착한 이집트 소녀

1

이집트인으로
자란다는 것

우리는 우리의 딸들이 완벽하게 자라기를 바란다.
그리고 아들들은 용감하게 자라기를 바란다.

—레시마 사우자니. 걸스후코드(Girls Who Code) 창립자

외관만 놓고 보면 내가 사는 보스턴 교외의 집은 내가 늘 머릿속으로 그렸던 미국식 집에 딱 들어맞는다. 1968년에 지어진, 중앙에 넓은 홀이 있는 전형적인 식민지 시대의 뉴잉글랜드식 주택으로 잘 정돈된 울타리와 벽돌 보도, 회색 칠이 된 목재 인테리어, 검은색 창문 셔터, 일광욕실, 예쁜 뒷마당, 꽃밭이 있다.

하지만 이 집의 내부는 다소 복잡하다. 어찌 보면 이집트계 미국인인 나를 쏙 빼닮은 것 같기도 하다. 둥근 팔걸이 소파, 앤 여왕 스타일 의자와 소형 탁자는 내가 태어난 이집트의 가정집에서 볼 수 있는 것들이다. 거실 한가운데에 있는 난로 앞에는 반달 모양의 검은색 실크스크린 두 개가 있는데, 아랍어로 "악귀들로부터 우리의 집을 보호하소서"라고 쓰여 있다. (아마존 알렉사와 구글 홈이 제공하지 않는 기능이다.) 부엌 근처 벽에는 "카트와 아지자(어서 오세요)"라고 쓰인 장식이 들어간 커다란 접시가 놓여 있고, 뒷문에는 가운데에 눈이 있는 손바닥 모양 목걸이 '함사'가 걸려 있다. 고대 중동의 부적으로, 사악한 눈으로부터 보호해 준다는 의미를 지니고 있다. 어머니의 집이 그러하듯 우리 집에는 늘 향초가 타고 있다. 백단유, 사향, 호박이 신비스러운 향신료와 섞인, 어린 시절에 맡았던 자극적이면서도 달콤한 향이다. 엄마는 직접 초를 만들어 파는 상인에게서 사고는 하셨는데, 나는 온라인으로 주문한다.

향은 특히나 깊고 감성적인 기억들을 떠오르게 해 준다. 처음 보는 사람이 향수나 애프터셰이브 냄새를 풍긴다면 그 향이 곧 그 사람이나 장소에 대한 기억으로 남을 수 있다. 몇 년 동안 누군가를 못 봤거나 어떤 장소에 가지 못했어도, 그때의 향을 맡으면 기억이 소환된다. 우리의 뇌는 냄새를 빠르게 인지한다. 뇌에서 후각을 담당하는 부위는 편도체(감성을 담당하는 곳)와 해마(기억이 생성되고 저장되는 곳)에 연결돼 있다. 이는 뇌에서 가장 오래된 구조물인 변연계(일명 파충류의 뇌)로 감정이 생성되는 곳이다.

나는 카이로에서 8700킬로미터 떨어진 곳에 살지만, 아무리 멀리 떨어져 있다 해도 구세계에 대한 감정의 끈은 아직 강하게 남아 있다.

내가 유년기를 보낸 집에는 현대적, 전통적 가치가 섞여 있었다. 이 두 가치는 종종 갈등을 빚곤 했다. 나는 보수적인 환경에서 엄격한 도덕적 관습을 강요받으며 자랐다. 여동생들과 나는 공손했고, 순종적이었고, 근면 성실했다. 크고 작은 모든 결정은 부모님이 내리셨다. 부모님은 우리 자매가 성인이 된 후에도 모든 문제에 관여하셨다. 서양인들의 관점에서는 이해하기 힘든 부분일 것이다. 동시에 나는 중동의 여성 컴퓨터 프로그래머 첫 세대로서 이슬람 사회에서 전통적인 여자 역할을 깨고 나온 선구자인 어머니 아래서 자랐다. 당시 이집트에는 직업을 가진 어머니가 정말 흔치 않았다. 쿠웨이트 은행에서 중요한 직책을 맡으며 세 아이를 키우신 어머니는 딸들에게 거는 기대가 남다르셨다.

아버지 역시 동생들과 나에게 거는 기대가 컸고, 우리가 어른이 됐을 때 사회에서 높은 직책을 맡기를 원하셨다. 정작 본인은 사회 속 남녀 역할이 분리된 지극히 보수적인 이집트 사회에서 자라셨지만, 아버지는 여러 방식으로 우리를 새로운 세계에 맞게 훈련하셨다. 부모님이 나를 키우신 방식은 '착한 이집트 소녀'를 선호하는 사회적, 문화적 분위기와 충돌할 수밖에 없었다.

돌이켜 보면 난 키우기 쉬운 딸은 아니었다. 나는 AI과학자, 기술창업자로서 일하며 (남성이 주를 이루는) 내 전문 분야에서 분열을 일으키는 사람인 동시에, 순종적인 딸과 아내가 되기를 바라는 내 문화권에서도 분열을 일으킨다. 이런 점들 때문에 우리 부모님은 종종 난처한 상황에 빠지기도 했지만, 한편으로는 사랑과 지지를 아끼지 않으셨다. 난 그런 부모님께 너무나도 감사한다.

가끔 부모님과 의견이 갈릴 때도 있지만 난 그분들을 사랑한다. 우리는 가족이라는 한배를 탔고, 가족으로서 함께 배우고 성장했다. 내 신앙심의 깊이와는 별개로, 내 뇌리에 단단히 각인된 코란 문구가 있다. "첫째도 부모요, 둘째도 부모요, 셋째도 부모다." 순종적인 딸들을 둔 부모는 천국으로 직행할 수 있는 표를 부여받는다. 내 나이를 떠나서, 신앙심의 깊이를 떠나서, 내가 신자이든 아니든 난 부모님이 그 표를 받으시기를 염원한다.

이슬람 원리주의를 따르는 일부 사회에서 여자아이의 교육은 우선 사항이 아니다. 일부에서는 교육을 받았다는 이유로 죽이기도 한다. 하지만 나의 부모님은 교육을 중요하게 생각하셨고, 우리 자매의 삶은 교육을 중심으로 돌아갔다. 우리 집은 부유한 편이었지만 겉으로 표를 내지는 않았다. 부모님은 화려한 자동차나 별장을 사는 대신 우리 세 자매를 비싼 사립학교에 보내셨고, 이후 우리는 모두 대학에 진학했다. 부모님은 여윳돈이 생기면 새로운 세계와 문화를 체험할 수 있도록 여행에 투자하셨다. 우리 자매는 이미 어린 나이에 배움에 대한 열정을 품고 있었다. 우리는 다른 사람들과 문화에 대한 끝없는 호기심을 갖게 됐다.

부모님의 교육관에 일가친척 모두가 동의하지는 않았다. 내가 여덟 살 되던 해, 온 가족이 저녁을 먹는 자리에서 큰아버지는 아버지가 자식들 교육에 돈을 많이 쓰는 것에 대해 의문을 표하셨다. "아이만, 네 딸들은 어차피 시집을 갈 거야. 그런데 뭐 하러 좋은 학교 보내는 데 돈을 쓰니?" 큰아버지의 아들들, 즉 내 사촌들은 나와 동생들이 인생을 엉뚱한 데에 허비한다며 놀려 댔다.

어머니는 사람들이 보는 앞에서 절대 큰아버지와 아버지에게 맞서지 않으셨다. 하지만 그날 저녁, 어머니는 아버지에게 교육의 중요성에 대해 한참을 이야기하셨다. 우리 자매들을 보낼 비싼 사립학교를 고른 사람은 다름 아닌 어머니였다. 아버지는 그런 집안의 결정들을 어머니에게 맡기셨다. 난 큰아버지의 말을 듣지 않은 아버지에게 평생 감사하는 마음을 가지고 산다. 그리고 우리가 하고 싶은 게 있으면 뭐든 해도 좋다는 생각을 장려해 주신 부모님께 감사한다. 부모님은 나의 결정에 여러 차례 놀라셨을 터이다. 이혼하고 불안불안한 스타트업을 운영하며 두 아이를 데리고 미국에서 사는 삶은 부모님이 그렸던 큰딸의 인생은 아니었을 것이다. 하지만 두 분은 내가 이집트의 관습을 깨고 나만의 길을 걸어가 성공할 수 있는 기반을 다져 주셨다.

나는 친척 간의 유대가 긴밀하게 맺어진 성공한 이슬람 가문 출신이다. 서양에서는 이러한 예를 찾아보기 힘들 것이다. 우리 부모님은 카이로 시내에서도 부유층이 사는 헬리오폴리스에서 자라셨다. 두 분은 아버지가 가르치는 컴퓨터 프로그래밍 수업에서 만났다. 그때가 아니었으면 두 사람은 끝끝내 못 만났을 것이다. 주말이면 어머니 가족은 카이로 상류층 전용인 헬리오폴리스 클럽에서 사람들과 어울렸다. 어머니가 대학생 때 다녔다는 디스코 파티에서 아버지를 만났을 리도 없다. 어머니는 초미니스커트에 크롭톱 티셔츠를 입고, 오빠인 샤피 외삼촌의 에스코트를 받으며 파티에 다녔다고 한다.

나의 아버지 아이만 엘 칼리우비는 다섯 살 되던 해에 우리 친할아버지를 잃었고, 유년기를 즐길 새도 없이 일찍 철이 드셨다. 친할머니는 재혼하지 않은 채 다섯 아이를 혼자 키우셨다. 남매들은 훌륭하게 자랐지만 아버지라는 존재와 수입의 부재는 온 가족을 압박했다.

　　나의 어머니 란다 사브리는 그보다 훨씬 부유한 환경에서 자랐다. 외할아버지 샤픽(난 항상 아랍어로 할아버지를 뜻하는 '게도'라고 불렀다)은 군인이셨는데, 홍해에 있는 후르가다 국제공항의 임원이셨다. 공항이 집에서 480킬로미터 거리(자동차로 다섯 시간)에 있었기 때문에 어머니는 휴일이 아니면 외할아버지를 볼 기회가 없었다. 하지만 할아버지의 직책 덕분에 가족은 상위 중산 계급의 특권을 누릴 수 있었다. 외할머니 도레이야(애칭은 도도)는 전속 요리사, 가정부, 기사를 두고 대가족의 살림을 총괄하셨다. 어머니는 여자들만 다니는 학교에 다니셨고, 고등학생 때는 수영 선수로도 활약하셨다.

　　부모님 두 분 모두 이집트 상위 두 대학 중 하나인 아인샴스 대학교에 다니셨다. 어머니가 경영학을 전공하며 파티장을 전전할 때, 일곱 살 연상인 아버지는 오스트리아에 계셨다.

　　아버지는 젊은 시절에 이집트 2대 대통령인 가말 압델 나세르를 광적으로 지지하셨다. 나세르 대통령은 1952년 군사 쿠데타를 일으켜 군주제를 폐지했다. 난 아버지가 나세르 대통령을 아버지상으로 바라봤다고 생각한다. 나세르는 자신감 넘치고 카리스마가 있는 동시에 허세 가득한 지도자였다. 그는 다수의 산업을 국유화하고 외국 기업들을 쫓아냈다. 그 누구도 이집트인들을 꺾을 수 없으며, 외부의 도움 없이 잘살 수 있다고 주장하면서 국수주의자 나세르는 나라의 문을 걸어 잠갔다.

아버지는 나세르의 입에서 나오는 말이라면 맹신했다. "이집트는 한때 세계를 지배했다! 우리는 세계에서 가장 강하고 큰 규모의 군대를 보유했다." 나세르는 이집트의 모든 것이 세계 최고라고 말했다. 그러나 1967년 이스라엘과 이집트, 요르단, 시리아 사이에 6일 전쟁이 일어나면서, 아버지가 동경하던 세상은 순식간에 무너졌다.

당시 열여섯 살이던 아버지는 군인이 되기에는 너무 어렸다. 아버지는 다른 이집트인들처럼 이집트의 승리로 전쟁이 빨리 끝날 거라고 예상했다. 그러나 이집트군은 참패했다. 당시 갓 열여덟 살이 된 큰아버지는 총을 쥐는 법도 몰랐지만 시나이 전장으로 파병됐다. 그제야 아버지는 나세르가 지나치게 낙관적으로 말했던 이집트의 위상이 허구임을 깨달았다. 이집트는 정치적으로, 경제적으로 큰 위기에 봉착했다.

큰 충격에 빠진 아버지는 이집트를 떠나는 것만이 살길이라고 생각했다. 대학에서 경영학과 컴퓨터과학을 전공한 아버지는 졸업과 함께 3년 비자를 받아 오스트리아행 비행기에 올랐다. 아버지는 그곳에서 석사 학위를 취득한 뒤 일자리를 얻어 계속 머물기를 희망했고, 길가에서 신문을 파는 등 닥치는 대로 일하며 입학 시험을 준비했다. 3년 후, 아버지는 비자를 연장하려 했지만 이집트 영사관은 이를 거부했다.

이집트로 돌아온 아버지는 새로운 대통령 안와르 사다트(1981년 암살됨)가 이끄는 이집트가 이전보다 훨씬 개방적이라는 사실을 깨달았다. 아버지의 컴퓨터 관련 기술은 좋은 대우를 받았다. 컴퓨터 수업은 넘쳐났지만 가르칠 사람이 부족한 상황이었다. 아버지는 영국의 컴퓨터 서비스 회사 ICL의 카이로 지점에 교육자 자격으로 취직했다.

아버지는 여러 대학에서 컴퓨터학 개론과 프로그래밍(주로 코볼)을 가르쳤다. 빡빡한 일정이었지만 아버지는 열심히 일했다. ICL에서는 아침에 네 시간, 저녁에 네 시간짜리 수업을 맡았다. 컴퓨터 프로그래밍이라는 쉽지 않은 과목을 여덟 시간 동안 가르치는 일은 결코 쉽지 않다. 일과가 끝나면 아버지는 탈진 상태가 됐지만, 계속 실력을 갈고닦아 사내 최고의 컴퓨터 강사가 됐다.

어느 날 대학교 시험 감독관으로 참여해 달라는 전화를 받은 아버지는 시험장에서 아름다운 여학생 한 명을 발견했다. 졸업반이던 어머니는 친구와 '기술의 이해' 수업을 듣고 있었다. 막상 수업을 들어 보니 그쪽으로 적성이 맞았다고 한다. 어머니는 자신감 있게 기말고사에 임했지만 친구는 그러지 못했다. 친구는 시험 전에 어머니에게 답을 알려 달라고 부탁했다. 감독관은 키가 크고 호리호리한 체형에, 잘생겼지만 굳은 표정을 한 남자였다. 어머니는 감독관이 자신을 특별히 눈여겨보고 있음을 몰랐을 것이다. 어머니는 첫눈에 사랑에 빠지는 것과는 거리가 먼 사람이다. 아버지는 두 학생이 답안지를 주고받는 모습을 목격했고, 즉시 답안지를 압수했다. 어머니는 낙제할까 봐 두려움에 떨었지만 무사히 시험을 통과했고, 친구는 낙제 처리됐다.

　카이로에 컴퓨터 프로그래밍 열풍이 닥치자 어머니는 ICL 저녁반에서 코볼을 배우기로 마음먹었다. 수강생은 대부분 남자였지만 개의치 않았다.

　수업 첫날, 교실에 들어간 어머니는 호리호리하고 키가 큰 강사를 한눈에 알아봤다. 친구에게 답안지를 건네는 자신을 적발한 바로 그 엄격한 교수였다. 어머니는 다른 수업으로 바꾸려고 했지만 아버지가 최고의 강사라고 원장이 누차 강조하는 바람에 그대로 그 수업을 듣기로 했다. 또 한 번 어머니의 야망과 투지가 느껴지는 대목이다.

　어머니는 그 수업에 들어가기가 무서웠다고 말한다. 아버지가 계속해서 엄마에게 말을 걸었기 때문이다. 아버지는 그런 식으로 관심을 표하다가 학기 중간 즈음에 어머니에게 데이트를 신청했다. 하지만 어머니는 가족들이 데이트를 허락하지 않는다며 거절했다. 다음 날 아버지가 다시 한번 요청했을 때, 어머니는 같은 이유를 대며 거절했다.

　여기서 문제. 중동에서 어떤 남자가 어떤 여자에게 관심이 있어서 서로 알아 가고 싶은데 데이트를 할 수 없는 상황이다. 그럴 때는 어떻게 해야 할까? 정답은 '결혼한다'이다. 건실한 이집트 청년이던 아버지는 전통에 따라 외할아버지를 찾아가 결혼 승낙을 요구했다.

　두 분이 약혼하고 몇 개월 후, 줄곧 이집트를 떠나고 싶어 했던 아버지는 쿠웨이트의 어느 대학에서 시간 강사 자리를 제안 받았다. 아버지는 생활비를 벌기 위해 온라인과 자동화 은행 서비스의 선구자인 세계적 기술 회사 NCR의 쿠웨이트 지점에서도 일하셨고, 부모님은 이듬해까지 편지를 주고받는 장거리 연애를 이어 갔다.

두 사람은 1977년 7월에 결혼했다. 흰색 정장을 입은 결혼사진 속 아버지는 놀라우리만치 잘생겼다. 어머니는 레이스가 달린 하얀 드레스 차림에 귀를 가리고 어깨까지 내려오는 검은 머리를 하고 있다. 신랑 신부 뒤에는 이집트에서 가장 유명한 벨리 댄서들이 꽉 끼는 상의, 보석으로 장식된 허리띠, 긴 치마로 구성된 전통 의상 바들라를 입고 서 있다. (당시 이집트 결혼식에서 벨리 댄서 섭외는 일반적인 일이었다.)

어머니는 쿠웨이트에서 아버지와 합류하자마자 쿠웨이트 국제 은행에 컴퓨터 분석가로 취직하셨다. 어머니는 1978년 8월에 나를 낳은 이후에도 계속 일하셨는데, 당시 중동 출신 여성으로는 흔치 않고 어찌 보면 용감한 행동이었다.

중동에서는 결혼 후에 여자가 남자의 성을 따르지 않는다. 그래서 어머니는 사브리라는 성을 그대로 사용하셨다. 한편 자식들은 자기 이름 뒤에 아버지의 이름과 성을 모두 붙인다. 그래서 내 정식 이름은 '라나 아이만 엘 칼리우비'이다.

착한 이집트 소녀에서 착한 유부녀가 된 어머니는 아버지가 입으라는 대로 옷을 입어야 했다. 아버지의 집안이 보다 분위기가 엄격했기 때문에, 어머니는 결혼식 이후 두 번 다시 공공장소에서 몸에 달라붙는 드레스를 입지 못하셨다. 어머니는 기존에 입던 미니스커트 대신 정장 바지나 적당히 긴 치마를 입으셨고, 해수욕장에서는 수영복 대신 팔을 가리는 옷을 입었다. 하지만 전통 복장 중에서도 겸손을 상징하는 히잡은 쓰지 않으셨다. 히잡에 관한 이야기는 이후에 내가 그걸 착용하기로 결심하는 대목에서 또 하게 될 것이다.

2

물과 기름

나는 태어나서 12년 동안 쿠웨이트에서 자랐지만 늘 이집트인으로서의 자의식을 갖고 있었다.

쿠웨이트는 미국과 다르다. 쿠웨이트에서 외국인은 늘 이방인 취급을 당한다. 시민권을 획득할 방법은 없다. 부모가 시민권자가 아니면 쿠웨이트에서 태어났어도 시민권을 취득할 수 없다.

우리 가족이 딱히 나쁜 대우를 받지는 않았지만, 그렇다고 쿠웨이트인들이 우리를 환대했다고 말하기도 어렵다. 외국인과 쿠웨이트인은 물과 기름처럼 대부분 잘 어울리지 못한다. 쿠웨이트인들은 일반적으로 외국인들보다 부유하다. 그들은 페르시아만에 화려한 저택을 짓고 고급 자동차를 보유한다(운전은 대부분 기사가 한다). 보통은 하인을 따로 두는데, 인도네시아와 필리핀에서 온 사람들이 주를 이룬다. 우리 가족은 그들처럼 호화로운 생활을 하지는 않았다.

하지만 난 쿠웨이트에서 보낸 시절을 좋아한다. 이방인의 삶을 싫어하지 않고 기술이 뛰어나 비교적 돈을 잘 버는 사람이라면, 다른 이방인들과 어울리며 충분히 남부럽지 않게 살 수 있다.

부모님은 돈을 더 많이 벌 수 있다는 점과 중산층의 생활양식에 매력을 느껴 쿠웨이트를 선호하셨다. 쿠웨이트는 세계에서 여섯 번째로 석유 매장량이 많은 나라다. 하지만 경제와 사회가 잘 굴러가기 위해 필수적인 금융, 의료, 사무, 교육, 기술직 등을 채우기에 당시 쿠웨이트의 인력만으로는 부족했다.

돈이라면 남부럽지 않게 많은 쿠웨이트는 지적 능력이 뛰어난 고학력 전문 인력을 수입했다. 그 인력 중 다수는 다른 중동 국가 출신이고 인도, 유럽, 필리핀, 북아프리카에서도 유입됐다. 특히 고학력 이집트인들은 자국의 경제 상황이 엉망이 된 터라 쿠웨이트 이주에 매력을 느꼈다. 당시 수십만 명이 이주했고, 지금은 50만이 조금 넘는 인구가 살고 있다.

쿠웨이트에 거주하는 이집트인들은 가까이에 붙어 지냈다. 부동산 매입은 쿠웨이트인들에게만 허용됐기 때문에 이집트인들은 외국인 전용 임대아파트 단지에서 살았다. 우리 가족이 마지막으로 살았던 살미야의 아파트는 방 네 개에 꽤 넓은 현관 입구가 있었고, 커다란 거실 창 바깥으로 페르시아만이 내려다보였다.

아버지는 검소한 편이었지만 전자 기기에만큼은 돈을 아끼지 않고 최신 기종을 사셨다. 우리는 비디오카메라와 VHS플레이어가 흔해지기 훨씬 전부터 그 기계들을 갖고 있었고, 가족 행사가 있을 때면 아버지가 영상을 찍어 기록을 남기셨다. 쿠웨이트에서의 가장 오래된 기억 속에는 파란색 유아용 플라스틱 의자가 있다. 겨우 걸음마를 뗀 나는 그 의자를 나의 파란색 왕좌라고 불렀다. 다섯 살 무렵에 난 그 의자에 올라서서 아무거나 생각나는 대로 연설을 늘어놓았다. 아버지는 그런 내 모습을 영상으로 찍으며 사람들 앞에서 효과적으로 말하는 방법을 가르쳐 주셨다. ("라나, 청중을 바라봐. 발음은 천천히 또박또박!") 이는 내가 처음으로 접한 전자 기술이다. 비록 한 명을 대상으로 한 연설이었지만 청중 앞에 선 나의 첫 경험이고, 아버지와 공유하는 특별한 추억이다. 난 아버지의 관심을 받는 것이 너무 좋았다.

우리는 게임팩을 꽂을 수 있는 아타리2600 컴퓨터를 남들보다 앞서서 보유했다. 누가 선생님 아닐까 봐 아버지는 우리 자매들이 직접 기계를 연결하게 하셨다. 그래서 난 컴퓨터와 쉽게 친해질 수 있었던 것 같다. 난 지식이 없는 상태에서 기초적인 기술을 만들어 나가는 것을 두려워한 적이 없다. 끈기만 있으면 결국에는 해결할 수 있다고 생각한다.

그렇다고 해서 내가 모니터 앞에서 꼼짝도 안 하는 사교성 없는 아이였던 건 아니다. 우리 가족은 게임 속 우주 침략자를 물리치는 동시에 끊임없이 서로와 대화했다. 나에게 컴퓨터 기술은 사회화의 도구였고, 사람들을 한데 모으는 장이었다.

유치원에서 3학년이 될 때까지, 난 영국 교육 방식을 따르는 선샤인 학교에 다녔다. 수업은 영어로 진행됐는데(아랍어 수업만 예외), 대부분의 중동 학교와는 반대로 교양, 음악, 체육 과목을 중요시했다.

선샤인 학교의 창립자 베라 알무타와는 쿠웨이트 왕자와 결혼한 마음씨 따듯한 영국 여자로, 진보적인 교육관을 갖고 있었다. 알무타와 선생님이 안 계셨다면 난 무사히 유치원을 다니지 못했을지도 모른다. 나는 왼손잡이인데, 이슬람 전통에 따르면 먹고 일하는 건 오른손으로만 해야 한다. 나 같은 왼손잡이는 소외감을 느끼게 하는 규율이다. 당시 나는 왼손을 사용하고 싶은 본능을 억누르려고 무던히 노력했지만 마음처럼 되지 않았다. 아랍 문화에 대해 잘 알고 계셨던 알무타와 선생님은 내가 연필 쥐기를 힘들어하는 것을 알아보시고는, 오른손 사용을 '훈련'하고 있음을 금방 알아채셨다. 선생님은 우리 부모님께 연락해 아이가 왼손잡이인 데는 유전적인 원인이 있다는 것을 알려 주셨다. 우리 부모님은 겉으로 보기에는 전통을 고수하시지만 동시에 과학을 존중하는 분들이다. 그때부터 부모님은 왼손 사용을 굳이 고치려 하지 않으셨고, 난 반에서 앞서 나가기 시작했다. 1학년 여름이 되기 전에 난 다른 아이들보다 진도를 훨씬 앞서 나갔다. 1학년 과정을 통째로 건너뛰고 2학년 과정으로 넘어가라고 알무타와 선생님이 권했기 때문이다. 그런 이유로 나는 학창 시절 내내 반 친구들 중 가장 어린 아이였다.

진보적인 서양식 학교에 다녔지만 집에 오면 전통적인 가치를 따라야 했다. 남자와 여자의 역할이 갈리는 부분에서는 더더욱 그랬다. 중동인 치고는 굉장히 진보적인 성향을 띤 아버지는 여자도 교육을 받아야 한다고 믿으셨고, 본인도 성공한 고학력 여성과 결혼하셨다. 아버지는 우리가 최선을 다하도록 격려하셨고, 성공하기를 기원하셨다. 그러나 동시에 엄마가 자질구레한 일들을 다챙겨 주기를 바라셨다. 나는 아버지가 부엌에서 물을 따라 마시는 모습을 본 적이 없다. 아버지가 어머니에게 가져다 달라고 부탁하면 어머니는 기꺼이 부탁을 들어주는 식이었다. 어린 시절부터 자연스럽게 체득된 습관이라서, 아버지는 그 행위의 의미에 대해 생각해 보신 적도 없을 것이다.

나와 동생들이 나이를 먹어 가자 아버지는 우리에게도 심부름을 시키셨다. 난 아홉 살이 되어서야 처음으로 의문이 들었다. 하루는 아버지와 함께 거실에 앉아 있는데, 아버지가 심부름을 시키셨다. "라눈(내 별명이다)! 벽장에 있는 검은색 구두 닦기 키트를 가져와!"

기분이 언짢았던 나는 즉시 "직접 가져오세요!"라고 말하고 싶은 충동이 들었다. 하지만 난 아버지의 말에 반박해 본 적이 없었다. 그런 충동이 들었다는 것 자체가 당시로서는 충격이었다. 어쨌든 나는 명령조로 일을 시키는 아버지의 태도에 화가 났다. 그래서 간접적으로 저항하는 방법을 생각해 냈다. 일부러 바보처럼 행동한 것이다. 난 순종하는 척 침실에 있는 벽장에 가서 갈색 키트를 꺼내 왔다. 아버지가 검은색을 가져오라고 한 걸 알면서 일부러 그런 것이다. 아버지는 나를 보며 고개를 저으셨다. "이건 갈색이잖아. 가서 검은색을 가져와." 난 돌아가서 벽장을 뒤진 뒤, 어느 정도 시간을 끌고 나서야 검은색 키트를 갖다 드렸다.

난 이런 식으로 무언의 저항을 자주 했다. 일부러 못 알아듣는 척 엉뚱한 물건을 가져다 드리는 식이었다. 결국 아버지는 나 대신 동생 라샤에게 시키셨다.

내가 분해서 씩씩대며 집 안을 돌아다녔다는 건 절대 아니다. 그저 나는 어머니가 아버지의 시중을, 큰어머니가 큰아버지의 시중을, 할머니가 할아버지의 시중을 드는 모습을 보고 자라며 "난 전형적인 이집트 남자와는 절대 결혼하지 말아야지!"라고 계속해서 생각했다.

히잡

중동에서 여자가 무엇을 입느냐는 단지 패션, 유행, 개인 취향의 문제에서 머물지 않고 그 시대의 문화적, 사회적 트렌드를 투영하는 척도가 된다. 때때로 우리 집안 여자 중 몇몇은 몸을 가렸다. 집 밖을 나갈 때 머리와 목에 스카프나 터번을 두르는 것인데, 나도 예외는 아니었다. 나와 셋째 룰라는 이제 가리지 않지만 어머니와 둘째 라샤는 계속 히잡을 두른다. 히잡을 두르면 얼굴을 액자에 넣는 형태가 되는데, 머리나 장신구에 시선을 빼앗길 일이 없으므로 우리 신체에서 가장 표현력이 뛰어나다고 할 수 있는 눈이 부각된다. 사람들은 미소에서 입이 제일 큰 역할을 차지한다고 믿지만 미소를 지을 때 눈 주위에 주름이 잡히지 않는다면 그 미소는 반쪽짜리, 혹은 가짜 웃음으로 치부된다. 우리 큰이모는 이제 머리

끝부터 발끝까지 다 가리고 눈 주위만 살짝 노출하는 니캅을 착용하신다. 그렇게 다 가리고 있어도 난 이모의 눈을 보고 기분이 좋은지 안 좋은지 알 수 있다.

매해 여름 우리 부모님은 한 달 휴가를 내서 2주일은 카이로에서 지내고, 한 주는 알렉산드리아(이집트의 두 번째로 큰 도시. 지중해의 해변이 아름답기로 유명하다)에 사는 친지들을 방문하고, 또 한 주는 유럽에서 보냈다. 유럽은 키프로스, 스페인, 벨기에, 스위스, 니스·몬테카를로 중 한 군데를 번갈아 가며 방문했다.

나는 유럽 여행을 준비하며 계획을 짜는 시간을 가장 좋아했다. 아버지는 브리태니커 백과사전 구입에 많은 돈을 투자하셨다. 당시 커다란 세계지도 책이 딸려 오던 이 백과사전은 상당히 비쌌다. 매해 여름, 아버지가 여행지를 정하시면 나는 아버지와 함께 세계지도를 식탁에 펼쳐 놓고 각각의 도시들이 어디에 있는지 손가락으로 따라가고는 했다. 아버지는 내게 세상을 향한 호기심과 모험심을 심어 주셨다. 낯섦에 대한 두려움은 없이, 오직 호기심과 열린 마음만 있었다. 그렇게 난 여행을 좋아하게 됐고, 세계 어디에도 정착해서 살 수 있다는 열린 마음을 갖게 되었다.

부모님에게는 보수적인 부분이 분명 있었지만, 두 분은 우리가 보는 것을 검열하지는 않으셨다. 프랑스 남부 해변에 있는 모든 여자는 노출이 심한 비키니를 입었으며, 상의를 벗고 다니기도 했다. 그와 대조되게 어머니는 목 아래 모든 부위를 가리는 헐렁한 투피스 드레스 차림으로 모래사장에 담요를 깔고 파라솔 아래에 앉아 계셨다. 비록 전통은 다를지라도, 우리가 세상과 단절되어 있지 않다는 것을 느낄 수 있었다.

쿠웨이트의 여름은 가혹하리만치 뜨겁다. 우리 가족은 운 좋게도 이집트 쪽 페르시아만에 있는 개인 비치 클럽으로 피서를 갈 수 있었다. 난 하루 중 해 질 녘이 가장 좋았다. 공기는 더 신선해지고, 수면을 훑고 온 시원한 바람이 열기를 식혀 줬다. 집에서 요리하기에 너무 더운 날이면 우리 가족은 큰아버지 가족과 해변에서 바비큐를 했다. 저녁을 다 먹으면 나는 동생들, 사촌들과 함께 해변의 아이스크림 행상에게 달려가 세상에서 제일 맛있는 아이스크림을 사 먹었다. 안에는 바닐라 맛이 들어 있고, 겉은 라즈베리 향이 나는 단단한 층으로 덮여 있는 아이스크림이었다. 너무 달지도, 시큼하지도 않은 이상적인 맛이었다.

당시 나는 중동에 또 한 번 전쟁이 닥치리라는 걸 전혀 알지 못한 채, 여느 열한 살짜리 여자아이가 할 법한 걱정을 하며 살았다. 7학년이 끝나 갈 무렵, 학교 운동장의 피크닉 테이블에 나와 가장 친한 니스린, 하난, 라니아, 야스민과 앉아 어려운 수학 문제를 풀었던 기억이 난다. 가을에 새 학기가 시작되면 떠났던 모습 그대로 친구들과 다시 만나게 되리라고 생각했다.

그때는 쿠웨이트에서의 우리 삶이 영원히 바뀌리란 걸 전혀 알지 못했다.

3

뿌리째
뽑힌 터전

    감정은 만국 공용어다. 각기 다른 나라에서 태어나 다른 종교를 갖거나, 혹은 종교가 없거나, 아예 다른 삶을 살더라도 감정은 우리를 하나로 묶는다. 서로 다른 곳에서 온 사람들이라 할지라도 우리는 기쁨, 두려움, 분노, 역겨움, 사랑, 증오가 담긴 동일한 감정의 팔레트를 갖고 있다. 그렇기는 하지만 자신의 감정을 타인에게 어떻게 드러내는지는 문화, 인종, 성별의 영향을 받는다.

    어떤 문화권에서 너무 감정적인 상태는 비난의 대상이 될 수 있다. 특정한 감정을 특정 사람들 앞에서 보인다면 비난을 받을 수도 있다는 얘기다. 우리 회사의 조사에 따르면 개인보다는 집단의 목표를 우선시하는 중국과 인도의 사람들은 낯선 이들 앞에서 자신의 감정, 특히 분노나 경멸 같은 부정적인 감정들을 희석해서 보이거나 아예 드러내지 않는 경향이 있다. 그런 감정들을 보이는 것은 방종한 행동으로 간주된다. 미소는 국가를 막론하고 남자보다 여자가 훨씬 많이 짓는다. 영국만은 예외로, 남자와 여자의 미소 짓는 정도가 비슷하다.

이집트인들은 감정 표현을 많이 하고 감성적인 축에 속한다. 내가 감정 과학을 공부하게 된 계기는 우리 가족이 매년 여름 카이로로 여행을 간 것에서 싹텄다고 볼 수 있다. 그곳에서 나는 부모님과 동생들뿐만 아니라 합쳐서 스무 명가량 되는 이모, 삼촌, 사촌 들과 할머니 집 식탁에 둘러앉아 식사했다. 대가족이 모이면 늘 온기가 넘쳤다. 이들이 한꺼번에 대화하는 모습은 참 흥미로웠다. 음식을 먹을 때는 다들 손짓을 섞어 가며 이야기하고, 아무런 거리낌 없이 웃고, 다른 사람의 대화에 끼어들기도 하며 때로는 토론을 벌이기도 했다.

돌이켜 보면 나는 문화적 특징이 감정을 표현하는 데에도 영향을 준다는 것을 할머니 집에서 깨달았던 것 같다. 그 영향으로 훗날 우리의 감정을 정확히 읽고 해석할 수 있는 소프트웨어를 개발할 때 나는 분석 대상이 동양인인지 서양인인지, 남자인지 여자인지, 나이가 적은지 많은지, 감성적인지 그 반대인지를 인지하도록 했다.

우리 조부모님은 1950년대에 개발된 낮은 직사각형 건물 수십 채가 모여 있는 단지에 사셨다. 바닐라색 건물의 각 층에는 직선으로 된 금속 난간이 달린 테라스가 있었다. 애초에는 그 동네에 있는 다른 집들처럼 2층으로 지어졌지만, 나의 조부모님은 성인이 된 자식들이 한 층씩 들어가 살 수 있도록 그 위에 세 층을 증축하셨다. 뒷마당에는 나무가 무성한 정원이 있었는데 할머니는 그 정원에 큰 자부심을 느끼셨고, 그곳에서 시간 보내기를 좋아하셨다. 국토의 90퍼센트가 사막인 나라에서 그 정원은 모래벌판 한가운데의 녹색 오아시스와도 같았고, 섭씨 37도를 넘나드는 무더위 속에서 휴식 공간이 되어 줬다.

나의 할머니 도도는 야자나무를 키워 소중한 그늘을 만드셨고 포도나무로부터는 열매와 향기로운 잎을, 구아바로부터는 약으로 쓸 수 있는 잎을(소화 문제를 해결하는 오래된 민간요법에 쓰인다), 망고나무로부터는 감미로운 과일을 얻으셨다. 이집트에는 적어도 열 종류가 넘는 망고가 있다. 각자 다른 특성을 띠지만 하나같이 과즙이 풍부하고 향이 좋다(미국에서 파는 단단하고 향이 없는 노란색 망고와는 다르다). 겉은 붉은색을 띠지만 속은 부드러운 황금색인 에웨시 망고는 달콤하고 향이 좋아 내가 가장 좋아하는 종류다. 우리가 여름에 카이로를 방문하는 시기는 운 좋게도 망고 철이었는데, 할머니의 정원에 가 보면 나무 아래에 에웨시 망고가 뚝뚝 떨어져 있었다.

카이로에 도착하자마자 우리는 차를 타고 곧장 할머니의 별장으로 향했고, 차에서 내리면 부엌으로 통하는 지름길인 뒷문 계단으로 달려갔다. 할머니는 터번을 쓰고 부엌 한가운데에 있는 테이블에 앉아 계시곤 했다. 할머니는 실내에서도 머리를 가린 채로 우리 가족의 연례 상봉 기념 식사 상을 차리시느라 썰고, 자르고, 음식 속을 채우는 동시에 요리를 돕는 두 가정부에게 지시를 내리셨다. 우리가 달려가서 품에 안기면 할머니는 환한 미소로 반겨 주셨다.

이집트의 여름날에는 오후 4시쯤에 저녁을 먹는다. 식사를 마치고 거실로 달려가면 신문지로 덮인 커다란 테이블에 할머니의 정원에서 수확한 망고가 100개 정도 놓여 있었다. 그때 온 집을 가득 채우는 향은 말로 표현하기가 힘들다. 시트러스와 복사꽃도 매우 강렬하고 달콤한 향을 발산했다. 강렬한 감정들은 우리의 삶 속에서 기억을 각인하는 데에 도움을 준다. 그렇게 수십 년이 지난 지금, 난 할머니가 차려 주신 모든 음식뿐만 아니라 음식의 향도 떠올릴 수 있다. 할머니의 집에서는 언제나 사랑과 안전함이 느껴졌다.

침공

1990년 7월 말, 우리 가족은 조부모님 댁을 방문했다. 아버지는 일 때문에 쿠웨이트로 돌아가시기 전에 우리와 며칠을 함께 보내셨고, 엄마와 우리 자매는 일주일을 더 머물렀다.

8월 2일 새벽 2시, 모두가 잠든 사이에 당시 이라크의 대통령이던 사담 후세인이 쿠웨이트를 침공했다. 쿠웨이트 정부는 이틀 안에 무너졌고, 이라크에 통제권을 내주었다.

우리는 할머니의 킹사이즈 침대 위에 옹기종기 모여 탱크가 지나가는 모습을 텔레비전으로 지켜봤다. 우리가 고향으로 생각하는 곳이 화면에 나왔다. 이라크군이 민간인들을 상대로 약탈하고 집을 파괴한다는 뉴스를 보고 우리는 잔뜩 겁에 질렸다. 엄마는 아버지에게 전화를 걸려고 했지만 이라크군은 모든 통신선을 끊어 버렸다. 보름 동안 우리는 아버지의 생사를 알 수 없었다. 엄마는 아버지가 무사히 계실 거라며 우리를 안심시키셨다. 마음 같아서는 그 말을 곧이곧대로 믿고 싶었지만, 어른의 말이라면 무조건 믿을 만큼 마냥 순진한 나이는 아니었다.

뿌리째 뽑힌 터전은 내가 한 번도 경험해 보지 못한 감정의 홍수를 불러일으켰다. 그 당시 나는 그 상황에 얼마나 화가 났는지, 미래를 얼마나 두렵고 불안하게 느꼈는지 제대로 깨닫지도 못했다.

나는 부모님뿐만 아니라 동생들에게도 나의 두려움이나 걱정에 대해 말할 수 없었다. 그것은 우리의 가풍에 어긋났다. 우린 가훈에 따라 살았다. "열심히 일하고, 집중하고, 항상 최선을 다하라." 우리는 방해물이 나타나면 힘을 모아 극복했다. 당시의 분위기에서 부정적인 감정을 표현했다면 징징대거나 불평하는 것으로 여겨졌을 터인데, 그건 결코 용납될 수 없는 일이었다. 대신 우리 가족은 '이 문제를 정면으로 맞닥뜨려 해결하자'라는 실용적인 접근법을 택했다. 우리는 뒤돌아보지 않고 앞을 향해 나아갔다. 나는 첫째로서 강인함을 유지하고 감정을 통제해야 한다는 책임감을 느꼈다. 부모님과 동생들에게 실망을 안겨 주고 싶지 않았던 나는 스스로에게 엄청난 압력을 가했다. 돌이켜 보면 내 감정의 전원을 아예 꺼 버렸던 듯도 싶다. 쿠웨이트의 상황을 둘러싼 두려움과 불안을, 마치 존재하지 않는 허구의 감정들인 양 나 자신에게 최면을 걸었다.

한동안 나는 우리 가족이 쿠웨이트로 돌아가 원래의 삶을 되찾으리라는 희망을 품고 있었다. 다른 형태의 삶은 생각조차 할 수 없었다. 그러나 어머니는 나보다 현실적이셨다. 어머니는 아버지와 함께 일군 터전이 잿더미에 묻히는 모습을 매일같이 뉴스로 지켜보셨다.

눈 깜짝할 사이에 부모님은 직장도, 집도, 저축해 놓은 돈도 잃으셨다. 하지만 우리의 상황은 다른 외국인들과 비교했을 때 나쁘지 않은 편이었다. 우리에게는 우리를 거둬 줄 사랑하는 가족이 있었다. 우리 가족은 필리핀 출신 가사도우미 린다와 함께 조부모님의 저택에 있는 빈집으로 이사했다.

할아버지는 이라크가 결국에는 전쟁에 패할 것이라고 어머니에게 말씀하셨다. 그러나 한편으로는 이 상황이 결코 빨리 해결되지는 않을 것이며, 우리가 곧 집으로 돌아갈 가능성은 없다는 말씀도 하셨다. 할아버지는 어머니에게 우리가 다닐 학교를 찾아보기를 권하셨다. 그제야 우리는 예전의 삶으로 돌아갈 수 없음을 깨달았다.

수년 후, 어머니는 아버지의 부재와 불확실한 미래 때문에 이 시기가 몹시 괴로웠다고 내게 고백하셨다. 하지만 어머니는 그 괴로움을 우리 자매에게 잘 숨기셨다. 새 학교에서 시작될 새 학기를 앞두고 어머니는 카이로의 일류 사립학교들을 둘러보며 바쁘게 움직이셨다. 어머니의 목표는 예전 학교처럼 진보적이면서도 학문적으로는 엄격한 영국식 교양 교육을 추구하는 곳이었다. 마침내 어머니의 마음에 쏙 드는 학교가 나타났다. 헬리오폴리스에 새로운 캠퍼스를 연, 명성 있는 사립 테베 국제학교였다. 우리가 살던 곳에서 멀지 않았다. 학교에 올림픽 경기장 크기의 수영장이 있다는 점에서 어머니는 마음을 굳히신 것 같았다. 덕분에 나와 동생들은 계속 수영 대회에 나갈 수 있었다.

학기가 시작될 무렵, 마침내 좋은 소식이 들려왔다. 아버지에게서 전화가 온 것이다. 아버지는 이라크군의 침공 이후 줄곧 아파트에 숨어 계셨는데, 머지않아 외국 국적자들은 쿠웨이트를 떠날 수 있을 거라고 말씀하셨다. 우리 가족은 비로소 안심했다. 11월 초, 아버지는 몇몇 친구들과 함께 쿠웨이트를 떠나도 좋다는 허가를 받고 요르단을 거쳐 카이로로 이어지는 길고 위험한 사막 길을 자동차로 운전해서 왔다.

그렇게 돌아오신 아버지는 카이로에서 IT 컨설턴트로 일하기 시작하셨고, 머지않아 어머니도 쿠웨이트 국립 은행 카이로 지점에서 다시 일을 시작하셨다. 어머니가 쿠웨이트에서 받던 월급보다는 적었지만, 그 돈은 우리 가계에 정말로 큰 도움이 됐다.

테베 학교는 쿠웨이트에서 다니던 학교보다 훨씬 전통적인 교육 방식을 추구했는데, 특히 학생들에게 무턱대고 암기하는 공부를 많이 시켰다. 나는 학구적이고 품행이 좋은 학생이라는 평판을 얻었고, 교장 선생님은 그런 나를 반장으로 임명하셨다. 말이 좋아 반장이지, 실제로는 복도의 미화 관리를 책임지는 정도의 보직이었다. 이 학교에서는 간혹 사소한 위반 사항에 대해서도 가혹한 벌을 내리곤 했다. 하루는 학교에서 공식적으로 승인한 색보다 옅은 파란 머리띠를 하고 등교하자 화가 난 담임 선생님이 얼굴이 빨개진 채로 걸어오셔서 내 손바닥을 자로 내리치셨다. 나는 순식간에 일어난 체벌에 격분했지만 입을 다물었다. 그건 그 학교의 문화였다. 그때부터 어머니와 나는 매일 아침 등교하기 전에 머리띠 색깔을 꼼꼼히 확인했다.

중동에 익숙하지 않은 사람들은 흔히 그 지역을 거대한 획일적 실체로 생각한다. 그곳 사람들은 똑같은 옷을 입고, 똑같은 음식을 먹고, 똑같은 관습과 규칙을 따른다고 막연히 생각하는 것이다. 하지만 실제로는 그렇지 않다. 중동 국가들에는 각각의 뚜렷한 개성이 있고, 문화적 규범에도 차이가 있다. 내가 이집트에서 다닌 학교는 쿠웨이트의 학교만큼 학문적으로 진보적이지 않았을지 모르지만, 사회적으로는 카이로가 걸프 지역의 다른 국가들보다 훨씬 개방적이었다. 우리 학교의 많은 10대들은 이성 교제를 허락받았다. 쿠웨이트의 학교에서는 단추를 끝까지 채우고 차분하게 지내는 분위기였다면, 테베 학교는 시끄럽고 혼란스러운 편이었다. 심지어 선생님들에게 말대꾸하는 학생들도 있었다. 남녀 학생들이 운동장에서 손을 잡고 걸어가는 모습도 심심찮게 볼 수 있었고, 담배를 피우는 학생들도 있었다. 그때까지의 상식과는 너무나 동떨어진 모습에 난 심한 충격을 받았다.

이 모든 경험은 놀라움으로 와닿는 동시에 나를 동요시켰다.

나는 문화적 관습이 다른 나라에서 자란 전학생이었다. 게다가 두 학년(1학년과 8학년)을 건너뛰었기 때문에, 반 아이들보다 두 살 어린 열두 살의 나이였다. 그리고 부모님이 연애를 금지하셨기 때문에 학창 시절 내내 영락없는 아웃사이더로 지낼 운명에 처해 있었다. 그래서 반 친구들과 거리감을 느꼈지만 동시에 새로운 환경에 매료되기도 했다. 나는 남녀 관계의 복잡함에 강한 호기심을 느꼈고, 같은 반 친구들을 관찰하기 시작했다.

아이들 개개인의 얼굴, 학급에서 은밀하게 오가는 남녀들의 눈빛, 수업이 끝난 후 그들의 행동을 보면서 나는 누가 누구를 좋아하고 누가 헤어질 위기에 처해 있는지를, 때로는 당사자들이 미처 깨닫기도 전에 알아맞히곤 했다.

가령 나는 긴 웨이브 머리와 짙은 눈동자가 특징인 과학에 재능이 많은 소녀 라시다가 잘생기고 몸이 좋은 소년 모하메드에게 보내는 끊임없는 시선을 알아챘다. 모하메드는 라시다와 눈이 마주치면 잽싸게 시선을 돌렸다. 내가 이것을 알아차린 며칠 후에 둘은 손을 잡고 있었고, 라시다의 남자 친구였던 무크타르는 전 여자 친구를 쓸쓸히 바라보았다. 나에게 기묘한 재능이 있다는 걸 알아챈 뒤로는 친구들을 모아 놓고 앞으로 일어날 연애사를 예언했다. "그 애는 너한테 반했어." "조심해, 걔는 한눈을 많이 팔아." 얼마 지나지 않아 나는 연애 상담의 고수가 되었다.

친구가 몇 명 생겼지만 나는 여전히 외로움을 느꼈다. 데이트를 할 수 없어서가 아니라, 대부분의 10대들과 달리 난 학교에 가는 것과 공부하는 행위 자체를 좋아했기 때문이었다. 이 점 때문에 난 반 친구들과 섞이지 못했다. 대부분 학생들과 달리 난 숙제하기를 좋아했다. 가족들이 잠들고 한참이 지나도록 식탁에 책들을 잔뜩 펼쳐 놓은 채 밤늦게까지 자지 않고 수학 문제를 풀고, 책을 읽고, 사색에 잠겼다. 그러던 어느 날 밤 나는 창밖을 내다보았다. 밖은 캄캄했다. 그런데 두 건물 너머 전등불이 켜져 있는 집이 눈에 들어왔다. 저 멀리 책상에 앉아, 나처럼 스탠드를 켜고 공부하는 내 또래 남자애의 모습이 보였다. 그 애가 고개를 들었다. 내가 손을 흔들자 그 남자애도 손을 흔들어 대꾸했다. 우리는 밤늦게까지 자지 않고 공부했고, 동시에 불을 끄곤 했다. 자정이 지나 우리 중 한 명이 먼저 공부를 중단하면 다른 한 명이 뒤따라 책을 덮었다. 나는 그런 방식으로 이성에게 관심을 표했다. 마치 연애를 하는 듯한 기분이 들었다. 그 남자애는 나의 비밀스러운 심야 데이트 상대가 되어 있었다. 천진난만했던 나에게 그것은 경계선이 그어진 로맨틱한 관계였다. 우리 사이의 거리는 끝끝내 좁혀지지 않았지만, 내 마음속에서 그 아이는 나의 첫 남자 친구다.

1991년 2월 28일, 사막의 폭풍 작전에 의해 쿠웨이트가 해방되면서 걸프전은 공식적으로 끝이 났다. 하지만 혼란은 계속됐다. 사담 후세인은 군을 철수하며 쿠웨이트 유전에 불을 질렀고, 이는 환경 재앙으로 이어졌다. 화재는 거의 1년 동안 지속됐고, 뜨겁고 악취가 나는 원유가 페르시아만으로 유출되었다. 그 무렵 쿠웨이트 은행은 어머니를 다시 정규직으로 채용했고, 얼마 지나지 않아 쿠웨이트 정부는 아버지를 다시 고용했다. 부모님은 우리 자매를 할머니, 할아버지 댁에 남겨 둔 채 쿠웨이트로 향하는 첫 전용기에 탑승하셨다. 이때 작별 인사를 하며, 엄마는 우리가 피난 온 후 처음으로 눈물을 보이셨다.

나는 두려웠다. 앞으로 우리 가족은 어떻게 될까? 어떻게 어머니 없이 시련에서 살아남을 수 있을까? 어머니는 우리를 지지하는 바위 같은 존재였다. 물론 조부모님은 우리를 부족함 없이 보살펴 주셨고, 몇 년 동안 우리와 함께 생활한 가사도우미 린다도 따뜻하게 대해 줬다. 그 모든 혼란 속에서 어머니가 비행기에 탑승하는 모습은 나에게 큰 충격으로 와닿았다. 하지만 나는 울지 않았다. 나는 내 감정을 꽁꽁 숨겼다.

감정을 억누르는 데 능숙했던 나는 아무 일도 없는 것처럼 행동했지만, 때때로 예상치 못한 방법으로 터뜨리기도 했다. 주로 말을 쏟아내는 식이었지만 행동으로 격렬하게 표출한 적도 있었다. 한번은 학교 운동장에서 학교 불량배를 주먹으로 때린 일도 있었다! 난 평소에 누구보다 얌전한 모범생이었기 때문에 그 모습을 본 학교의 모든 이들이 큰 충격을 받았다. 한번은 린다가 허락 없이 내 헤어롤을 썼다는 사실을 알고 격분해서 소리 지르기도 했다. 사실 별일 아니었지만 나는 린다가 울음을 터트릴 정도로 화를 냈다. 그리고 나니 기분이 너무 안 좋았다. 어머니가 보셨다면 분명 나를 야단치셨을 것이다. 우리 집에서는 용납되지 않는 행동이었다. 당시에는 내가 왜 그렇게 발끈했는지 이해할 수 없었다. 물론 지금은 내가 왜 그런 행동을 했는지 안다.

전쟁은 내 의사와 상관없이 내 인생을 송두리째 바꾸어 놓았다. 그런 경험은 나를 더욱 강인하게 만들었고, 내면에 있는 야망과 경쟁력에 불을 지폈다. 난 새 학교에서 투명 인간 같은 존재가 되지 않기로 마음먹었다. 난 도드라지고 싶었고, 명성을 떨치고 싶었다. 전쟁이 우리 가족의 삶을 방해했다는 사실, 나를 괴짜 같은 아웃사이더로 만들어 놨다는 사실을 바꿀 수는 없었다. 그래서 난 내 의지로 바꿀 수 있는 것에 집중했다. 나는 모든 에너지를 학업에 쏟아부었다. 이것은 이후 내 삶의 패턴이 되었고, 나아가 위기에 대응하는 방법이 되었다. 나는 책에 나 자신을 파묻었다. 최선을 다한 결과, 연말에는 반에서 1등을 차지했다.

늦은 봄, 학기가 끝나자 우리는 쿠웨이트에 있는 부모님을 방문했다. 부모님 없이 동생들과 비행기를 탄 것은 그때가 처음이었다. 당시 세 살이던 룰라를 가운데 자리에 앉히고 라샤와 내가 양옆에 앉았다. 나는 너무나도 겁이 났지만 동생들 앞에서는 내색하지 않고, 쿠웨이트까지 가는 여정 내내 동생들을 재미있게 해 주려고 애썼다. 비행기에서 내려 우리에게 손을 흔들며 미소 짓는 부모님의 모습을 보고서야 비로소 안도할 수 있었다. 어머니는 달려와 우리를 안아 주셨고, 나는 그제야 제대로 숨을 쉬었다.

부모님은 새 아파트에 살고 계셨다. 예전에 살던 아파트는 이라크군에 의해 완전히 폐허가 되고 말았다. 우리 가족의 계획은 다 같이 쿠웨이트에서 사는 것이었지만 유전은 여전히 불타올랐고, 하늘은 뿌옇고 검게 그을려 밤낮을 구분할 수 없을 지경이었다. 한번은 동생들과 근처 놀이터로 놀러 나갔다가 검은 재를 뒤집어쓰고 집으로 돌아오기도 했다. 타오르는 기름의 악취, 입안에서 뿜어져 나오는 매캐한 그을음의 맛이 아직도 기억난다. 그 악취를 씻어 내기 위해서 손가락으로 박박 문지르며 머리를 감아야 했다.

부모님은 결국 결정을 내리셨다. 우리는 영원히 쿠웨이트를 떠나 이집트로 돌아갔다.

부모님이 새 직장을 구하시는 동안, 나와 동생들은 다시 조부모님 댁에 돌아가 새 학기를 맞이했다.

아버지는 아랍에미리트연합 정부에 고용되어 쿠웨이트에서와 비슷한 급여와 지위를 보장받으셨고, 어머니는 지역 학교의 컴퓨터과학 교사로 채용되셨다. 그렇게 우리는 아부다비로 거처를 옮겼다.

4

동네 사람들이
뭐라고 생각하겠니?

이집트에서는 고등학교 2학년이 끝나는 여름방학부터 대학교에 지원하기 시작한다. 나는 두 학년을 건너뛰었기 때문에 열세 살에 대학 원서를 내기 시작했다.

착한 이집트 소녀는 자취를 해서도 안 되고 여자대학 기숙사에 들어가서도 안 된다. 그래서 나의 선택지는 조부모님 댁에서 통학할 수 있는 대학, 즉 카이로에 있는 대학으로 제한됐다. 부모님은 우리 자매들에게 컴퓨터과학, 의학, 공학 세 가지 중에서 선택할 수 있도록 허락하셨다.

나는 늘 사람들에 대한 호기심이 있었고, 과학 성적이 좋았다. 거기에 더해 막연하지만 뭔가 '중요한 일'을 하고 싶었다. 그래서 의대에 진학해 의사가 되겠다는 생각을 했던 것 같다. 생명을 구하는 것보다 더 중요한 일은 없지 않은가? 하지만 한편으로는 컴퓨터과학에도 흥미를 느꼈다. 평소 내가 갖고 있던 '사람에 대한 호기심'을 생각하면 이상한 선택으로 보였을지도 모르지만, 나는 늘 기술이라는 것이 기계보다는 사람을 중점에 둔다고 생각했다. 아마도 어린 시절, 동생들과 비디오게임을 하며 놀았던 기억 때문이 아닐까 싶다. 또한 나는 컴퓨터과학이 유망한 분야라고 믿었다. 그래서 점점 더 그 방향으로 끌리기 시작했다.

전 과목 A학점을 놓친 적이 없는 나는 카이로에서 1, 2위를 다투는 두 대학에 지원했다. AUC(아메리칸 유니버시티 인 카이로)와, 높은 평가를 받으면서도 학비가 저렴한 공립대학이었다. 전형적인 중동 학교인 공립대학은 교수진 대부분이 아랍인이었고, 아랍어로 수업을 진행했으며, 의예과 학생으로 입학하면 과학 관련 수업만 이수할 수 있었다. AUC는 나에게 익숙했던 영국식 교육에 더 가까웠다. 교수진 절반은 미국인이었고, 수업은 영어로 진행되었으며, 이공계 전공자도 인문학 수업을 듣게 해 줬다.

어린 시절, 나의 삶은 이슬람교를 중심으로 돌아갔다. 회교도의 안식일인 금요일이 되면 우리 가족은 모스크에 갔다. 성인이 되고 한동안은 함께 일하는 사람들에게 양해를 구한 뒤, 조용한 곳을 찾아가 기도할 때 쓰는 담요를 깔아 놓고 하루에 다섯 번(일출 전, 정오 무렵, 늦은 오후, 일몰, 밤) 기도를 올렸다. 요즘도 어려운 결정을 내려야 할 때면 기도를 한다. 대입 당시에도 그랬다. 이슬람교에는 '이스티카라'라고 하는 특별한 기도문이 있다. 결정을 내리기 힘들 때 알라에게 올바른 방향으로 인도해 달라고 비는 기도다. 대략 번역을 하면 이런 내용이다. "친애하는 알라, 내게 가장 좋은 것이 무엇인지 알고 계시니 그렇게 인도해 주시옵소서."

어떻게 할지 명확한 계시를 받았다고 말하기는 어렵지만, 기도문을 낭송하고 나니 일이 이치대로 잘 풀릴 것 같다는 안도감이 들었다. 결과가 어떠하든, 애초에 그렇게 될 예정이었을 테니까.

나는 두 학교 모두 합격했지만 의사가 내 천직이 아니며, AUC가 나에게 더 잘 맞는 학교라는 점을 깨달았다. 그래서 나는 AUC에서 컴퓨터과학을 전공하기로 마음먹었다.

걸프전으로 인한 경제적 타격으로 힘든 시기를 보내시던 부모님은 두 동생의 사립학교 등록금에 내 대학 등록금까지 부담하셔야 했다. 처음으로 아버지는 그 비용에 부담을 느끼셨고, 내가 등록금이 싼 공립대학(부모님 두 분 모두 그 학교를 졸업하셨다)에 가는 편이 좋겠다고 말씀하셨다.

대학 측에 장학금을 신청했지만 적은 금액밖에는 지원받을 수 없었다. 그때 어머니가 "교육은 최고의 투자"라고 강력하게 주장하시며, 앞으로 4년 동안 수입의 전부를 내는 한이 있더라도 내가 입학할 수 있는 최고의 학교에 보내야 한다고 말씀하셨다. 그 지지의 손길은 흔들리지 않았고, 아버지는 그런 어머니의 확고함에 놀라 결국 수긍하셨다. 그렇게 나는 대학교에 입학해 이후 큰 액수의 장학금을 받았다. 나의 기도가 이루어진 것이다.

열다섯 살에 AUC의 신입생이 된 나는 할머니, 할아버지 댁에서 지냈다. 두 분은 따뜻했고, 친절했고, 힘이 되어 주셨지만 부모님과 같은 규칙을 강요하셨다. 나는 캠퍼스에서 열리는 파티에 참석할 수 없었고, 엄격한 통금 시간을 지켜야 했다. 게다가 남학생들에게 내 전화번호를 알려 주어서도 안 되었고, 데이트도 할 수 없었다. 나는 두 분에게 불만을 표하지 않았다. 부모님과 조부모님이 나를 신뢰하신다는 것을 알고 있었기에 그 신뢰를 깨지 않는 것을 명예롭게 생각했다.

엄청난 부호들이 사는 카이로의 부촌과 인근 교외와 달리 도심지, 특히 타흐리르 광장 주변 지역에는 빈민촌이 형성되어 있는데 당시 AUC의 주 캠퍼스는 바로 그 빈민촌에 있었다. 그곳의 거주자들, 특히 젊은 사람들의 삶은 절망적으로 보였다. 이집트뿐만 아니라 중동 전역에서 중산층 진입은 매우 어려운 일이다.

AUC는 헬리오폴리스에서 차로 30분 거리로, 지하철 통학도 가능했다. 지하철은 늘 승객들로 붐볐고, 출퇴근 시간에는 특히나 심했다.

지하철에서 내려 혼자 광장을 지나갈 때면 나이를 불문하고 온갖 남자들이 당시 열다섯 살이던 나에게 아무 거리낌 없이 성적으로 불쾌한 말들을 내뱉었다. 나는 누구와도 눈을 마주치지 않고 중립적인 표정을 유지하며 앞으로 고개를 내민 채 힘찬 걸음으로 그곳을 지나갔다. 그럴 때면 심장이 빠르게 뛰었고, 나 자신이 나약하게 느껴졌다. 나는 대학교 정문 앞에 도착해서야 안도의 한숨을 내쉬었다.

타흐리르 광장의 주민들에게 AUC는 단지 타락한 서구 문물의 연장에 불과했다. 설상가상으로 일부 부유층 학생들과 교수들은 벤츠, BMW, 포르쉐 같은 고급 차를 몰고 캠퍼스를 드나들었고, 이는 주민들의 반감을 키우는 꼴이 됐다.

교문 안쪽으로 들어가면 야자수와 정원이 있는 녹지가 펼쳐졌다. 아치형 창문과 정교하게 조각된 천장이 있는 100년 된 건물들은 아라베스크 건축 양식의 정점을 보여 줬다.

나는 컴퓨터과학 전공자였지만 다른 분야 과목들도 필수적으로 수강해야 했다. 베이지안네트워크, CPU, 바이트, 보드레이트 같은 것들을 공부하는 학생에게 도대체 영문학이 무슨 도움이 될까? 당시에는 좀처럼 이해가 안 됐지만, 그 수업들은 사고를 확장하고 넓은 세계관을 키우는 데에 큰 도움이 됐다. 경제학 개론, 조직 행동, 마케팅의 이해 등의 수업은 사람들이 어떻게 생각하고 결정을 내리는지에 대한 통찰력을 키워 줬다.

AUC 컴퓨터과학과는 남녀 비율이 비슷했다. 이는 중동 전역에서 비슷하게 나타난다. 미국의 이공계 전공자 중에는 남자가 압도적으로 많다는 사실을 알았을 때 난 큰 충격을 받았다. 중동에서는 이공계 전공자 중 여자가 남자보다 좋은 성적을 받는다. 아마도 자신을 증명하기 위해 더 열심히 노력하기 때문일 것이다.

데이트가 금지된 나는 남녀가 함께하는 콘서트 같은 자리에도 가지 못했다. 따라서 친목 활동을 하지 못하고 아웃사이더로만 지내야 했다. 하지만 나는 여자들과 긴밀한 우정을 쌓았고, 과 여학생들 사이에서 '비밀을 털어놓을 수 있는 친구'가 됐다. 남자 친구와 이별하고 속마음을 털어놓는 친구도 있었고, 가족에 대한 비밀을 이야기하는 친구도 있었다. 나는 친구들의 이야기를 잘 들어줬고 그들의 비밀을 지켰다. 하지만 그것은 어디까지나 일방적인 대화였다. 나는 그들에게 내 비밀을 털어놓지 않았다. 그때나 지금이나 누군가에게 속마음을 털어놓는 건 불편하게 느껴진다. 연애 자체와 담을 쌓고 살았기 때문에 연애사에 대한 고민이 있을 리도 만무했다. 학교에 마음에 드는 남학생들이 몇 있기는 했지만 누구에게도 그것에 대해 말하지 않았다. 어차피 행동으로 옮길 수 없으니 그런 감정을 느끼는 게 부질없다고 느껴졌다. 나는 연애를 하는 것이 학교에 다니는 주된 목적인 학위 취득에 방해가 된다는 부모님의 말씀을 믿었다. 애초에 우리 가족이 굴러가는 방식이 그러했기에 난 아무런 이의를 제기하지 않았다.

나는 학교 공부에 더욱더 집중했다. 머지않아 나는 컴퓨터과학이 올바른 선택이었음을 확신했다. 일단 수업을 듣는 게 너무 좋았고, 코딩에서는 타의 추종을 불허할 정도로 두각을 나타냈다. 컴퓨터과학을 모르는 사람들은 코딩이 단조로운 숫자로만 이루어져 있다고 생각할지 모르지만, 실제로는 매우 창의적인 작업이 될 수 있다. 소스 코드(혹은 그냥 '코드')는 작업을 완수하는 데 필요한 정보를 시스템에 제공하는 설계도이다. 이메일 발송부터 단순한 숫자 계산, 노래 재생, 집의 온도 조절기 제어에 이르기까지 컴퓨터에서 이루어지는 모든 일은 컴퓨터가 이해하는 언어로 쓰인 일련의 지시 사항을 필요로 한다. 인간이 입으로 말하는 수많은 종류의 언어(구어)가 있듯 자바, 파이톤, C++, 자바스크립트, 루비 온

레일즈, 펄 등 다양한 이름을 가진 프로그래밍 언어가 존재한다.

　모든 구어는 기본적인 문법 구조를 띤다. 예를 들어, 모든 완전한 문장은 명사와 동사로 이루어진다. 구어체, 문어체를 막론하고 우리는 이 모델을 바탕으로 언어를 구사하고, 한 언어의 구조를 익히면 다른 언어를 배울 수 있는 기반이 형성된다. 컴퓨터 언어도 마찬가지다. 일단 기본 구조를 이해하면 훈련을 통해 새로운 언어를 쉽게 배울 수 있다. 코드를 쓰는 것은 과학인 동시에 예술 행위이다. 좋은 코드는 우아하고 효율적이다. 잘 쓰인 코드는 이해하기 쉬운 이야기를 들려준다. 잘 제작된 지도와 마찬가지로 좋은 코드의 지시 사항은 명확하고 정교하며, 가능한 한 빠르고 효율적으로 A지점에서 B지점으로 대상을 안내한다. 흔히들 좋은 코드는 '잘 문서화되어 있다'라고 하는데, 이는 다른 프로그래머가 봤을 때 그 코드의 용도가 분명히 전달된다는 것을 의미한다. 반면 서투른 코드는 지나치게 복잡하고 엉성해서 프로그래머들은 흔히 '스파게티 코드'라고 부른다. 정보가 국수 가닥처럼 엉켜 있기 때문이다. 스마트폰에 설치한 앱이 배터리를 너무 많이 소모해서 삭제한 경험이 한 번쯤은 있을 것이다. 이것은 잘 쓰지 못한 코드의 특징 중 하나이다. 응용 프로그램을 만들 때, 같은 플랫폼상에서 다른 중요한 기능이 실행되지 못하게 막지 말아야 한다는 건 기본 상식이다. 마찬가지로 치명적인 오류나 결함이 있는, 버그가 많은 앱도 자주 충돌하는 경향이 있다.

밤샘 공부

내가 대학에 다니던 시절에 노트북 컴퓨터는 비싸고 희귀했으며, 당시 우리의 프로그래밍 작업을 수행할 만큼 성능이 좋지도 않았다. 그래서 컴퓨터과학도들은 연구소와 해당 서버(그 당시에는 클라우드가 존재하지 않았다)에서 살다시피 했다. 우리는 종종 조별 과제를 하기 위해 수업이 끝난 뒤 저녁 시간에 연구실이나 서로의 집에서 만나 남은 작업을 하곤 했다. 내가 남녀가 섞인 팀에 배정될 때면(대부분은 그랬다), 조부모님은 우리 팀원들을 만나 보겠다고 우기셨다. 그래서 가능하다면 두 분이 직접 확인할 수 있도록 우리 집에서 조모임을 하기를 원하셨다.

나는 코딩 작업에 많은 시간을 쏟았다. 신호등 변경 시스템과 그래픽UI(사용자 인터페이스)를 주로 다뤘는데, 둘 다 잘 문서화된 코드를 쓰는 방법을 배우기에 무척 유용했다. 내 대학 생활의 하이라이트는 두 학기짜리 프로젝트인 '코스492'라는 이름의 수업이었다. 이 수업은 실제 업무 상황을 재창조하는 프로그램을 연구, 설계, 착수하는 데에 중점을 뒀다. 우리 팀은 나와 내 가장 친한 친구인 알리아, 동명이인의 남학생인 두 모하메드로 구성돼 있었다. 우리 팀의 과제는 엘리베이터를 운영하는 프로그램을 만드는 것이었다. 언뜻 간단하게 들릴지도 모르지만 엘리베이터는 생각보다 복잡한 작업을 수행하며, 기계 자체 또한 매우 복잡한 설계로 이뤄져 있다.

엘리베이터를 이용하는 가장 이상적인 상황은 호출 버튼을

누르고 몇 초 안에 엘리베이터가 오고, 불필요하게 멈추는 일 없이(또는 층과 층 사이에 갑자기 멈추는 등의 사고 없이) 원하는 층으로 이동하는 것이다. 사용자는 매끄럽고 빠르고 안전한 이동을 원한다. 하지만 다층 거주지에서 생활해 보면 일과 시간에 엘리베이터가 붐빈다는 사실을 알 수 있다. 특히 사람들이 서둘러 출근하는 아침과 집으로 돌아가는 저녁 시간에는 정체가 더욱 심해진다.

우리 팀은 상상할 수 있는 모든 시나리오에 대한 시뮬레이션을 만들어야 했다. 승객 A가 5층에서 탑승해 20층으로 올라가려고 하는데 승객 B는 21층에서 탑승해 로비로 내려가고 싶어 하고, 승객 C는 5층에서 8층으로 올라가고 싶어 한다면 어떻게 하는 게 좋을까? 우리는 '공정성'이라는 의미를 프로그램에 포함해야 했다. 즉 프로그램은 각각의 사용자가 대기하는 시간을 고려해야 했다. 그리고 만약 엘리베이터가 둘 이상 있다면 각각의 기계들은 상호 보완하며 작동해야 했다.

우리는 건물 관리자, 에너지 회사 실무자, 세입자와 주거자를 인터뷰해 그들의 요구와 의견을 수집했다. 사람들이 엘리베이터를 어떻게 사용하는지에 대한 데이터와 건물주의 기대치를 수집한 후에야 시뮬레이션을 만들고 코딩을 시작할 수 있었다.

기한 내에 과제를 완수하기 위해 전원 밤샘 작업도 마다하지 않았다. 낮에 수업이 끝나면 우리는 컴퓨터실에 모여 오후 6시부터 새벽 4시까지 작업하곤 했다. 힘든 작업이었지만 조원들은 진한 동지애를 나누었다. 집에서 몇 시간 잠을 자고 아침 수업에 들어갔다가, 다시 컴퓨터실에 모여 작업하는 일과가 되풀이됐다.

늦가을 무렵에는 며칠 밤을 연속으로 새 가며 여느 때보다 치열하게 작업했다. 졸업이 2월이었으니 남은 석 달 동안 작업을 완수해야 했다. 나는 그때까지 운전면허가 없었기 때문에 야간작업이 끝나면 두 모하메드 중 한 명의 차를 얻어 탔고, 우리 집이 더 멀었기 때문에 알리아가 먼저 차에서 내리곤 했다.

그렇게 바쁘게 지내던 중 아버지가 카이로로 출장을 오셨다. 아버지는 회의 장소와 가까운 시내의 호텔에 묵으셨다. 우리 둘 다 바빴지만 다행히 시간을 맞춰 아버지가 머무시는 호텔에서 점심을 먹기로 했다. 아버지를 만나기 전날 밤, 나는 과제를 하다가 새벽 5시가 돼서야 집에 도착했다. 너무 피곤해서 옷을 입고 잠이 들었다. 몇 시간 후 알람이 울리자, 난 자리에서 일어나 샤워를 하고 깨끗한 옷으로 갈아입은 뒤 학교로 돌아갔다.

계속되는 코딩 작업에 피로가 극에 달했지만 아버지를 만나 그동안 조원들과 이룬 성과를 보여 드릴 수 있다는 생각에 발걸음이 가벼웠다. 나는 아침 수업이 끝나기만을 기다렸다. 아버지는 헬리오폴리스에서 할머니와 먼저 만난 뒤, 학교에서 나를 태우고 시내에 있는 호텔까지 이동해 점심을 먹을 계획이었다. 오후 1시에 캠퍼스 주차장으로 걸어가 보니 아버지가 빨간색 마쓰다 차량 앞에서 나를 기다리고 계셨다. 나는 따뜻한 인사말과 포옹, 미소를 기대하며 조수석에 탑승했다. 그러나 아버지는 차가운 눈빛으로 나를 바라보며 분노에 찬 목소리로 소리치셨다.

"라나! 마샤 3알라 7알 샤3리크(Mashya 3ala 7al sha3rik)!" (숫자들은 영어에 없는 아랍어 발음을 대신한다.)

착한 이집트 소녀가 들을 수 있는 가장 모욕적인 말이었다. 의역하면 '수치스러운 귀갓길' 정도가 되겠다.

"네가 새벽 5시에 사내놈의 차에서 내리는 걸 이웃들이 봤다. 사람들이 뭐라고 생각하겠니?"

그 이웃은 분명 '악의 없이' 나의 귀가 시간에 대해 얘기했을 것이다. 그러나 아버지의 귀에는 그 말이 딸에 대한 외설스러운 소문으로 들린 것이다. 아버지는 내가 그 시간까지 파티장에서 놀다 온 게 아니라는 걸 아셨지만 그런 건 중요하지 않았다. 중요한 것은 이웃들이 어떻게 생각하느냐였다. 나는 울음이 터졌다. 과제를 하려면 밤을 꼬박 샐 수밖에 없다고, 협동하지 않으면 다 같이 뒤처진다고 설명했다.

"과제를 꼭 그런 방식으로 해야 한다면 전공을 바꾸고 처음부터 다시 시작하는 수밖에 없겠구나."

"뭐라고요? 다른 전공 어떤 거요?" 난 충격을 받았고, 볼에는 눈물이 줄줄 흘러내렸다.

"회계학을 전공하는 게 어떻겠니? 그쪽 학생들은 밤샐 일이 없을 것 같은데."

나는 공황 상태에 빠졌다. 졸업을 한 학기 앞둔 시점인 데다, 나는 과에서 1등이었다. 그런데 아버지는 그 모든 걸 포기하고 관심도 없는 분야를 공부하라고 말씀하고 계셨다. 참견하기 좋아하는 이웃 한 명 때문에 내 인생이 이렇게 뒤바뀌어야 한단 말인가?

그날 우리는 점심을 먹지 않았고, 아버지는 나를 집까지 태워다 주셨다. 맥이 빠졌다. 그 후 며칠 동안 어머니와 할아버지는 아버지와 팽팽한 논쟁을 벌이셨고, 나는 바늘방석에 앉은 듯 초조한 시간을 보냈다. 아버지는 실추된 내 명예를 회복해야 한다고 주장하셨다. 반면 어머니와 할아버지는 내가 얼마나 열심히 공부했는지를 언급하시며 이 상황의 불합리함을 지적하셨다.

전공을 회계학으로 바꾸라는 아버지의 말씀은 진심이 아니었다고 생각한다. 다만 이웃들의 말에 굴욕감을 느꼈고, 아버지의 역할을 하는 과정에서 서툴게 행동했을 뿐이다. 아버지는 내가 험담의 대상이 되지 않도록 보호해 주고 싶으셨던 거다.

결국 아버지는 누그러지셨고, 나는 컴퓨터과학 전공자로 남을 수 있었다. 단 밤 11시라는 통금 시간이 주어졌다. 조원들은 우리 가족의 사정을 이해해서 늦게까지 작업을 하는 날도 밤 11시까지는 나를 집 앞에 데려다줬고, 밤을 새울 필요가 없도록 다 같이 일정을 조정했다. 그렇게 우리는 해결 방안을 찾아 나갔다.

두 달 후 컴퓨터과학부 전체와 초대 손님들이 보는 가운데 모든 팀이 강단에 올라 자신들의 결과물을 시연했다. 우리의 발표와 소프트웨어는 흠잡을 데가 없었다.

아버지는 뒤쪽에 앉아 자랑스럽게 웃고 계셨다. 발표가 끝난 후, 아버지는 달려와 나를 꼭 안아 주셨다. 나는 불명예를 씻었고, 우리는 그 사건에 대해 다시는 말하지 않았다.

1998년 2월 12일 목요일, 검은 모자와 가운을 착용한 300명의 졸업생이 강당을 가득 메웠다. 우리가 자리에 앉자 부총장님이 입을 열었다. "매해 졸업식이 되면 졸업반에서 가장 높은 순위를 차지한 학생에게 트로피를 수여합니다. 올해의 수상자는…… 라나 아이만 엘 칼리우비 양."

　열심히 한 보람이 있었다. 나는 단상으로 걸어 올라갔고, 총장님은 커다란 은색 트로피를 건네주셨다. 트로피 하단의 작은 명판에는 내 이름과 과거 수상자들의 이름이 새겨져 있었다. 나는 트로피를 머리 위로 높이 들어 사람들에게 보여 줬다. 과 친구들이 환호성을 치며 너무 오랫동안 박수를 치는 바람에 조금 당황하고 말았다.

5

불꽃

졸업 후, 나는 카이로에 기반한 떠오르는 기술 스타트업 회사에 이력서를 냈다.

내가 면접을 보러 간다고 하자 아버지는 노발대발하셨다. "신생 기업이라고? 넌 수석으로 졸업했어, 라나. 그보다는 좋은 데를 가야지! 정말 이름도 없는 컴퓨터 회사에서 일할 생각이냐?"

이어지는 아버지의 말씀에 나는 가슴이 철렁 내려앉았다. "정 그렇다면 면접장에 같이 들어가자."

카이로가 서양과 비교했을 때 사회적으로 덜 진보적이라는 점은 나도 인정한다. 하지만 그런 카이로라고 해도 아버지가 취업 면접에 따라간다는 건 말도 안 되는 일이다. 결국 아버지가 한 발짝 양보하셔서 내가 면접을 보러 가 있는 동안 회사 밖에 차를 대놓고 기다리셨다.

부모님이 생각하시는 내 진로는 두 가지뿐이었다. 이름이 잘 알려진 세계적인 대기업의 주요 부서에서 한 단계 한 단계 밟고 올라가거나, 일류 대학교에서 종신 교수가 되는 것이었다. 그런 분들에게 스타트업 기업은 너무나도 불안해 보였을 것이다. 스타트업은 금전적으로, 나아가 인생 전반에 있어서 뭐 하나 보장해 주는 것이 없다. 위험을 감수하는 일에 반감을 갖는 것이 이미 관습화된 사회에서 스타트업은 불신의 시선을 피하기 힘들었다.

하지만 내 또래들 사이에서 소프트웨어 스타트업인 아이티웍스(ITWorx)는 모두가 선망하는 회사였다, 이 회사는 이집트에 남아 일하기로 결심한 야망 있는 고학력 인재들에게 좀처럼 얻기 힘든 기회를 제공했고, 변혁이 일어나고 있는 기술 분야의 일원이라는 자긍심을 심어 줬다. 이집트는 중동 전체가 그렇듯 경제적 유동성이 부족해 인재 기근에 시달리고 있었다. 현재 수많은 내 또래의 젊은이들은 이집트를 벗어나 마이크로소프트, 구글, IBM, 시스코, 인텔처럼 주로 컴퓨터 혁명의 선두에 섰던 기업들에서 일하고 있다.

1990년대 중반, 중동은 기술 전선에서 뒤처졌다. 10억 달러짜리 기업인 마이크로소프트는 세계의 컴퓨터 운영체제 시장을 독식했다. 소위 말하는 닷컴 혁명은 절정을 맞았고, 실리콘 칩 생산으로 새로이 명성을 얻은 노스캐롤라이나의 골짜기 지대는 기업인들과 혁신을 한곳으로 잡아끄는 자석과도 같은 역할을 했다. 하지만 카이로에서는 이런 일들을 찾아보기 힘들었다.

아이티웍스는 1994년에 와엘 아민, 유스리 헬미, 아메드 바드르 세 사람에 의해 창립됐다. 현재 중동에 800명의 직원을 둔 이 기업은 화려한 유리 건물을 본부로 두고 있는데, 내가 이력서를 냈을 당시에는 헬리오폴리스의 별 특색 없는 건물 일부를 사무실로 사용했다. 스타트업이 대체로 그렇듯 아이티웍스의 분위기는 비교적 자유로웠다. 정장이나 넥타이는 착용하지 않아도 됐고, 대부분 청바지에 티셔츠를 입었다. 창업자들은 사무실 가구에 불필요한 소비를 하는 대신 꼭 필요한 부분에 투자하는 쪽을 선택했다. 책상과 의자는 몇 개 없었고, 대부분 바닥에 앉아서 대화를 나누며 각자의 일을 했다.

나는 면접 때 피터 팬 칼라가 달린 하늘색 블라우스, 무릎 아래까지 내려오는 파란 꽃무늬 스커트에 굽이 낮은 힐을 신고 한 손에는 수첩을 들고 있었다. 아마 MBA 과정 학생처럼 보였을 것이다. 멋과는 거리가 멀어도 한참 멀었다.

소개를 마치자 면접관이 바닥을 가리키며 함께 앉자고 손짓했다. 나는 어색하게 자리에 앉아 치마로 다리를 조심스럽게 가렸다. 그로부터 한 시간, 난 어색함을 견디느라 진땀을 뺐다(보는 사람도 참 불편했을 것이다). 어정쩡하게 무릎을 꿇고 대화를 나누며, 계속해서 치마가 다리를 제대로 가리고 있는지에 신경을 썼다. 입사 제안을 받지 못했다는 것 외에 다른 건 잘 기억나지 않는다. 그 길로 나는 장학금을 받고 AUC에서 석사 과정을 시작했다. 부모님은 그 결정에 대단히 흡족해하셨다.

하지만 회사 창립 멤버 중 한 명인 와엘에게 강한 인상을 남기는 데에는 성공했다. 와엘은 신발을 벗고 양말을 신은 채로 복도를 지나가던 중에 나를 발견했다. 나중에 들은 얘기인데 와엘은 아이티웍스에서 일하는 내 친한 친구인 호다에게 나에 관해 물어봤고, 호다의 집에서 열리는 바비큐 파티에 나를 초청해 달라고 부탁했다.

사회 초년병으로서 한 걸음을 뗀 셈이었다. 당시 난 남녀 모두 참석하는 행사에 가도 된다는 허락을 받았고, 그곳에서 공식적으로 와엘과 만났다. 아직 스물두 살이던 와엘은 헐렁한 청바지에 티셔츠를 입고 있었다. 세간의 주목을 받는 창업주였음에도 와엘은 쓸데없이 나서거나 큰 소리로 떠들지 않았다. 내성적이었지만 한편으로는 진취적이었다. 와엘은 내가 면접 봤던 걸 기억하고 있었고, 우린 파티에서 꽤 오랜 시간 동안 대화했다.

우리는 AUC 취업 박람회의 아이티웍스 부스에서 다시 마주쳤다. 내가 다가가서 "부스가 참 멋지네요. 제가 생산적인 피드백을 드려도 괜찮을까요?" 하고 묻자, 와엘은 소리 내어 웃으며 대답했다. "이메일로 보내 주세요. 그러고 보니 아무도 우리한테 피드백을 안 주네요."

나는 아이티웍스 부스를 개선할 수 있는 다섯 가지 방안을 길고 성의 있게 적었다. 우리의 촌스럽고 서툰 로맨스는 그렇게 시작됐다. 처음에는 와엘이 이런 이메일을 보냈다. "지금 심리학 책을 읽고 있어요. 까다로운 사람을 어떻게 다뤄야 하는지에 대한 내용인데, 혹시 읽어 봤어요?" 그러고는 나에게 그 책을 보내 줬다. 나도 와엘에게 책을 몇 권 추천했는데, 그중 어떤 책이 그의 마음을 사로잡았는지는 모르겠다. 그해 여름, 가족과 함께 알렉산드리아에 놀러 갔을 때 내가 처음으로 갖게 된 휴대전화로 와엘이 전화를 걸었다.

나에게 와엘은 경외의 대상이었다. 나보다 조금 많은 나이에 너무나도 똑똑한 이 남자는 자기 회사와 멋진 BMW를 갖고 있었다. 만 열아홉 살의 여자에게 그는 너무나도 어른스러워 보였다. 아버지가 이집트와 아르헨티나 정부가 공동 추진하는 프로젝트의 일원이었던 탓에 와엘은 아르헨티나에서 자랐고, 10대일 때 가족과 함께 카이로로 돌아와 나보다 어린 나이에 AUC를 졸업했다. 난 스스로 늘 똑똑하다고 자부했지만 와엘은 그런 나보다 더 똑똑했고 세상 물정에도 밝았다. 난 그를 우러러봤다. 우린 지적으로도 많이 교류했지만 분명 서로에게 이성으로서 호감을 느꼈다.

머지않아 와엘과 나는 데이트를 시작했다. 보통의 이슬람 커플이 그러듯, 우리는 낮에 몰래 만났다.

우리의 첫 데이트(나에게는 태어나서 첫 번째 데이트였다) 때 와엘은 나에게 아이스크림을 사 줬다. 진짜 마법이 일어난 건 두 번째 데이트였다. 와엘은 시내의 메리어트 호텔에 나를 데려가 화려한 점심을 대접했다. 나일강이 보이는 자리였는데, 내 눈에 풍경 같은 건 들어오지도 않았다. 와엘은 내 맞은편에 앉았다. 우린 서로의 눈을 바라봤고, 그 외의 세상은 모두 뿌연 배경처럼 보였다. 나는 처음 느껴 보는 그 감정에 압도됐다. 하지만 사랑에 빠졌다고 표현하기에는 일렀다. 그 감정은 나중에 찾아왔지만, 그날 와엘에게 푹 빠져 버린 것만은 확실하다.

나에게는 모든 것이 새로웠다. 10대를 보내며 꽁꽁 숨겨야 했던 감정들을 비로소 느끼고 표현할 수 있게 된 것이다. 게다가 나는 인생에서 중요한 이정표 몇 개를 찍은 후였다. 아직 스무 살도 채 되지 않은 나이에 학사를 취득하고 석사 과정을 밟고 있던 나는, 스스로를 옥죄는 고삐를 늦추고 사회생활을 즐겨도 좋겠다고 생각했다.

감성적이고 착한 이집트 소녀였던 나는 어머니와 동생들에게 와엘을 소개하고 싶어졌고, 비밀을 지키겠다는 맹세를 받아 낸 후에야 자리를 주선했다(남자 친구가 있다는 걸 아는 순간, 아버지는 결혼 날짜를 잡고 피로연장을 예약할 것이 분명했다. 하지만 와엘과 나는 그럴 준비가 전혀 안 돼 있었다!). 우리는 텍스멕스 요리를 파는 미국 체인 레스토랑인 칠리스그릴앤바에서 만났다. 당시 카이로에서 가장 인기 있는 장소였다. 텍사스 치즈 프라이, 콘 온더 콥, 크리스피 치킨 타코 등을 시켰더니 지나칠 정도로 양이 많았다. 동생들과 어머니는 와엘과 그의 가족에 대한 정보를 캐내려고 쉴 새 없이 질문을 퍼부었다.

와엘은 첫 번째 시험을 통과했다. 어머니와 동생들에게 인정받은 것이다.

와엘과 나는 최대한 짬을 내서 만났다. 와엘은 학교에 나를 데리러 와서 함께 점심이나 이른 저녁을 먹고 집까지 데려다줬고, 대학 근처 카페에서 만나 커피를 마시기도 했다.

그렇게 1년 정도 만난 후, 와엘이라는 착한 이집트 소년은 내가 아닌 나의 아버지에게…… 청혼을 했다. 아직 스물세 살이었지만 와엘은 이미 업계에서 영향력 있는 사람이었다. 하지만 아버지는 와엘을 다르게 평가하셨다. "그래 봤자 신생 기업 사장이잖니. 안정적이지가 않잖아? 내일 당장 부도가 나면 어쩔래? 넌 길거리에 나앉게 될 거야."

아빠는 와엘이 나처럼 내성적이고 연애 경험이 거의 없다는 사실에 불만을 표하시며 아직 결혼 준비가 안 돼 있을지도 모른다, 한 여자에게 얽매이기 전에 좀 더 인생 경험을 쌓아야 한다고 말씀하셨다(물론 여자에게는 그런 논리가 적용되지 않는다!).

아버지는 와엘의 가족에 대해 더 알아보기 전에는 허락할 수 없다고 하시더니, 곧바로 친구들을 동원해 아민 가문을 조사했다. 하지만 부정적인 견해는 들려오지 않았다. 그다음으로는 사설탐정을 고용해 와엘의 가족을 철저히 조사했다. 와엘의 부모님인 아메드와 라일라 부부는 우리 부모님을 만나기 위해 헬리오폴리스의 저택 단지에 있는 우리 집으로 찾아오셨다. 분위기는 딱딱하고 차가웠다. 우리 부모님은 와엘의 부모님이 어떤 옷을 입었는지, 얼마나 말을 잘하는지, 어떤 사람들과 어울리는지에 촉각을 곤두세우셨다.

그렇게 대화가 이어지던 중 집에 비치된 하늘색 유선 전화기가 울렸고, 전화를 끊을 무렵 아버지의 얼굴에 미소가 퍼졌다. 아버지가 고용한 사설탐정이 듣고 싶은 답을 해 준 것이다. 그때부터 부모님들 간의 대화는 급속도로 진행됐고, 우리는 결혼 날짜를 잡았다.

　방관자로서 인간의 감정을 관찰하는 나의 삶은 그렇게 막을 내렸다. 나는 첫 데이트를 하고 첫 키스를 한 남자와 사랑에 빠졌고, 와엘은 여러 측면에서 내 인생을 뒤바꿔 놓았다.

모든 것을 바꿔 놓은 한 권의 책

내가 결혼 계획을 세우고 있을 때도 부모님은 나에게 학업을 중단하지 말라며 격려하셨다. 이미 AUC의 석사 과정에 등록되어 있었지만 어떤 분야를 집중적으로 연구할지는 정하지 않은 상태였다. 컴퓨터과학의 전통적인 진로를 따르고 싶지는 않았다. 운영체제를 개발하거나, 더 빠른 프로세서를 만들거나, 비디오게임을 만들며 사는 것으로는 내 인생이 행복하지 않으리라는 걸 알고 있었다. 어쨌든 나는 인간과 컴퓨터의 상호작용이라는 측면에서 앞으로 탐구해야 할 미지의 세계가 존재한다고 믿었고, 당시 우리가 상상하는 것보다 훨씬 많은 것을 컴퓨터가 해낼 수 있음을 직감적으로 이해했다. 나는 컴퓨터가 지닌 잠재력의 표면만을 간신히 긁었을 뿐이라고 느꼈다. 난 사람들의 삶을 바꿀 무언가를 만들고 싶었다.

　나의 고민을 이해한 와엘은 MIT 미디어랩의 부교수 로절린드 피카드가 쓴 책을 읽어 보라며 권했다. 제목은《감성 컴퓨팅(Affective Computing)》인데, 당시 갓 출판되어 업계의 관심을 끌던 책이다. 나는 미디어랩에 대해 들어 본 적도, MIT에 대해서도 아는 바가 없었지만 온라인으로 이 책의 평론을 읽어 보고는 바로 매료됐다. 컴퓨터는 인간의 감정을 파악하고 적응해야 하는가? 어떻게 하면 실리콘 칩, 유리, 철사로 이루어진 물체가 인간이 어떤 생각을 하는지, 어떤 감정을 느끼는지 이해할 수 있을까? 그리고 애초에 왜 이런 의문이 생겼을까?

피카드는 MIT 미디어랩에 입사하기 전, 벨랩에서 인공지능을 연구한 존경받는 엔지니어였다. 나는 저자의 생각을 더 알고 싶어서 책을 주문했다.

《감성 컴퓨팅》의 첫인상은 전통적인 방식을 따르는 한 엔지니어의 아이디어를 풀어놓은 것처럼 보였다. 하지만 읽으면 읽을수록 이 책이 급진적인 내용을 담고 있다는 것을 알 수 있었다. 기술의 역할과 인간과의 관계를 재조명한다는 점에서는 혁명적으로까지 느껴졌다.

"감정은 인간의 지능, 이성적인 의사결정, 사회적 상호작용, 인식, 기억, 학습, 창의성을 비롯한 많은 측면에서 중요하며, 일상생활을 하는 데 필연적인 요소이다."

거의 모든 생각과 행동, 인간의 상호작용은 감정을 포함한다. 피카드가 추론했듯, 인공지능의 목적이 인간의 사고와 의사결정을 모방할 수 있는 더 똑똑한 컴퓨터를 디자인하는 것이라면 우리의 기계는 순수한 논리 이상의 것을 필요로 한다. 인간과 마찬가지로 인공지능도 감정을 해석하고 처리하는 방법을 찾아야 한다.

타인의 생각을 읽는 데 능숙한 사람일수록 EQ 수치가 더 높고, 삶의 모든 면에서 더 성공적이라는 이야기는 딱히 새롭게 느껴지지 않았다. 결국 바람직한 상호작용의 핵심은 다른 사람의 마음가짐과 의도를 이해하는 것이다. 내가 놀란 부분은 인간의 삶에서 감정이 차지하는 폭과 범위가 사회적 상호작용을 훨씬 뛰어넘어, 인간이 시도하고 노력하는 모든 것을 아우른다는 점이었다.

사람들이 건전한 결정을 내리는 데 감정이 중요한 역할을 한다는 말에 나는 또 한 번 놀랐다. 그때까지 나는 가장 좋은 결정이란 감정이 개입되지 않은 냉정하고 계산된 논리에 기초한다고 믿고 있었다. 하지만 수십 년에 걸친 신경과학계의 연구는 정반대의 사실을 보여 주었다. 감정은 사고 과정을 방해하지 않고 오히려 발전시키는 역할을 한다.

물론 운전 중 느끼는 분노나 온몸을 꼼짝할 수 없게 만드는 공포감처럼 과도한 감정은 해로울 수 있지만, 반대로 감정이 너무 적어도 해로울 수 있다. 아마도 이 방면에서 가장 설득력 있는 연구를 한 사람은 서던캘리포니아대학교의 유명한 신경과학자이자 신경외과 의사 안토니오 다마시오일 것이다. 그는 뇌 손상으로 좌뇌와 우뇌 간의 의사소통이 원활하지 않은 환자들을 연구했다(좌뇌는 선형적, 수학적, 논리적인 것과 연관되어 있다. 쉽게는 아이큐를 생각하면 된다. 우뇌는 안면 인식, 공간 식별, 예술적 창의성과 관련이 있다. 쉽게는 감성 지능을 생각하면 된다.).

이 환자들은 여전히 인지력을 갖고 있었다. 예전처럼 읽고, 숫자를 계산하고, 정보를 수집하고, 문제를 분석했지만 감성 지능이 결핍되어 있었다. 부상 때문에 '이성적' 뇌와 '감성적' 뇌 사이의 연결이 막혀 감정을 제대로 처리할 수 없게 된 것이다. 본인이 느끼는 감정을 의미 있는 방법으로 분류할 수 없었기 때문에, 그들은 크고 작은 결정을 내리는 능력에 심각한 장애를 갖게 되었다. 그들에게 삶은 고난의 연속이었다. 일자리를 유지할 수도 없었고, 결혼 생활은 파탄이 났다. 형편없는 투자 때문에 돈마저 잃었다. 대부분은 돈도 없이 홀로 남아 불행한 삶을 살았다.

나는 컴퓨터과학자로서 의구심이 들었다. 우리는 감정이 뇌 기능에 있어서 본질적인 역할을 한다는 것을 잘 알고 있으면서, 왜 컴퓨터의 두뇌를 모형화하는 것은 구시대적 지성의 시각으로 접근하고 있을까? 컴퓨터 설계의 이 심각한 근본적 결함은 점점 더 기계에 의존하고 있는 인간과 기계 모두의 잠재력을 방해할 터였다.

피카드의 책은 나에게 영감을 주었다. 우리는 감정을 읽고 반응할 수 있는 컴퓨터를 만들어야만 했다. 그 문제에 어떻게 접근할지는 감이 오지 않았지만 나는 그것이 중요한 일임을 이해했다. 그 책을 계기로 나는 논문의 주제를 무엇으로 할지 정할 수 있었다.

중요한 건 얼굴

손님이 메뉴에 있는 모든 음식에 대한 상세한 설명을 요구하자, 여종업원은 옅은 미소(광대 근육은 위로 올라가지만 눈가의 주름은 잡히지 않는)를 짓는다. 옆 테이블의 두 남자는 초조하게 시계를 본다. 그중 한 명은 종업원에게 음탕한 표정을 지어 보인다(입꼬리와 눈썹이 올라간다).

나는 그 여자가 안쓰러웠다. 차를 마시며 와엘이 오기를 기다리는 동안, 나는 옆 테이블에서 진행되는 이 짧은 연극을 끝까지 지켜봤다. 대학원생 시절, 나는 사람들의 얼굴을 관찰하며 많은 시간을 보냈다.

내 전문 분야를 선택하고 나니 사람들이 다르게 보였다. 그때부터는 얼굴을 볼 때 입술, 눈, 코, 입만 보는 게 아니라 더 심층적으로 파고들기 시작했다. 안면 근육 해부도를 찾아보니 표피 아래에 있는 43개의 얼굴 근육이 상세히 나와 있었다.

집중해서 사람의 얼굴을 바라보면 실제로 이 근육들이 움직이는 모습을 볼 수 있다. 근육들은 얼굴의 선과 고랑, 미소와 찌푸린 얼굴 등을 형성한다. 나에게는 그 근육들이 느린 화면으로 움직이는 것처럼 느껴졌다.

나는 안면 행위 부호화 시스템(FACS: Facial Action Coding System) 코딩 자격증을 따기 위해 온라인 수업을 들었다. 심리학자 폴 에크만과 윌리스 V. 프리센이 1970년대에 개발한 FACS는 피부 아래의 얼굴 근육을 매핑하는 시스템이다. FACS는 얼굴 근육의 움직임을 특정한 감정과 연관시키지 않고 오직 근육의 운동(어떻게 올라가고, 내려가고, 경련하고, 접히는지)만으로 다룬다.

FACS에서는 개별 안면 근육의 운동을 "행동 유닛(Action Unit)"이라고 부른다. 인간의 표정에는 자발적, 무의식적으로 일어나는 46가지 기본적인 얼굴 행동(눈썹이 솟아오르거나, 입꼬리가 올라가거나, 눈가에 주름이 생기는 등의 움직임)이 있다. 예를 들어 행동 유닛4는 양 눈썹 모으기(혹은 미간 찌푸리기)이고, 행동 유닛12는 입술 모서리 당기기(혹은 관골근 당기기)로 미소를 이루는 주된 요소이다. 미소를 지은 상태에서 입꼬리를 만져 보면 입술이 위로 당겨지는 것을 느낄 수 있다.

FACS 자격증을 취득하려면 약 100시간의 교육이 필요하다. 나는 그 과정을 통과하기 위해 모든 행동 유닛을 학습했고, 그 지식을 작업에 적용하는 방법도 터득했다. 숙제도 있었다. 정치인들과 배우들이 나오는 80개의 텔레비전 인터뷰를 느린 화면으로 시청하고 모든 얼굴 움직임을 코딩하는 것이었다. 거울 앞에서 다양한 표정을 지어 보는 훈련도 있어서, 몇 시간 동안 거울을 보며 내 얼굴을 관찰하기도 했다.

FACS는 표정과 기분을 연결 짓지는 않지만, 에크만은 감정을 설명하기 위해 그 개념을 도입하기는 했다. 그는 연구를 통해 분노, 혐오, 공포, 행복, 슬픔, 놀라움(나중에 경멸을 더했다) 등 기본적이고 보편적인 감정 여섯 개를 분별했다. 그런 다음 기본적인 기분에 부합하도록 행동 유닛들을 연관시켰다. 가령 '행동 유닛12 + 행동 유닛6 = 행복, 행동 유닛1 + 행동 유닛4 + 행동 유닛15 = 슬픔' 같은 식이다.

FACS의 근육 코딩은 별 논란 없이 과학적인 것으로 인정되지만 모든 표정을 여섯 개나 일곱 개의 기본 감정으로 함축할 수 있다는 개념에는 논란의 여지가 많다. 처음 그것에 대해 읽었을 때 나 또한 그 부분이 석연치 않았다. 나는 그것이 우리의 감정적, 또는 정신적 상태의 모든 영역을 포괄했다고 생각하지 않았다. 앞서 설명한 궁지에 몰린 종업원은 공손하지만 강요된 미소를 띠고 있었다. 하지만 그 여자는 행복하지도, 두렵지도 않았고 누군가를 경멸하지도 않았다. 단지 어찌할 바를 몰랐고, 짜증이 났고, 정신이 산만해진 상태였다. 내가 말하고자 하는 요점은 에크만의 여섯 가지 기본 감정으로는 미세한 뉘앙스를 내포한 감정들(산만함, 호기심, 인내, 혼란 등)을 설명할 수 없다는 것이다.

또한 감정은 '얼마나'라는 개념을 수반한다. 가령 누군가가 화가 났다고 한다면 얼마나 화가 났음을 의미하는가? 맹렬히 화가 났나? 약간 짜증이 났나? 아니면 분노를 느끼나? 이런 경우 명확한 설명이 필요하다. 누군가가 화가 났다고 말하는 것은 "나는 벽을 파란색으로 칠하고 있다"라고 말하는 것과 다름없다. 이 말은 사람들의 궁금증을 유발한다. 파란색이라면 어떤 파란색을 말하는 걸까? 하늘색? 군청색? 감청색? 코발트블루?

표정은 시간의 흐름에 따라 서서히 펼쳐진다. 단어와 문장을 만들기 위해 결합하는 작은 단위인 음소나 음절로 이 개념을 생각해 보자. 어떤 사람의 감정적, 인지적 상태를 제대로 이해하려면 감정을 설명하는 단어나 문장으로 표정들을 매핑할 필요가 있다.

나는 일단 모든 의구심을 머릿속 깊은 곳에 넣어 묻어 두기로 했다. FACS가 감정의 짧은 순간을 포착했다는 점에서 훌륭한 성과를 거두었다는 것은 명백한 사실이었다. FACS가 제공하는 언어는 일순간 얼굴을 스쳐 지나가는 근육의 움직임을 바탕으로 소통한다. 만약 내가 추구하는 목적을 위해 컴퓨터에게 인간의 표정(감정을 나타내는 창)을 인식하는 방법을 가르친다면, 나는 상상할 수 있는 모든 표정을 기본적인 구성 요소들로 쪼갰을 것이다. 미소, 쓴웃음, 찡그림을 컴퓨터가 처리할 수 있도록 변환하려면 그에 맞는 도구, 즉 양적 데이터가 필요하다. 그 시스템을 제공하는 것은 행동 유닛들이다.

FACS 교육은 힘든 과정이었다. 46개의 얼굴 행동 유닛은 빠르고 미묘할 수 있으며, 수천 가지 방법으로 결합해 수백 가지의 미묘한 감정 상태를 묘사한다. 인간은 이러한 신호를 해석하는 선천적인 능력을 지녔음에도 종종 중요한 정보를 놓치곤 한다.

내가 석사 논문을 쓰기 시작했을 당시, 컴퓨터는 인간의 감정을 잘 인지하지 못하는 수준이 아니라 전혀 인지하지 못했다. 오늘날의 기술로는 점심 식사로 먹을 음식을 사진으로 찍어서 그것이 샐러드인지 샌드위치인지 식별하는 앱을 만들 수 있다. 그리고 그에 해당하는 영양 성분을 어느 정도 정확하게 산출해 낼 수 있다. 내가 대학원생이었을 때 이토록 정교한 AI를 만든다는 것은 꿈에서나 가능했다.

그 당시만 해도 컴퓨터의 보는 능력(컴퓨터 비전)은 원시 수준에 가까웠다. 디지털카메라는 어설프고 느렸으며, 디지털카메라로 찍은 이미지는 회색이고 흐릿했다. 혹시 컴퓨터 위에 달려 있던 크고 투박한 웹캠을 기억할지 모르겠다. 당시 난 그런 장비로 작업을 했다. AI는 아직 걸음마 단계였다. 제아무리 최고급 컴퓨터라 할지라도 얼굴, 소시지, 과일 조각을 구별하지 못했다.

나에게는 인간의 감정과 요구에 반응할 수 있는 컴퓨터 알고리즘을 발명하겠다는 원대한 꿈이 있었다. 하지만 현실의 나는 연구실에 앉아서 감정적으로 무지한 기계를 바라보고 있었다. 인간의 감정을 이해하는 점에서, 신생아는 단지 사람의 얼굴을 찾을 줄 안다는 것 하나만으로도 이 기계적인 두뇌보다 뛰어났다. 나는 걸음마 단계부터 시작해야 했다. 인간의 감정을 식별하고 수량화하고 반응하는 능력을 '기계'에게 심어 주려면, 우선 '얼굴'이 무엇인지 이해시켜야 했다. 그래서 나는 석사 학위 논문으로 얼굴 탐지기, 즉 컴퓨터가 다른 물체와 얼굴을 구별할 수 있도록 하는 도구를 만들기로 했다. 그것을 만드는 데 1년이 걸렸다.

컴퓨터가 얼굴을 인식하도록 가르치는 방법은 여느 물체를 식별하는 방법과 마찬가지로 정지된 것이든 움직이는 것이든 수많은 얼굴을 '보여 주는' 것이다. 즉 온갖 종류의 얼굴 사진을 입력해야 한다. 그리고 단순히 얼굴 전체가 아니라 눈, 눈썹, 이마, 입술 등의 구성 요소를 분해해 입력하는 작업도 필요했다. 오늘날처럼 온라인상에 수많은 이미지가 올라와 있는 환경이라면 이 작업은 별로 어려운 일이 아닐 것이다. 하지만 그 당시에는 온라인상에 이미지가 많지 않았고, 얼굴 사진은 더더욱 찾기 어려웠다. 구글 이미지, 유튜브, 인스타그램, 페이스북 같은 것도 없었다. 그래서 나는 몇 안 되는 얼굴 데이터 저장소 중 하나의 문을 두드렸다. 피츠버그대학의 제프 콘과 카네기멜런대학의 타케오 카나데가 공동으로 작업한 콘-카나데 데이터베이스(Cohn-Kanade Database)였다. 나는 콘 박사에게 그들의 이미지를 사용해도 되는지 허락을 구하는 이메일을 보냈고, 너무나 고맙게도 허락을 받았다.

이 데이터베이스는 수백 명의 학생을 모델로 에크만이 제시한 여섯 가지 기본 감정을 표현하는 사람들의 사진을 제공했다. 나는 그걸 내 컴퓨터에 내려받은 뒤, 얼굴을 식별하고 동영상에서 얼굴을 탐지하는 알고리즘을 작성했다. 내 석사 논문은 얼굴 탐지기와 얼굴 랜드마크 탐지기(눈, 입, 입술, 코 등 다양한 부위의 위치를 파악하는 가상의 가면을 상상하면 된다)를 만드는 것에 주안점을 뒀다. 내가 만든 알고리즘은 예측이 가능했다. 지금의 얼굴 부위가 어느 지점으로 이동할지, 가령 입꼬리가 움직이는 가속도와 방향을 기준으로 앞으로 어떻게 변할지를 예측하는 것이다. 이 알고리즘은 얼굴의 미묘한 움직임뿐만 아니라 갑작스러운 머리의 움직임에도 적용 가능했다. 두 가지 모두 인간의 자발적인 표현에서 자주 일어나는 현상들이다.

그해 말, 나는 석사 논문을 발표해 큰 반향을 불러일으켰다. 당시로서는 꽤나 획기적인 연구였던 것이다.

결국 나는 얼굴과 사물을 구분하는 것에 그치지 않고 눈, 입, 눈썹 등 특정 부위들의 움직임을 추적하고 수량화하여 표정, 나아가 인간의 기분과 연관 지을 수 있도록 컴퓨터를 훈련 시켜야 했다. 그러기 위해 컴퓨터는 얼굴의 미묘한 움직임(찌푸려지는 미간, 입꼬리가 올라가는 것 등)을 인지할 수 있어야 한다. 그런 다음에는 유추한 것을 실시간으로 분석하여 옅은 미소, 함박웃음, 쓴웃음의 차이를 인식할 수 있어야 한다.

그것이 과학이 생리다. 과학은 매일매일의 점진적인 단계를 거치며, 피할 수 없는 실패 사례와 함께 완성된다. 과학자가 되기 위해 천재일 필요는 없지만 집요할 필요는 있다.

6

유부녀

2000년 8월 30일, 와엘과 나는 나일강 강둑에 위치한 카이로 시내의 콘래드 호텔에서 600명이 넘는 하객들의 축하를 받으며 성대한 결혼식을 올렸다. 피로연은 아치형 천장에 크리스털 샹들리에가 달린 커다란 무도장에서 열렸다. 디제이와 초대 가수의 축가에 이어 결혼식이라면 응당 있어야 할 벨리 댄서들의 무대도 있었다. 이슬람의 관습대로 술을 대접하지는 않았지만 재미있고 활기찬 결혼식이었다.

공식적인 식은 오후 8시로 예정되어 있었는데, 이집트 스타일대로 나는 밤 11시가 돼서야 아버지와 함께 식장 통로를 걸어갔다. 영혼의 짝을 찾았다고 확신해서였는지 신기하게도 전혀 긴장되지 않았다. 난 비교적 까다로운 신부였던 것 같다. 커다란 무도회장에 꽃장식이 잘 어울리는지, 음식이 제대로 제공되고 있는지, 밴드가 할 일을 제대로 하고 있는지를 수시로 확인했다. 아마도 아버지를 닮아서 그런 것 같다. 막상 식이 진행되자 나는 '하객들이 어떻게 생각할지'에 더 신경 쓰고 조바심을 냈다.

와엘과 나는 샤니아 트웨인의 〈이 순간부터(From This Moment)〉에 맞춰 춤을 췄고, 밤새 댄스 플로어에서 시간을 보낸 뒤 신혼여행지인 발리로 향했다. 한 달 후, 부부가 된 우리는 카이로의 아파트로 돌아왔다. 결혼 생활은 내가 꿈에 그리던 것과 일치했다. 우리는 연인 사이였지만 동시에 신념과 목표를 공유하는 지적 동반자였고, 와엘은 나의 조언자이자 멘토였다. 연애하는 동안 그랬던 것처럼 우리는 책과 최신 기술에 대해 토의하고 함께 미래를 계획했다. 나는 와엘의 판단을 믿었고, 그가 하는 말이라면 거의 다 따랐다.

현대적이고 진보적인 이슬람 부부였던 우리에게 롤 모델이 될 만한 부부는 많지 않았다. 나는 부모님의 결혼 생활을 답습하고 싶지 않았다. 어머니는 일평생 아버지의 시중을 들었고 와엘의 어머니는 아버님의 시중을 들었지만, 나는 내 남편에게 그렇게 하지 않을 생각이었다. 우리는 우리만의 새로운 생활 방식을 개척해 나가야 했다. 관계 맺기에 있어서 우리는 둘 다 경험이 많지 않았다. 나는 결혼 전에는 한 번도 남자를 사귀어 본 적이 없었고, 와엘은 몇 번 만나 본 여자들은 있었지만 진지한 관계를 맺어 본 적은 없었다. 우리는 새롭게 태어나는 중동에서 남성과 여성의 새로운 역할을 개척해 나가는 선구자들이었다.

와엘과 나는 1989년에 출간된 스티븐 코비의 저서 《성공하는 사람들의 7가지 습관》을 감명 깊게 읽었다. 이 책에서 저자는 조직의 사명선언문을 본떠 개개인도 사명선언문을 작성하기를 권했다. 그래서 우리는 우리의 결혼 생활을 위한 사명선언문을 만들기로 했다. 좀 괴짜처럼 들릴지 모르지만 사실 우리에게는 자연스럽고 이치에 맞는 일이었다. 우리 둘 다 분석하기를 좋아하고, 목록 만들기를 자연스럽게 생각했기 때문이다. 우리는 자리에 앉아서 결혼에 대한 목표와 포부를 적었다.

그 내용은 다음과 같다. '우리는 우리 공동체의 중심이 되어 가족, 친구, 동료 들에게 긍정적인 영향을 미치고자 한다.' 우리는 여행 다니는 걸 좋아하는 데다 몇 년 동안은 둘만의 시간을 보내고 싶었기 때문에 2세 계획은 잠시 보류하기로 했다. 박사 학위 취득도 어느 정도 염두에 둔 계획이었다.

우리는 주변 사람들에게 긍정적인 영향을 미치려고 노력했다. 각자 음식을 조금씩 들고 오는 저녁 식사 모임을 열어 사람들을 집으로 초대하기도 했다. 그렇게 함께 음식을 나누며 생각을 교환하는 장으로 삼았다. 우리는 이슬람교의 가르침을 지키는 한편, 열린 마음으로 현대적인 방법들을 수용하고 싶었다.

사명선언문을 작성하는 등 고리타분한 면도 있었지만 우리 부부는 애정 표현도 적극적으로 하는 편이었다. 이슬람 부부로서는 굉장히 이례적으로 공공장소에서 입을 맞추기도 했다. 한번은 친구 집에서 열린 디너파티에서 친구 중 한 명이 왜 립스틱을 안 바르냐고 물어보자(나는 화장을 전혀 안 한다) 다른 친구가 "뭐 하러? 어차피 남편이 다 빨아먹을 텐데!"라고 말해 모두가 깔깔대고 웃었다. 나는 사랑받고 보살핌을 받는다는 느낌을 받았다. 오랜 시간 동안 사람들은 우리가 완벽한 짝이라고 생각했다.

시부모님은 우리 옆집에 사셨다. 이슬람교 안식일인 금요일에 와엘과 시아버님이 기도하러 가고 나면 난 시부모님 댁에서 점심을 먹고는 했다. 시부모님을 라일라 아줌마, 아메드 아저씨라고 부르며 애정을 표현할 정도로 나는 시댁 식구들과 아주 친하게 지냈다. 두 분은 나를 친딸처럼 대해 주셨고. 나는 두 분을 기쁘게 해 드리고 싶었다. 이것은 내가 인생에서 다음 발걸음을 내딛게 된 이유를 부분적으로 설명해 줄지도 모른다.

이집트에서 믿음이 차지하는 역할

새 천년은 이집트에 새로운 정신을 불어넣었다. 전통적이고 보수적인 가치를 중요시하는 젊은이들 사이에서 특히나 그랬다. 카리스마 넘치는 이슬람교 운동가 겸 방송인이자 설교자인 암르 칼레드가 이끄는 종교 부흥이 이집트를 휩쓸었고, 그의 메시지는 중동 전역 젊은이들에게 큰 반향을 불러일으켰다. 거의 10년 동안, 그가 진행하는 방송은 중동에서 가장 인기 있는 텔레비전 프로그램 중 하나였다.

희끗희끗한 수염을 기르고, 종교적인 예복을 입고, 영원한 형벌에 관한 이야기로 신도들을 겁주는 복음주의 성직자들과는 대조되게 칼레드는 잘생기고 말씨가 부드러웠으며, 매끈한 서양식 정장을 입었다. 잘 다듬어진 콧수염이 인상적인 칼레드는 낙관적인 말로 대중들에게 다가갔다. 그는 자신의 아내에 대해 애정 어린 말을 했고, 남자가 여자에게 친절을 베풀고 이해심을 가져야 할 필요성을 이야기했다.

칼레드는 모던한 외양과는 대조되게 여성의 겸손에 대해서는 보수적인 견해를 가지고 있었다. 그는 모든 여성에게 히잡을 쓰라고 권고했는데, 그것을 짐이라기보다는 상으로 생각하게끔 독려했다. "여자가 가지고 있는 가장 소중한 가치는 겸손입니다. 그리고 겸손을 가장 잘 내포하고 있는 물건은 히잡입니다. 당신에게 가장 소중한 것이 무엇이냐고 묻는다면 무엇이라고 답하겠습니까? 자신에게 소중한 것이 있다면 그것을 잘 보듬고 지켜 주겠습니까?"

수많은 여성이 히잡을 새로운 시각으로 바라보았다. 자신의 위치에 스스로를 가두는 것이 아닌, 자신의 가치를 긍정하는 상징으로 히잡을 바라봤다. 나를 포함한 많은 젊은 여성들이 크게 감동했다. 대학교를 졸업하고 현대적인 사고방식을 가진 내 친구들 중에도 자랑스럽게 히잡을 쓰는 이들이 있었다.

암르 칼레드의 가르침에서 내가 가장 좋아했던 부분은 그가 이슬람의 핵심 가치인 근면, 존경, 사랑, 정직에 중점을 뒀다는 점이다.

나는 와엘에게 베일을 쓰는 것에 대해 어떻게 생각하는지 물었다. 우리가 결혼할 당시, 나는 히잡을 착용하는 여자가 아니었다. 와엘은 전적으로 내가 결정할 문제라고 답했다.

2000년 12월 1일, 나는 생전 처음으로 공공장소에서 히잡을 쓰고 겸손함의 상징을 받아들였다. 난 이슬람교도 사이에서 시크함의 대명사로 통하는 주황색과 올리브색 꽃무늬 스카프를 두르고 올리브색 슬랙스를 입었다. 여자가 히잡을 쓰고 처음으로 사람들 앞에 모습을 드러내면 대개 친구들과 가족들은 그 여자가 인생에서 중요한 이정표에 도달한 것처럼 축하해 준다. 많은 이들이 긍정적인 반응을 보였지만 예외도 있었다. 당시 내가 교수로 있던 AUC에서, 현대적인 사고방식을 가진 나의 프로젝트 파트너와의 일화다. 내가 히잡을 쓰고 사무실로 들어가자 그 여자는 충격을 받았다. 어쩌면 겁을 먹었던 건지도 모른다. 그 여자는 내 결정에 이의를 제기했다. 하지만 6개월이 지난 후, 그 여자 역시 히잡을 쓰고 있었다.

그 후 12년 동안 나는 머리를 가리지 않은 채로는 한 번도 공공장소에 가지 않았다. 양팔도 가렸고, 남녀가 같이 있는 환경에서는 수영복을 입지 않았다. 몇 년 후에는 어머니와 두 여동생도 히잡을 착용했다.

유행에 민감한 젊은 여성 중 다수는 스카프를 두르듯 히잡을 쓰기 시작했다. 그들은 아름다운 문양과 옷감을 골랐고, 다른 의상과 어울리도록 신경 썼다. 우리 할머니가 쓰시던 히잡이나 전신을 가리는 이모의 니캅과는 사뭇 달랐다.

종교에 대한 열정은 약 10년 동안 계속됐다. 하지만 세상만사가 그렇듯 진자는 다시 반대 방향으로 돌아가기 마련이다. 칼레드의 인기는 사그라졌고, 그의 가르침을 따르던 많은 여자들이 나처럼 히잡을 내려놓았다. 결혼식에서 춤추는 것을 곱지 않은 시선으로 바라보던 이들이 어느새 다시 춤을 추고 있다. 극단주의적인 무슬림형제단의 짧은 통치 동안 종교적 보수주의는 여성의 권리를 박탈하는 데 일조했다. 종교를 실천하는 방식이 선택이 아닌 강요가 되고 나면 금방 호소력을 잃게 된다.

흔히 과학과 종교는 양극단에 있는 것처럼 간주되고는 하는데, 나는 그렇게 생각하지 않는다. 과학에서도 종교에서도 그것을 '믿는 사람들'은 세상을 있는 그대로가 아니라, 앞으로 어떤 모습으로 존재할지를 중점으로 상상해야 한다. 물론 과학의 경우 어느 시점에 도달하면 증거를 제시해야 한다. 그러지 못하면 투자가 끊기거나, 학계에서 지위를 잃거나, 평판이 무너지는 것을 감수해야 한다. 하지만 연구를 시작할 때, 과학자를 앞으로 나아가게 하는 것은 다름 아닌 믿음이다.

석사 논문을 시작할 때의 나는 믿음이 충만했다. 그렇지 않았다면 결코 프로젝트를 추진할 수 없었을 것이다. 난 인간의 감정 상태를 이해해 자연스럽고 쉽게 상호작용하는, 인류에게 유익한 기술을 만들고 싶었다. 이를 달성하기 위해 필요한 수많은 기술은 아직 발명되기 전이었다. 나는 엄청난 위험을 감수하고 있었고, 그것을 이겨 내기 위해서는 믿음이 필요했다.

집을 떠나다

감정을 인식하는 컴퓨터를 구축하는 일에서 나는 큰 관문 하나를 통과했다. 내가 만든 알고리즘이 단번에 인간의 얼굴을 인식할 수 있게 된 것이다. 하지만 정서적 지능이 높은 컴퓨터를 만들겠다는 목표를 달성하려면 아직 갈 길이 멀었다. 표정을 인식하고 수량화하여 그에 상응하는 정확한 감정 상태와 연결하고, 그에 합당한 반응을 하게 만드는 것이 나의 목표였다.

내 인생에서 다음 단계는 컴퓨터과학 박사 학위를 취득해 내 연구를 계속할 수 있는 기반을 닦는 것이었다. 나의 최종 목표는 AUC의 교수가 되는 것이었다.

그때까지 AUC는 컴퓨터과학부에서 종신 여성 교수를 고용한 사례가 없었다. 사실 어느 과에서든 종신 교수가 되는 것은 큰 도전이었고, 그 장벽을 넘기 위해서는 종신 교수로 고용된 남자들의 행보를 따라갈 필요가 있었다. 그들은 대부분 미국과 유럽의 일류 대학에서 박사 학위를 받은 학자들이었다. 나는 우리 과에서 수석이고 재능 있는 과학도로 명성을 얻었지만, 유부녀였다. 내 목표를 달성하기 위해 이집트를 떠나는 문제는 결코 단순하지 않았다. 와엘은 카이로에서 회사를 경영해야 하니 나와 함께 갈 수 없었다.

내가 남자였다면 나의 배우자는 생각할 것도 없이 나를 따라 어디든 갔을 것이다. 내가 속한 문화권에서 나는 매우 불안정한 입장에 처해 있었다. 기혼 여성이 꿈을 좇아 지구 반대편에 간다는 건 있을 수 없는 일이다. 이해를 구할 문제도 아니고 아예 용납되지를 않는다. 훗날 미국에서 한 여자 경영인과 커피를 마시며 대화를 나누다가, 남편이 집에서 아이들을 돌보고 있다는 말에 깜짝 놀란 적이 있다. 이집트에서는 상상도 할 수 없는 일이었다.

다행히도 와엘은 앞을 내다볼 줄 알았기에 나를 저지하지 않았다. 오히려 해외에 있는 학교에 지원해서 나의 가능성을 키우라며 독려했다. 미국은 왔다 갔다 하기에 너무 멀리 떨어져 있어서 고려 대상에서 제외됐다. 그래서 다음 학기의 시작점을 생각했을 때, 시기적으로 조금 늦은 감이 있었지만 최고의 컴퓨터과학과가 있는 영국의 권위 있는 학교에 지원하기로 했다. 단지 온라인으로 서류만 제출하면 해결되는 문제가 아니었다. 내가 무엇을 설계해서 만들고 싶은지를 설명하는 연구 제안서와 그것을 구체적으로 어떻게 실현할지를 설명하는 계획서를 써야 했다.

나의 1지망은 케임브리지대학의 컴퓨터 연구소였다. 그곳은 수학자 찰스 배비지가 200년 전에 현대 컴퓨터를 구상했던 학교다. 나는 컴퓨터 연구소 레인보우 그룹의 대표인 피터 로빈슨에게 펠로우십(fellowship, 장학금을 주는 경우가 대부분이지만 장학금 없이 협력 관계만 맺는 사례도 있으므로, 일반적으로 장학금을 일컫는 스콜라십scholarship과는 차이가 있다—옮긴이)을 신청했다. 레인보우 그룹은 인간과 컴퓨터의 상호작용을 재해석하는 연구를 하는 중이었는데, 이 연구는 감성 지능을 탑재한 컴퓨터 시스템을 구축한다는 나의 개념과 잘 들어맞았다. HCI(인간-컴퓨터 인터페이스) 분야에서 일하는 사람들은 기술적 배경이 없는 평범한 개인이 컴퓨터와 쉽게 접촉할 수 있도록 도와주는 키보드, 터치스크린, 음성 인식 컴퓨터 등을 설계하는 일을 한다.

너무 늦게 신청했기 때문에 크게 기대하지는 않았다. 솔직히 내년에 다시 지원하라고 할 줄 알았다. 그러던 8월 초의 어느 날, 나는 로빈슨 교수로부터 케임브리지 연구소 박사 과정 합격을 축하한다는 이메일을 받았다. 세계 최고의 컴퓨터 연구소에 합격한 것도 엄청난 일인데 전액 장학금까지 받게 됐다.

그런데 기쁨보다는 혼란의 감정이 더 컸다. 새 학기 시작이 한 달도 채 남지 않은 상황이라 이 제안에 대해 고민할 시간이 충분하지 않았다. 며칠 내로 제안을 수락할지 거부할지를 결정해야 했다.

와엘과 카이로에 머물며 행복한 신혼 생활을 이어 가고 싶은 마음도 있었다. 하지만 한편으로는 이것이 얼마나 엄청난 기회인지, 나에게 어떤 가능성을 펼쳐 줄지를 알고 있었다. 섣불리 결정을 내리지 못하다가 결국 로빈슨 교수에게 전화를 걸었다. 합격한 것에 진심으로 감사하고 감개무량하지만, 그렇다고 마냥 기쁘게 갈 수만은 없는 복잡한 상황이라고 설명했다. "저는 유부녀인데 카이로에서 원격으로 연구할 수 있도록 허락해 주시겠습니까?" 나는 거처를 영국으로 옮기지 않는 대신 정기적으로 연구소를 방문하겠다고 말했다.

교수는 내 처지에 안타까움을 표했지만 단호히 반대했다. 그는 내가 다른 박사 과정 지원자들처럼 연구실에 오기를 원했다. 돌이켜 보면 그 말이 전적으로 옳았다고 생각한다. 나 혼자 카이로에서 연구했다면 내가 지금까지 이룬 것을 절대 성취하지 못했을 것이다. 또한 내 연구와 일을 형성하는 중추적인 관계들을 놓쳤을 것이다.

와엘은 그것이 일생일대의 기회라고 믿었고, 나는 그 제안을 받아들이는 쪽으로 기울고 있었다. 하지만 그러기 위해서는 내가 하는 일에 대한 확신이 필요했다. 나는 부모님을 만나 상의했다. 항상 교육에 우선순위를 두었던 부모님이시기에, 나는 두 분이 케임브리지에서 박사 학위를 따도록 격려하실 줄 알았다. 하지만 그날 오후, 나는 내가 보지 못했던 현실에 눈을 떴다.

어머니가 가정을 꾸리면서 일을 했고, 일종의 개척자로서 업계의 존경을 받았던 것은 사실이다. 나에게 어머니는 모든 것을 다 가진 사람처럼 보였고, 아버지와 동등한 관계에 오른 것처럼 보였다. 하지만 눈에 보이는 것이 전부는 아니었다.

아버지는 내가 보지 못했던 어머니의 실상에 대해 말씀해 주셨다. 어머니가 성공적으로 경력을 쌓으신 것은 사실이지만, 아내와 어머니로서 하는 다른 모든 일과 비교했을 때 직장은 어디까지나 부차적인 것이었다. 집 현관문을 열고 들어오는 순간, 어머니는 직장인으로서의 모습을 숨기셨다. 어머니는 집에서 직장에 관련된 이야기를 하거나 일 때문에 온 전화를 받으신 적이 없었다. 똑똑하고 능력 있는 것과는 별개로 어머니는 직장에 모든 걸 쏟아붓지 못했다. 학교가 끝나는 오후 3시가 되면 당연히 딸들을 돌보며 집에 있어야 한다는 아버지의 기대가 있었기 때문이다.

나는 어머니가 혼자 출장 가는 것을 '허락' 받지 못했다는 사실을 처음 알게 됐다. 외국에 있는 의뢰인을 방문하거나 영국에서 열리는 세미나에 참석하라는 상부의 지시가 있을 때, 그 시기가 마침 방학이어서 가족이 다 함께 갈 수 있는 상황이 아니면 어머니는 그 기회를 거절하셨다고 한다. 어떻게 난 그런 사실을 전혀 몰랐을까? 이따금 우리가 '가족 여행'을 갔던 때가 생각났다. 아버지가 관광을 시켜 주는 동안 어머니는 몇 시간 동안 어딘가를 다녀오시곤 했다. 그때마다 어머니는 사원 연수 프로그램에 참석하셨던 거다. 나는 당시 우리 가족이 왜 그곳에 가 있었는지 전혀 생각해 본 적이 없었다. 어머니가 왜 집에서는 일에 대해 단 한 번도 언급하지 않으셨는지 전혀 의문을 품지 않았다.

아버지와 이야기를 나누던 중, 여섯 살 즈음에 있던 일이 떠올랐다. 어머니는 상사가 준 호출기를 들고 퇴근하셨다. 몇 시간 후 은행에서 문제가 생길 경우를 대비해 상사가 어머니에게 호출기를 준 것이다. 어머니는 직장에서 신임을 얻어 중책을 맡고, 아마도 승진하기에 좋은 위치를 점하고 계셨을 것이다. 그런데 아버지는 집에 호출기를 들고 온 것에 대해 노발대발하셨다. 다음 날 어머니는 은행에 호출기를 반납했고, 상사는 그것을 다른 사람에게 줬다. 그 당시 나는 그렇게 멋진 최신식 기계를 아버지가 왜 그토록 싫어하는지 이해할 수 없었다. 세월이 흐른 뒤에야 난 모든 것을 이해했다. 어머니가 직장에서 성공적인 경력을 쌓는 것은 축하받을 일이었지만, 가족에게 지장을 주거나 아버지를 귀찮게 하지 않아야 한다는 전제가 붙었던 것이다. 집에 호출기를 들고 퇴근한다는 건 어머니의 시간이 다른 누군가에게 할애됐음을 의미했는데, 아버지에게는 도저히 받아들일 수 없는 일이었다. 호출기뿐만 아니라 그 밖의 모든 기회를 포기해야 했던 어머니의 심정은 어땠을까? 하지만 어머니는 불평하지 않으셨다. 어머니는 야망을 묻어 둔 채 자신의 부차적인 역할을 삶의 방식으로 받아들이셨다.

나도 그렇게 살아야 하는 운명인 걸까?

"넌 이제 유부녀야, 라나. 결정은 너와 와엘이 함께 내리는 거다. 하지만 우리의 입장은 알고 있으리라 생각한다. 우린 네가 가지 말아야 한다고 생각해."

이 말을 해석하면 다음과 같다. "넌 이제 내가 아니라 와엘의 관할로 넘어갔다."

중요한 일은 언제나 부모님의 의견을 따르는 착한 이집트 소녀였던 나는 혹여 두 분에게 실망감을 안겨 드릴 수도 있다는 생각에 마음이 편치 않았다. 그러나 아버지는 이것이 와엘과 나 사이의 문제라는 점을 인정하셨다.

만약 와엘에게 이의가 없다면 나는 내 마음을 따르는 게 옳다고 생각했다. '라나, 이 기회를 놓치면 평생 후회하게 될 거야.'

기도하고 울기를 반복한 끝에, 난 그 입학 제안을 수락했다. 내 꿈을 지지해 주는 와엘 같은 남자와 결혼했음에 진심으로 감사했다.

나는 2001년 9월 18일 화요일 런던행 비행기에 오를 예정이었다.

9월 11일 오후 늦은 시각, 와엘과 나는 거실에서 뉴스를 보고 있었다. 뉴욕 세계무역센터가 상업용 비행기 두 대에 부딪혀 무너져 내렸고, 워싱턴의 펜타곤은 공격을 받아 불길에 휩싸였다. 우리는 텔레비전에서 눈을 떼지 못하고 참상을 바라보았다. 그 사건은 우리 집 뒤뜰에서 일어난 것만큼 가깝게 느껴졌다. 이 정도 규모의 사건이라면 전 세계에 영향을 미치리라는 걸 직감적으로 알 수 있었다.

그때 갑자기 전화가 왔다.

"너 지금 케임브리지에 못 간다." 어머니가 말씀하셨다. "곧 3차 세계대전이 일어날 거야. 유럽에 이슬람교도 여자가 혼자 있으면 표적이 될 게 분명해."

가족 모두가 나에게 영국행을 취소하라고 충고했다. 카이로 사람들은 이것이 동양과 서양 간의 세계대전으로 확장될 것이라고 믿었다. 반면 미국 곳곳을 여행하며, 우리 가족에 비해 문화 전반에 걸쳐 넓은 식견을 키운 와엘은 세계대전이 절대 일어나지 않을 것이라고 단호하게 말했다. 난 갈림길에 섰다. 이 기회를 잡지 않는다면 케임브리지에서 박사 학위를 딸 기회는 두 번 다시 오지 않을 것이고, 박사 학위가 없으면 내 꿈을 절대 이룰 수 없다.

정치적 상황을 고려했을 때 영국으로 가는 일은 너무나도 겁이 났다. 그곳에서 내가 어떤 대우를 받을지 전혀 예측할 수 없었다.

내가 떠나기 전 주말, 가족들은 집에서 환송회를 열어 줬다. 미소보다는 눈물이 더 많은 암울한 파티였다. 다들 나의 안전, 그리고 나의 결정에 대해 걱정을 표했다. 시어머니는 내 옆으로 조용히 다가와 근심 가득한 얼굴로 나에게 목걸이를 걸어 주셨다. 해로움으로부터 보호해 주는 쿠란의 글귀가 적힌 목걸이였다. 시어머니가 걱정하시는 모습을 보니 마음이 무거웠다.

친한 친구 한 명은 케임브리지 유학이 내 결혼 생활을 망칠 것이라며 경고했다. 어떤 이들은 내가 너무 외로워 제대로 된 생활을 하기 힘들 것이라고 걱정했다. 하지만 나는 크게 걱정하지 않았다. 나는 우리 부부 관계에 자신감을 느꼈다. 그 부분은 와엘도 마찬가지였다. 시간과 거리가 우리를 갈라놓을 수는 없을 거라고 믿었다.

PART 2

과학자와 마인드 리더

7

낯선 곳의
낯선 사람

그날 아침, 런던행 비행기에 오르기 위해 와엘과 함께 공항으로 가는 택시에 앉아 있으려니 온갖 감정이 다 들었다. 감정을 장착한 컴퓨터를 만들겠다는 꿈에 한 발짝 다가간다고 생각하니 신이 나는 동시에, 불확실한 미래에 대한 두려움도 들었다. 케임브리지에서 나 혼자 산다는 건 어떤 느낌일까? 이슬람교도라는 이유로 따돌림을 당할까? 솔직히 불안한 마음이 더 컸다. 내가 정말 제대로 된 길을 택한 걸까? 착하고 예의 바른 이집트 소녀인 내가 이번에는 도를 넘어선 걸까?

나는 앞으로 나아가기로 굳게 마음을 먹었지만 불안감은 어쩔 수 없었다. 와엘과 나는 앞으로 3년 동안 거의 못 볼 것이다. 와엘은 나의 적응을 돕기 위해 며칠 동안 케임브리지에 함께 머물기로 했다. 하지만 그가 곧 떠난다는 생각만으로도 외로움과 향수가 밀려왔다.

목에 건 시어머니의 부적 덕분이었을까? 영국에서 이슬람교도 여성이 직면할 수 있는 위험에 대해 가족과 친구들에게 무수히 주의받으며 불안감을 안고 출발했지만, 막상 떠나고 나니 별생각이 들지 않았다. 다섯 시간 반에 걸친 비행 후, 우리는 영국에 도착했다. 케임브리지로 가는 길은 대부분 회색밖에 보이지 않는 특징 없는 고속도로였다. 케임브리지 중심부에 도착해서야 우리 부부는 차에서 내렸다. 와엘과 나는 여행 가방 두 개를 들고 예스러운 자갈길을 지나 캠강 근처 호텔로 향했다. 우리는 허기지고 피곤했다. 조그마한 일본식 국숫집에 들어갔는데, 와엘이 머무는 동안 우리는 그곳에 자주 갔다.

케임브리지대학은 옥스퍼드와 더불어 칼리지 시스템으로 운영하는 세계의 두 대학 중 하나이다. 쉽게 말해 1만8000명의 학생이 31개 칼리지에 분산되어 있다. 대학은 매우 크지만 각 칼리지는 개성이 뚜렷하고 개인주의적인 느낌이 강하며, 해당 공동체에 여러모로 기여한다. 칼리지는 학생이 거주하고, 식사하고, 수업 사이의 시간을 보내는 본거지가 된다.

새로 입학한 학생들은 31개 칼리지 중 자신이 소속될 곳을 선택해야 한다. 나는 이 시스템에 대해 아무것도 몰랐다. 영리한 학생이라면 킹스칼리지나 트리니티(이곳에 들어가면 아이작 뉴턴

경의 직속 후배가 된다), 세인트존스처럼 전통 있고 권위 있는 칼리지 중 한 곳에 들어가려고 시도했을 것이다. 그러나 그 당시 나에게 중요한 조건은 단 한 가지, 그곳에 있는 사람이 모두 여자여야 한다는 점이었다.

거의 모든 칼리지가 남녀공학이었다. 그 말은 남학생과 여학생이 같은 구역에 거주한다는 의미였다. 내가 자라온 환경을 기준으로 생각하면 기숙사처럼 친밀한 환경에서 남녀가 옆방에 사는 것은 쉽게 받아들이기 힘든 일이었다. 중동에서는 친척이 아닌 미혼의 이슬람교도 남녀가 교류하는 방식에 엄격한 행동 강령이 존재한다. 가까운 곳에서 나란히 거주하는 것은 허용되지 않으며, 가벼운 신체 접촉도 허용되지 않는다.

당시 나는 친척이 아닌 남자와 포옹을 한다거나 뺨에 가볍게 입을 맞추는 등의 행동은 절대 하지 않았다. 모두가 늘 포옹하고 입 맞추는 서양의 풍습은 그야말로 새로운 발견이었다. 처음으로 어떤 남자 동료가 친근하게 포옹을 하며 인사를 건넸을 때의 기억이 난다. 그 친구로서는 누구에게나 하는 가벼운 포옹이었지만 나는 큰 충격을 받았다. 당시에는 아무 말도 하지 않았지만 아파트로 돌아올 때쯤에는 몸이 떨렸고, 방문을 닫고 나니 급기야 눈물이 쏟아졌다. 나는 새로운 환경에 적응하고 사람들과 어울리면서도, 착하고 종교적인 이집트 소녀의 정체성을 지키기 위해 애썼다.

그런 이유로 나는 케임브리지의 두 여자 칼리지 중 하나인 뉴넘 칼리지에 가게 됐다. 여성이 고등교육을 받을 수 있도록 하는 운동의 선봉에 선 역사 깊은 칼리지로, 나에게는 잘 맞는 곳이었다.

　1209년, 케임브리지가 두 명의 옥스퍼드 졸업생에 의해 설립되었을 당시 다른 모든 주요 기관들이 그랬듯 구성원은 모두 남자였다. 1869년, 이 대학이 여성들을 위한 최초의 칼리지인 거튼을 개교하기까지 6세기 하고도 60년이라는 시간이 걸렸다. 2년 후, 뉴넘 칼리지는 케임브리지에서 '숙녀들을 위한 강의'를 듣고 싶어 하는 '지적 호기심이 많은' 여성들을 위한 안전한 기숙사로 설립되었다. 그러나 케임브리지대학은 1948년까지 어느 칼리지에서도 여성에게 학위를 주지 않았다. 부끄럽게도 난 뉴넘 출신의 저명한 동문들의 이름을 이전까지 들어 보지 못했다. 그중 화학자이자 결정학자인 로절린드 프랭클린은 DNA 해독에 필수적인 정보를 제공했다. 1962년, 그 업적을 인정받아 제임스 왓슨, 프랜시스 크릭, 모리스 윌킨스 등 세 남자가 노벨상을 수여 받았지만 프랭클린의 이름은 언급되지 않았다. 그래, 당연히 그랬겠지! 지금은 대학원생들을 위한 기숙사에 로절린드 프랭클린의 이름이 쓰여 있다. 그밖에 유명한 동문으로는 제인 구달과 실비아 플라스가 있다.

　뉴넘은 다른 칼리지들에 비해 케임브리지 도심에서 멀리 떨어져 있다. 학생들은 캠퍼스의 맑고 깨끗한 공기를 마시며 화려한 녹색 잔디밭(약 2만 평)을 걸을 수 있다. 아름답고 잘 손질된 영국식 정원은 완연한 봄인 4월에 절정을 맞는다.

　뉴넘은 내가 상상했던 영국 대학교의 모습 그대로였다. 앤 여왕풍의 건축물답게 지붕이 있는 빨간 벽돌 건물, 하얀 창, 뾰족한 지붕, 돌출된 창문 등이 특징이었다. 하지만 뉴넘 웹사이트에 설명된 바와 같이, 이 캠퍼스를 다른 곳과 확연히 구분 지어 주는 특징은 "캠퍼스의 정원을 감싸는 여러 개의 우아한 홀과 그것을 연결해 주는 회랑"이다. 특히 이 회랑은 유럽에서 두 번째로 길다고 한다. 이 통로 덕분에 학생들은 밖으로 나가지 않고도 건물에서 건물로 이동할 수 있다. 케임브리지의 겨울이 얼마나 혹독한지를 생각하면 이는 학교 측에서 충분히 자랑할 만한 점이다(학생의 지성을 키워 주는 것도 모자라 머릿결까지 지켜 주는 학교라니!).

와엘과 처음 캠퍼스에 도착했을 때, 나는 그 고요함과 아름다움에 매료됐다. 요청했던 대로 여성 대학원생 전용 기숙사의 개인실을 배정받아 기숙사 등록을 하러 간 나는 내가 결혼했고, 남편이 가끔 찾아와 묵고 갈 수 있다고 책임자에게 말했다.

책임자는 엄한 눈길을 보내며 고개를 저었다. "있을 수 없는 일입니다. 이곳은 남자의 출입이 엄격히 제한됩니다. 기혼자여도 예외는 없어요. 남편분은 밤 11시까지 기숙사에서 나가 주셔야 합니다."

남편에게 통금 시간이 있다니! 우리 아버지도 그 얘기를 들었다면 너무 엄격하다고 하셨을 것이다. 그렇다면 와엘이 방문할 때마다 호텔을 잡아야 한다. 와엘이 계속 함께 살지 않는 이상 기혼 학생을 위한 기숙사에 들어갈 자격은 주어지지 않는다. 이 모든 사실을 종합했을 때, 재빨리 다른 곳을 찾아야 했다. 스마트폰과 태블릿이 나오기 전이었기 때문에 "시리(또는 코르타나), 이 지역에서 묵을 수 있는 원룸이나 아파트를 찾아줘"라고 할 수도 없었다.

그때만 해도 모뎀이 없으면 컴퓨터로 인터넷에 접속할 방법이 없었다. 지금은 핫스팟을 켜고 노트북으로 접속하면 되지만, 그때는 컴퓨터들이 나란히 놓여 있는 인터넷 카페라는 곳을 이용했다. 인터넷 사용 시간에 따라 요금이 올라가는 식이었다(당시 인터넷 카페가 있는 나라는 그렇게 많지 않았다).

학생들로 북적이는 캠퍼스 근처 인터넷 카페를 발견한 우리는 뒤쪽의 빈자리에 앉았다. 구글의 존재가 아직 미약할 때라, 우리는 야후로 검색했다. 내가 '케임브리지 원룸 월세'를 입력하자, 검색 결과 맨 위에는 미국 매사추세츠주 케임브리지에 있는 방들이 나왔다. 짜증은 점점 쌓여만 갔다.

"야후는 원조 케임브리지가 여기 영국에 있다는 걸 모르나?" 난 와엘에게 불만을 토로했다.

"응. 몰라." 와엘이 대답했다. "야후는 지금 우리가 어디에 있는지 전혀 몰라."

당연한 얘기지만 그때 사용했던 컴퓨터는 감정 인지 능력이 전혀 없었기 때문에 나의 불만이 얼마나 컸는지 알지 못했다. 만약 감정을 읽는 컴퓨터였다면 내 표정을 보고 자신이 잘못된 정보를 제공했음을 알아챘을 것이다.

우여곡절 끝에 케임브리지 컴퓨터 연구소에서 25분 거리의 2층 원룸 아파트를 찾아낸 우리는 집주인에게 연락한 뒤, 직접 보기 위해 서둘러 그 집을 찾아갔다. 큰 방 하나에 부엌, 거실 겸 침실, 욕실이 있는 공간으로 내 목적에 정확히 부합했다. 가구는 하나도 없었지만 매우 효율적인 공간이었다. 우리는 임대 계약을 한 뒤 케임브리지에 있는 값싼 가구점을 찾아가 필요한 것들을 샀다.

와엘이 카이로로 돌아가자 깊은 상실감이 찾아왔다. 우리의 신혼 생활이 끝났음이 그제야 실감 났다. 그 후 3년 동안 우리는 한 번에 길어야 한두 주 정도를 같이 지낼 수 있었다. 그날 밤, 혼자 케임브리지의 아파트에 앉아 있는데 불현듯 두려움이 밀려왔다. 이슬람교에서는 알라가 우리 모두를 시험할 것이라고 믿는다(시험 대상은 신자와 비신자 모두를 포함한다). 첫 번째 시험은 얼마만큼 이슬람 율법을 믿고 준수하느냐이다. 두 번째 시험은 훨씬 어렵다. "신은 두려움과 기아로, 또한 재물을 축내고 너희들과 후손들의 생명을 거두어 시험할 것이니라." (2:155)

이것은 개인의 믿음에 관한 시험이다. 과연 우리의 믿음은 상실에도 흔들리지 않을 수 있을까?

알라가 나에게 내리는 가장 어려운 시험은 내게서 와엘을 빼앗아 가는 것이었다. 나는 와엘의 안위를 위해 기도했다. 우리가 떨어져 있는 시간을 잘 견디고, 그것이 우리의 관계에 해가 되지 않기를 기도했다. 나는 쿠란에 나오는 기도문을 외웠다. 내용은 대략 다음과 같다. "알라여, 제가 감당할 수 없는 것들을 시험하지 말아 주소서. 저의 죄를 용서하시고 자비를 베푸소서."

다음 날 아침, 나는 맥없이 앉아 있는 대신 일을 했다. 자기 연민에 빠지거나 외로움에 허덕이고 싶지는 않았다. 부모님은 나를 그렇게 키우지 않으셨다. 내게는 해야 할 일이 있었고, 나는 그 일에 전력을 다하기로 마음먹었다. 그래도 새로운 환경에 정착하는 데에는 어느 정도 시간이 필요했다.

망고색 벽, 푸른 하늘, 찬란한 햇빛으로 이루어진 나의 환경은 하루아침에 밋밋한 카펫, 베이지색 벽, 베이지색 소파로 바뀌었다. 새로운 방에는 텔레비전도, 라디오도, 오디오 플레이어도 없었다. 아침에 문을 나서면 언제나 축축한 잿빛 하늘이 나를 반겼다.

새 단장한 컴퓨터 연구소는 효율성에 주안점을 두고 설계된 곳이었다. 깨끗하고 뻥 뚫린 공간에 아무것도 걸리지 않은 벽, 밝은 조명이 특징적이었고 금속과 유리 재질이 주를 이루었다. 나는 내 개인 연구실도 꾸미지 않은 상태로 그냥 뒀다. 책상과 의자가 있을 뿐, 장식품 같은 건 없었다. 책상에 와엘이나 가족의 사진도 놓지 않았다. 내가 작업 공간에 투영한 메시지는 분명했다. '나는 오직 일하기 위해 이곳에 있다. 주의를 흩트리거나 개인적 취향을 드러내는 물건은 없어도 된다.'

혼자 살아 보니 그 전까지는 누군가의 보호를 받으며 살아왔다는 게 절실히 느껴졌다. 조부모님과 살 때는 항상 청소와 빨래를 대신 해 주는 사람들이 있었고, 결혼한 이후에는 매일 아파트를 청소하러 오는 가정부가 있었다. 이집트에서는 인건비가 싸기 때문에 중산층이 가정부를 고용하는 일이 흔하다. 신혼부부도 예외는 아니었다. 케임브리지에 도착해 아파트 임대 계약을 할 당시 내가 처음으로 한 질문은 "누가 아파트를 청소하나요?"였다. "당신이 해야죠!" 집주인의 대답에 난 얼빠진 사람처럼 멍하니 서 있었다.

그래서 난 소매를 걷어붙이고 걸레로 부엌 닦는 법을 익혔다. 퇴근 후 일주일에 두 번, 나는 세탁물 가방을 들고 두어 블록

떨어진 가장 가까운 빨래방에 가서, 빨래가 끝날 때까지 그곳에 앉아 주로 표정과 감정에 관한 과학 서적을 읽었다. 이러한 생활에 익숙해지는 데는 어느 정도 시간이 걸렸다. 날씨가 추워지고 바람이 세지면서 일상생활은 점점 더 힘들어졌다. 카이로에서는 이토록 많은 일상적인 일거리들이 모두 마법처럼 이루어졌는데, 그에 비교하면 케임브리지에서의 내 생활은 달라도 너무 달랐다.

　삶은 이집트에서보다 훨씬 힘들고 가혹했다. 엄마, 동생들, 시부모님, 친구들 같은 든든한 아군이 그곳에는 없었다. 하지만 나는 새로운 환경을 일종의 도전으로 받아들였다. 특수 훈련을 받는다는 마음으로, 난 혼자 살며 스스로 모든 일을 해결하는 방법을 터득해 나갔다.

　길거리를 돌아다니거나 연구소 주위를 돌아다닐 때는 히잡 때문에 공연히 사람들의 시선을 끌고 싶지 않았다. 하지만 실내에 있을 때, 친척이 아닌 남자들이 주변에 있을 때는 머리를 가려 겸손함을 유지하고 싶었다. 그래서 나는 히잡 대신 모자를 써서 이 문제를 해결하기로 했다. 베이지색과 갈색으로 된 페도라 스타일의 모자를 몇 개 샀는데, 그중 이마를 덮는 작은 테두리가 달린 보라색과 분홍색 줄무늬가 들어간 페도라를 가장 많이 썼다. 이목을 끌기 싫어하는 사람치고는 이상한 선택으로 들릴지도 모른다. 특히 실내에서 모자를 쓰고 있으면 이상하게 보였을 것이 분명한데, 예의 바르기로 둘째가라면 서러운 영국인들은 그것에 대해 한 번도 뭐라 하지 않았다. 연구 과정이 시작된 지 석 달이 지났을 무렵, 다시 히잡을 써도 불편하지 않을 것 같다는 생각이 들었다. 역시 나의 히잡에 관해 이야기를 꺼내는 사람은 아무도 없었다.

나는 케임브리지를 가로지르는 캠강 건너편에 살았다. 케임브리지는 내가 상상했던 것보다 훨씬 시골 마을에 가까웠다. 지하철과 콘크리트에 익숙한 도시 사람에게 그곳은 더도 덜도 아닌 시골이었다. 날씨가 좋은 날이면 강둑을 따라 산책하며, 배를 탄 사람들이 신선하고 고요한 공기를 가르며 미끄러지듯 노를 젓는 광경을 보았다.

그렇게 수 개월이 지난 어느 날 저녁, 강둑을 걷고 있는데 눈이 내리기 시작했다. 책이나 영화를 통해서만 눈을 접했을 뿐, 실제로 눈이 오는 게 어떤 느낌인지는 전혀 알지 못던 나는 곧바로 그 광경에 매료되었다. 추위라면 질색이었지만 난 세상이 온통 하얘질 때까지 밖에서 버텼다.

수많은 이메일을 주고받고 전화 통화까지 했지만, 나는 종신 교수로 재직하고 있는 케임브리지 컴퓨터 연구소의 부소장이자 내 논문 지도 교수인 피터 로빈슨과는 그때까지 한 번도 대면한 적이 없었다. 논문 지도 교수들이 박사 과정 학생들을 노예처럼 부리고, 그들의 공로를 가로채고, 앞길을 막는다는 괴담을 익히 들어온 나는 교수와 직접 만난다는 생각에 몹시 긴장했다.

컴퓨터과학 연구소에 처음 가던 날, 숙소를 나오는데 어떤 곳에서든 첫날이라면 당연히 느낄 법한 울렁증이 도졌다. 나는 이전부터 연구소에서 늘 교복처럼 입던 베이지색 슬랙스에 파란색 상의, 거기에 내가 즐겨 쓰던 '모자'를 착용하고 있었다. 밝고 화창한 날이었다. 나는 새 자전거를 타고 아파트에서 1.5킬로미터 정도 떨어진 연구실로 향했다.

캠퍼스에 도착해 자전거를 보관소에 세워 놓고 있는 동안, 카키색 바지와 파란 스웨터를 입은 한 남자가 내 옆에 자기 자전거를 세웠다. 내 것보다 훨씬 오래되고 낡아 보이는 자전거로, 앞에 달린 고리버들 바구니는 책으로 가득 차 있었다. 그가 손을 내밀며 인사했다. "안녕, 라나. 난 피터라고 해요."

나는 말문이 막혔다. 세계 최고의 컴퓨터과학자 중 한 명인 그는 겸손하고 친절한 사람이었다. 중동에서 온 여학생에게 가장 충격적이었던 점은 교수님이 자신을 '피터'라고 부르기를 원한다는 것이었다. 이집트에서 그 정도 지위에 있는 남자라면 벤츠를 몰고 와 캠퍼스 주차장의 가장 좋은 자리에 차를 세우고, 내가 공손하게 굴기를 기대했을 것이다. 케임브리지에는 그런 특권 의식이 존재하지 않았다. 적어도 내 주위 사람들은 그랬다. 피터는 모든 사람을 동등하게 대했다. 그 점은 내가 감사하게 생각한 문화적 차이 중 하나다.

피터에 대한 나의 첫인상은 정확했다. 몇 년 동안 가까이에서 본 그는 늘 학생들을 지지하고, 항상 겸손하고, 칭찬에 관대한 사람이다. 박사 과정 학생들을 가장 열심히 응원하는 사람이라는 데는 아마도 이견이 없을 것이다.

나는 여전히 모든 사람에게 인정받기를 원하는 착한 이집트 소녀 기질을 갖고 있었다. 그런데 처음으로 내 프로젝트에 대한 회의적인 반응에 직면하게 됐다. 그것도 매우 지적이고 경험이 많은 컴퓨터과학자들의 지적이라 심하게 주눅이 들었다. 당시 기술은 내가 구상한 것을 해낼 만큼 충분히 정교하지 않다는 내용이었다. 그 말대로라면 내 경력은 머지않아 끝날 수도 있었다.

분명 일리 있는 지적이었다. 내가 석사 논문을 쓴 이후 변한 것은 별로 없었다. 당시 디지털카메라는 크고, 상자처럼 각이 지고, 엄청나게 느렸다. 컴퓨터의 보는 능력은 아직 너무나도 미숙했다. 그리고 내 연구에 중요한 역할을 하는 AI 도구들(기계 학습과 딥러닝)은 여전히 엉성한 수준이었다. 몇몇 동료들은 내가 시간을 낭비하고 있다고 경고했고, 다른 논문 주제(3년 안에 완성될 확률이 높은)를 선택하는 편이 낫겠다고 말했다. 이 말은 다음과 같이 번역된다. "너는 박사 학위를 못 딸지도 몰라."

실패할지 모른다는 생각에 걱정이 되기는 했지만, 그 두려움이 나를 멈추게 하지는 않았다. 이 프로젝트는 단지 박사 학위를 따기 위한 수단이 아니었다. 난 내 프로젝트에 깊은 믿음을 갖고 있었고, 그것을 추구하느라 내 인생이 통째로 뒤집힌다고 해도 포기할 수 없었다. 새로운 분야에 도전하는 과학자는 역풍을 맞기 마련이다. 역풍에 밀려나서도 안 되지만 그렇다고 무시할 수도 없는 노릇이었다.

프로젝트의 복잡성을 고려할 때, 어떻게 접근할지에 대한 고도의 전략이 필요한 시점이었다. 마인드 리더(얼굴 감지 알고리즘을 부르는 나만의 이름)를 만들려면 컴퓨터 연구실에 있는 수많은 전문가들의 조언이 필요했고, 나는 어떻게든 그 지지층을 확보해야 했다. 쓰디쓴 비판은 나를 더욱 강인하게 만들었다. 이후 나는 혹평에도 쉽게 흔들리지 않았고, 내 연구와 관련된 이야기를 할 때는 이전보다 날카로워졌다. 이 두 가지 변화는 이후의 내 삶에 중요한 기술로 작용했다.

내 편으로 끌어들이고 싶었던 케임브리지 사람 중에는 캐번디쉬랩의 대표 데이비드 매카이 경도 있었다. 신체적 장애(뇌성마비 등)가 있는 사람의 안구 및 머리 움직임과 호흡을 포착하여 키보드 없이도 컴퓨터를 구동할 수 있는 추적 시스템 대셔를 개발한 그의 연구는 내 프로젝트에 절묘하게 들어맞았다. 머리 동작과 눈의 움직임은 감정의 표현에서 중요한 요소들이기 때문이다. 또 다른 저명한 과학자 앤드루 블레이크는 컴퓨터 비전과 기계 학습 전문가로, 케임브리지의 마이크로소프트리서치 연구소장이었다. 이후에 그는 내 프로젝트의 공동 지도 교수가 되었다. 블레이크 박사는 마이크로소프트에서 엑스박스를 만든 부서의 팀장이었다. 컴퓨터가 얼굴을 보는 데 그치지 않고, 즉각 대상의 특징을 파악하고 미묘한 표정 변화를 인지하는 능력인 컴퓨터 비전은 내 프로젝트에서 핵심적인 역할을 차지한다.

고맙게도 피터는 내 프로젝트에 호기심이 많았다. 우리 연구실에서 나와 같은 분야를 택한 사람은 아무도 없었다. 피터가 엄청난 열정을 보인 것은 아니지만, 그래도 그가 열린 마음을 가지고 있었기 때문에 나는 계속해서 연구에 매진할 수 있었다.

나는 내가 감성 지능에 관해 사람들에게 이야기하는 방식에 문제가 있다는 사실을 깨달았다. 내 이야기는 반향을 불러일으키지 못했다. 내가 선택한 프로젝트에 의문을 제기하는 동료가 많은 데에는 내 책임이 컸다. 왜 그 분야를 선택했는지, 그것을 만드는 데 왜 3년을 투자하려고 하는지를 잘 설명하는 일은 전적으로 내 몫이었다. 나는 다른 사람들을 설득하고 장벽을 뚫기 위해 두 배로 노력했다.

나와 와엘 사이의 컴퓨터

와엘과 나는 화면을 통해 의사소통하는 것에 익숙해졌다. 우리는 약혼한 이후, 매일 밤 이메일이나 문자 메시지를 주고받고는 했다. 우리는 사이버 로맨스를 경험한 첫 세대일지도 모른다. 다른 커플들이 처음 만난 날이나 첫 키스한 날을 기념하는 것처럼, 부부가 되기 전의 와엘과 나는 천 번째 이메일을 주고받은 날을 기념했다 (와엘은 해 질 녘의 나일강 유람선 투어를 준비해 나를 깜짝 놀라게 했다). 물론 그 이메일과 문자 메시지를 주고받는 사이사이에는 보통 커플들처럼 직접 만나는 일이 많았다. 나는 영국에 있는 동안에도 인터넷을 통해 어떠한 방법으로든 우리의 감정과 경험을 공유할 수 있으리라 생각했다.

내 삶은 사실상 컴퓨터 화면 바라보기의 연속이었다. 집에서는 노트북 화면을, 연구실에 가서는 데스크톱 모니터를 들여다봤다. 점심시간에는 다른 박사 과정 학생들과 함께 앉아서 식사하기도 했지만 대부분은 묵묵히 일에 몰두했다. 저녁에는 늘 연구실에서 가장 마지막으로 나가는 사람 중 한 명이었다. 연구소에서 몇 안 되는 여자 중 한 명으로서, 많은 이들이 헛되다고 여기는 프로젝트를 진행하면서 나 자신을 증명해야 한다는 엄청난 압박감에 시달렸다.

와엘이 떠나고 몇 주 후, 앞으로 3년 동안 나 혼자 지내야 한다는 사실이 서서히 피부로 와닿았다. 노트북 앞에서 저녁을 먹을 때도, 자료 조사 및 여타 작업을 하면서도 적막함을 느꼈다. 장거리 전화는 비쌌기 때문에 밤이 되면 와엘과 주로 메시지를 주고받았다. 우리는 화면 측면에 작은 창이 뜨는 ICQ 채팅을 사용했다.

와엘은 주로 퇴근 후에 접속했다.

와엘: 잘 지내?
나: (입력 중) 응. 잘 지내.

사실 난 너무 힘들었다.

와엘: 연구는 잘돼 가?
나: 응, 잘돼 가. 다음 주에 조원들 앞에서 발표할 내용 검토 중이야. 기대
돼! 오늘 하루 어땠어?

사실 내 프로젝트를 좋아하는 사람은 우리 연구소에 아무도 없는 것 같았다. 발표 때 무슨 말을 해야 할지 좀처럼 감이 오지 않았다.

와엘: 미팅을 했는데 꽤 결과가 좋아. 지금 바쁜 것 같네. 어서 할 일 해.
내일 얘기하자.

나: 응. 그러는 게 좋겠다.

　　마지막 메시지를 보낼 때쯤, 난 울고 있었다. 화면에 비친 내 얼굴에 눈물이 흘러내리는 모습이 보였다. 왜 와엘은 그걸 감지하지 못할까? 메신저를 통해 내 감정을 알리는 것이 거짓으로 느껴졌다. 나는 와엘에게 도움을 요청하고 있었지만, 내 기분이 어떤지 모르는 사람이 무슨 도움을 줄 수 있겠는가?

　　컴퓨터는 와엘과의 주요 소통 수단이었지만 원초적인 감정과 순간순간 변하는 기분은 사이버 공간에서 사라져 버렸다. 와엘은 내 머릿속에서 어떤 일들이 벌어지는지 전혀 알지 못했다. 내가 나지막이 내뱉는 혼잣말은 그에게 들리지도, 보이지도 않았다. 나도 그가 무슨 생각을 하고 있는지 알 길이 없었다.

　　과학자들은 간혹 복잡한 퍼즐 조각들이 맞아떨어지는 '무릎을 치며 깨닫는 순간'에 대해 이야기하곤 한다. 나에게는 그때가 바로 그런 순간 중 하나였다. 나는 컴퓨터가 우리의 의사소통 방법을 빠르게 바꾸고 있음을 깨달았다. 컴퓨터는 여전히 문제 해결을 위한 편리한 도구로 사용되는 동시에(월세방을 찾고, 날씨를 확인하고, 동료에게 메시지를 보내는 등), 한편으로는 우리가 소통하는 주요 통로가 돼 가고 있었다. 이제 인간과 컴퓨터 사이의 인터페이스보다 중요한 것은 인간과 인간의 관계였다. 컴퓨터는 인간 사이의 상호작용을 중재하는 역할로 급격히 자리 잡고 있었다. 내 경험에서 나타나듯, 감정을 읽지 못하는 컴퓨터는 그 역할을 제대로 수행하지 못한다.

어떤 면에서 컴퓨터와 나는 떼려야 뗄 수 없는 사이였지만 그 사이에는 큰 틈이 있었다. 컴퓨터는 내가 누구인지 전혀 알지 못했다. 컴퓨터에게는 로그인한 여러 사람 중에서 나라는 사람을 식별하는 능력이 없었다. 내가 무엇을 느끼고 있는지, 왜 갑자기 간지러움을 느끼는지 전혀 알지 못했다. 좋은 하루를 보내고 있는지 나쁜 하루를 보내고 있는지, 웃고 있는지 찡그리고 있는지, 기뻐하는지 화가 났는지, 무언가를 하고 있다면 즐겁게 하고 있는지 지루해하는지 알지 못했다. 컴퓨터는 나, 그리고 나와 소통하고 있는 사람의 기분과는 무관하게 거슬리고 인간미 없는 포괄적 데이터를 반복해서 토해 냈다.

와엘과 나 사이에 오간 그 모든 이메일은 화면에 투사된 빈말들일 뿐이었다. 와엘은 내가 얼마나 자기를 그리워하는지, 떨어져 지내면서 내가 얼마나 힘들어하는지 전혀 알지 못했다. 나 또한 와엘이 카이로에 혼자 있는 것에 대해 어떻게 생각하는지, 내가 나의 꿈에 한 걸음씩 다가가고 있어서 기쁜지, 아니면 내가 없어서 마음이 안 좋은지 알 수 없었다. 24시간 내내 메시지를 내뱉을 수 있는 컴퓨터가 일종의 착각을 불러일으킨 것이다. 이후 나는 감정의 공유 없이 진정한 연결은 있을 수 없다는 결론에 이르렀다.

8

벽과 대화하는
미치광이 과학자

나는 혁신 사이클에서 소위 "미치광이 과학자 단계"라고 불리는 잠복기에 접어들었다. 때로는 상상의 나래가 펼쳐지곤 했다. 내 손에는 마인드 리더 3.0(인간의 감정 상태를 너무나도 잘 읽는 기계)이 들려 있다. 10월의 어느 아침, 연구소 인원 모두가 보는 앞에서 첫 공식 발표를 하는 날에 마인드 리더 3.0은 나의 든든한 아군이 되어 준다.

'라나. 지금 많이 불안해 보여. 조금 전에 네가 했던 말을 되짚어 보자.'

직관이 뛰어난 기계이기 때문에 개인 연구실에 내가 들어서는 순간 알아서 조명 밝기를 낮추고 피로를 풀어 주는 음악을 틀어 준 뒤, 나의 집중력 향상을 위해 5분 동안 명상 운동을 안내한다. 공감력이 뛰어난 데다 사회생활도 잘하는 나의 로봇이 이집트차인 블랙샤이 한 잔을 건넨다.

'자, 라나. 이제 현실로 돌아가야지.'

현실에서는 마인드 리더 1.0이 구상 단계에 있었고, 아직 컴퓨터의 감성 지능은 걸음마 수준에도 못 미쳤다. 꿈은 어디까지나 내 눈에만 보였다.

난 3년 안에 도달해야 할 지점을 알고 있었지만 그곳까지 가기 위해서는 넘어야 할 걸림돌이 여럿 있었다. 모든 것이 잘 진행된다면 내가 상상했던 것은 무형의 개념에서 시작해 구체적인 무언가가 되어 하나의 원형 모델이 될 것이다. 진짜 힘든 작업은 그 지점부터 시작된다. 발명가는 소매를 걷어붙이고 소프트웨어를 수정하며 개선해야 할 것이다. 그렇게 초판을 출시하면 내가 뭘 잘못했는지 알게 될 테고, 그것을 토대로 단점을 개선하며 처음부터 다시 시작해야 한다. 프로젝트가 얼마나 복잡한지에 따라 만족할 만한 결과물을 만들기까지 몇 년이 걸릴 수 있다.

우리의 삶에서 컴퓨터의 역할이 점점 커지고 있는 것을 고려했을 때, 나는 컴퓨터에 감성 지능을 장착하는 일이 절대적으로 필요하다고 판단했다. 하지만 동료 중 상당수는 정반대로 생각했다. 감정 없이 '깨끗한 눈'으로 보며 객관적 연산을 할 수 있는 능력이야말로 컴퓨터가 인간보다 나은 점이라는 주장이었다. 그래서 나는 사람들에게 공식적인 소개를 하는 첫 자리에서 '인간다움'이라는 주제를 반드시 짚고 넘어가야겠다고 느꼈다.

스티브 잡스는 이렇게 말했다. "당신이 그것을 보여 주기 전까지 사람들은 무엇을 원하는지 알지 못한다." 늘씬하고 예쁜 아이폰을 들고 나와 열풍을 일으켰을 때, 저 말은 강력한 설득력을 띠었다(당시의 갑갑한 폴더폰이나 경쟁사의 두툼한 스마트폰을 아이폰보다 선호했던 사람은 거의 없었을 것이다). 그런데 마인드 리더에 대한 실무 지식은 대부분 내 머릿속에만 존재했다. 아직 남들에게 뽐낼 만한 멋진 원형 모델이 없었기 때문에, 나는 사람들의 상상력을 사로잡을 수 있는 다른 방법을 찾아야 했다. 왜 내 프로젝트가 케임브리지 컴퓨터 연구소에서 박사 학위를 받을 만한 가치가 있는지, 왜 이 연구가 획기적일 뿐만 아니라 필수적인지를 설득해야 했다.

며칠 전 와엘과 밤에 실시간으로 '소통'하며 빠른 속도로 메시지를 주고받는 동안, 나는 그토록 와엘과 단절된 느낌을 받아 본 적이 없었다. 그뿐만 아니라 내 감정으로부터도 단절된 느낌을 받았고 극도의 외로움을 느꼈다. 사이버 공간에서 의사소통을 시도하며 감정적으로 얼마나 방황할 수 있는지, 그때 처음으로 느꼈다. 나는 컴퓨터만큼이나 감정을 느낄 수 없었고, 감정으로부터 단절되어 있었다. 그 발표에서의 목적은 내가 경험했던 것 같은 단절감을 강당에 있는 사람들이 느끼도록 하는 것이었다. 의미 있는 대화를 이어 가려고 애쓰는 동시에, 얼굴을 마주 보고 소통하는 것은 제외하기로 했다.

사람들은 과학도들이 대체로 내성적인 성격일 거라고 추측하는데, 나는 거기에 포함되지 않는다. 나는 사람들 앞에서 말하는 걸 즐기고, 주목받을 때 비로소 살아 있음을 느낀다. 앞으로 3년 동안 많은 시간을 함께 보낼 사람들을 만난다는 생각에 흥분됐고, 동시에 긴장도 됐다. 착한 이집트 소녀인 나는 사람들이 나를 좋아하고 내 작업을 존중해 주기를 원했다.

미리 할 말을 적어 둔다거나 연습을 하지 않고도 연설이나 발표를 잘하는 사람들이 있다. 반면 나는 연구에 임하는 방식과 비슷하게 발표를 준비한다. 매번 사람들 앞에 서야 할 때마다 나는 안무를 짜듯 세심하고 체계적으로 준비하고, 반복 연습하고, 다듬고, 복습한다. 샤워를 하면서도, 아침을 먹으면서도, 버스에서도 연습하면서 발표를 시작하기 직전까지 쉬지 않고 반복하며 수정한다. 그날도 그랬다. 청중 사이에는 세계 최고의 컴퓨터과학자들도 있었기 때문에 모든 걸 완벽하게 하고 싶었다.

발표 장소는 작은 강당이었다. 난 최종 검토를 하기 위해 장소에 일찍 도착했다. 발표 시간이 되어 강당 앞문으로 들어선 나는 동료들이 줄줄이 자리에 앉기를 기다렸다. 50여 명 중 대부분은 남자였고, 여자는 두 명 정도가 있던 것으로 기억난다. 나의 논문 지도 교수인 피터는 맨 앞줄 가운데 자리에 있었다.

모두 자리에 앉자 나는 일어서서 몇 초 동안 객석을 훑어본 다음, 며칠 동안 준비한 대로 천천히 돌아서서 관객을 등졌다. 강당에는 정적이 흘렀다. 나는 몇 초 더 기다렸다가 심호흡을 한 뒤, 여전히 등을 보인 채로 나를 소개했다.

"제 이름은 라나 엘 칼리우비입니다. 이집트 카이로에서 왔고, 얼마 전에 연구소에 들어왔습니다. 제 주제는 컴퓨터에게 인간의 감정을 읽는 법을 가르치는 것입니다. 특히 우리의 표정을 읽는 법을 가르치는 데 집중하고 있죠."

그렇게 돌아선 채로 본격적인 발표를 시작했다. "사람들은 기계와 상호작용 할 때에도 항상 정신 상태를 겉으로 표현합니다. 정신 상태는 우리가 내리는 결정을 형성하고, 다른 사람들과 어떻게 의사소통할지에 관여하며, 우리의 사고 전반에 영향을 미칩니다." 관객들은 내 목소리를 들었지만 얼굴은 볼 수 없었다. 마찬가지로 나도 그들의 얼굴을 볼 수 없었다.

수없이 반복 연습한 대사들이었음에도 길을 잃은 기분이 들었다. 나는 텅 빈 하얀 공간을 응시하며, 말 그대로 벽에다 대고 말하고 있었다. 차를 운전할 때 뒷좌석에 앉은 사람과 대화를 나눠본 사람은 그게 쉽지 않다는 걸 기억할 것이다. 자기도 모르게 백미러로 대화 상대의 얼굴을 찾게 되고, 돌아서서 그 사람을 보고 싶은 충동을 억눌러야 한다. 상대방을 보지 않은 채로 대화를 계속하는 것은 부자연스럽게 느껴진다. 그날 아침의 발표도 마찬가지였다. 사람들의 반응을 확인하지 못한 채로 진행하는 발표는 자연스럽지 않았다. 나의 말하는 속도와 어조가 적절한지도 알 수 없었다. 여느 때처럼 사람들을 보면서 발표했다면 무의식중에 적절히 조율했을 텐데, 관객이 어떻게 반응하는지 보지 않고서는 할 수가 없었다.

그렇게 1~2분 정도를 더 이야기했는데, 너무나도 길게 느껴졌다. 답답해서 도저히 참을 수 없게 되자 난 이렇게 말했다. "자,

지금까지 여러분은 의사소통에서 얼굴이 얼마나 중요한지 느끼셨을 겁니다. 얼굴에 접근할 권한이 없다면 서로를 이해하는 것이 얼마나 힘들어질지도 상상하실 수 있을 겁니다."

그제야 난 돌아서서 함박웃음을 지어 보였다. 객석을 훑어보니 모든 시선이 나에게 집중돼 있었다. 지루해하는 사람, 졸고 있는 사람은 없었고 자리를 박차고 나간 사람도 없었다. 강당에 흐르는 '침묵의 대화'(흥미, 관심, 호기심)를 바탕으로, 난 내가 강한 인상을 남겼다는 것을 알 수 있었다. 최소한 내 이야기를 더 듣고 싶어 하는 것만은 확실했다.

관심을 끌기 위한 편법이었지만 분명 효과는 있었다. 곧이어 더 중요한 부분으로 넘어갔다. 난 우리가 컴퓨터를 대할 때, 항상 안면 인식 장애가 있는 기계를 대면한다는 점을 강조했다. 컴퓨터와 소통할 때는 이야기를 듣는 대상의 반응을 보기 위해 돌아서서 확인할 기회 같은 건 없다. 상대의 반응을 가늠해서 그에 적절한 행동을 할 수도 없다. 인간과 컴퓨터 간의 상호작용은 항상 이상하고 부자연스러울 뿐이다.

발표가 계속될수록 힘들이지 않고 이야기할 수 있게 됐다. 이후 나는 관객들로부터 질문과 의견을 받았다. 대부분은 기술에 관한 것이었다. 컴퓨터과학자 집단이니 당연한 반응이었는지도 모른다. 그런데 그중에 꽤 색다른 의견을 제시한 사람이 있었다.

뒤에 앉은 한 박사 과정 동료가 말했다. "자폐증을 한번 조사해 봐요, 라나. 제 형제에게 자폐증이 있는데, 비언어적 의사소통에 어려움을 겪고 있어요. 특히 표정을 이해하지 못해서 애를 먹죠. 그쪽으로 연구하면 내 동생 같은 사람들에게 큰 도움이 될 수 있을 것 같아요."

나는 그때까지 자폐증이란 말을 들어 본 적도 없었다. 그 동료는 그의 형제가 얼굴의 변화를 이해하는 데 어려움을 겪고 있을 뿐만 아니라, 사람들의 얼굴을 직접 들여다보기를 싫어한다고 말했다. 나는 그 조언에 큰 흥미를 느꼈다. 선천적으로 감정을 읽지 못하는 사람들이 있다고? 난 컴퓨터에게 감정을 파악하는 기술을 가르치려고 하는데, 바로 그 '인간적 기술'을 갖지 못해서 힘들어하는 사람이 있다는 거지?

그날 밤, 나는 자폐증에 대해 찾을 수 있는 모든 자료를 파헤쳤다. 생각보다 자료가 너무 많아서 충격을 받았다. 아랍어로 자폐증을 뜻하는 단어는 '혼자'를 뜻하는 '알타와호드'이다. 내가 생활한 반경 내에서 그 단어를 사용한 사람은 없었다. 워낙 '이웃이 어떻게 생각할까'에 집착하는 문화이기 때문에 일반적이라고 여겨지는 것에서 벗어난 가족 구성원에 대해서는 대외적으로 잘 얘기하지 않기 때문이다. 당시 카이로에서는 '다르다'라는 꼬리표가 붙은 형제가 있다고 동료들 앞에서 이야기하는 사람은 좀처럼 찾아보기 힘들었다. 비록 상황이 많이 나아지기는 했지만 특별한 도움이 필요한 아이들을 위한 사회 복지 서비스는 여전히 부족하다. 오늘날에도 자폐 스펙트럼 장애가 있는 학생들은 미국과 달리 일반 교실에서 수업을 받지 못하고, 대부분의 비장애 아동들은 장애 아동들과 교류하지 않는다.

자폐증을 공부하면 할수록, 롭이 왜 나에게 이 방향을 제시했는지 이해가 됐다.

케임브리지대학 자폐증 연구소의 대표인 사이먼 배런코언 박사는 이 분야의 최고 전문가 중 한 명이다. 나는 자폐증 정도를 평가하기 위해 고안된 진단 도구인 '눈을 통해 마음 읽기(Reading the Mind in the Eyes)'를 우연히 접하게 됐다. 이 테스트는 남녀의 눈과 눈썹만 찍은 일련의 사진들로 구성되어 있는데, 사진들은 저마다 다른 감정 상태를 보인다. 테스트에 임하는 사람은 각 사진을 보고, 그에 해당하는 정신 상태를 맞춰야 한다.

가령 문제를 푸는 사람은 눈과 눈썹만 보고 네 가지 보기(짜증 난다, 비꼰다, 걱정스럽다, 친근하다) 중 하나를 선택해야 한다. 별생각 없이 풀 수 있는 문제처럼 들릴지도 모른다. 비꼬는 것과 친근한 것의 차이를 구별하는 게 뭐가 그렇게 어렵겠는가? 그런데 각각의 표정은 거의 같은 근육들을 사용한다. 얼핏 정반대로 보이는 두 개의 기분 상태도, 사실 그 차이는 매우 미묘할 수 있다(눈썹을 살짝 드는 것, 또는 무표정과 거의 차이가 안 느껴질 정도로 눈을 가늘게 뜨는 것 등). 이 테스트를 특히 어렵게 만드는 것은 입과 코를 포함한 얼굴 전체, 또는 몸짓을 볼 수 없다는 점과 목소리를 들을 수 없다는 점이다. 직접 해 보면 생각보다 어렵다고 느낄 것이다.* 잘하는 사람도 있고 잘 못 하는 사람도 있을 텐데, 나는 일찍부터 얼굴을 관찰하는 훈련을 해서인지 점수가 꽤 잘 나왔다.

나는 그 테스트를 훈련 도구로 적용할 수 있는 방법이 있는

---

* 테스트는 이곳에서: autismresearchcentre.com/arc_tests

지 고민했다. 알고리즘을 훈련하면 높은 점수를 받을 수 있을까? (그렇게 쉽지 않다는 것을 알 수 있었다. 계속해서 시도해 봤지만 매번 실패했다.) 이런 것을 전에 본 적이 없던 나는 배런코언의 연구에 대해 더 깊게 공부해야 할 필요성을 느꼈다.

지금 그때와 같은 상황에 닥쳤다면 먼저 링크드인으로 함께 아는 친구를 검색해 인터넷상으로 인사를 한 다음, 배런코언 박사에게 최대한 자연스럽게 다가갈 방법을 모색했을 것이다. 그렇게 하더라도 최소 몇 주는 걸린다. 당시 일개 박사 학위 과정 학생이던 내가(게다가 심리학도 아니었다) 저명한 과학자에게 면담을 요청하는 건 지금 생각해 보면 꽤 배짱이 있어야 할 수 있는 행동이었던 것 같다. 그런데 아직 사회생활에 대해 잘 모를 때라, 나는 내 연구를 설명하는 이메일을 무작정 배런코언 교수에게 보냈다. 답장은 꽤 빨리 왔다. '그럼, 당연히 내 연구에 관심이 가겠지'라고 생각하며 재빨리 만날 날짜를 정했다.

케임브리지 컴퓨터 연구소는 외벽에 아무것도 없는 최신식 건물인 데다 공간이 탁 트여 있다. 반면 심리학과가 있는 80년된 건물은 격자무늬가 들어간 연철 대문이 있고, 전면은 벽돌로 지어졌으며, 로비는 현대식 건물에 비해 비좁다. 건물 내부는 사람 냄새가 물씬 풍기는 학생들과 교수들로 가득 차 있었다.

배런코언 교수의 사무실은 내가 예상했던 것보다 작았다. 교수님의 키가 커서 더 비좁아 보였는지도 모른다. 배런코언 교수는 부드러운 말투를 구사했고, 지적이고 사려 깊은 성격이 도드라졌다. 전반적으로 개방적이고 친근한 느낌이었는데, 특히 침착하고

리듬감 있는 어투가 인상적이었다. (코미디언 겸 배우로 잘 알려진 사촌 사샤 배런코언처럼 광적인 모습은 찾아볼 수 없었다.)

처음 보낸 이메일에서 이미 연구 내용을 간추려서 설명했던 나는 이번에는 '생각을 읽는 기계'에 대한 나의 비전과 세부 사항들을 설명했다. 당시 나는 여섯 가지 기본적인 감정을 담은 콘-카나데의 데이터에 의존하고 있었다. 인간의 얼굴을 볼 수 있도록 컴퓨터를 훈련하는 자료였다. 애석하게도 난 인간의 복잡한 감정을 기계에게 이해시킬 목적으로는 이 자료가 부적절하다는 사실을 알고 있었다.

난 혼잣말로도 입 밖에 내기 힘든 이야기를 그 자리에서 털어놓았다. 내 연구가 막다른 골목에 들어섰음을 인정한 것이다.

애초에 자폐증에 대해 듣지 못했거나 그날 배런코언을 방문하지 않았다면, 나는 그토록 방대한 자료에 접근하지 못했을 것이다. 그의 그룹은 자폐증이 있는 어린이들을 위해 구체적인 감정을 묘사한 연기자들의 데이터베이스를 구축하고 있었다. 사실 그들은 내가 컴퓨터로 하려고 했던 것과 정반대의 작업을 하고 있었다. 그들은 자폐아들에게 마음을 읽는 방법을 가르치는 소프트웨어(표정, 목소리 같은 비언어적 단서들을 사용해 타인의 감정과 정신 상태를 해석하도록 가르침)를 만들고 있었다.

배런코언은 그것을 감정의 분류 체계, 또는 감정의 백과사전이라고 불렀지만 그는 얼굴이 단순히 감정 신호를 묘사하는 데에 그치지 않는다는 것을 인지하고 있었다. 얼굴은 피로, 지루함, 혼란처럼 행동 및 정신 상태도 전달한다. 그런 것들은 감정으로 간주되지는 않지만, 비언어적으로 전달되고 적절한 대응을 유발한다는 점에서 중요하게 여겨진다.

게다가 배런코언의 데이터베이스에는 무려 412개의 감정적, 정신적 상태가 포함되어 있었다.

알고 보니 배런코언 역시 경력 초반에 내가 직면하고 있던 것과 비슷한 어려움을 겪었었다. 당시 자폐아들에게 감정 신호를 가르치는 표준 교재는 에크만의 여섯 가지 기본 감정을 매우 과장되게 표현한 정적인 그림(양쪽 입꼬리가 한껏 올라간 과장된 미소, 아랫입술 내밀고 미간 찌푸리기 등)이 들어간 플래시 카드로 구성돼 있었다. 이 카드들은 실제 얼굴보다는 과장된 감정을 표현한 캐리커처에 가까웠으며, 아이들이 현실에서 마주치는 실제 표정들과는 거의 닮은 점이 없었다. 그래서 이 플래시 카드는 교습 도구로써 별 효과가 없었다.

훈련의 핵심은 아이들이 살아 숨 쉬는 인간과 상호작용을 하도록 돕는 것이었으니 어찌 보면 당연한 결과였다. 솔직히 조커처럼 웃고 돌아다니는 사람이 얼마나 있겠는가?

배런코언 교수는 확실한 해결책을 구상했다. 일상에서 만나볼 수 있는 '실제 인간'의 얼굴로 이루어진 광범위한 감정들을 담은 동영상 데이터베이스를 구축하기로 한 것이다. 이 자료에는 미묘한 감정부터 시작해 안면 근육이 복잡하게 움직이는 다양한 감정들이 포함돼 있다.

이런 시도를 한 사람은 그가 처음이었다. 첫 번째 단계인 동시에 아마도 가장 중요한 단계는 데이터베이스에 어떤 감정과 정신 상태를 포함할지를 결정하는 것이었다. 문제는 그 범위를 어떻게 정하느냐였다. 하나의 감정이나 정신 상태도 표현하는 방법은 수없이 많을 수 있다. 예를 들어 '피곤하다'는 '조금 피곤하다'부터 '탈진했다'에 이르는 모든 상태를 포괄한다. 마찬가지로 우리가 '사랑'이라고 묘사하는 다양한 상황들을 생각해 보자. 가족 간의 사랑, 연인 간의 사랑, 깊은 애정, 끌림, 욕망, 사랑의 열병, 정, 대상에게 빠져 정신 못 차리는 감정, 다정함, 애정, 애착 등 무궁무진하다. 사랑은 누가 표현하느냐에 따라 의미가 달라진다. 부모가 아이에게 느끼는 사랑에서부터 성관계를 가지는 파트너에게 느끼는 사랑까지, 그 의미는 천차만별로 쓰일 수 있다.

감정의 광대하고 복잡한 언어를 가장 중요한 핵심 단어로 축약하려면 어떻게 해야 할까? 배런코언의 그룹은 사전 편찬자와의 협업을 통해 감정을 묘사하는 데 사용되는 모든 영어 단어를 검토했다. 막연히 상상해 봐도 수천 단어가 있으리라는 걸 짐작할 수 있을 것이다. 의미상으로 밀접한 단어들과 동의어를 제하고 나니 412개의 단어가 선별됐다고 한다.

감정과 정신 상태를 표현하는 412개의 단어는 24개 군으로 분류됐다. 즉 분노를 묘사하는 단어들을 한 묶음으로, 로맨스를 묘사하는 단어들을 한 묶음으로, 공포를 묘사하는 단어들을 또 다른 묶음으로 나누는 식이었다. 해리 포터를 연기한 대니얼 래드클리프를 비롯한 약 스물네 명의 배우가 이러한 감정적, 인지적 상태를 연기하기 위해 동원됐다. 연구실을 찾은 배우들은 프로젝트를 위해 지어진 특별 부스에 들어갔다. 배런코언은 감독으로서 배우들에게 '대본'을 주고 질투, 증오, 분노, 빈정거림과 같은 특정 감정을 묘사하는 방법에 대해 지침을 줬다. 때로는 해당 배우에게 "혼란스러운 표정을 지어 달라", "흥미를 느끼는 표정을 지어 달라"며 주문하기도 했다.

다양한 연령, 인종, 젠더의 배우들이 이 작업에 참여했다. 따라서 영상들은 아이들이 일상에서 마주치게 될 남녀노소와 세계 각지에서 온 다양한 얼굴색의 사람을 포괄했다. 단순한 플래시 카드와는 엄청난 차이가 있었다.

이어 각 동영상은 심리학과 학생 열 명으로 구성된 평가단의 검토를 받았다. 평가단 학생들은 감정 상태를 제대로 포착했는지에 따라 등급을 매겼다. 심사위원들이 모두 엄지손가락을 치켜세우면 동영상은 데이터베이스에 포함됐고, 그렇지 않을 시에는 제외됐다. 결국 여섯 명의 배우가 각각 여섯 번씩 연기한 412개의 감정 상태가 남았다. 우리가 처음 만난 때로부터 3년이 지난 2004년, 배런코언의 그룹은 인간의 얼굴과 목소리를 바탕으로 감정을 읽는 인터랙티브 컴퓨터 기반 가이드 '마인드 리딩 DVD'를 출시했다. 독창성과 실행력을 두루 고려했을 때 매우 놀라운 성과였다.

나는 배런코언의 데이터베이스 이면에 있는 방법론 설명을 들으며, 그가 착수했던 프로젝트의 엄청난 규모에 충격받았다. 아직 데이터베이스를 구축하는 과정에 있었지만 이미 상당한 내용을 담고 있었다. 나는 압도됐다. 컴퓨터에게 감정을 이해하는 방법을 가르치려면 나 역시 많은 사람들로부터 실제 샘플을 수집해 폭넓은 데이터베이스를 확보해야 했다. 하지만 일개 박사 과정 학생이던 나에게는 그만한 자금과 시간이 없었다.

나는 풀이 죽었다. 과연 내가 해낼 수 있을까?

잠시 후 배런코언 교수는 그 자리에서 모든 연구 과학자들이 듣기를 원하는 마법 같은 말을 했다. "우리 데이터베이스를 보고 싶나요? 지금 하는 일에 도움이 될지도 모르잖아요."

배런코언은 자기 그룹의 대학원생 오페르 골란을 사무실로 불러들였다. 내가 처음 만난 이스라엘인이었다.

몇 년 후 배런코언 교수를 만났을 때, 그는 이집트인과 이스라엘인이 함께 일하게 된 그 기념비적인 순간을 회상했다. "역사적으로 갈등을 빚어 온 두 나라 출신 두 과학자가 여기 있었지. 내가 진정으로 기뻤던 건, 이 두 과학자가 인간 대 인간으로 만나 '공감'이라는 개념을 얘기하는 장면이었어. 이렇게 성격이 전혀 다른 두 분야의 사람들을 모아 공통의 관심사를 찾는 건 참 만족스러운 일이야."

배런코언은 각기 다른 프로젝트가 어떻게 시너지 효과를 낼 수 있는지를 보았던 것이다. "가령 알고리즘이 감정을 식별하기 위해 어떤 특징을 학습하는지를 파악할 수 있다면, 그것을 자폐증이 있는 사람에 맞게 번역해서 똑같이 하도록 가르칠 수 있을 거야."

그때부터 나는 배런코언의 데이터베이스와 파일들에 접근할 수 있었다. 꼼꼼하게 수집되고 전문적으로 조사된 원본 비디오 파일들이 주를 이루었다. 그 자료들은 인간이 느끼는 모든 감정을 포괄했다. 나로서는 정말 꿈에서나 가능할 법한 일이 현실이 된 것이다. 그런 식으로 자료를 공유하는 행동은 놀라우리만치 관대한, 연구와 사회 발전을 돕는 행위이다.

나는 동영상들을 내려받은 뒤, 배우들의 표정이 들어간 수천여 개의 이미지를 몇 달에 걸쳐 연구했다. 이 훈련은 필수적인 것으로 판명됐다. 컴퓨터에게 표정과 감정의 뉘앙스를 가르치기 전에 인간이 이 미묘한 신호를 어떻게 해석하는지 알아야 했으므로, 우선 나부터 깊은 직관력을 기를 필요가 있었다. 결국 훈련 알고리즘을 만드는 사람은 나다. 전문 분야에 대한 지식이 부족할수록 결함 있는 도구를 만들 가능성도 커진다.

데이터베이스가 워낙 방대했기 때문에 나는 선택의 폭을 좁혀 어떤 감정을 바탕으로 알고리즘을 만들지 선택해야 했다. 3년 동안 412개를 감당할 여력은 없었다. 아직 아무런 감정도 인식할 수 없는 출발선에 있었기 때문에, 나는 여섯 가지 정신 상태(동의하다, 집중하다, 동의하지 않는다, 흥미를 느끼다, 생각하다, 확신이 없다)에 초점을 맞추기로 했다. 알고리즘이 이것들을 터득하고 나면 다른 것들로 넘어갈 계획이었다.

이 항목들을 선택한 이유는 저 여섯 가지 인지 상태들이, 인간 사이의 의사소통과 인간 대 기계 인터페이스 모두에 필수적이기 때문이다. 다시 말해 실제 세계에서든 가상 세계에서든 다른 사람과 대화를 이어 갈 때 자신이 하는 말을 상대방이 알아듣고 있는지, 상대방을 지루하게 하고 있지는 않은지, 상대방이 자신에게 동의하고 있는지를 알아야 제대로 응대할 수 있다. 이것은 감성 지능의 핵심이다.

마찬가지로 사용자가 이해하지 못하는 정보들을 컴퓨터가 쏟아 내고 있거나(내가 집을 구할 때처럼), 사용자를 좌절하게 한다면 컴퓨터는 사람이 하듯 상황에 맞게 대응 방식을 바꿀 수 있어야 한다. 인터넷 강의를 예로 들어 보자. 소프트웨어가 개별 학생의 학습 방식에 맞게 가르치는 내용을 조정할 수 있다면 기존 방식과는 차별화될 것이다.

지금 돌이켜 보면 기준을 너무 높게 잡았던 것 같다. 그때 내가 선택한 정신적 상태들은 표현 방식이 굉장히 복잡하고, 명확하지 않을 때도 많다. 예를 들어 단순히 동의를 표시하기 위해 고개를 끄덕이거나 미소를 지을 수도 있지만, 미소를 짓는다고 해서 반드시 상대방에게 동의하는 것은 아니다. 가령 동의하지 않음을 표현하기 위해 상대방에게 애원할 때도 미소를 지을 수는 있다. 알고리즘은 인간과 마찬가지로 이러한 미묘한 부분들을 인식하고 이해해야 한다.

데이터베이스 전체를 살펴보는 데만 몇 달이 걸렸다. 나는 며칠에 한 번씩 특정 항목을 골라 그 범주에 드는 모든 영상을 보며, 각 정신 상태에 따라 어떤 독특한 표정이 있는지를 메모해 두었다. 난 노트북 화면을 보다가 쓰러져 잠드는 일이 허다할 정도로 매진했다.

그해 늦가을, 내가 연구에 깊이 몰두해 있던 시기에 와엘에게서 이메일이 왔다. 미국에서 열리는 회의에 가는 길에 케임브리지에 이틀 정도 방문할 계획이라는 내용이었다. 9월 이후 처음으로 와엘과 재회한다는 생각에 너무나도 설렜다. 와엘의 방문은 이슬람력에서 가장 신성한 달인 라마단과 겹쳤다. 라마단 기간 동안 이슬람교도들은 일출부터 일몰까지 금식해야 하며, 자기 성찰과 기도를 통해 신앙을 되찾는 시간을 가진다. 정상적으로 출근하고 생활을 이어 가는 것은 허용되지만 술과 담배는 물론 경박한 행위, 성관계 등도 금지된다. 해가 지면 다음 날 새벽까지는 정상적인 삶으로 돌아갈 수 있다.

와엘이 도착하는 날, 나는 일찍 연구실을 나와 집에 가서 그를 맞을 준비를 했다. 착한 이집트 소녀인 나는 와엘의 방문을 위해 라마단을 위한 특별한 식사(금식 이후에 먹을 음식)를 준비한 뒤 최선을 다해 식탁을 차리고, 음산하기 짝이 없는 거실을 예쁘게 꾸몄다.

와엘은 오후 늦게 도착했다. 서로를 보는 순간 다시 신혼부부 시절로 돌아간 것만 같았다. 해가 질 때까지 기다렸다가 포옹할 생각이었지만 몇 분 만에 열정을 주체할 수 없게 됐다. 우리는 격렬한 재회의 시간을 가진 뒤 다시 이성을 찾았다. 저녁을 먹으면서는 몇 시간 동안 대화를 나누었다. 난 주로 연구소 생활과 연구의 진척이 더딘 것에 대해 와엘에게 이야기했다. 일부 동료들과 지내며 느끼는 회의감에 대해서도 말했다. 와엘은 나를 격려해 줬고, 자신의 회사에서 일어나고 있는 일들을 얘기해 줬다. 와엘의 회사는 급속도로 성장하고 있었다. 몇 달을 떨어져 지냈지만 우리는 그 어느 때보다도 서로를 가깝게 느꼈다. 사랑받는다는 마음이 들었고, 와엘도 그렇게 느꼈을 거라 짐작한다. 그 후 우리는 여러 차례 재회했다. 그중 일부는 기억에서 지우고 싶지만 이 첫 번째 상봉만큼은 우리의 결혼 생활에서 일어났던 좋은 일 중에서도 가장 소중한 기억으로 남아 있다.

와엘은 이틀 후에 떠났고, 나는 다시 연구에 몰두했다.

9

도전

배런코언은 자폐증에 대한 새로운 접근법을 제시했는데, 그것은 내가 세상을 바라보는 시각과 연구를 바꾸어 놓았다. 그의 연구 이전에는 자폐증이 '있다'(신경학적으로 문제가 있다)와 '없다', 둘 중 하나로만 인식되었다. 그러나 배런코언은 그 이론에 반해, 모든 인간은 자폐 스펙트럼의 한 지점에 존재한다는 이론을 제시했다.

스펙트럼의 한쪽 끝에는 다른 사람의 감정과 생각을 파악하고 이에 적절한 감정으로 대응하는 '공감하는 자(empathizers)'가 있다. 공감하는 자는 다른 사람의 감정을 직관적으로 파악하고, 배려심과 감수성을 바탕으로 사람을 대하는 방법을 알아낸다.

스펙트럼의 다른 쪽 끝에는 시스템을 분석 및 탐구하여, 그 시스템의 동작을 지배하는 기본 규칙을 파악하는 '체계화하는 자(systemizers)'가 있다.

'공감하는 자'는 사람과 사람의 상호작용에는 뛰어나지만 공학이나 수학 같은 기술에는 그다지 능숙하지 않을 수도 있다. 이와는 대조적으로 '체계화하는 자'는 기술, 숫자, 논리에 뛰어난 경향이 있지만 사람을 대하는 기술은 부족할 수도 있다. 배런코언의 이론에 따르면 사회성이 결핍된 자폐 현상은 스펙트럼 상에서 '체계화하는 자' 쪽의 극단에 있을 것이다.

우리는 대부분 양극단의 중간 어딘가에 위치한다. 자폐증 진단을 받지 않은 사람도 자폐적 성향을 가지고 있을 수 있다. 그들은 '공감하는 자' 쪽 극단에 치우쳐 있는 사람보다는 감성 지능이 낮을 수 있지만, 사회 구성원으로서 무리 없이 온전한 생활을 할 수 있다. 마찬가지로 수학에 뛰어나면서 사회성이 좋은 사람도 있다. 그런 측면으로 인해 그들이 스펙트럼의 중간으로 더 이동할지도 모른다.

배런코언은 자신의 연구를 바탕으로, 남성들은 '체계화하는 자' 쪽에 치우치는 경향이 있고 여성들은 '공감하는 자' 쪽으로 치우치는 경향이 있다고 말했다. 그런 점을 생각하면 여자보다 남자 중에 자폐증 진단을 받는 비율이 높은 것은 놀랄 일이 아니다. 그 비율은 통계 방식에 따라 2:1, 3:1, 때로는 4:1까지 차이가 난다.

배런코언의 이론에서 가장 설득력 있게 다가온 점은 스펙트럼 상의 위치가 유동적일 수 있다는 부분이었다. 예를 들어 엄청난 스트레스를 겪고 있는 '공감하는 자'는 자신이 현재 소통하고 있는 사람들에게 평소만큼 관심을 가지지 않을 수도 있다. 그런 상황에서 그 사람은 '체계화하는 자' 쪽으로 이동할 수 있다. 만약 '체계화하는 자'가 사랑에 푹 빠진다면 그 사람은 연인의 요구에 더 열심히 반응하며 '공감하는 자' 쪽을 향해 이동할 것이다. 나는 이 유동 스펙트럼의 개념에 놀랐다. 또한 배런코언은 약간의 도움만 있으면 '체계화하는 자'의 공감할 수 있는 정도를 증가시킬 수 있고, 그 반대의 경우도 마찬가지라고 말했다.

배런코언 교수와의 협업을 통해 나는 감성AI의 진정한 잠재력에 눈을 떴다. 만인이 평등하게 창조됐을 수는 있지만 우리는 모든 것을 동등하고 일관되게 잘하지는 못한다. 어떤 사람들은 높은 감성 지능을 갖고 태어난다. 자폐증 진단을 받은 사람들을 포함한 그 외의 사람들은 감성 지능 때문에 삶에 어려움을 겪는다. 그리고 우리 중 대다수는 그 중간 지점 어딘가에 존재한다.

문화적 차이, 즉 다양한 선입견들과 인종의 차이도 우리의 인식과 판단을 흐리게 할 수 있다. 뇌졸중, 뇌 손상, 청각장애, 시력 상실 등의 이유로 감정을 처리하는 능력을 잃는 사람도 있다. 인간은 누구나 벽에 대고 말하는 듯한 기분을 느낄 때가 있다. 어떠한 사람이나 상황을 다루는 데 감당할 수 있는 수준을 벗어났다고 느낄 때도 있다. 인생의 어느 지점에서 우리는 삶의 힘든 시기를 헤쳐 나가고 자신과 타인의 감정을 더 잘 다룰 수 있도록, 마치 의수나 의족을 착용하듯 '인공 감정 보조물'의 도움을 받을 수도 있을 것이다.

　나는 기술이 인간의 잠재력을 증가시킬 수 있다고 믿는다. 사람들이 지팡이, 안경, 보청기를 사용해 걷고, 보고, 듣는 능력을 보완하는 것처럼 인공 감정은 우리의 공감 능력을 향상하는 데에 도움을 줄 수 있다. 그런 도구는 우리의 다른 장점들을 빼앗는 것이 아니라 타고난 능력을 증가시키는 목적으로 사용된다.

　내가 배런코언의 그룹과 협업하고 심리학 강의를 듣는 데 너무 많은 시간을 보내자, 피터 로빈슨 교수는 내 행동을 무단이탈로 여겼다. 하루는 피터가 잔뜩 화가 난 채 나를 불렀다. "라나, 여기저기 하도 돌아다녀서 통 집중을 못 하는 것 같아. 중요한 거에 집중해야지." 나의 성장 배경을 고려했을 때 지도 교수에게 반박하는 건 쉽지 않은 일이었지만 난 내 주장을 꺾지 않았다. 나는 내가 하려는 일이 단지 공학이나 기술에 국한되지 않는다는 것을 알고 있었다. 감정을 가진 기계를 만들려면 우선 인간이 감정을 어떻게 처리하는지부터 연구해야 했다.

　피터는 워낙에 회의적인 성격의 소유자로, 웬만한 일로는 놀라지도 감동하지도 않는다. 어린 나이부터 인류를 놀라게 할 만한 발명품을 홍보하는 발명가들과 기업가들을 보며 자라 와서 그런 것에 큰 감흥을 못 느끼는 것이다. 그렇다고 새로운 개념이나 엉뚱한 아이디어(내 연구처럼)에 마음을 닫고 있지도 않다. 내가 살펴본 바, 피터는 자기 눈으로 직접 보기 전에는 믿지 않는 성격이다.

　피터가 나를 나무랐을 때, 내 머리에 스친 생각은 '내가 못할 거라고 생각하는구나'였다. 늘 칭찬받는 것에 익숙했던 나는 이제

나 자신을 증명해야만 하는 곳에 있었다. 피터가 끊임없이 재촉하지 않았다면 나는 지금의 위치에 오지 못했을 것이다. 피터가 훌륭한 멘토인 이유는 더도 덜도 아닌 적절한 수준의 개입을 할 줄 아는 그만의 능력에 있다. 내가 필요로 할 때 그는 그곳에 있었지만, 결코 고압적이지는 않았다. 피터는 내 연구에 주인 의식을 갖도록 격려했다. 케임브리지에서 두 번째 해가 되자 피터와 나는 더 가까워졌고, 그의 끊임없는 지지 덕에 내 운명은 바뀌었다. 피터는 이 소프트웨어가 유용하게 쓰이기 위해서는 실생활에서 제대로 작동해야 한다고 말했다. 알고리즘이 연구실 밖 실제 생활환경에서 제 기능을 해야 한다는 의미였다(가령 밖에서는 조명 같은 것들을 통제하기가 힘들다). 어려운 도전이었지만 그만큼 과학자로서의 내 실력도 향상됐다.

알고리즘 훈련하기

알고리즘을 훈련하는 일은 개를 훈련하는 것과 많은 점이 비슷하다. 둘 다 끝없는 인내와 반복, 긍정적인 방향의 보강이 필요하다. 가령 개한테 공을 집어 오는 훈련을 시킨다고 생각해 보자. 공을 던지는 순간 자신이 공을 가져와야 한다고 본능으로 알아채는 개는 거의 없을 것이다. 우선 이 능력을 수행하도록 개를 훈련시켜야 하는데, 이를 달성하는 가장 효과적인 방법은 큰 목표를 작은 과제들로 세분화하는 것이다.

첫째, 개에게 공을 보여 준다. 다음에는 공을 던진 뒤 개와 함께 그 공을 쫓아 달려간다. 공이 있는 위치까지 갔으면 공을 개의 입에 물린다. 개의 머리를 쓰다듬으며 "잘했어"라고 말하고 상으로 먹을 것을 준다. 이후에는 이 과정을 반복한다. 최종적으로 개는 모든 과정을 하나로 엮어 사람이 던진 공을 충실하게 물고 돌아올 것이다.

수학 알고리즘을 훈련하는 것도 이와 비슷하다. 한꺼번에 많은 지시 사항을 전달해 과부하가 걸리게 해서는 안 된다. 개를 훈련하는 것과 마찬가지로 처음에는 작게 시작해서 점점 다양한 난이도를 적용해야 한다. 알고리즘은 컴퓨터에게 "이렇게 해"라고 말하는 명령어들의 집합체이다. 나의 목표는 알고리즘이 얼굴을 인식하고 특징을 파악하는 것에 머물지 않고, 표정을 파악하고 의미를 추론하는 것까지 수행하게 하는 것이었다. 이 과제에는 수많은 임시 단계가 필요하다. 컴퓨터는 우선 얼굴을 '보고' 특징들을 파악해 표정을 분석한 다음, 확률에 따라 판단을 내린다. 이는 '기계 학습'이라고 불리는 AI 구축 방법 중 하나이다.

어느 단계 하나 쉬운 게 없었고, 시간도 오래 들었다. 예를 들어 나는 알고리즘에게 '미소를 찾아내라'를 먼저 가르쳤다. 그러기 위해 데이터베이스에서 미소와 관련된 수많은 이미지 자료를 뽑아 먹이로 준 뒤, 제대로 학습을 했는지 알아보기 위해 프로그램에게 문제를 냈다. 알고리즘이 각 단계를 통과할 때마다 개에게 먹이를 주는 것과 마찬가지로 포상을 내렸다. 실제로 알고리즘에 내장된 '보상 함수'라는 것이 있는데, 정답을 맞히면 브라우니 포인트를 주고 틀리면 점수를 차감하는 식이다(개에게 "잘했어" 혹은 "그럼 못써"라고 말하는 것과 같은 맥락). 알고리즘은 가능한 한 많은 브라우니 포인트를 얻기 위해 최선을 다했다.

여기에서 용어가 약간의 오해를 살 수 있는 여지가 있다. 앞서 '알고리즘에게 이미지 자료를 먹이로 준다'라고 얘기했는데, 이는 인간에게 하듯이 이미지로 된 얼굴을 보여 주는 것이 아니다. 대신 알고리즘이 이해할 수 있도록 이미지를 픽셀로 분해하고, 각각의 픽셀에 숫자 값을 할당하는 것을 의미한다. 픽셀 수는 이미지의 해상도에 따라 다르지만 일단 96픽셀이 1인치 안에 들어간다고 가정해서 생각해 보자. 그 픽셀이 검은색이라면 0이라는 값이 주어질 것이고, 흰색이라면 255라는 값이 주어질 것이다. 그 사이의 회색빛을 띠는 구간은 명도에 따라 125 주위 어딘가에 있을 것이다. 그렇게 생성된 숫자 값의 목록(행렬)은 알고리즘의 '먹이'가 되어 입력된다. 이런 식으로 미소는 기본 구성 요소, 즉 픽셀 단위 또는 숫자 단위로 분해된다(입의 윤곽, 올라가는 입꼬리, 눈가의 주름 등등).

알고리즘은 성별, 나이, 인종에 따라 달라지는 수많은 얼굴들이 만들어 내는 미소에 노출되고, 경험을 통해 학습하게 된다. 시간이 흐르면 흐를수록 알고리즘은 더 많은 미소를 접하고, 그만큼 미소에 대한 지식도 늘어난다.

이때가 바로 '기계 학습'이 효과를 보는 지점이다. 어느 정도의 '인생 체험'을 통해 '세상 물정에 밝아진' 알고리즘은 낯선 얼굴을 보고도 '저건 웃음이구나'라고 판단할 수 있게 된다. 또한 진실된 미소인지 옅은 미소인지 등을 판단하며, 옅은 미소에는 진실된 미소보다 낮은 등급을 부여한다.

이 작업은 수십만 개의 문자와 숫자, 즉 엄청난 양의 코드를 생성하므로 다루기가 매우 어려울 수 있다. 하지만 코드는 좀 더 관리하기 쉬운 형태로 정리될 수 있다. '코드 블록'은 특정 섹션에 연결될 수 있다. 책을 챕터, 페이지, 문단으로 나누는 것과 비슷한 개념이라고 생각하면 이해가 쉬울 것이다.

내가 원하는 알고리즘을 만드는 것은 엄청난 노동을 요구하는 작업이었고, 지름길 같은 것도 없었다. AI세계에서는 "데이터가 왕이다"라는 표현을 심심찮게 들을 수 있다. 똑똑한 알고리즘을 만들려면 방대하면서도 적절한 데이터가 필요하기 때문이다. 어린아이에게 사과에 대해 가르친다고 해 보자. 아이에게 빨간 사과만 보여 준다면 그 아이는 초록색 사과를 보고도 사과로 인식하지 못할지도 모른다. 가르치는 사람은 아이에게 다양한 모양과 색깔(노란 사과, 빨간 사과, 녹색과 빨간색이 혼합된 종 등)의 예를 보여 줄 필요가 있다. 그것은 기계 학습에도 똑같이 적용된다. 알고리즘은 무엇을 얼마만큼 주입하느냐에 따라 성능이 달라진다.

얼굴 디코딩의 경우, 중년 백인 남성의 얼굴만 보여 준다면 알고리즘은 갈색 이집트 소녀의 얼굴을 보고도 그것을 식별할 수 없을지도 모른다. 심지어 얼굴이라는 것조차 인식하지 못할 수도 있다. 어쩌면 멍청하고 순진하기 짝이 없는 편견 가득한 알고리즘으로 끝날 수도 있다. 알고리즘이 얼마나 열려 있고 똑똑한지는 그것을 만든 개발자의 수준에 달려 있다.

나는 알고리즘을 훈련하며, 동시에 나 자신도 감정의 미묘한 지점들을 연구하며 늦은 밤까지 일했다. 때때로 이 작업은 지루하고, 가차 없고, 아무런 보상도 주지 않는다. 나는 육체적으로, 감정적으로 탈진했다. 2002년 3월에 나의 피로는 극에 달했다. 별 진전도 없는 데다, 여름까지는 와엘과 가족을 만날 수도 없었다. 나는 가족을 그리워하며 극심한 향수병에 시달리고 있었다.

내가 '아메드 아저씨'라는 애칭으로 부르는 시아버지가 프랑스에 출장을 갔다가 돌아오는 길에 케임브리지에 들러 나를 방문하셨다. 찬란한 초봄, 은행도 학교도 모두 쉬는 날이었다. 우린 캠강 주변을 거닐었다. 시아버지가 "잘 지내니, 라나?"라고 묻자 눈물이 핑 돌았다. 나는 비참한 기분을 털어놓았다. 너무 외로웠고, 연구는 지지부진했다.

시아버지는 매우 걱정스러운 표정을 지으며 말씀하셨다. "라나, 정 힘들다면 여기 안 있어도 돼. 원한다면 내일 나와 함께 집으로 돌아가자. 아무도 너를 얕보지 않을 거야. 와엘과 가족들이 너를 반길 거다."

너무나도 솔깃한 제안이었다. 머릿속으로는 최소한의 소지품을 챙겨 다음 날 밤 집에 도착해 와엘과 함께 저녁을 먹으면 얼마나 기분이 좋을지를 상상하고 있었다. 연구는 이대로 두고 떠나도 될 것 같았다. 와엘과 나는 우리가 처음 떨어져 지낸 그 지점부터 다시 시작하게 된다. 어쩌면 해변에서 긴 주말 휴가를 보낼 수도 있다. 나는 고개를 끄덕였다. 몇 분 동안 난 시아버지와 떠날 계획을 세웠다.

그 순간 현실이 뇌리를 스쳤다. 정말 이대로 떠날 수 있을까?

"내일 그냥 떠날 수는 없어요. 피터가 휴가 중이거든요. 월요일에 연구소에 가서 작별 인사를 해야 해요. 신세를 많이 져서요."

그래서 피터와 작별 인사를 할 수 있게 며칠을 기다리는 것으로 계획이 수정됐다. 다음 날, 나는 곰곰이 생각해 본 뒤 너무나도 당연한 절차인 양 시아버지께 말씀드렸다. "6월까지 얼마 안 남았네요. 일단 이번 학기는 마쳐야겠어요." 나는 학기가 끝나고 몇 주 동안 카이로에 가 있으면 되겠다고 속으로 생각했다. "가장 힘든 한 해는 끝났어요. 돌아와서 시작한 일을 끝내야죠."

시아버지는 내가 집에 오지 않은 것에 실망하셨다. 세상 물정에 밝은 분이기 때문에 내가 가려는 길이 험난하다는 사실을 알고 계셨을 것이다. 난 시아버지가 진심으로 나를 응원하고 걱정해 주셨다고 생각한다. 하지만 9월에 비행기에 오를 때 품었던 꿈과 투지가 되살아나자 도저히 연구를 포기할 수 없었다.

내가 케임브리지에 있는 동안 시아버지는 몇 차례 더 찾아오셨지만 중퇴 이야기는 두 번 다시 꺼내지 않으셨다.

10

인간에 대해 배우다

이집트에서는 일단 결혼을 하면 부모님과 시부모님이 쉴 새 없이 하는 말이 있다. "손자는 언제쯤 볼 수 있니?" 결혼식 다음 날부터, 아이를 안 갖는 것에 대해 어머니가 우리 부부에게 불평하는 건 어느 정도 예견된 일이었다. 우리는 둘 다 아이들을 사랑했고 아이를 원했지만, 박사 과정을 마칠 때까지는 아이를 낳지 않는 것이 합리적인 판단이라는 데 동의했다.

솔직히 말해서 나는 피임에 대해 잘 아는 편이 아니었다. 미국의 인기 있는 여성 잡지에는 성과 피임에 관한 기사들이 넘쳐나지만 이슬람 사회에서는 그런 이야기를 꺼내는 게 부적절하다고 여겨진다. 게다가 나는 종류를 막론하고 알약을 복용하는 걸 싫어한다. 그래서 나는 알약을 통한 피임을 거부했다. 그게 가장 간단하고 효과적인 방법이지만 어쩔 수 없었다. 다른 피임법에 대해 잘 알지 못했기 때문에 와엘과 나는 오래된 방법인 날짜 피임법을 택했다.

박사 과정의 첫해는 계획한 대로 흘러갔지만 케임브리지에서 두 번째 해를 시작하기 전 여름방학 기간에 날짜 계산을 잘못했던 것 같다. 10월 초, 컴퓨터 연구실로 향하는 버스에 앉아 있는데 헛구역질이 올라왔다. 난 힘겹게 운전석까지 가서 기사에게 내려 달라고 애원했다. 다음 날 잠에서 깼는데 구역질이 너무 심해서 보건소에 갔다. 이쯤 되자 의심이 들기 시작했다. 혈액검사 결과 임신한 것으로 확인됐다. 나는 현실을 부인하면서도, 그와는 모순된 감정들을 품고 있는 나 자신을 발견했다. 나는 아이들을 사랑한다. 아기를 품에 안을 생각을 하니 신이 났다. 하지만 피터를 만날 생각에 덜컥 겁이 났다. "미안한데 휴학을 하는 편이 좋겠어, 라나"라고 말하면 어쩌지? 내가 집으로 돌아와야 한다고 와엘이 우길까 봐 겁이 났다. 나의 박사 과정 계획이 막다른 길에 들어섰다는 생각이 엄습했다. 진로에 치명적인 타격을 입을 것이 분명했다. 명문대 박사 학위 없이는 AUC에서 종신 교수가 될 가능성이 거의 없다. 아무런 대책이 떠오르지 않았다.

난 멍한 채로 아파트에 돌아와 와엘에게 소식을 전했다. 와엘은 아빠가 된다는 생각에 기뻐하면서도, 한편으로는 나의 고민을 이해했다. 어떻게 하라고 강압적으로 말하지는 않았지만 와엘은 당장 피터에게 사실대로 말한 뒤 다음 일을 계획하자고 강력히 제안했다.

난 그 길로 연구실로 돌아가 피터의 사무실 문을 두드렸다. 안으로 들어서자 울음이 터졌다. 내 눈물의 이유를 알게 된 피터는 활짝 웃으며 축하했다. "라나, 정말 좋은 소식이야." 그는 내가 어떤 결정을 내리든 전폭적으로 지지하겠다고 약속했다. 내가 학업을 이어 가기를 원한다면 언제든 환영이고, 휴학하고 싶다면 그 또한 이해할 수 있다고 말했다.

나는 집으로 돌아가 최종 결정을 내리기에 앞서 와엘과 다시 이야기를 나누었다. "라나, 지금 휴학하면 박사 학위는 절대 따지 못할 거야." 와엘의 지지 덕에 나는 케임브리지에 남기로 했지만 불안한 마음은 지워지지 않았다. 나는 나 자신에게 물었다. 내가 좋은 엄마가 될 수 있을까? 연구에 정신이 팔려 아이를 소홀히 하지는 않을까? 육아를 병행하며 박사 과정을 마칠 수 있을까? 와엘, 가족, 친구들의 도움 없이 1년을 버틸 수 있을까? 과연 해낼 수 있을까 하는 의문이 들면 들수록, 나는 더욱 힘을 내 해결 방안을 모색했다.

임신 사실을 알고 한두 주 동안은 생활 균형이 흔들렸지만 난 금세 안정을 되찾았다. 내가 책임을 지기로 했으니, 아이를 낳는 것도 내가 원하는 방식대로 하고 싶었다. 가능한 한 의학적인 개입 없는 자연 분만을 원한 나는 케임브리지의 어느 우수한 병원에 소속된 고도로 훈련된 조산사인 샐리 로마스에게 분만을 맡기기로 했다. 나로서는 양쪽의 장점을 모두 취할 수 있는 선택이었다. 혹여 문제가 생기더라도 가까운 곳에 의사가 있으니 안심할 수 있고, 우선은 선택된 가족 구성원들만 보는 가운데 조산사에게 분만을 맡길 수 있었다. 와엘은 내 의견을 존중했다. 나는 임산부들을 위한 요가 수업을 듣고, 라마즈 분만 교실에 등록해 통증 완화를 위한 호흡법을 배웠다. 비록 와엘과 가족은 곁에 없지만 샐리뿐만 아니라 수업에서 만난 임산부들이 있어서 외롭지 않았다.

케임브리지에서 의사 대신 조산사에게 분만을 맡기기로 한 나의 결정을 이상하게 바라보는 사람은 한 명도 없었다. 그렇게 하는 건 오히려 유행을 따르는 쪽에 가까웠다. 나뿐만 아니라 많은 여자들이 출산을 의학의 영역으로 보는 관념에 대안을 찾고 싶어 했다. 분만실에 짐볼과 향초가 있고 종종 남편과 가족, 친구들이 함께했다. 하지만 중동에서는 그렇지 않았다. 부모님께 전화를 걸어 내 계획을 말하자 아버지는 심한 충격을 받으셨다. 아버지는 영국 같은 선진국에서 그런 행위가 허용된다는 것을 믿을 수 없다고 말씀하셨다. 이집트에서 산파를 고용하는 이들은 극빈층뿐인데, 그 산파들은 정식으로 분만 교육을 받은 사람들이 아니다. 따라서 산모의 사망률이 상당히 높다. 병원에 갈 여건이 되는데도 산파를 찾아간다는 건 아버지에게는 상식 밖의 일이었다. 내가 샐리의 수업에 대해 설명하고, 케임브리지 최고의 의료 기관인 로지 병원에서 분만할 거라고 얘기하자 아버지는 비로소 안심하셨다. 하지만 와엘이 분만실에 있을 거라고 했을 때는 양가 부모님 모두 쉽게 이해하지 못하셨다. 이슬람교에 이를 금지하는 법은 없다. 하지만 문화적으로는 남성이 출산하는 모습을 보아서는 안 된다는 믿음 같은 것이 있다. 어쩌면 남자들이 출산하는 모습을 감당하지 못하리라 생각해서인지도 모른다.

요가를 하고 호흡법도 배웠지만, 그렇다고 임신 기간이 쉽게 느껴지지는 않았다. 구역질은 가시지를 않았다. 연구실에서 모임을 갖다가도 화장실로 달려가 토하고, 세수하고, 이를 닦고, 다시 모임으로 돌아가곤 했다. 가끔 내 결심이 이토록 확고하구나 싶어 놀라기도 했지만 그 객기의 이면에는 극심한 외로움이 있었다. 늦은 밤이 되면 너무 힘이 들어 엉엉 울기도 했다. 모든 것이 너무 힘들었고, 이런 식으로 계속 버틸 수 있을지 확신할 수 없었다.

연구소 동료들

케임브리지에서 나는 세계 최고의 컴퓨터과학자들과 일할 수 있었다. 특히 컴퓨터 비전, 기계 학습 같은 최첨단 인공지능 분야의 전문가들이 가까이에 있었는데, 그 덕에 나는 더욱 발전할 수 있었다. 돌이켜 보면 내가 케임브리지에서 배운 귀중한 교훈 중 일부는 반드시 컴퓨터과학의 영역에 국한돼 있지만은 않았다. 나는 인간에 관해 배웠고, 덕분에 좀 더 현명하고 나은 사람이 되었다.

중동에서는 신체적 또는 정신적 장애를 지닌 사람들이 교육을 받거나 일자리를 얻을 기회가 거의 없다. 장애인들이 성공적인 인생을 사는 것에 대한 기대는 굉장히 낮다. 부분적 시각 장애가 있는 영국 남자 사일러스 브라운과 사무실을 함께 쓰게 됐을 때, 나는 너무나도 당황했다. 사일러스는 피질시각장애(CVI)라고 불리는 질환을 앓고 있었다. 눈은 정상적으로 기능했지만 뇌의 광학 처리 시스템에 결함이 있어서 시력이 좋지 않았다. 그럼에도 사일러스는 흰 지팡이를 들고 연구실과 캠퍼스를 빠르게 돌아다녔다.

사일러스는 보는 데에 큰 불편함이 있음에도 인생에서 좋은 성과를 거둘 수 있었다. 난 약점을 털어 버리고 앞으로 나아가는 그의 능력에 감명 받았다. 그는 결코 불평하거나 굴하지 않았다. 하지만 종종 다른 사람들과 대화하기가 불편하다고 나에게 고백했다. 말을 분명하게 못 해서, 인간관계 맺는 게 어색해서가 아니라 제한된 시력으로 인해 상대방의 표정을 볼 수 없어서였다. 사일러스는 종종 대화 상대가 흥미를 느끼고 있는지, 잘 듣고 있는지 알 수 없어서 적절하게 대응하는 데 어려움을 겪는다고 말했다. 나는 자폐증 연구를 통해 비언어적 단서를 읽지 못하는 사람들이 겪는 어려움에 눈을 떴던 터라 그 심정을 이해했다.

사일러스는 내가 처음 만난 여호와의증인 신자였다. 여호와의증인은 이슬람교보다 규율이 더 엄격한 듯했다. 사일러스는 대부분의 종교적 공휴일을 기리지 않았고, 심지어 자신의 생일도 챙기지 않았다. 이슬람교와 마찬가지로 여호와의증인에도 남녀 간에 지켜야 할 엄격한 행동 강령이 존재했다. 사일러스는 나와 마찬가지로 '겸손'을 중요시했고, 포옹을 즐기지 않았다. 나는 사일러스의 깊은 신앙심에 놀라며, 자신의 신앙을 지키고 표현하는 방법이 다양할 수 있다는 것을 깨달았다.

2002년 가을, 내가 임신 사실을 알게 된 시기에 이스라엘 출신 박사 과정 여학생인 탈 소볼쉬클러가 연구소에 합류했다. 이스라엘인들과 이집트인들 사이에는 1973년에 일어난 전쟁 때문에 앙금이 있다. 박사 과정에 이집트 학생이 있다는 사실을 안 탈은 이에 민감하게 반응하며 나 몰래 피터에게 편지를 썼다. 혹시라도 갈등을 일으킬 것 같다면 지원하고 싶지 않다는 내용이었다. 나는 탈이 나에게 시비를 거는 것으로 받아들이지 않았다. 얼마 안 있어 우리는 좋은 친구가 됐다.

탈은 두 아이의 엄마였는데, 남편 또한 케임브리지에서 공부하고 있었다. 나는 내년의 나를 미리 보는 심정으로 탈이 경력, 결혼 생활, 육아를 어떻게 병행하는지 관찰했다. 탈은 나처럼 야심가였고, 가정을 꾸렸음에도 자기 분야에서 두각을 나타내고 싶어 했다. 우리는 기술에 인간성을 부여하고 싶어 한다는 또 다른 공통점을 가지고 있었다. 탈이 준비하는 논문은 언어의 감정 표현 분석이 주제였다. 얼굴 분석법 대신 언어의 단서들을 해독하는 법을 컴퓨터에게 가르치고 있다는 점에서 내 연구와 매우 비슷했다.

어느덧 가을은 저물고 춥고 어두운 겨울이 찾아왔건만 나의 알고리즘은 단 하나의 표정도 식별할 수 없었다. 나 자신을 증명해야 한다는 강박은 더욱 커졌다. 이 복잡한 논문 프로젝트를 끝내기까지 남은 시간은 1년 반뿐이었다. 빨리 실마리를 풀지 않으면 실패로 돌아갈 수도 있는 시점이었다.

임신 7개월째에 접어들 무렵, 나는 연구 시간을 늘리려고 안간힘을 썼다. 그 당시 일과는 이러했다. 아침에 눈을 뜨면 비틀거리며 일어나 버스를 타고 연구실로 향한다(자전거는 못 타고 다닌 지 꽤 됐다). 오전 9시까지 연구실에 도착하면 대략 오후 4시까지 일한 다음 버스를 타고 집으로 돌아가 샤워를 한다. 냉장고에 있는 음식을 꺼내 전자레인지에 데워 저녁으로 먹고는 베이지색 소파에 주저앉아 점점 커지는 배 위에 노트북을 올려놓고 밤늦게까지 코딩을 한다. 이따금 누가 곁에 있는 느낌을 내기 위해 텔레비전을 틀어 놓는다.

인간이 지을 수 있는 모든 표정을 알고리즘에게 가르치려고 한 것도 아닌데 대체 왜 그렇게 오래 걸렸던 걸까? 당시 나는 단순히 머리를 끄덕이는 표현을 기계에게 가르치고 있었다. 상하로 고개 끄덕이기는 눈썹을 치켜세우거나 입술을 오므리는 움직임과 비교했을 때 훨씬 명백하기 때문에 시작하기에 좋은 방법이라고 생각했다.

그러나 기계 학습의 관점에서 볼 때, 알고리즘에게 고개를 끄덕이는 행위를 가르치는 것은 움직임이 개입되기 때문에 상당히 복잡했다. 정지된 사진이나 한 장으로 된 프레임으로는 해결할 수 없는 문제였다. 알고리즘은 머리가 어떻게 움직이는지 시작점부터 끝 지점까지를 모두 배워야 했다. 이는 대부분의 비언어적 신호, 심지어 미소처럼 가장 단순한 표현에도 적용된다. 미소는 시간이 흐름에 따라 펼쳐지는데, 어떤 속도로 펼쳐지느냐에 따라 의미가 달라질 수 있다.

고개 끄덕이기도 그 방법에 따라 의미가 달라진다. 가장 기본적이고 단순한 머리 움직임인 상하 운동은 '예'(아랍어로는 '아이와')를 의미한다. 그런데 고개를 끄덕이는 속도에 따라 이 행동은 다양한 의미를 지닐 수 있다. 가령 고개를 천천히 끄덕이는 것과 빨리 끄덕이는 것은 매우 다른 의미를 띤다. 전자가 주저하는 동의의 의미로 해석될 수 있다면 후자는 전폭적인 동의를 암시한다. 아래위로 두 번 끄덕이기는 대여섯 번 끄덕이는 행동과 전혀 다른 의미를 전달한다. 이 '머리 끄덕임 감지기'는 이처럼 다양한 형태의 끄덕임을 인식하고 반응할 수 있어야 했다.

저녁에는 알고리즘을 훈련하는 과정으로 느린 끄덕임, 빠른 끄덕임, 두 번 끄덕임, 여섯 번 끄덕임 등 시간적 차이에 따른 신호들을 코딩하며 시간을 보냈다. 알고리즘은 수천 개의 이미지를 분석한 뒤, 끄덕이는지 아닌지를 평가해 0에서 100 사이의 숫자(확률 점수)를 내놓는다. 0에 가까운 숫자는 그 이미지가 끄덕임이 아니라고 판단하는 것이다. 반대로 점수가 100에 가깝다면 알고리즘이 해당 이미지를 끄덕임으로 인지했음을 의미한다.

몇 달에 걸쳐 50점 근처에 점수가 집중됐다. 동전을 던져 앞면이냐 뒷면이냐를 맞추는 수준이나 다름없었다. 정말 우울했다.

어느 늦은 밤이었다. 새로운 버전의 알고리즘을 코딩한 후, 전에 보여 준 적이 없던 수많은 끄덕임 예시를 보여 주고서 어떤 숫자를 내밀지 기다렸다. 너무 피곤했던 나는 첫 번째 결과만 확인하고 작업을 마무리할 생각이었다.

끄덕임 테스트1: 확률 점수 91퍼센트.

만족스러웠다.

끄덕임 테스트2: 확률 점수 95퍼센트.

심장이 두근거렸다. 전에 받았던 점수보다 월등히 높았다.

계속할수록 흥분감이 더해 갔지만 아직 알고리즘을 믿지는 않았다. 그 전에 시험해 봐야 것이 많이 남아 있었다. 알고리즘이 뭘 보든 *끄덕임*이라고 인지하는 것일 수도 있으니 패를 섞어 보기로 했다. 그래서 고개 젓기, 갸우뚱거리기, 그 외에 무작위적인 머리 움직임 몇 가지를 추가했다. 그런 식으로 프로그램을 속이려고 할 때마다 확률 점수는 낮게 나왔다.

성공이었다. '인간성'을 가르친 지 1년 반이 지난 시점에, 수백 시간에 걸친 훈련을 소화한 알고리즘은 마침내 *끄덕임*과 *끄덕임*이 아닌 것을 구분할 수 있게 됐다. 나는 그 자리에서 자그루타(이슬람권의 결혼식 축하 풍습으로, 신부 측 여성 하객들이 단체로 혀를 날름거리며 고음을 내는 행위)를 하고 싶은 심정이었다.

드디어 표정을 읽는 알고리즘을 만들어 낸 것이다. 고개 *끄덕이기*는 시작에 불과했다. 알고리즘은 이제 자기가 무엇을 찾아야 하는지를 알았다. 시간 경과에 따라 프레임별로, 픽셀 단위로 표정이 어떻게 변화하는지도 파악했다. 이제 이 알고리즘을 기본으로 미소, 찡그림, 눈썹 치켜세우기, 눈살 찌푸리기, 코 찡긋하기 등 모든 표정을 대입하기만 하면 된다. 이대로 가면 논문을 완성할 수 있다. 머지않아 나는 마인드 리더를 만들 수 있게 된다.

자나

나는 분만실로 들어가는 순간에도 코딩에 몰두했고, 딸 자나가 태어나기 며칠 전까지 손에서 연구를 놓지 않았다. 2003년 5월 23일 저녁, 와엘이 동참한 마지막 호흡 수업에서 첫 진통이 찾아왔다. 우리는 일단 집에 있다가 밤 11시에 수축이 8분 간격으로 있을 때

로지 병원으로 가서 샐리를 만났다. 어머니, 동생 라샤, 시어머니가 케임브리지로 찾아왔고, 그중 어머니만 분만실에서 와엘과 합류했다.

샐리는 우선 병원 침대를 벽으로 밀어붙여 내가 움직일 수 있는 공간을 확보했다. 유일하게 의학적 기술이 동원된 부분은 아기의 심장 박동을 추적하기 위해 허리에 찬 모니터뿐이었다. 나는 밤새도록 짐볼 위에서 움직이거나 방 안을 걸어 다녔고, 고양이 자세를 비롯한 요가 동작을 수행했다. 와엘은 진통이 진행되는 동안 내 옆에서 호흡을 도왔다. 어머니는 구석에 있는 의자에 앉아 쿠란 구절을 되풀이해서 읽으셨다. 밖에는 비가 내렸다.

진통은 점점 빠르고 강해졌다. 고통이 점점 커지는 가운데, 나는 아기를 밀어내기 시작했다. 5월 24일 오전 8시 55분, 자나가 태어났다. 샐리는 아직 탯줄이 달린 아기를 내 가슴에 올려놓았다. 아기는 강철 빛이 도는 회청색 눈으로 나를 바라보았다. 내 딸아이를 품에 안고 있다는 안도감과 기쁨에 눈물이 흘렀다. 감사하는 마음과 경외심이 동시에 들었다. 나는 할 수 있는 한 최고의 엄마가 되겠다고 맹세했다.

이슬람교의 관습에 의하면 신생아가 가장 먼저 들어야 할 것은 본기도문을 외기 전에 낭송하는 이카마다. 어머니는 허리를 숙여 갓 태어난 자나의 귀에 부드럽게 기도문을 속삭이셨다.

알라후 아크바르. (알라는 가장 위대하시다.)
나는 알라 외에 다른 어떤 신도 존재하지 않음을 증언한다.

나는 무함마드가 알라의 예언자임을 증언한다.

어서 나와서 기도하라.

나와서 구원받으라.

알라는 가장 위대하시다.

알라 외에 다른 어떤 신도 존재하지 않는다.

관습대로라면 신생아의 귀에 기도문을 속삭이는 이는 여자
가 아니라 아기의 아버지나 할아버지여야 한다. (나는 이 사실을 몇
년 후에야 알았다.) 하지만 어머니는 독실한 이슬람교도이고, 집안
의 여자 어른이 손녀를 신앙의 길로 안내하는 것은 자연스럽게 느
껴졌다. 당시에는 우리가 이미 성 역할을 무너뜨리고 있다는 사실
을 인식하지 못했다.

열흘 후 와엘과 시어머니, 동생은 카이로로 돌아갔고, 어머
니는 자나를 돌봐 주기 위해 몇 주를 더 머무셨다. 나는 출산 일
주일 후에 연구실에 복귀했다. 부담감 때문이 아니라 너무 가고
싶어서였다. 연구에 한창 탄력이 붙었기 때문에 그 흐름을 놓치
고 싶지 않았다. 나는 내 연구를 설명하는 자료를 다듬어, 며칠
후에 컴퓨터 엔지니어들의 주요 모임인 인텔리전트UI국제회의
(International Conference on Intelligent User Interface)에 제출했
다. 받아들여질지는 알 수 없었지만 어찌 됐든 마감 전에 보내는
것을 목표로 했다.

8월에는 생후 3개월된 자나를 데리고 가족을 방문하러 이집

트행 비행기에 올랐다. 브리티시 에어웨이즈를 타고 가는 다섯 시간짜리 비행이었다. 당시 나는 모유 수유를 했는데, 공공장소에서 수유하기가 편치는 않았다. 비행기에서 아기에게 젖을 물리기도 망설여졌다. 미리 짜 놓은 모유를 병에 담아 놨지만 자나는 젖병을 싫어했다. 큰 소리로 우는 것으로 보아 엄마가 느끼는 불안감을 감지했던 것 같다. 최선을 다해서 달랬음에도, 우리 둘에게 그 비행은 트라우마로 남아 있다. 이집트에 도착한 순간 자나는 진정했다. 나는 가족과 함께할 수 있어 매우 기뻤다. 우리 가족은 아기를 보며 야단법석을 떨었다. 응석받이 같은 모습이 꼭 어릴 때 나를 보는 것 같았다. 긴 시간 동안 나 혼자 모든 걸 해결하다가 다른 사람들의 보살핌을 받으니 기분이 좋았다. 내 친구들은 우리를 위해 작은 축하 파티를 준비했다, "이메일만 주고받은 줄 알았는데 어떻게 임신을 했을까?" 와엘과 내가 거의 만나지 못했던 것을 잘 아는 친구들이 놀려 댔다.

금세 9월이 찾아왔고, 나는 자나를 데리고 케임브리지행 비행기에 올랐다. 다시 연구에 박차를 가해야 할 시기였다.

11

엄마의 뇌

'엄마의 뇌'와 관련된 수많은 책은 출산 후 육아에 집중하며 낮아지는 여성의 인지 능력에 관해 이야기한다. 출산 후에 여성의 뇌는 모성 본능과 관련된 영역, 즉 공감과 이해를 조절하는 영역에서 특정한 변화를 겪는다. 나 또한 내 딸 자나에 대한 깊은 사랑과 보호 본능을 느꼈다. 다른 생명체에게는 느껴 보지 못한 새로운 감정이었다. 아기를 낳은 후에도 내 집중력은 떨어지지 않았다. 오히려 나의 '엄마 뇌'는 고성능으로 돌아가고 있었다.

나는 자나와 최대한 많은 시간을 보내고 싶었다. 아기와 보내는 시간은 소중했지만, 그렇다고 해서 다른 꿈을 포기할 준비가 되어 있지는 않았다. 단지 시간을 어떻게 효율적으로 안배하느냐의 문제였다. 어떤 면에서는 타지 생활에 가족이 한 명 생겼다는 사실이 나를 더욱 의욕적으로 만들었다. 난 더 이상 외롭지 않았다. 어머니는 가능할 때마다 도와주러 오셨고, 그렇지 않을 때는 자나를 어린이집에 맡겨야 했다. 나는 아파트 근처에서 평이 좋은 어린이집을 하나 찾았다. 직원들은 따뜻하고, 체계적으로 훈련받은 사람들이었다. 케임브리지 교직원 중에도 그곳에 아이를 맡기는 사람들이 꽤 많았다. 생후 5개월 된 갓난아이를 남의 손에 맡기며 그토록 죄책감이 들 거라고는 예상하지 못했다. 너무나도 어린 나이에 그런 경험을 해서 평생 지워지지 않을 상처를 입고 감정적으로 고립된 인간이 되지는 않을지 걱정이 됐다. 하지만 나의 우려는 빠르게 잦아들었다. 자나는 어린이집을 좋아하고 행복해했다. 내 딸은 반응을 잘하는 활기찬 아기였다. 결과적으로는 그러한 유아기의 경험이 새로운 사람들에 대한 적응력과 수용력을 길러줬고, 삶의 변화에 잘 적응할 수 있게 해 준 것 같다. 자나는 새로운 상황에 당황하지 않는다. 늘 자신만만하고 적응이 빠르다.

어린이집이 근처에 있다고 해서 결코 연구와 육아 병행이 쉬워지지는 않았다. 나의 하루는 새벽 4시에 시작됐다. 자나가 일어나는 6시까지 논문 작업을 하고 나서 아이에게 젖을 먹인다. 그런 다음 잠깐 같이 놀고 어린이집에 데려다준다. 집으로 돌아간 뒤, 자전거를 타고 연구실에 가서 바로 박사 과정 학생 모드로 전환한다. 오후 4시까지 최대한 집중해서 일한 뒤 자나를 찾고 다시 엄마 모드로 전환한다. 아기를 데리고 캠 강변을 산책하거나 책을 읽어 주고, 자나가 잠들면 다시 작업 모드로 전환한다. 사람들과 어울릴 여유는 없었다. 연구소 사람들과의 점심 식사 자리도 대부분 불참했다. 나는 육아와 작업이 서로 영향을 주지 않도록 하는 데에 성공했다. 박사 과정을 빨리 마치면 카이로로 돌아가서 자나와 더 많은 시간을 보낼 수 있다는 생각을 하며 버텼다. 그때가 되면 아이가 아빠의 영향을 많이 받고 자랄 수 있겠다는 생각을 하며 견뎠다. 힘든 하루를 보내면서도 집에 가면 예쁜 아기가 있다는 생각을 하며 생산적으로, 보람을 느끼며 작업할 수 있었다.

사람들은 학계라는 단어에서 대부분 고상함을 떠올린다. 하지만 현실은 그와 다르다. 탐구에 몰두하다 보면 여타 현실 세계만큼이나 경쟁이 치열해질 수 있는 곳이 학계다. 다른 연구소에도 나와 비슷한 프로젝트를 진행하는 사람들이 있다는 것을 알고 있던 나는 내 연구가 최초 및 최고가 되기를 원했다. 그래서 연구에 박차를 가했고, 모유 수유를 하고 아기와 노는 동안에도 코딩을 멈추지 않았다.

그해 늦가을에 아주 좋은 소식이 들려왔다. 출산 직후 인텔리전트UI국제회의에 제출한 서류가 통과한 것이다. 주최 측은 포르투갈 마데이라에서 열릴 예정인 연례 학회에서 포스터 프레젠테이션 형식으로 내 연구를 발표하기를 제안했다. 포스터 프레젠테이션은 말 그대로 포스터를 만들어 발표하는 것을 말한다.

나는 가로 120센티미터, 세로 90센티미터 크기의 판에 내 연구 내용을 요약해서 넣었다. 발표 장소는 과학 박람회 분위기가 나는 대형 강당이었다. 나는 몇 시간 동안 포스터를 옆에 두고 내 연구에 관해 설명했고, 수백 명의 학자 및 업계 전문가와 이야기를 나누었다. 생후 6개월된 자나는 유모차에 탄 채로 내 옆에 있었다. 아기가 힘들어하거나 배가 고프면 난 회의장 밖으로 나가 젖을 먹이고 다시 자리로 돌아왔다. 어느 정도 예상했던 바지만 참 어색했다. 참석자들은 대부분 남자였고 나는 아기를 데려온 유일한 여자였다. 사람들이 나와 내 연구를 진지하게 받아들이지 않을까 봐 걱정됐지만, 상황은 오히려 내게 유리하게 작용했다. 200여 명의 발표자 중에서 나는 확실히 눈에 띄었다. 자나와 내가 나름 유명인이 된 것이다. 사람들은 히잡을 쓴 아기 엄마와 사랑스러운 아기를 한눈에 알아보았다.

공개토론회에서 내 연구를 발표한 적은 처음이었는데, 반응은 너무나도 긍정적이었다. 그곳에 있던 과학자들은 내가 뭔가 대단한 걸 연구하고 있다는 사실을 알게 됐다. 나는 동료들로부터 존경과 인정을 받고 있었다. 내 연구가 관심을 끌었다는 점은 나에게 매우 중요했다.

과학자 겸 발명가이자 아기의 어머니라는 두 가지 역할을 맡게 된 나는 어느 쪽에도 실패하지 않겠다고 다짐했다. 케임브리지에서 맞는 세 번째 해에 난 더더욱 연구에 박차를 가했다. 나에게는 엄청나게 생산적인 시간이었다. 나의 알고리즘이 인간의 표정을 읽을 수 있게 됐으니, 이제 그것을 통해 새롭고 다양한 표현들을 빠른 속도로 가르칠 수 있었다.

봄이 찾아온 4월경, 케임브리지의 낮은 길어졌고 푸른빛을 띤 도시는 활기가 넘쳤다. 날씨가 좋은 주말이 되면 자나를 데리고 공원에 나가 데이지 꽃밭에 앉아 시간을 보내거나 같이 뛰어다니고 풀밭에서 뒹굴었다. 이집트와 쿠웨이트는 대부분이 사막이라, 난 신선한 풀과 꽃의 향기가 너무 좋았다. 영국을 떠나기 전까지 자나에게 그런 탁 트인 공간을 마음껏 경험시켜 주고 싶었다.

한 해가 금방 지나갔다. 6월 초, 논문을 마무리하고 여름방학을 맞아 자나와 함께 카이로로 돌아갈 준비를 하고 있는데 피터 로빈슨 교수로부터 이메일 한 통이 왔다. 《감성 컴퓨팅》을 쓴 로절린드 피카드 교수가 8월 24일 연구소를 방문한다는 내용이었다. 피카드는 몇몇 학생들을 만나 그들의 프로젝트에 대해 듣고 싶어 했다. 피터는 각 학생에게 10분 정도의 시간이 주어질 거라고 예상했고, 관심 있는 사람은 누구든지 신청할 수 있었다.

난 어려운 결정을 내려야 했다. 당시에는 그 무게를 체감하지 못했지만 내 개인적 삶과 경력에 지대한 영향을 미칠 수 있는 선택인 것만은 분명했다. 나는 내 연구에 영감을 준 그 여자를 필사적으로 만나고 싶었다. 그 책은 내 상상력에 불을 붙였다. 하지만 생각해야 할 문제들이 있었다. 피카드에게 편한 마음으로 마인드 리더를 보여 주려면 몇몇 부분을 손봐야 했다. 피카드가 온다는 걸 알기 전에는 여름방학을 집에서 보내고 가을에 돌아올 계획이었는데, 그 일정도 다시 고민해 봐야 하는 상황이었다. 정말이지 어려운 선택이었다. 와엘과는 3년 동안 거의 만나지 못했던 터라 나는 그와 함께 보낼 여름을 무척이나 고대하고 있었다. 게다가 자나에게는 아빠뿐만 아니라 온 가족을 볼 기회였다. 로절린드 피카드를 만날지 가족들을 만날지를 놓고 고민하게 되리라고는 상상도 못 했다.

와엘에게 전화를 걸어 상황을 설명했더니, 내가 케임브리지에 남아 피카드 교수를 만나야 한다는 데 동의했다. 돌이켜 보면 그렇게 말하기 힘들었겠다는 생각이 든다. 와엘은 틀림없이 실망했을 것이다. 내가 그의 입장이었다면 나는 분명 실망했을 것이다. 하지만 와엘은 전혀 서운한 티를 내지 않았다.

발표에는 연구실 컴퓨터에 부착된 대형 로지텍 웹캠과 대형 모니터가 동원됐다. 모니터에는 웹캠이 포착한 내 얼굴이 나오고 있었다. 그 아래로 수많은 그래프 선들이 상하로 움직였고, 옆면에는 녹색과 빨간색 막대가 그려져 있었다. 이러한 그래프와 막대는 '얼굴'이 나타내는 정신 상태를 판독하는 잣대가 되어 그 사람이 웃고 있는지, 끄덕이고 있는지, 관심을 느끼는지, 혼란스러운지를 실시간으로 보여 줬다.

다른 연구소에서 나만큼 진척을 보인 프로젝트가 있다는 얘기는 들어 보지 못했지만 어쩔 수 없이 긴장이 되었다. 피카드는 MIT 미디어랩에서 감성 컴퓨팅 그룹을 운영했다. MIT는 컴퓨터 과학에서 비교할 대상이 없는 학교다. 어쩌면 피카드가 이끄는 연구실의 일원이 나와 똑같은 연구를 했을지도 모른다는 두려움이 밀려왔다. 그동안 해 놓은 연구를 완벽하게 다듬는 게 내가 할 수 있는 최선이었고, 나는 할 수 있는 한 최선을 다하고 싶었다.

발표하는 날 아침, 나는 여유 있게 준비하기 위해 평소보다 일찍 일어났다. 회의 때 어떤 옷을 입을지 곰곰이 생각하며 전날 옷장을 한 차례 뒤진 후였다. 자신감 있고, 똑똑하고, 우아하게 보이는 동시에 너무 격식을 차린 것처럼 보이고 싶지는 않았다. 무엇보다 기억에 남고 싶었다. 다양한 의상을 조합해 본 끝에 주황색 상의와 그에 어울리는 머리 스카프, 남색 바지를 골랐다.

나는 아파트에서 도보로 10분 거리인 어린이집에 자나를 데려다준 뒤 버스를 타고 연구실로 갔다. 컴퓨터를 켜고 데모가 제대로 작동하는지 확인하기 위해 수차례 반복해서 테스트했고, 머릿속으로는 계속해서 대사를 되뇌었다. 먼저 내 소개를 하고, 피카드 박사에게 내 연구에 대해 말한 다음, 마인드 리더의 데모를 보여 주는 것이 나의 계획이었다. 내 연구실에 피카드가 들어오기를 기다리려니 바늘방석에 앉은 듯 불안했다.

박사는 제시간에 도착했다. 블라우스, 블레이저, 바지 차림이 멋지고 프로다워 보였다. 짧은 금발 머리에 지성과 호기심이 넘치는 얼굴을 하고 있었다.

내 소개를 하자 박사는 자신을 '로즈'라고 불러 달라고 하더니 질문 공세를 시작했다. 어떤 감정에 집중하고 있는가? 어떤 방법을 택했는가?

난 동적 베이시안 네트워크라고 대답했다. 표정이 전개될 때 시간적 정보를 넣고, 표정과 그에 따른 의미들이 담긴 복잡한 매핑을 인코딩하고 싶어서 선택했다고 부연 설명했다.

시스템을 무엇으로 구현했는가?

실시간 데모를 만들 수 있도록 C++로 프로그래밍했다.

어떤 데이터를 사용했는가?

난 사이먼 배런코언의 데이터베이스에 관해 얘기했다.

데모가 제대로 작동하지 않으면 모든 질문과 답변은 아무런 의미가 없게 된다. 나는 긴장을 억누르며 로즈에게 마인드 리더를 직접 작동해 보라고 권했다. 로즈는 내 책상에 앉아 로지텍 웹캠을 똑바로 바라보며 미소를 짓고 인상도 찌푸렸다. 이어서 흥미를 느끼는 표정과 놀라는 표정도 지었다. 매번 효과가 있었다. 나는 로즈가 진심으로 깊은 인상을 받았음을 확신하며 안도의 한숨을 내쉬었다.

로즈는 45분 동안 머물렀고, 나는 끝까지 침착함을 잃지 않았다. 우린 물 만난 물고기처럼 빠르게 대화를 주고받으며 생각을 교환했다. 어떨 때는 상대가 말하는 문장을 대신 완성해 주기도 했다. 우리는 죽이 잘 맞았다. 내 연구를 진심으로 좋아하고, 내 의도를 이해하는 사람과 만난 순간이었다. 나는 깨달음의 순간에 대해서도 얘기했다. 즉 이것은 단지 인간과 컴퓨터 간의 상호작용을 위한 것이 아니라, 사람과 사람이 소통하는 방식에 관한 것이라는 이야기였다. 거기에 덧붙여 자폐증을 위한 인공 감정 보조물을 만드는 전망에 관해서도 얘기했다.

마지막으로 로즈가 말했다. "정말 놀라운 연구네요. 박사 과정을 마치면 박사 후 과정으로 들어와서 나와 일해 보지 않을래요?"

'난 카이로에 가야 한다. 가서 와엘을 만나야 한다. 나를 3년째 기다리고 있다!'

몇 초간 정적이 흘렀다. 나는 애초에 케임브리지에 온 이유가 당신의 책 때문이며, 몇 년에 걸쳐 당신의 연구를 교재 삼아 공부했다고 얘기했다. 로즈는 단순히 영감을 준 사람이 아니라 나의 롤 모델이었다. 그런 사람과 함께 일한다는 것은 그야말로 꿈이 현실화되는 것을 의미했다.

나는 이어서 장난스러운 어조로 말했다. 그 순간 했던 말들은 어떤 이유에서인지 아직도 정확히 기억 속에 남아 있다. "저는 이슬람교도인데, 이슬람교에서는 남편이 네 명의 아내를 둘 수 있어요. 지금 3년 넘게 집을 비웠는데, 만약 제가 박사 학위를 마치고 돌아가지 않으면 남편은 틀림없이 두 번째 장가를 갈 거예요. 미디어랩에 들어가고 싶은 마음도 크지만 박사 학위를 마치고 이집트로 돌아가는 것도 저에게는 중요해요."

농담 반 진담 반이었다. 일부다처제는 중동 전역에서 여전히 행해지고 있지만 나처럼 교육받은 사람들 사이에서는 매우 드문 일이었다. 그래도 다시 떨어져 지낼 생각을 하니, 우리 부부의 관계가 어떻게 될지 걱정됐다.

당시에는 몰랐는데, 로즈는 무슨 일이 있어도 상대방의 거절을 받아들이지 않는 사람이다. 나의 반응은 오히려 로즈의 흥미를 유발했다. 로즈는 내 사정에 대해 좀 더 자세히 얘기를 듣고는 이렇게 말했다. "해결 방법이 있을 거예요. 카이로에서 재택근무를 해도 되니까."

로즈가 떠나자 나는 즉시 와엘에게 전화를 걸어 로절린드 피카드를 만났고, 얘기가 잘 흘러갔다고 말했다. 하지만 연구소에 들어오라고 제안받은 건에 대해서는 말하지 않았다. 그 부분만큼은 나중에 얘기하고 싶었다.

아직 나의 작업은 끝난 게 아니었다. 계속해서 논문을 써야 했는데 최소 몇 달은 더 걸릴 예정이었다. 논문을 마칠 때까지 케임브리지에 머물고 싶었지만 와엘은 내가 집에 와야 한다고 강력히 주장했다. 와엘은 딸을 너무나도 그리워했고, 내가 곁에 있기를 원했다. 그 입장도 충분히 이해했지만 난 남아서 작업을 끝내고 싶었다. 케임브리지에서의 삶은 자나와 연구를 중심으로 리듬감 있게 잘 돌아가고 있었다. 카이로에 가면 가족뿐만 아니라 다른 사회적 의무로부터 제약을 받게 된다. 그렇게 되면 너무 산만해져서 논문을 쓸 수 없을까 봐 걱정이 됐다. 나는 아직 집에 갈 준비가 안 됐다고 말했지만 와엘은 강경한 태도를 보였다. 결국 나는 굴복했다. 다행히 피터는 내 사정을 이해했다. 내가 연구실에서 많은 시간을 보냈다는 것을 아는 피터는 카이로의 집에서 작업하도록 허락했다.

카이로에 가 있는 6개월 동안 나는 케임브리지에서와 마찬가지로 엄격한 일정을 고수했다. 새벽 4시에 일어나 다른 사람들이 깨기 전에 논문을 썼고, 자나가 낮잠을 자면 다시 이어서 썼다. 2005년 이른 봄, 박사 과정은 마무리 단계에 접어들었다. 논문을 마치려면 방해받지 않고 계속해서 쓸 수 있는 시간이 확보되어야 했다. 자나를 돌보면서 그러기는 굉장히 힘들었다. 와엘은 아이티웍스의 CEO로서 부담이 컸기 때문에 육아에 많은 도움을 줄 수 있는 형편이 아니었다. 그래서 엄마가 나를 돕기 위해 교직을 휴직하셨다. 나는 자나를 데리고 아부다비에 가서 한 달을 보냈다. 내가 어린 시절에 쓰던 방에 틀어박혀 쉬지 않고 논문을 쓰는 동안, 엄마는 자나를 데리고 공원과 쇼핑몰에 가곤 했다.

하루는 아빠의 사무실에 들렀다. 사무실은 조수로 일하는 몇 명의 여자를 제외하고는 주로 남자로 가득 차 있었다. 아빠는 내무부 장관 아래에서 일하셨는데 경찰서, 소방서, 공항 보안 등 국가를 돌아가게 만드는 정보 기술과 AI시스템을 구현하는 일을 담당하셨다.

내가 사무실에 들어가 아이만 엘 칼리우비를 만나러 왔다고 말하자 한 남자가 큰 소리로 말했다. "아부 라나가 어디 계시죠? 따님이 오셨다고 전해 주세요."

아부 라나? 내 귀로 듣고도 믿을 수가 없었다.

아랍 국가에서는 남자들을 그 사람의 장남 이름으로 부르는 관습이 있다. 가령 나에게 아메드라는 남자 형제가 있었다면 우리 아버지는 '아부 아메드'라고 불렸을 것이다. 아들이 없는 사람은 단순히 본인의 이름(우리 아버지의 경우에는 아이만)으로 불린다.

그런데 직장 동료들이 아버지를 큰딸, 즉 내 이름으로 부른 것이다! 그 호칭을 쓴다는 것은 아버지가 사람들에게 내 이야기를 자주 했고, 내가 성취한 것들을 자랑스러워했다는 것을 의미했다. 동료들은 아버지에게 존경할 만한 딸이 있다는 사실을 인정하고 축하해 준 것이다. 그때 얼마나 가슴이 뭉클했는지.

구술시험

나는 논문 방어를 위해 이듬해 이른 봄에 케임브리지로 돌아갔다. 미국에서는 박사 과정을 마치려면 공개토론회에서 연구 내용을 보고하고 접근법과 성과를 설명하는 등, 자신이 쓴 논문을 '방어'해야 한다. 영국에도 이와 비슷한 '구술시험'(viva voce, 라틴어로 '생생한 목소리'를 뜻함)이 있는데, 솔직히 나는 치과에 가서 신경 치료를 받는 것만큼이나 이 시험이 두려웠다. 구술시험은 거칠고 격렬해질 수 있으므로 모든 학생이 싫어한다. 응시자는 두 명의 시험관과 의장 앞에 서게 된다. 나는 로즈 피카드(나의 초대로 왔다), 피터 로빈슨, 케임브리지의 기계 학습 분야 교수인 숀 홀든을 앞에 두고 구술시험에 임했다.

구술시험은 비공개로 치러지며 별다른 규칙은 정해져 있지 않다. 시험은 보통 90분 이상 지속되며, 길게는 세 시간까지 진행될 수도 있다. 시험을 치른 당시에는 시간이 얼마나 걸렸는지 전혀 몰랐지만 시작할 때 헛구역질이 났던 것만은 확실히 기억한다. 그 후에는 내 입에서 저절로 말이 쏟아져 나왔다. 3년 반이라는 시간은 나를 내 분야의 전문가로 만들어 주었다. 사실 나는 사람들 앞에서 말하는 그 시간을 즐기고 있었다.

로즈 피카드는 "이걸로 뭘 할 건가요?"라는 미래 지향적인 질문을 많이 했다. "어떤 식으로 응용할 수 있죠?" "이 시스템의 허점은 무엇인가요?" 난 MIT 미디어랩에 가기로 동의한 상태가 아니었지만 로즈가 내 연구를 갖고 함께 무엇을 할 수 있을지를 곰곰이 생각하고 있다는 것을 알 수 있었다.

난 구술시험을 치른 뒤 이집트로 돌아갔다. 연구소에서 보낸 마지막 몇 주는 눈물로 보냈다고 해도 과언이 아니다. 3년 반 동안 연구소에서 함께 지낸 친구들은 나와 자나에게는 가족이나 다름 없었다. 난 정이 많은 편이라 이별이 쉽지 않았다. 게다가 불확실한 장래 때문에 마음이 불안하기도 했다.

2005년 5월, 나는 졸업식에 참석하기 위해 와엘, 부모님, 자나와 함께 케임브리지로 돌아갔다. 아버지가 케임브리지에 오신 적은 그때가 처음이었다. 케임브리지에서 좀처럼 보기 힘든 맑고 푸른 하늘 아래, 눈부신 햇살을 받으며 졸업식이 진행됐다. 안개도 끼지 않고 비도 오지 않는, 회색빛이라고는 찾아볼 수 없는 완벽한 날씨였다.

졸업식이라면 빼놓을 수 없는 학사모와 가운을 착용했는데, 학사모 아래에는 히잡을 두르고 있었다(학사모가 흘러내려서 사실 애를 먹었다).

케임브리지대학은 진보적인 동시에 과거를 존중하는 학교이다. 1209년에 설립된 학교이다 보니 그만큼 학교에 전해 내려오는 전통들이 많다. 최우수 학생 후보들과 행진했던 기억이 나는데, 라틴어가 엄청 많이 들렸던 것 같다. 우리는 다 같이 단상 위로 올라갔다.

"존경하는 부학장님과 졸업식에 참석하신 모든 분께 한 여학우를 소개하겠습니다. 이 학생은 박사 학위를 수여 받을 자격을 충족하기에 전 대학이 보는 앞에서 서약합니다."

이름이 호명되자 나는 앞으로 나가 무릎을 꿇었다.

"나에게 주어진 권위에 의해, 성부와 성자와 성령의 이름으로 박사 학위를 수여하노라."

곧 있으면 두 살이 되는 자나는 귀여운 흰 드레스를 입고 졸업식 행사 내내 함께했다. 나는 자나가 짜증 내지 않도록 비눗방울 한 병을 줬다. 행사장을 옮겨 다닐 때마다 자나는 내 곁에 바짝 붙어 다니며 신나게 비눗방울을 불었다.

그날, 일순간 나는 모든 걸 가질 수 있을 것만 같았다. 감탄이 절로 나오는 경력, 협조적인 남편과 가족, 건강하고 행복한 딸. 나는 복 받은 사람이었다. 분명 살면서 모든 사람이 느낄 수 있는 감정은 아니었다.

12

미친 발상들

평행 우주 이론이 사실이라고 가정해 보자(감히 스티븐 호킹에게 이견을 낼 생각은 없다). 다른 시공간 어딘가에 존재하는 라나는 카이로로 돌아가 AUC의 컴퓨터과학부 종신 교수가 된다. 그 라나는 캠퍼스와 가까운 교외 주택에 살고 있는데, 그 집은 최첨단 기기들로 가득한 현대식 아랍 건축물이다. 라나는 행복한 결혼 생활을 이어 나가고 있다. 아이들은…… 지금쯤이면 아마 서너 명은 키우고 있을 것이다.

박사 학위 취득 이후에 그렸던 나의 삶은 그런 모습이었다. 하지만 지구 별에 사는 라나는 그럴 팔자가 아니었나 보다.

엘 칼리우비 박사가 되어 케임브리지에서 돌아온 2005년 가을, 나는 모교인 AUC에서 CS106(컴퓨터과학 입문)을 가르치며 애초에 생각했던 행보를 이어 갔다. 당시 스물일곱 살이던 나는 AUC 최연소 교수 중 한 명이었다. 난 강의실에 신선하고 새로운 사고를 끌어오기 위해 노력했다. 내가 10여 년 전 같은 과목을 수강했을 때 강의 내용은 오직 프로그래밍에만 초점이 맞춰져 있었다. 하지만 난 학생들에게 코딩 기술만 가르치는 것으로는 부족하다고 느꼈다. 아직 아이폰을 비롯한 스마트폰이 등장하기 전이었지만 마이스페이스, AOL 인스턴트 메시지, 구글, 여타 채팅 서비스 등을 이용하는 사람들이 늘어났고 이베이, 아마존과 같은 쇼핑 사이트들이 출현했다. 이로 인해 모든 유저들이 사이버 상호작용을 할 때마다 그 행동에 대한 방대한 데이터가 남았다. 나를 비롯한 이 분야의 종사자들은 데이터가 새로운 통화가 되리라고 믿어 의심치 않았다. 기술이 더 큰 통찰력을 얻어 우리가 어떻게 살고 있는지, 무엇을 선호하는지, 어떤 걱정을 하는지, 건강 상태가 어떠한지를 더 잘 파악하게 된다면 그 가치는 점점 커질 것이라고 생각했다. 이제 컴퓨터과학자들은 우리의 작업과는 아무 관련이 없다고 여겼던 문제들을 고려해야 했다(방대한 데이터베이스가 형성되기 이전에는 돈을 받고 유저들의 신상 정보를 팔아 신뢰를 저버리는 행위는 큰 문제가 되지 않았다). 나아가 나는 학생들이 엘리트 소수자(교육받은 사람들, 부유한 사람들, 능력 있는 사람들)만을 위한 것이 아닌, 사회의 모든 영역에 걸쳐 모든 이들을 위한 제품을 만드는 것을 고려해 보기를 원했다.

그런 생각을 바탕으로, 나는 컴퓨터 수업에서 거의 가르치지 않는 기술 회사의 윤리 및 도덕적 책임에 관한 문제들을 다루며 학생들을 심도 있는 토론에 참여시켰다. 컴퓨터과학자들의 핵심 교과 과정에 윤리 수업이 필수 과목으로 들어갔다면 지금처럼 많은 기술 회사들이 대중의 신뢰를 잃지는 않았을 것이다. 나는 학생들이 학교에서 배운 지식을 바탕으로 기술 발전에 긍정적인 영향을 미치기를 원했고, 가능하다면 본인들의 삶의 궤적을 바꾸는 계기가 되기를 원했다.

나는 가르치는 일을 좋아했고 모교인 AUC를 사랑했다. 내 인생에서 가장 행복했던 4년을 보냈던 학교에 돌아온 것만으로도 마음이 편안해졌다. 그리고 그렇게 오랜 시간을 떨어져 지내다 보니 타지 생활하는 동안 매일 그리워했던 와엘과 가족이 있는 카이로에 돌아온 것이 너무나도 행복하게 느껴졌다. 칙칙한 영국 하늘은 뒤로한 채, 늘 밝고 화창한 카이로의 나날들이 시작됐다. 더 이상 일기 예보를 확인할 필요도 없었다.

카이로에서의 내 삶은 케임브리지에서와는 정반대로 상류층에 가까웠다. 자전거를 타고 등교할 일도, 길거리에서 덜덜 떨며 버스를 기다릴 일도 없었다. 우리에게는 살라라는 이름의 누비아인(수단과 이집트 남부 토착민) 운전기사가 있었는데, 매일 BMW로 나를 학교까지 태워다 줬다. 카이로는 교통 체증이 심해서 우린 차 안에서 많은 대화를 나눴다. 살라와는 지금도 연락하고 지내는 사이다. 전업 가사도우미와 인도네시아인 보모도 있었다. 게다가 가족들도 아기를 봐주고 싶어서 안달이 나 있었다. 직접 자나를 데리고 어린이집에 갈 일도, 요리할 일도, 세탁물 보따리를 질질 끌며 10분 거리 코인 세탁소에 갈 일도 없었다. (요즘도 늦은 밤에 빨래를 돌리거나 다음 날 저녁에 먹을 채소를 다듬을 때면 카이로에서 보낸 그 시절이 생각나고는 한다.) 이슬람교에서는 매주 금요일이 성스러운 날인데, 그때마다 와엘은 모스크에서 기도를 드렸다. 그 예식이 끝나면 우리는 시댁 식구들과 한가롭게 점심을 먹곤 했다.

내가 케임브리지에서 돌아왔을 때, 와엘과 나는 카이로 외곽에 개발되고 있는 고급 주거 지역인 알레하브에 집을 얻었다. 카이로의 과밀화를 해결하기 위해 개발 중인 지구였다. 2008년, AUC 캠퍼스는 카이로 시내에서 뉴카이로로 이전할 예정이었다. 교수로 재직 중이던 내게는 새 캠퍼스 인근 토지를 대폭 할인된 가격에 살 수 있는 혜택이 주어졌다. 그곳은 정말로 멋진 동네였고, 와엘과 나는 그 기회를 잡아 꿈의 집을 짓기로 계획했다. 나에게 주어진 혜택으로 땅을 살 기회를 얻었지만 나는 모든 재산권을 와엘에게 양도했다. 우리가 영원히 함께하리라고 생각했기 때문이다. 중동의 관습을 따라, 나는 재산 및 법과 관련된 세부적인 결정들을 모두 와엘에게 맡겼다. 나는 아무것도 물어보지 않았고, 땅이나 집을 내 소유로 할 생각도 하지 않은 채 그저 서류에 서명만 했다. 우리의 재산에 대해서는 한 번도 질문한 적이 없다. 그런 부분에 있어서 난 철저히 문외한이었다.

그래도 삶은 아름답고 즐거웠다. 나는 경력을 쌓는 일에 있어서는 열정적이고 성실했지만 한편으로는 서양인들이 이해하지 못할 온실 속 화초 같은 삶을 살고 있었다. 중동에서는 인건비가 싸기 때문에 여유 있는 중산층은 미국의 상류층이나 누릴 법한 호화로운 삶을 살 수 있다. 케임브리지에 가지 않았거나 로즈를 만나지 못했다면 난 평생 그런 삶을 누리며 만족해했을 것이다. (물론 케임브리지에서 박사 학위를 받지 않았다면 AUC에 고용되지도 않았겠지만.)

피카드로부터 MIT 미디어랩에 있는 감성 컴퓨팅 그룹에 들어오라는 제안을 받은 이후, 그 생각은 계속 내 머릿속을 맴돌았다. 한편으로는 박사 후 과정을 밟는 가능성에 대해 전혀 생각하고 싶지 않았다. (그 제안을 받아들이면 가족과 일 사이의 균형을 어떻게 맞출지에 대한 고민이 시작되었다.) 그런데 어찌 된 셈인지 포기하고 싶지 않았다. 포기하지 못한 건 로즈도 마찬가지였다. 나를 자신의 연구실로 데려가기로 마음을 굳힌 로즈는 어떻게든 일을 성사시킬 방법을 모색하고 있었다.

와엘은 로즈가 나를 MIT로 데려가고 싶어 한다는 걸 알고 있었지만 우린 좀처럼 그 얘기를 꺼내지 않았다. 논문을 마치기 위해 케임브리지에 남아 있어도 되겠느냐고 물었을 때 와엘이 부정적인 반응을 보였던 걸 떠올리며, 떠날 가능성에 대해 애초에 이야기를 꺼내지 않는 것이 최선이라고 생각한 것이다. 게다가 정말로 성사될지 확신도 없었다.

그해 로즈는 나를 고용할 자금이 없었지만, 나는 기회가 주어진다면 돈을 안 받고 일할 의향도 있었다. 하지만 외국인으로서 비자를 받기 위해서는 MIT에서 급여를 받고 일한다는 증빙이 필요했다.

그래서 피카드와 나는 미국 국립과학재단 산하 컴퓨터 및 정보공학 분야에 보조금을 신청하기로 했다. 보조금을 받으면 미디어랩 측은 나를 고용할 수 있게 된다. 하지만 과학재단 보조금을 타기란 쉬운 일이 아니었다. 돈을 타는 건 둘째 치고 지원서를 내는 단계에서 우리는 이미 사기가 꺾였다.

우리는 자폐 스펙트럼 장애가 있는 사람들이 다른 사람들의 감정적 신호를 더 잘 이해할 수 있도록 돕는 '자폐증이 있는 개인을 위한 사회 정서적 인공 보조물'을 개발할 보조금을 신청했다. 이것은 내가 마인드 리더를 만들며 개발한 기술을 내가 상상했던 대로 현실 세계로 가져오는 것, 즉 인간과 인간의 의사소통을 향상함을 의미했다.

우리는 실시간으로 표정을 식별하고 이어폰을 통해 착용자에게 피드백을 주는 카메라를 내장한 구글 글라스 형태의 기기를 제안했다. 물론 2006년에는 구글 글라스가 없었다. 아이폰은 아직 출시되지 않았고 카메라는 지금처럼 흔하지도, 성능이 좋지도 않았다. 우리의 '미친 발상'은 야심만만한 차원이 아니라 확실히 '저세상'의 영역에 있었다.

그런데 어떻게 생각하면 나의 마인드 리더도 처음에는 그러했다.

그해 가을부터 겨울까지, 로즈와 나는 장황하면서도 상세하게 신청서를 작성했다. 내가 카이로 시간으로 아침에 초안을 쓰면 이제 막 동이 트는 보스턴에서 로즈가 이메일을 열어 보는 식이었다. 그러면 로즈는 내가 카이로에서 잠자는 사이에 또 다른 초안을 작성해 다음 날 아침(카이로 시간)까지 이메일로 보냈다. 우리는 말 그대로 밤낮없이 일한다며 농담하곤 했다.

제안서는 잘 만들어졌고, 내 바람대로 로즈와 난 호흡이 잘 맞았다. 지구 반 바퀴 거리에 떨어져 원격으로 일하고 있음에도 능률적일 수 있다는 사실은 매우 고무적이었다. 모든 일이 계획대로 진행된다면 로즈는 피터와 달리 내가 집에서 꽤 오랜 기간을 일하도록 허락해 줄 것 같았다.

우리는 2006년 늦가을에 보조금 신청서를 제출했고 초겨울에 답장을 받았다. 그토록 긍정적인 거절문은 난생처음이었다. 국립과학재단은 우리의 아이디어를 좋아했다. 우리가 제안한 프로젝트는 '잠재적인 영향' 면에서 높은 점수를 받았고, 그들은 우리(로즈와 나)가 실제로 그것을 구축하기에 충분한 학문적 기반을 갖추고 있다고 판단했다. 하지만 재단 측은 그 프로젝트가 과하게 야심 찰 뿐만 아니라 불가능하다고 여겼고, 끝끝내 완성되지 않을 것이라고 결론지었다.

과하게 야심 차다? 불가능하다? 진심으로? 아, 그러고 보니 전에도 비슷한 말을 들은 적이 있었지. 그렇다고 내가 그만뒀나? 아니다. 당시에는 아무도 나를 막지 못했다.

하지만 돌파구는 보이지 않았다. 나는 그 거절에 크게 실망했고, 한편으로 마인드 리더(내가 만든 알고리즘)를 발전시키는 일 또한 힘들 거라는 사실을 알고 있었다. 그 작업을 하려면 로즈 피카드처럼 기술과 선견지명을 가진 사람의 지도가 필요했다. 애석하게도 이 우주에 로즈 피카드는 단 한 명뿐이다. MIT에 있는 로즈의 그룹에 들어가지 않는 한, 우리가 효과적으로 협업할 방법은 없어 보였다. 내 꿈은 그렇게 열매를 맺지 못한 채 시들어 버릴 것만 같았다.

"훌륭하지만 돈은 못 주겠네요"라는 내용의 이메일을 받고 얼마 후, 로즈는 나에게 전화해 달라는 이메일을 보냈다. 국립과학재단으로부터 거절당한 이야기를 하겠구나 생각하며 난 마음을 다잡았다. 미리 머릿속으로 몇 번을 반복해서 상상했다. '정말 미안해, 라나. 우린 최선을 다했어. 그런데 안 됐네. 앞으로 잘 지내.' 난 로즈가 고마웠고, 너무 상심하지 않으려고 애썼다.

마침내 용기를 내어 전화를 걸었다. 손이 떨리고 가슴이 두근거렸다. 나는 우리가 함께 꿨던 그 꿈이 이렇게 마무리된다는 게 너무나도 싫었다. 로즈가 바로 전화를 받았는데, 목소리는 놀라울 정도로 들떠 있었다. "라나. 그쪽에서 우리 아이디어를 좋아하기는 했지만 그저 가능하지 않다고 생각했을 뿐이야. 그러니까 일단 그걸 만들고 나서 다시 보조금을 신청하자. 다음에는 더 큰 액수를 지원하는 거야!"

나는 로즈의 결정에 할 말을 잃었다. 이 여자는 포기를 모르는구나. 로즈가 아직도 나를 연구실로 데려갈 방법을 찾고 있다는 사실에 용기를 얻었고, 그 열정에 감사했다. 하지만 내게는 여전히 경계심이 남아 있었다. 다시 희망을 품는 게 버거웠다.

"그 모든 게 정말 가능할까요? 어떻게 하실 계획이죠?" 로즈의 진심을 의심하지는 않았지만 상황은 우리에게 불리해 보였다.

"걱정할 거 없어." 로즈의 목소리에는 자신감이 넘쳤다. "니컬러스 네그로폰테한테 얘기해 볼게."

로즈에게 많은 인생 교훈을 배웠지만 아마도 가장 중요한 것은 끈기인 것 같다. 끈기야말로 성공의 핵심 요소다. '아니요'라는 대답에 절대 수긍하지 않는 사람. 그 누구도 로즈 피카드를 과소평가해서는 안 된다.

기술 분야에서 존경받는 네그로폰테는 1984년 MIT 미디어랩을 설립했다. 그가 명성을 얻은 데에는 여러 이유가 있겠지만 기술에 보다 인간적인 관점을 불어넣은 것으로 특히 유명하다. 네그로폰테의 이 말은 종종 인용되곤 한다. "우리가 주력해야 하는 건 컴퓨터 문맹률을 낮추는 것이 아니다. 오히려 그 반대로 인간에 대한 문맹을 걱정해야 한다. 현재의 컴퓨터에는 인간을 읽는 능력이 결핍돼 있다."

로즈와 내가 하는 일을 가장 잘 이해하고 옹호해 줄 사람은 네그로폰테였다. 당시 그는 연구소를 떠나 '모든 아이에게 노트북 한 대를'이라는 비영리 운동에 주력하고 있었다. 말 그대로 전 세계 어린이들에게 저가의 노트북을 보급해 모두에게 교육의 기회를 주자는 취지의 운동이었다. 비록 학계를 잠시 떠나 있기는 했지만 네그로폰테는 연구소의 예산 편성에 여전히 영향력을 행사하고 있었다. 더 늦기 전에 로즈는 그에게 접근해, 생판 처음 보는 아랍계 이슬람교도 이집트 여성이자 케임브리지 출신 박사에게 '인공 감정 보조물'을 만들 수 있도록 자금을 지원해 달라고 부탁했다.

나는 내 운명이 어떻게 될지 결과를 기다리며 안절부절못했다. 하지만 그러는 동시에 인생은 계속해서 흘러갔다. 나는 동생 라샤의 결혼 준비를 돕기 위해 때맞춰 친정집에 와 있었다. 나와 와엘이 결혼했을 당시와 비교했을 때 사회 분위기가 보수적으로 바뀌어 있어서 디제이, 벨리 댄서, 가수가 동원된 요란하고 성대한 결혼식은 열리지 않을 계획이었다. 그런 유행은 이미 지나갔다. 우리는 이때까지도 히잡을 써서 겸손함을 표했다. 이후 피로연장에서 우리는 라샤가 음악에 리듬을 타게 하려고 억지로 팔을 잡고 흔들어야 했다. "라샤, 이건 장례식이 아니라 결혼식이야." 나, 어머니, 동생 룰라 세 사람은 답답해하며 계속 소리쳤다.

우리가 마음에 들어 한 서양식 이브닝드레스는 대부분 가슴이 파인 민소매에 기장이 짧았다. 우리는 사회적 기대치에 부합하고자 카이로의 한 재단사를 찾아가 드레스 수선을 맡겼다. 며칠 후 저녁, 어머니와 동생들과 수선점을 찾아가 동생이 드레스 입는 모습을 보고 있는데 갑자기 휴대전화가 울렸다.

"여보세요? 전화 받으신 분이 라나죠? 니컬러스 네그로폰테라고 합니다."

통화 음질이 좋지 않아 잘 들리지 않았다. 나는 내가 이름을 제대로 들었는지 확인하고 싶었다. "누구시라고요?"

"저는 니컬러스 네그로폰테입니다. 박사 후 과정으로 MIT 미디어랩에 들어오시라고 제안하고 싶어 전화 드렸습니다."

그 순간, 내 삶은 다시 본궤도로 돌아왔다. 내가 이 제의를 받아들일 거라는 데에는 의심의 여지가 없었다. 케임브리지에서 박사 학위 과정을 시작했을 당시에는 향후 3년 반의 세월이 나를 어떻게 변화시킬지 전혀 알지 못했다. 나는 새로운 삶의 방식과 새로운 가능성에 노출되어 있었다. 모든 것을 되돌리기는 불가능하다. 게다가 나는 너무나 많은 일을 미완으로 남겨 둔 채 떠나왔다. 내가 정말 자폐아들에게 도움이 되는 무언가를 만들 수 있다면? 만약 그 기술로 인해 인간이 온라인에서 '연결'되는 방식이 향상될 수 있다면? 그런 중대한 일들을 외면하는 건 도리에 어긋나지 않나?

제안을 받은 나는 와엘에게 MIT 미디어랩으로 가겠다고 통보했다. "당신이 좋든 싫든 나는 내 꿈을 좇겠다"라고 딱 잘라 말한 건 아니지만, 그렇다고 동의를 구하지도 않았다. 그때까지 우리가 대화해 온 방식을 생각하면 파격적인 변화였다. 나는 매사에 와엘의 조언을 구했고, 그의 의견이 내 의견보다 더 타당하다고 믿었다. 스스로 결심할 자신감이 생긴 건 그때가 처음이었다. 난 내가 이 세상에 좋은 방향으로 기여할 수 있다고 믿었고, 할 수 있는 데까지 해 보고 싶었다.

내가 떠나겠다는 말에 어떻게 반응할지를 생각하면 초조했지만 난 애써 그런 생각들을 떨쳐 냈다. 열정으로 충만한 상태인데 굳이 부정적인 생각을 하고 싶지 않았다. 나는 와엘에게(그리고 나 자신에게도) 이제 달라질 것이라고 말했다. MIT와 구체적인 협의를 한 건 아니었지만, 대부분 원격으로 일하고 몇 달에 한 번씩만 MIT에 찾아가면 되는 것으로 로즈에게 허락받았음을 와엘에게 말했다. 와엘의 목소리나 표정에는 걱정하는 기색이 느껴지지 않았다. 설사 걱정했다 해도 당시 난 눈치채지 못했다. 와엘은 내가 그 일을 수락하도록 지지하는 것 같았다. 어쨌든 최소한 반대하지는 않았고, 나는 그의 반응을 그렇게 받아들였다.

만약 그때 대화를 나누는 영상이 남아 있다면 다시 돌려 보고 싶다. 미묘하게나마 실망하거나 언짢아하는 기색은 없었을까. 어쩌면 경멸을 표했는데 내가 못 알아챘는지도 모른다. 내 공감 능력이 그때는 크게 실패했는지도 모르지만, 당시 내 눈에 와엘은 괜찮아 보였다. 어쩌면 부정적인 감정을 보고 싶지 않았는지도 모른다. 아마도 와엘은 내 앞을 가로막고 싶지 않으면서도, 내가 '보통' 아내로 남기를 바라는 마음 사이에서 갈등했던 것 같다.

한편 자나를 두고 떠나는 것에 대해서는 큰 죄책감이 느껴졌다. 자나는 카이로의 어린이집에 다니고 있었는데, 나는 아이를 데리고 보스턴으로 왔다 갔다 하고 싶지 않았다. 보스턴으로 떠나던 날, 오히려 내가 아이보다 속상함을 더 많이 표현했다. 눈물이 볼을 타고 흘러내렸다. 자나는 나를 꼭 껴안고 뽀뽀하면서도 가지 말라는 말은 하지 않았다. 아이가 매달렸다면 나는 너무 힘들었을 것이다. 자나는 다른 사람들의 보살핌을 받는 데 익숙했다. 특히 시댁 어른들과 있는 걸 참 좋아했는데, 내가 보스턴에 있는 동안 시부모님이 자나를 많이 돌봐 주셨다. 타지 생활을 하며 아이가 몹시 그리웠다. 케임브리지 박사 과정 동안 우리 사이는 정말 끈끈해져 있었다. 내가 집에 돌아오면 아이는 너무나도 기뻐했다. 하지만 자나는 내가 없어도 잘 지낼 수 있는 아이였기 때문에 난 안심할 수 있었다.

2006년 2월 5일, 나는 MIT 미디어랩에서 박사 후 과정을 시작하기 위해 매사추세츠주에 있는 케임브리지에 도착했다. 내가 도착하고 닷새 후, 보스턴을 덮친 악명 높은 북동의 강풍은 40센티미터 높이의 눈을 쏟아부었다. 날씨는 점점 추워지더니 뼛속까지 시릴 지경이 됐다. 영국 케임브리지의 겨울도 힘들었는데, 보스턴에 비하면 괜찮은 수준이었다. 보스턴은 정말이지 상상을 초월했다. 그럼에도 내가 계속해서 보스턴을 찾아갔다는 건 그곳이 나에게 얼마나 큰 의미가 있는 곳인지를 설명해 준다. 전 세계 어디에도 비교 대상이 될 만한 컴퓨터 연구소는 없다.

MIT 미디어랩은 1985년에 설립됐으며, 네그로폰테는 이곳을 '미디어 융합(컴퓨터, 신문, 텔레비전 등의 의사소통 방식)'에 대비하기 위한 기술 양성소로 구상했다. 네그로폰테는 이 융합이 사회를 변화시킬 것으로 내다봤다. 기존의 컴퓨터 연구소와 달리, 미디어랩은 기존의 틀을 벗어난 학제간 융합적 연구소라고 자부한다. 연구소의 모든 이들은 프로그래밍에 능숙했다. 하지만 그들의 열정은 컴퓨터과학에만 국한돼 있지 않았다. 음악가, 신경과학자, 의사, 예술가, 디자이너, 교육자, 심리학자 등 다양한 구성원(심지어 전업 마술사도 있었다)들은 나와 마찬가지로 저마다의 '미친 발상'을 실현하기 위해 그곳에 모였다.

서로 다른 학문이 한 지붕 아래 모였음에도, 연구실 전체를 관통하는 주제가 있었다. 우리는 삶의 향상을 위한 기술을 창조했다. 제각각인 부적응자들을 하나로 묶어 주는 건 바로 그 하나의 주제였다.

각진 사각형 모양의 와이즈너 빌딩은 케임브리지대학의 컴퓨터 연구소와 외양이 비슷했다. 하지만 유리문을 열고 들어가 주요 구역으로 들어서니 더 이상 공통점은 보이지 않았다. 처음 주위를 둘러보았을 때 솔직히 난 조금 놀랐다. 그곳은 혼돈 그 자체였다. 탁 트인 넓은 공간에는 사물들이 제멋대로 쌓여 있었고, 아무렇게나 흐트러져 있었다. 케임브리지 연구소와 달리 그곳에는 깔끔하고 정돈된 책상이나 파티션 같은 게 없었다. 한 무리는 옆에 있는 무리로 자연스럽게 연결된다. 즉 모든 공간이 해커 스페이스(컴퓨터, 디지털 아트, 기계 만들기 등 공통의 관심사를 가진 사람들이 협업하는 공간—옮긴이)라고 해도 과언이 아니었다. 어디서든 뚝딱뚝딱 만들고 고치는 일이 가능했고, 그런 분위기가 장려됐다. 교수 사무실 반대편에 작은 사무실들이 있기는 했지만 우리는 공동으로 사용하는 구역에 있는 편한 의자나 소파에서 주로 어울리곤 했다. 당시 연구실에는 기존의 공간을 반짝이는 유리로 된 새 공간으로 둘러싸는 확장 공사가 한창이었다. 그 때문에 북적이고 혼란스러운 분위기가 배가됐던 것 같다. (새 미디어랩 빌딩은 2010년에 문을 열었다.)

학생, 교수 할 것 없이 모두 단추를 채우고 격식을 차렸던 케임브리지와는 대조적으로 미디어랩 학생들은 일반적으로 추리닝 차림이었다. 그중 몇몇은 정말 잠옷을 입고 나온 게 아닌가 의심이 들 정도였다. 뭘 입든 그곳에서는 아무도 신경 쓰지 않았다.

지금 와서 고백하자면 다소 딱딱한 분위기의 케임브리지에서 보낸 3년 반에 차분한 분위기의 AUC에서 보낸 1년을 합친 것과 비교했을 때, 이곳에서 보낸 시간은 훨씬 자유로웠다. 내가 정한 방향으로 나아갈 수 있었기에 진정한 해방감이 느껴졌다. "넌 컴퓨터 전문가니까 이쪽으로 넘어올 생각하지 마"라고 빈정대는 이는 아무도 없었다. 미디어랩은 나에게 이전에 경험해 보지 못한 지적 자유를 허용했다.

미디어랩은 여러 면에서 독특한데, 자금 조달에서는 더더욱 그러하다. 연간 7500만 달러의 운영 예산 대부분은 정부가 아닌 기업에서 받는 후원금이다. 80여 군데의 '스폰서' 중에는 구글, 삼성, 트위터와 같은 세계 최고의 기업들이 있는 반면 21세기폭스, 딜로이트, 에스티로더, 벤츠 북미R&D, 레고 그룹 같은 소위 비기술 기업들도 포함돼 있다(요즘 세상에 그런 구분을 짓는 게 무의미한 것도 같지만).

민간 지원금 덕에 연구소는 정부 보조금 의존에서 벗어났지만, 그에 따르는 단점도 있었다. 2019년 9월, 이 연구소의 제3대 소장 이토 요이치는 제프리 엡스타인과 금융 유착 관계를 맺은 혐의와 성매매 알선 혐의 등으로 사임했다. 이 모든 것은 내가 연구소를 떠나고 몇 년이 지난 후에 일어났다.

로즈가 이끄는 감성 컴퓨팅 그룹은 1층에 숨겨져 있고, 그 옆에는 휴 허가 이끄는 바이오메카트로닉스랩이 있다. 무릎 아래쪽을 절단한 휴 허는 자신의 그룹이 디자인한 두 개의 생체역학 하체를 착용하고 연구실을 뛰어다닌다. 나는 학교에서 프로그래밍 기술을 가르쳐야 한다는 급진적인 개념을 제안한 유명 수학자이자 평생유치원 그룹의 수장이던 시모어 페퍼트 박사로부터 큰 영감을 받았다. 당시에는 소수의 엘리트 성인만이 프로그래밍을 다루던 때였다. 페퍼트 박사는 로고 프로그래밍 언어의 공동 발명자이다. 로고는 초등학교 시절 내가 처음으로 코딩을 배울 때 사용했던 소프트웨어로, 사용자가 컴퓨터로 크리스마스트리를 그리고 반짝이는 조명으로 꾸밀 수도 있게 해 준다. 그 프로그램은 나를 컴퓨터과학의 길로 이끌었다.

로즈의 그룹에 처음 합류했을 때, 나는 그곳에서 진행되고 있던 다른 프로젝트들에 경외심을 느꼈다. 감성 컴퓨팅 그룹은 스트레스 수준을 측정하기 위해 실시간으로 개인의 교감 신경 활동을 추적하고, 접근 가능한 정보 형태로 노트북이나 휴대전화로 데이터를 전송하는 손목 밴드 아이캄(iCalm)을 연구하고 있었다. 이것은 로즈의 자식과도 같은 프로젝트였다. 로즈는 항상 연구실에서 아이캄 손목 밴드를 착용하고 있었다.

한국인 박사 과정 학생 안형일 씨는 모니터(기계의 '머리'와 '목')를 움직여 사용자와 장난스럽게 상호작용하는 로봇 컴퓨터 로코(RoCo)의 프로토타입을 막 제작한 터였다. 이 로봇의 목적은 사용자의 자세 개선이었다. 이후 형일 씨와 나는 공동 프로젝트를 추진했다. 그는 '좋아한다'와 '원한다'의 차이에 관한 연구를 진행 중이었는데, 그의 아이디어에 나의 표정 분석 기술을 합치는 것이 뼈대를 이뤘다. 우리는 수개월에 걸쳐 펩시 대 코카콜라 시음 테스트를 진행했다. 우린 자원봉사자들에게 맛이 다른 탄산음료를 권했고(블라인드 테스트여서 참가자들은 어떤 맛인지, 어떤 브랜드인지를 알 수 없었다), 참가자가 한 모금을 마실 때마다 그때그때의 반응을 수량화했다. 코에 주름이 잡혔나? 머리가 뒤로 당겨졌나? 그렇다면 그 맛을 좋아하지 않았다는 뜻이다. 눈썹을 치켜세우며 입술을 핥았는가? 그렇다면 그 맛이 마음에 들었음을 의미한다. 이 프로젝트는 사람들이 신제품에 어떻게 반응하는지를 시시각각 수량화한 최초의 작업이었다. 이 연구는 프록터앤드갬블, 뱅크오브아메리카 같은 몇몇 후원자들의 관심을 끌었다. 그들은 이 응용 프로그램을 실시간 소비자 경험 테스트에 활용할 수 있을지 궁금해했다.

아마도 가장 매력적인 프로젝트는 세스 라파엘의 '놀라움을 찾아서: 기적에 대한 반응 측정하기'가 아니었을까 싶다. 마술사인 세스는 기술과 마술을 결합하는 것으로 명성을 얻었다. 한번은 세스가 나에게 어떤 모양이나 크기여도 좋으니 물체 하나를 떠올리라고 했다. 나는 바로 이집트의 피라미드를 떠올렸다. 그러고 나서 세스는 태블릿을 꺼내 구글에서 검색을 했는데, 이럴 수가! 화면에 피라미드 사진이 나타났다! 멋쟁이 마술사 세스는 아직까지도 어떻게 한 것인지 내게 말해 주지 않았다. 방법이야 어찌 됐든, 그는 분명 내 얼굴에서 놀라는 표정을 보았다. 그런 식으로 세스는 사람들을 놀라게 하는 일에 주력했다.

우리 그룹 안에서 옷을 깔끔하게 입고, 전문적이고, 진지한 쪽이 나였다면 세스는 그와 정반대였다. 그는 종종 초록색이나 붉은색이 들어간 화려한 정장을 입고 나타났는데, 사람들이 어떻게 생각하는지는 조금도 신경 쓰지 않는 것 같았다. 그렇게나 자유로운 영혼이 존재하다니!

나는 MIT 미디어랩이 점점 편하게 느껴졌다. 이전에 내가 공부했거나 일했던 곳들과 비교했을 때 사람들과도 금세 친해졌다. 문제는 그곳이 내 진짜 집에서 8700킬로미터나 떨어진 곳에 있다는 점이었다. 그래도 나는 카이로에서 대부분의 시간을 보내는 방향으로 계획을 세울 수 있었다. 나는 종종 "나보다 출퇴근 시간 긴 사람 있으면 나와 보라 그래"라며 농담하고는 했다. 연구소는 매년 가을과 봄에 '스폰서 위크'를 개최했다. 포춘500(미국 경제전문지 《포춘》이 매년 발표하는 미국 최대 기업 500개—옮긴이)에 오른 기업 중, 연구소를 후원하는 기업들을 초청해 학생들이 프로젝트를 시연하는 자리이다. 나는 그 행사에 참석하기로 약속했었다. 게다가 나는 자나와 함께 여름 동안 매사추세츠주 케임브리지로 옮겨 연구소에서 풀타임으로 일할 계획이었다. 그 한 해 동안, 나는 몇 달에 한 번씩 미국에서 보름 정도 머물렀다.

이처럼 유동적인 일정에는 장단점이 있었다. 나는 그야말로 두 세계를 오가고 있었다. 이론적으로는 케임브리지보다 집에서 더 많은 시간을 보내고 있었지만 사실 그 어디에도 존재하지 않는 듯한 느낌이 들었다. 카이로에 있을 때는 보스턴 시간에 맞춰 일하며 내 그룹과 연락을 취하려고 노력했고, 다음 미국 방문에 대해 생각하고 있었다. 그리고 막상 보스턴에 가서는 집에서 무슨 일이 일어나고 있는지를 걱정했다. 그렇게 나는 어디에도 뿌리내리지 못했다.

미디어랩은 카이로에서 지구 반 바퀴 거리에 있지만 지리적으로만 멀리 떨어져 있는 것은 아니다. MIT에는 전혀 다른 세계관이 존재한다. 그곳에서는 고분고분하다고 해서 남들이 인정해 주지 않는다. 오히려 그 반대다. 지적 반항아, 순종하지 않는 부적 응자는 멋진 사람으로 간주된다. 규범에 대한 도전이야말로 실험실 을 관통하는 핵심적인 주제였고, 내가 하는 일은 그런 도전 정신 에 부합했다.

보수적인 생활 방식을 고수하는 이슬람교도이자 유부녀인 나는 내 틀을 깨고 나왔다는 이유로 그 연구소에 완벽히 맞아 떨 어졌다. 그곳에서 난 누구 못지않게 반항적이었다. 내가 자란 문화 를 생각하면 더욱 그럴 것이다. 난 내 부족을 찾은 것이다!

카이로와 매사추세츠주 케임브리지를 수없이 오가며, 난 그 때그때 각각의 문화에 적응해야 했다. 이집트에서는 순응하는 것 을 미덕으로 여기기 때문에 위험을 감수하는 행위는 비난받기 일 쑤다. 남들의 이목을 끌거나 도드라져서도 안 된다. 자칫 타인의 표적이 될 수 있고, 경력이나 인간관계에 흠집이 날 수도 있으며, 심하게는 목숨을 잃을 수도 있다.

미디어랩에서는 대담한 자, 크게 생각하는 자, 위험을 감수 하는 자에게 보상이 따른다. 위험은 클수록 좋다. 위험을 감수함으 로써 무엇을 얻었느냐는 중요하지 않았다. 어떤 종류든 위험을 감 수한다는 것 자체로 이미 성공이다. 위험을 무릅쓸 때, 즉 믿음을 갖고 도약할 때 우리는 새로운 것을 건설할 수 있다. 설사 실패하 더라도 그로부터 배우는 것이 있다.

몇 달 간격으로 매사추세츠주 케임브리지와 카이로 사이를 '통근'하며, 나는 나의 두 세계를 화해시키기 위해 애썼다. 우리 가족은 "AUC에서 교수직을 맡는 게 어때? 그게 애초에 네 계획 아니었니?"라고 묻기 시작했다.

처음에는 "예"였던 대답이 점점 "아니요"에 가까워졌다. 사람들은 꿈을 꾸고, 삶을 투자해 그 꿈을 좇는 것에 대해 흔히들 얘기한다. 하지만 꿈을 확장하는 것에 대해서는 거의 이야기하지 않는다. AUC 신입생 시절부터 나의 꿈은 그곳의 교수가 되는 것이었다. 하지만 영국에서의 경험과 MIT에서의 박사 후 과정을 통해 난 내가 무엇이 될 수 있을지, 나아가 우리의 기술과 미래를 형성하는 데 어떤 역할을 할 수 있을지에 눈을 떴다.

당시는 기술적으로 중요한 시기였다. 우리는 개개인의 손에 강력한 컴퓨팅 도구를 쥐여 주는 새로운 이동성의 시대로 빠르게 접어들고 있었다. 이로 인해 새로운 방식으로 남들과 교류하고, 사람에 대해 배울 수 있는 문이 열렸다. 나에게 돌아갈 곳은 없었다. 나는 이 새로운 세계의 일부가 되고 싶었다. 그 변혁이 일어나는 연구실에 있고 싶었고, 그 기술을 올바른 방향으로 이끄는 사람이 되고 싶었다. 더 이상은 그 욕망을 떨쳐 낼 수 없었다.

나는 부적응자들과 몽상가들로 가득한 곳에 잘 융화됐다. 그 전까지만 해도 나는 어딜 가든 '미친 발상'을 가진 사람으로 통했다. 그런데 이 연구소에서는 누가 더 미쳤냐를 두고 경쟁이라도 하는 듯했다. 연구소에 처음 들어갔을 때 나는 히잡을 쓴 유일한 여성이라는 점 때문에 눈에 띄었고, 참신하게 여겨졌다. 사람들은 내 의복을 정말 이해하지 못했다. 영국 케임브리지에서 만난 사람들 대부분은 세계 여행에 익숙했다. 이집트에 가 봤거나, 다른 아랍어를 사용하는 나라에 가 본 사람들도 많았다. 반면 매사추세츠 주 케임브리지에서는 미국을 벗어나 여행해 본 적이 없는 사람이 대부분이었고, 설령 해외여행을 해 봤다 해도 이집트를 다녀온 사람은 거의 없었다. 이집트인과 이슬람교도들에 대한 그들의 인식은 미디어의 영향을 크게 받았다. 그들은 우리에 대해 거의 알지 못했다. 신앙심 깊은 이슬람교도 여자를 보고 과학자라는 직업을 떠올려 본 사람은 없었을 것이다. 게다가 난 연구 분야도 독자적이었으니 오죽했을까.

사람들은 나를 존중해 줬고, 너그럽게 대해 줬다. 하지만 때때로 나를 외계에서 온 생명체처럼 대하는 게 아닌가 하는 생각이 들기도 했다. 실제 내 비자에는 '비범한 외국인'을 뜻하는 'extraordinary alien(기이한 외계인으로도 해석될 수 있음—옮긴이)'이라고 적혀 있었다. (난 이 표식을 볼 때마다 《몬스터 주식회사》에 나오는 눈 하나 달린 초록색 괴물이 생각나 웃음이 터졌다.) 사람들은 히잡을 두른 '기이한 외계인'에게 기이한 질문을 하곤 했다. "혹시 의학적인 이유로 스카프를 두르고 계신 건가요?" "머리가 젖어 있어서 마를 때까지 그걸 쓰고 있는 거예요?" "집에서도 히잡을 쓰고 있나요?" 사람들은 히잡, 또는 나라는 사람 자체를 어떻게 받아들여야 할지를 몰랐다. 게다가 사람들은 내가 술을 절대 마시지 않는 걸 히잡을 쓰는 것만큼이나 신기하게 여겼고, 성이 자유화되어 이 사람 저 사람 만나도 하나 이상할 것 없는 이 시대에 단 한 사람, 내 남편과 연애하는 것도 특이하게 여겼다.

그래도 기준을 벗어난 사람이 인정받는 환경이었기에 난 쉽게 적응할 수 있었다. 연구소에는 나와 비슷한 사람이 단 한 명도 없었다. 다양한 문화권에서 온 사람들이 섞여 있었음에도, 우리는 서로 협력하며 우리가 구축하려는 기술에서 공통점과 연결점을 찾았다.

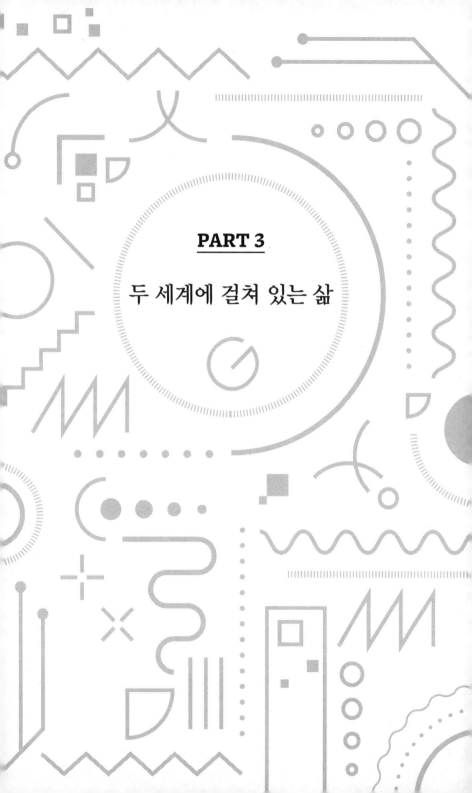

PART 3

두 세계에 걸쳐 있는 삶

13

미국의 케임브리지

　　미디어랩의 일원이 된 나는 이 연구소의 놀라운 기술과 혁신 정신을 모국으로 들고 가겠다는 열정으로 불타올랐다. 나는 당시 대통령이었던 호스니 무바라크의 부인 수잰 무바라크가 '수잰 무바라크 패밀리 가든'을 만들 계획이라는 이야기를 들었다. 헬리오 폴리스 5만 평 부지에 지어진 수잰 무바라크 패밀리 가든은 오늘날 이용자들에게 다양한 체험 학습을 제공하고 있다. 나는 그 사업 계획을 듣는 순간, 미디어랩의 평생유치원 그룹을 비롯한 몇몇 프로젝트와의 협업 가능성을 떠올렸다. 미디어랩은 음악, 기술, 예술을 활용해 창의력을 키우는 워크숍 센터를 겸하는 도쿄의 어린 이미술관 및 공원(Children's Art Museum and Park, CAMP)의 출범을 도운 적이 있다. 나는 카이로에도 그와 비슷한 시설이 생기면 너무 좋겠다고 생각했다.

당시 미디어랩 소장이었던 프랭크 모스는 내 이야기를 듣고 긍정적인 반응을 보였다. 나는 카이로의 인맥을 동원해 영부인을 소개 받았고, 미디어랩과 패밀리 가든의 제휴를 제안했다. 사회학을 공부한 무바라크 여사는 열정을 보이며, 나에게 프로젝트를 맡은 단체를 방문해 이야기를 나눠 보라고 권했다.

회의는 헬리오폴리스에 있는 무바라크의 저택 중 한 곳에서 열렸다(대통령 가족에게는 여덟 개의 관저가 있었다). 정문 앞에 도착한 나는 안내를 받아 회의실에 들어갔다. 이미 대여섯 명 정도의 손님들이 직사각형 테이블에 둘러앉아 있었다. 한눈에 봐도 내가 가장 어렸다. 함께 앉기를 권하는 사람이 없어서 난 적잖이 당황했다. 테이블에 앉아 있던 당시 고대 유물부 장관 자히 하와스가 나를 올려다보며 회의실 구석을 가리켰다. 커피, 탄산음료, 물 등이 차려져 있는 테이블이 있었다. "냉수 한 잔 부탁해요. 얼음은 넣지 말고"라고 말하지는 않았지만, 그 손짓은 분명 '저기 마실 게 있으니 네가 할 일을 해라'라는 의미를 내포하고 있었다.

나는 모욕감을 느꼈다기보다는 그 상황이 재미있었다. 내가 오해를 풀기도 전에 무바라크 여사가 회의실로 들어와 나에게 악수를 청했다. "오늘 우리가 초청한 MIT 소속 전문가이십니다." 영부인이 하와스 장관 옆에 앉아 말했다.

하와스 장관의 표정을 해석하기 위해 굳이 공인된 얼굴 디코더까지 동원할 필요는 없어 보였다. 장관은 경악을 금치 못했다. 테이블에 둘러앉은 모든 이들이 그와 똑같은 표정을 지었다. 발표자가 MIT 소속이며, 최신 기술을 이집트에 도입할 전문가라는 이야기를 들었을 때 그들은 나 같은 사람을 상상하지 못했을 것이다. 나는 젊고, 여자이고, '종교적'이다. 그 말은 곧 세계 최고 권위 대학 출신일 수도, 성공적인 과학자일 수도 없음을 뜻했다. 난 말 한 마디 꺼내지 않고 심도 있는 지적을 한 셈이다.

그렇게 사람들 앞에 서서 이야기를 시작했다. 나는 꽹장히 공을 들여 그 발표를 준비했다. 창의력과 지성을 겸비한 이집트 최고의 지도층을 앞에 두고 이야기한다는 것은 변화를 꾀할 더할 나위 없는 기회를 뜻했다. 나는 내 경험담으로 이야기를 시작했다. 어쩌면 교훈적인 이야기에 가까웠다.

"AUC에서 가르쳤던 학생 중에 지금도 연락하고 지내는 제자들이 있습니다. 그중에는 졸업 논문을 쓰는 친구들도 있죠. 저는 그 친구들에게 MIT에서 한창 뜨고 있는 새로운 아이디어에 대해 말해 주며, 그런 주제로 접근해 보면 어떻겠냐고 권합니다. 학생들에게서 가장 자주 나오는 반응은 '이 아이디어는 너무 위험해요, 교수님. 한 번도 시도해 본 적이 없잖아요'입니다. 그렇습니다! 우린 바로 이 부분에 주목해야 합니다. 위험을 감수하기를 꺼리는 이집트 문화와는 대조적으로, MIT에서는 이미 행해졌던 아이디어를 제안하는 행위를 이상하게 여깁니다. 중요한 건 창의성입니다. 설령 실패하더라도 새로운 것을 탐구해야만 합니다. 그건 잘못된 게 아닙니다."

모두 내 말에 주목하고 있었다. 몇몇은 찬성의 의미로 고개를 끄덕였지만 몇몇은 동의하지 않는 눈치였다. 나는 말을 이어갔다.

"20년 전에는 순응주의가 만연한 사회여도 괜찮았지만 이제는 안 됩니다. 오늘날의 경제 성장에서 가장 중요한 건 두려움을 모르는 재능 있고 창의적인 개인들의 존재 여부입니다. 중요한 건 혁신과 차별화입니다. 우리가 성장하는 경제의 일원이 되고자 한다면, 현재 떠오르는 창조적 계층의 일부가 되고자 한다면 지금 당장 우리의 아이들에게 학습, 혁신, 창조성에 대한 열정을 키워줘야 한다고 믿습니다."

투표 결과 MIT와의 협업이 채택됐지만 후원자를 어떻게 구할지에 대한 이야기가 나오자 난관에 봉착했다. MIT 측도, 영부인도 선뜻 나서지 않았다. 실망스럽게도 그 회의에서 나왔던 이야기는 결국 무산되고 말았다.

인생의 교훈들

MIT에서 보내는 시간이 길어질수록 고향과의 거리감은 점점 크게 느껴졌다. 특히 나의 멘토이자 조언자, 롤 모델인 로즈는 이 새로운 세계에 대한 나의 시각을 형성하는 데 큰 도움을 주었다. 덕분에 난 새로운 가능성에 눈을 떴다. 로즈와 나는 성장 배경이 달라도 너무 달랐다. 무신론자 부모의 손에서 자란 로즈는 성인이 된 이후에 기독교로 개종했다. 직업적 관계를 넘어, 나는 로즈의 행동을 관찰하며 삶에 대해 많은 것을 배웠다.

로즈는 국제적으로 인정받는 과학자이자 큰 성공을 거둔 전문직 여성인 동시에, 아들 셋을 학교에 보내는 엄마이면서 한 남자의 아내였다. 로즈는 가족을 중요하게 생각했다. 난 미국에 체류할 때마다 저녁 식사에 초대받곤 했는데, 보스턴 교외에 있는 로즈의 집을 처음 방문했던 날은 아직도 뇌리에 강렬하게 남아 있다. 보스턴 기반 상장회사의 엔지니어링 매니저로 근무하는 남편 렌을 소개하며, 로즈는 그가 오늘의 '요리 담당'이라고 덧붙였다.

나는 어리둥절해져서 물었다. "남편께서 오늘 식사를 준비하신다고요?"

"물론이지." 둘 다 정규직인 데다 꽤 치열한 직장에 근무하고 있기 때문에 번갈아 가며 저녁을 준비한다고 로즈가 설명했다. 로즈는 월요일, 수요일, 금요일 요리 담당인데, 어떤 요리를 할지 전날 밤에 가장 사소한 부분까지 모든 것을 완벽하게 준비한다고 했다. 렌은 화요일, 목요일, 토요일을 맡았다. 일요일 당번이 없는 건 아마 외식을 하거나 같이 요리해서인 것 같았다.

이탈리아 혈통인 렌은 할머니에게서 배웠다는 훌륭한 라자냐를 만들어 식탁을 차렸을 뿐만 아니라 서빙까지 도맡았다. 저녁 식사가 끝나자 우리는 모두 함께 그릇을 치웠다. 그날 가장 충격을 받은 장면은 로즈의 세 아들이 열심히 접시를 부엌으로 나르는 모습이었다. 우리 할머니 댁에 온 가족이 모일 때면 식사가 끝나는 순간 성인 남성들은 차를 마시러 테라스 쪽으로 사라졌고, 남자아이들은 정원으로 달려가 뛰어놀았다. 그러고 나면 성인 여성들과 여자아이들이 남아 빈 접시들을 치우고, 남은 음식을 싸서 보관하고, 후식을 준비했다. 전통적인 성 역할은 내 머릿속에 너무나도 깊게 각인되어 있었기 때문에 렌이 식탁을 치우고 식기 세척기를 돌리는 모습은 놀라운 한편 불편하게 느껴졌다. 렌은 계속 돕겠다고 하는 내 제안을 단호히 거절했다. "안 돼요! 식기 세척기는 내가 돌릴 거예요. 내가 하는 방식대로 하는 게 좋아서 그래요." 그것은 신세계였다. 그때 처음 깨달았다. 남자도 이런 일을 할 수 있구나!

우리 어머니는 한때 정규직으로 근무하셨다. 그것 하나만으로도 난 중동에서 꽤나 현대적인 가정에서 자랐다고 할 수 있다. 어머니는 직장에 다녀도 된다고 '허락'받았지만 일주일 내내 우리의 밥을 차려 주는 책임으로부터는 조금도 자유롭지 못했다. 고모와 큰아버지의 가정도 마찬가지였다. 나는 아버지뿐만 아니라 누가 됐던 남자가 식기 세척기를 돌리는 모습을 본 적이 없었다. 와엘이 진보적이기는 했지만 집안일은 거의 하지 않았다.

나는 로즈가 최고의 남편감을 찾은 거라고, 지구상에 렌과 비슷한 남자가 또 존재할 리 없다고 생각했다. 하지만 미국 문화를 조금 더 이해하게 되면서, 나는 집안일에 참여하는 남자들이 훨씬 많다는 사실을 알게 됐다. 모든 집이 가사 일을 일대일로 동등하게 나누지는 않을지 몰라도, 어쨌든 미국에서는 남성들이 작은 일이라도 하는 걸 당연시한다. 로즈와 렌은 내가 본 평등한 부부의 첫 번째 예였고, 부부 관계에 대한 나의 눈높이를 높여 놨다. 나는 둘의 관계가 부러웠다. 내 결혼은 중동의 기준으로 보면 현대적이었다. 어머니와 달리 난 집에서 일에 대해 이야기할 수 있었고, 나 혼자 여행할 수도 있었다. 하지만 로즈의 결혼 생활과는 달랐다. 나의 '계몽된' 남편은 내가 미국과 이집트를 오가며 일하는 것을 허락했다. 그러나 그것은 자신의 삶을 원하는 대로 살아가는 본질적인 자유, 또는 로즈와 렌이 가진 진정한 협력 관계와는 매우 달랐다.

로즈가 아들들과 시간을 보내는 방식에서도 배울 점이 많았다. 아들 중 한 명은 펜싱을 했는데, 로즈는 아이를 연습과 시합에 데려다줄 때 항상 노트북을 챙겨 가서 기다리는 동안 일을 했다. 요즘 나도 내 아이들을 데리고 다닐 때 똑같이 행동한다.

로즈는 믿을 수 없을 정도로 체계적으로 시간을 관리했다. 달력에는 매시간 단위로 블록이 설정돼 있었다. 지금 난 그 방법을 본보기로 시간표를 짠다. 로즈는 아침마다 운동하거나 조깅할 시간을 따로 두었고, 렌은 자전거로 출근했다. 두 사람 모두 내가 인생에서 운동을 우선시하는 데 본보기가 됐다.

나는 다른 종교를 편협한 시각으로 보는 나라들이 모여 있는 지역에서 왔다. 이슬람교도의 관점에서 보면 비이슬람교도의 삶은 단지 잘못 사는 정도가 아니라 지옥행이 확실시된다. 난 쿠웨이트와 아랍에미리트에서 영국 학교를 다녔고 AUC에서 기독교인 친구들을 사귀었지만, 유년기 대부분은 이슬람 문화의 영향을 크게 받고 살았다. 로즈 부부와 친해진 나는 직장에서, 그리고 일상에서 그들을 관찰하며 두 사람이 확고한 인생관을 가졌고 근면 성실하다는 사실을 알았다. 그러면서 내게 의문이 생겼다. 저토록 모범적인 삶을 사는 사람들이 왜 지옥에 가야 하나? 타인에게 악행을 일삼는 타락한 이슬람교도는 하루에 다섯 번씩 매일 기도한다는 이유로 천국에 갈 수 있는 걸까? 전혀 말이 되지 않는다.

친절, 관대, 연민, 봉사, 노력, 최선을 다하는 삶 등 내 신앙의 원칙들에 대한 나의 믿음에는 변함이 없었다. 하지만 그날 로즈와 렌의 집에 간 이후, 나는 종교의 실천에 대한 근본적인 의문을 품게 됐다.

14

데모가 실패하면 죽음뿐

　나는 영국 케임브리지에서 개발한 핵심 얼굴 분석 엔진을 발전시키며 2006년 여름을 연구소에서 보냈다. 새롭게 업데이트된 알고리즘에 '페이스센스(FaceSense)'라는 이름을 붙였는데, 사실상 마인드 리더의 2.0버전이라 할 수 있다. 페이스센스는 주먹 하나 크기의 로지텍 웹캠이 부착돼 있는 노트북이나 데스크톱에서만 사용할 수 있었다. 우리의 목표는 2007년 봄에 열릴 스폰서 위크에 맞춰 아이셋(iSET, 페이스센스를 가동하고 실행할 수 있는, 자폐증이 있는 사용자를 위한 웨어러블 구글 글라스 타입 장치)을 만드는 것이었다.

우리의 미친 발상은 어느 정도 기반을 갖추게 됐다. 그러나 국립과학재단 검토위원들이 예측한 대로, 아이셋은 제작 불가능으로 판명됐다. 그것을 구현하려면 극복하기 힘든 과제에 연이어 도전해야 했다. 구상대로라면 안경에 부착할 수 있을 정도로 작은 카메라, 착용하거나 휴대할 수 있을 만큼 작은 동시에 페이스센스 프로그램을 실행할 수 있을 만큼 고성능인 컴퓨터, 블루투스로 사용자에게 메시지("친구가 행복해하네요", "친구가 당황했어요" 등)를 전달할 수 있는 이어폰 등이 필요했다. 하지만 이러한 기술 중 어느 것도 제대로 존재하지 않았기 때문에, 우리는 프로젝트 진행과 동시에 그 기술들을 개발해 나가야 했다.

순조롭게 진행되던 작업이 벽에 부딪혔다. 우리가 쓰기에는 컴퓨터나 웹캠을 위해 고안된 최신식 카메라도 너무 컸다. 투박한 로지텍 웹캠을 안경 위에 얹어 놓을 수는 없는 노릇이었다. 우리에게는 크기가 작으면서도 미묘한 표정을 감지할 수 있는 고해상도 카메라가 필요했다.

그야말로 난관에 봉착했다. 그런 카메라를 대체 어디서 구한단 말인가? 우린 고민하고 또 고민했다. 소형 카메라는 어떤 사람들이 사용할까? 우린 무릎을 쳤다. 그래, 간첩들! 이때부터 나는 상상조차 못 했던 새로운 세계를 접하게 됐다. 제1차 세계대전 당시 시계, 라이터를 비롯한 온갖 종류의 물건들에 비밀 카메라를 부착해 사용한 사례가 있었다. 비둘기 다리에 소형 카메라를 달아 최전방에 보내기도 했다. 시간이 흘러 이제는 민간인들이 이런 도구들을 사용했다. 아이를 잘 보고 있는지 보모를 감시할 때, 배우자가 불순한 행동을 하는지 염탐할 때, 보험 사기나 산업스파이 등을 가려낼 때 등 다양한 용도로 쓰였다.

기술을 이용해 누군가를 몰래 본다는 발상은 마음에 들지 않았지만 우리의 목표만큼은 순수하다고 생각했다. 우리의 목표는 자폐증이 있는 아이들이 대화에 참여해 다른 사람들의 비언어적 신호를 읽을 수 있게 돕는 것이었다. 일단 성능을 알아보기 위해 스파이캠 몇 개를 인터넷으로부터 주문했다. 먼저 도착한 몇 개는 영상이 너무 흐려서 사용할 수 없었지만 머지않아 우리는 완벽한 카메라를 찾았다. 값도 하나에 80달러밖에 안 했고, 해상도도 높았으며, 안경에 부착하기에도 알맞은 크기였다.

다음 숙제는 적당한 태블릿을 찾는 것이었다. 스마트폰이 있었다면 이상적이었겠지만 아직 출시되기 전이었다. 이건 킨들이나 아이패드도 나오기 전의 이야기다. 고민 끝에 우리는 에이수스(ASUS) 태블릿을 사용하기로 했다. 당시의 기술로는 성능이 좋은 편이었지만 이상적이라고 할 수는 없었다. 너무 무거운 데다 프로그래밍 하기 어렵다는 단점이 있었다.

몇 달 동안 뚝딱뚝딱 만든 결과, 초겨울 무렵에는 모든 조각을 하나로 합칠 수 있는 단계까지 진전됐다. 각자 맡은 일을 독립적으로 해내기는 했지만, 하나로 합쳤을 때 제대로 작동할지가 관건이었다. 이집트에는 '탈라 코마시'라는 표현이 있는데, 번역하면 '직물이 완성됐다!'이다. 이 표현의 유래는 이집트가 면화 산업의 선두 주자였던 시절로 거슬러 올라간다. 섬유 공장에서는 면화로 원단을 만들기 위해 여섯 대 이상의 서로 다른 기계들을 동시에 작동시켰다. 단 하나의 기계에라도 결함이 있다면 그 과정은 중단되고 만다. 오늘날 이집트인들은 노력을 들여 무언가를 성공시켰을 때 이 표현을 사용한다.

첩보 카메라를 부착한 안경의 성능을 알아보는 시간이 다가왔다. 카메라와 태블릿을 연결하는 전선은 안경다리를 따라 부착됐다(이때 사용된 안경은 유행에는 다소 뒤처진 디자인이었다). 나는 안경을 쓰고 어깨에 메는 가방에 태블릿을 부착한 다음 블루투스 이어폰을 귀에 꽂았다. 그러고는 함께 일했던 석사 과정 학생 알레아 티터스와 마주 봤다. 알레아는 기계 제작과 하드웨어를 다루는 매우 창의적인 학생이었다. 시스템이 제대로 작동한다면 카메라가 알레아의 얼굴을 감지하고, 페이스센스를 실행 중인 태블릿으로 그 이미지를 보낸다. 그러면 페이스센스가 그 이미지를 분석해 감정을 감지하고, 그 감정에 해당하는 단어를 내 귀에 있는 블루투스 이어피스로 보낸다.

알레아가 미소를 지었다.

나는 초를 세며 기다렸다. 이어폰으로 소리가 들렸다. "웃는다. 정확도 90퍼센트."

제대로 작동했다. 탈라 코마시!

이어서 우리는 누가 안경을 쓰든, 무슨 표정을 짓든 제대로 작동하는지를 확인했다.

2007년 3월 스폰서 위크가 시작되기 전날, 학생들과 박사 후 과정 연구원 대부분은 연구실에 늦게까지 남아 준비했다. (스폰서 위크가 진행되는 동안 우리의 구호는 '데모가 실패하면 죽음뿐!'이었다.) 바로 다음 날, 우리는 두 개의 프로젝트를 시연할 예정이었다.

케임브리지 시절에 이미 알고리즘을 완성해 놓은 터라 페이스센스는 별로 걱정되지 않았다. 안정적으로 작동했고, 표준 컴퓨터와 웹캠을 사용하기 때문에 큰 변수는 없었다. 반면 웨어러블 기기인 아이셋은 마지막 순간까지 방심할 수 없었다. 스폰서 위크에서 후원자 수백 명 앞에서 시연할 버전을 만들기 위해, 나는 수개월 동안 수정에 수정을 거듭했다. 알레아와 또 다른 석사 과정 학생 미리 매드슨(현재는 의학 박사)이 도움을 줬다. 시각화에 능했던 미리는 사람들의 이해를 돕기 위해 프로그램의 아웃풋을 시각적으로 매핑 하는 작업을 담당했다.

스폰서 위크는 이름과 달리 실제로는 일주일이 아니라 사흘 내내 쉬지 않고 열리는 것에 가까웠고, 매우 치열한 분위기였다. 오전 8시가 되자 나는 페이스센스에 맞게 노트북을 세팅하고, 위에 카메라가 달린 대형 스크린에 연결했다. 아이셋 안경은 탁자 위에 놓아 두었다.

후원자들이 몰려오기 시작했다. 그들은 노트북에 대고 표정을 지어 보인 뒤, 소프트웨어가 그 표정을 분석하는 광경을 지켜보았다. 아이셋 헤드셋을 착용하고 태블릿과 상호작용을 시도하기도 했다. 다행히도 태블릿은 정상 작동했고, 우리는 큰 인기를 끌었다.

질레트의 최고 경영자는 우리의 기술이 자사 제품에 어떻게 적용될 수 있을지 우리와 이야기하고 싶어 했다. 특히 면도기를 사용할 때 남성(및 여성) 소비자들이 어떤 감정을 느끼는지 궁금해했다. 사용자가 면도날에 베이는 순간을 감지하고 수량화할 수 있는지가 관건이었다.

폭스사의 프로듀서들은 페이스센스가 곧 방송될 가을 시즌 프로그램들의 시청자 반응을 관찰해 주기를 원했다.

프록터앤드갬블은 사람들이 각기 다른 샤워젤 향에 어떻게 반응하는지 시험해 보기를 원했다.

도요타는 주의가 산만하거나 졸린 운전자들을 탐지하고 싶어 했다.

그때 로지텍의 몇몇 임원들이 우리에게 왔다. 나는 웹캠 전문가인 그들에게 스파이캠 아이셋 장비를 자랑했다. 한 임원이 우리 카메라 사양을 묻더니 대답을 듣고는 이렇게 말했다. "그렇군요! 우리 회사에서 나온 최신 광학 센서는 그보다 훨씬 성능이 뛰어나요. 최신 카메라 두 대를 보내 드릴게요." 이런 부분이 바로 학문이 교차하는 곳에서 혁신이 일어나는 MIT 미디어랩의 진정한 장점이었다. 산업, 지역, 학문의 경계 없이 아이디어들이 지속적으로 교차한다. 스폰서들은 우리의 연구 결과를 가져가서 그대로 쓰지만은 않았다. 그들은 종종 과학자들이 생각하지 못했던 방식으로 아이디어를 변형해 적용하기도 했다.

스폰서 위크의 일정은 고됐다. 둘째 날이 되자 나는 목소리가 나오지 않아서 속삭이듯 말해야 했다. 하지만 아드레날린이 솟구쳤다. 다양한 스폰서들과 만나 이야기를 나누니 다양한 아이디어가 속출했다. 우리가 자폐증을 위해 개발한 기술을 그토록 다양한 방식으로 상상력을 발휘해 사용 범위를 넓힐 수 있다는 것이 너무나도 신기했다. 로즈와 나 둘이서는 결코 생각해 내지 못했을 아이디어들이었다.

후원자들은 암호화된 온라인 저장소에서만 우리의 작업에 접근해 사용할 수 있다는 조항에 동의해야 했다. 학생들과 교수진은 후원자들의 관심을 끌 것으로 생각되는 프로그램이라면 무엇이든 온라인에 올릴 수 있었다. 난 2007년 페이스센스를 온라인에 올렸는데, 2008년에 공전의 히트를 치며 당시 연구소 프로그램 중 가장 많은 다운로드 수를 기록했다.

스폰서들과 함께하니 우리가 만든 새로운 기술의 폭넓은 응용력이 느껴졌다. MIT 미디어랩에서 가장 기억에 남는 경험은 자폐증이 있는 10대들과 함께 보낸 시간이었다. 어느 정도 결과물을 갖게 된 우리는 다시 한번 국립과학재단에 보조금을 신청했다. 전보다 훨씬 큰 액수를 신청했는데 이번에는 받고야 말았다. 우린 지원 사업의 일부로 로드아일랜드의 프로비던스에 위치한, 자폐 아동을 위한 진보적 교육 기관인 코브 센터와 협력하게 됐다. 코브 센터는 그로든 네트워크의 한 부분으로, 자폐증뿐만 아니라 여타 발달장애가 있는 해당 주의 어린이와 어른 들에게 서비스를 제공하는 곳이다. 그곳의 대표 연구자인 젊고 열정적인 임상심리학자 매튜 굿원 박사는 기술이 이 분야를 변화시킬 수 있다고 믿는 사람이었다.

나는 우리가 '디자인적 사고'를 해야 한다고 강력히 주장했다. 즉 실제 사용자(이 프로젝트의 경우 아이들과 그 가족들)들이 시스템 설계 과정에 참여하기를 원했다. 이들은 대부분 또래나 동료들과 교류하고 있는 고기능 자폐증(지적장애를 동반하지 않는 자폐성 장애—옮긴이) 청소년(및 성인)들이었다. 그 10대 청소년들은 비언어적인 단서들을 이해하지 못해 곤란을 겪고 있었다. 그들은 대부분의 10대처럼 친구들과 놀고, 데이트하고, 파티에 가는 등 또래들이 하는 모든 것을 하고 싶어 했다. 하지만 대인 관계에서 오는 어색함 때문에 잘 어울리지 못했고, 심지어 괴롭힘을 당하기도 했다. 그들은 예의 바른 미소와 '너와 친해지고 싶어'라는 의미를 내포한 추근덕대는 미소를 구별하지 못했고, '지루하니까 그 얘기 좀 그만해'라는 의미로 굴리는 눈알을 이해하지 못했다. 자폐증이 있는 사람의 이러한 습성을 '독백(monologuing)'이라고 부르는데, 그들은 이처럼 큰 불리함을 안고 산다. 그들은 비꼬는 표현을 전혀 이해하지 못하고(10대들은 특히나 빈정대는 경향이 있다), 사회적 능력 부족으로 친구 관계를 형성하거나 유지하지 못한다. 직업을 유지하는 것도 힘들어 주류에서 벗어나 변방의 삶에 머무는 예도 많다.

이러한 10대들의 정서 지능 부족은 부모와 자녀 간의 관계에도 영향을 미친다. 우리는 어머니와 아들 여덟 팀을 초대해 우리의 기술을 실험하고, 소통하는 데 어려운 점들을 공유했다. 그중 유독 기억에 남는 엄마와 아들이 있다. 목소리의 다양한 변화가 여러 가지 의미를 지닐 수 있다는 것을 이해하지 못하는 아들은 어머니가 자신에게 늘 화가 나 있다고 생각했다. 아들은 '큰 소리'를 무조건 분노로 인식했다. 아이셋은 아들에게 어머니가 항상 화가 난 상태가 아니라는 것을 보여 주었고, 그가 인지하지 못하는 미묘한 감정 상태들이 있음을 이해할 수 있도록 도와주었다. 청소년 및 청년층과 함께 작업하면서 우린 많은 것을 배웠고, 몇몇은 디자인 단계에서 좋은 조언을 해 주었다.

가장 강렬한 순간은 이 프로젝트가 시작되고 약 반년 후에 찾아왔다. 이미 코브 센터에 수차례 방문했던 나는 아이들을 꽤 잘 알게 됐다. 그곳의 남자애들 중 나와 직접 눈을 마주치는 아이는 한 명도 없었다(나뿐만 아니라 누구와도 눈을 마주치지 않았다). 이는 자폐증의 핵심 문제 중 하나이다. 자폐증이 있는 개인은 얼굴을 보는 것 자체가 너무 버거워서 아예 피해 버린다. 하지만 감정 읽기 능력을 키우려면 일단 그들이 상대의 얼굴을 보게끔 해야 했다. 그들은 종종 아이셋 태블릿을 방패 삼아 얼굴을 직접 보는 것을 피했는데, 우리는 그 점에 착안해 그 장비를 갖고 게임을 만들었다. 다른 사람의 얼굴을 직접 볼 때마다 점수를 받는 방식이었다. 그런 식으로 아이들과 훈련한 지 몇 달이 지난 어느 날, 나는 학교 주변을 걷고 있었다. 고기능 자폐증이 있는 10대 아이 중 한 명이 내 앞에 멈춰 서서 태블릿을 내리고 내 눈을 똑바로 응시했다. 우리는 몇 초 동안 시선을 교환했다. 그 순간, 이 아이는 나와 일반적인 수준으로 교류하고 있었다. 진실하면서도 깨지기 쉬운, 하지만 동시에 매우 강력한 순간이었다. 내가 만든 기술로 그런 일이 가능하게 된 것이다. 기술 분야에서 내가 하는 일이 사람들의 연결 고리를 더 깊은 수준으로 끌고 갈 수 있다는 걸 새삼 느낄 수 있었다.

이 아이들과 함께 일하며 나는 감정 읽기의 중요성을 다시 한번 깨달았고, 나아가 감성AI의 도움을 받아 서로에 대한 이해도를 높일 수 있다고 확신할 수 있었다.

미디어랩에서 두 번째 해를 보내며, 난 여러 면에서 카이로보다 매사추세츠주 케임브리지가 더 편안하게 느껴지기 시작했다. 카이로에 있는 사람들은 나를 어떻게 받아들여야 할지 난감해했다. 그들의 눈에 나는 보스턴의 어느 학교에서 일하기 위해 매달 한 주 동안 사라지는 히잡을 쓴 애 엄마였다. 나는 친구들과 가족들이 MIT에서 내가 어떤 작업을 하는지 한 번도 물어보지 않는 것을 이상하게 느꼈다. 왜 묻지 않았을까? 어쩌면 내가 모두를 너무 불편하게 만들었는지도 모른다. 나는 분명 착한 이집트인 아내의 표본은 아니었다.

난 미디어랩의 에너지와 창의적 정신이 정말 좋았다. 연구 활동과 자금 조달 면에서 첫해를 아주 잘 보낸 나는 연구 과학자로 승진했고, 종신 교수직에 지원하기로 마음먹었다. 그러려면 연구소에서 훨씬 많은 시간을 보내야 했다. 나는 그때까지 원격으로 오랜 시간을 일하고 있었는데, 이를 바꿔야 할 필요가 있었다. 교수가 되기 위해 보스턴으로 이사하는 가능성에 대해 와엘에게 얘기했지만 지금은 본인에게 적절한 시기가 아니라는 대답이 돌아왔다. 이듬해에 교수직 지원 시기가 만료되기 전에 다시 한번 보스턴으로 이사 갈 생각이 없는지 물었지만 대답은 똑같았다. 그래서 결국 신청하지 않았다.

와엘은 계속해서 중동에 머물면 자신의 영향력을 더 키울 수 있다고 생각했다. 중동에서 와엘은 이미 잘 알려져 있었고, 사회적으로 존경받는 위치에 있었다. 그는 중동 전역에 회사를 확장하고 투자를 장려하기를 원했다. 애초에 나의 계획은 AUC 교수직에 지원하는 것이었지만(AUC도 훌륭한 학교임은 분명하다), MIT 미디어랩과 달리 AUC는 연구가 아니라 가르치는 데에 초점이 맞춰져 있었다. 당시 AUC에는 박사 과정이 없었기 때문에 케임브리지에서 박사 학위를 취득한 나는 교수가 되기에 유리한 위치였다. 하지만 선뜻 그 자리에 지원할 수 없었다.

MIT 전임 교수가 되겠다는 생각은 버렸지만 연구 과학자로서 로즈와의 협업은 이어 갔다. 그러려면 당연히 비행기로 이동하는 데 많은 시간을 보내야 했다. 카이로에서 출발해 런던을 경유하고 보스턴으로 가는 열여섯 시간짜리 비행에서, 나는 줌파 라히리의 퓰리처상 수상 소설 《이름 뒤에 숨은 사랑(The Namesake)》을 읽었다. 이야기는 인도에서 이민 온 벵골 출신 이민자 아쇼케, 아시마 강굴리 두 인물이 미국의 삶에 적응해 나가는 내용을 중심으로 전개된다. 1960년대 후반, 아쇼케는 유대 관계가 끈끈한 대가족을 남겨 둔 채 새신부인 아쇼케와 보스턴으로 건너가 장학금을 받고 MIT 공대에 진학한다. 시간이 흐르면서 점점 미국화된 두 사람의 자녀들은 그들이 살고 있는 나라와 오랜 전통 사이에서 갈등한다.

소설이 너무 공감돼서 눈물이 쏟아졌다. 나는 변곡점에 서 있었고 이집트로부터, 어쩌면 내 가족으로부터 떠날 계획을 세우는 중이었다. 내 친구의 표현대로 나는 "미국화"되어 가고 있었다. 나는 내 앞에 놓인 상황에 도전했고, 종교와 남녀 역할에 대해 새로운 시각을 키워 갔다. 나는 학문적 자유와 자신을 표현하는 권리를 가짐으로써 과학자의 연구 성과가 최고치로 상상하는 것을 두 눈으로 직접 봤다. 실수하는 게 두려워 제자리에서 꼼짝 않는 사람들이 아니라 겁 없고, 대담하고, 상상력이 풍부한 사람들에게 둘러싸여 남은 인생을 보내고 싶었다. 이런 생각을 하면 할수록 내가 속한 문화와 대립하게 됐기 때문에 겁이 났고, 예측할 수 없는 미래에 불안감은 커져만 갔다. 당시에는 내가 가는 길의 끝이 어디일지를 상상하며 두려움에 떨곤 했다.

그해 봄, 자폐증 관련 국제회의에 참석한 나는 낯익은 얼굴과 마주쳤다. 케임브리지대학 시절에 만난 이스라엘 출신 대학원생 오페르 골란이었다. 오페르는 사이먼 배런코언과 협업한 경력이 있다. 우린 5년 만에 만난 거였는데, 난 그사이에 오페르가 두 아이를 낳았다는 소식에 깜짝 놀랐고 한편으로는 부럽기까지 했다. 또 한편으로는 어느새 다섯 살이 된 자나가 아직도 외동이라는 사실이 뇌리를 스쳤다. 와엘과 나는 둘째를 가질 의도가 다분했지만 둘 다 너무 정신없이 각자의 일에 몰두해 있었다. 게다가 집에 있을 때 가능한 한 많은 시간을 자나와 함께 보내려다 보니, 둘째를 가질 생각은 자연스럽게 밀려났다. 그해 여름 서른 번째 생일을 앞둔 나는 첫 아이 때처럼 수월하게 임신하지 못할까 봐 걱정이 앞섰다. 난 내 동생들과 친하고 그들이 있어서 너무 좋기 때문에 내 딸도 같은 경험을 하기를 원했다. 물론 아기를 만들려면 섹스를 해야 하는데, 마지막으로 와엘과 잠자리를 가진 게 언제였는지 기억조차 나지 않았다. 하지만 난 이내 그 생각을 떨쳐 버렸다. 우리는 단순한 맞벌이 부부가 아니었다. 부부 중 한 사람은 지구 반 바퀴 떨어진 곳에 직장이 있었다. 우리의 삶은 이미 너무 복잡했다. 그럼에도 둘째 아이를 갖고 싶다는 생각은 쉽게 가시지를 않았다.

카이로로 돌아온 나는 자나에게 동생을 만들어 줄 때가 됐다고 와엘에게 말했고, 그는 내 의견에 동의했다. 한 달쯤 지나 와엘과 해산물 식당에서 저녁을 먹고 돌아온 후, 나는 집에서 구역질을 하며 이내 감격했다. 두 번째 임신이었다. 첫 임신 때처럼 입덧이 꽤 길게 갔지만 견딜 만했다. 가방에 과자를 챙겨 다녔고, 속을 진정시키기 위해 생강차를 마셨고, 토하고 싶을 때는 화장실로 달려갔다.

와엘과 나는 카이로가 아니라 보스턴에서 아기를 낳아야 한다는 데 동의했다. 이 무렵 나는 점점 더 연구실에서의 일에 몰두하게 됐다. 그래서 특히 임신 말기에는 한곳에 머무르는 편이 훨씬 수월할 거라고 느꼈다. 난 MIT 네트워크를 통해 조산사를 찾은 뒤, 이번에도 짐볼을 사고 임산부를 위한 요가 수업에도 등록했다. 이 시기에는 믿을 수 없을 정도로 행복했다. 영국에서 임신했을 때와는 내 인생에서 매우 다른 시기였다. 그때와는 달리 더 이상 증명할 것이 없었다. 이미 박사 학위를 취득한 데다 연구는 놀라울 정도로 잘 진행되었고, 로즈와 나는 연구소의 후원자들로부터 매우 긍정적인 피드백을 받고 있었다. 난 둘째 아이를 낳을 생각에 한껏 들떴다.

생각이 바뀌는 지점

2008년 여름까지 스무 개 이상의 후원 업체들이 우리와 함께 프로젝트를 추진하는 데 관심을 보였다. 그러나 MIT에서 만든 코딩은 '상업 등급'이 아니었다. 즉 무엇이 가능한지 개념을 보여 주기는 했지만, 큰 규모로 확장해 시장에 내보낼 정도로 신뢰할 수 있는 수준은 아니었다. 다시 말해 어떤 회사가 우리의 코딩을 가져가서 곧바로 자신들의 제품에 적용하려면 내가 옆에 붙어 있어야 했다.

스폰서 위크가 한참 지난 후에도 계속 전화가 걸려 왔지만 모든 요청에 응하기에는 연구생이 부족했다. 늦가을 무렵, 로즈와 나는 관심을 보이는 후원자 명단을 들고 MIT 미디어랩 소장 프랭크 모스의 사무실에 찾아가 연구원을 늘려 달라고 애원했다.

미디어랩의 소장직을 맡기 전에 모스는 성공한 창업 전문가였다. 그가 보기에 우리 문제의 해답은 너무나도 명백했다.

프랭크가 우리 둘을 바라보며 말했다. "아니요. 여러분에게는 학생이 필요한 게 아닙니다. 직접 사업체를 차리세요."

난 반사적으로 대답했다. "하지만 저는 학자예요." 회사를 차리는 건(그것도 미국에서) 분명 내 계획에 없던 일이었다. 당시 임신 6개월이던 나는 그런 급진적이고 부담되는 방향은 생각조차 하기 싫었다.

더욱이 나는 스스로 사업과 관련된 머리가 없다고 생각했다. 금융과 거래는 와엘의 영역이었다. 그로부터 얼마 전인 9월, 미국 증시가 폭락했을 때 와엘과 나는 소소한 휴가를 보내고 있었다.

다우존스 산업평균지수는 하루 만에 777포인트 하락해, 당시 사상 최대 일일 하락 수치를 기록했다. 와엘은 미국의 경제 침체가 카이로를 비롯한 세계 곳곳에 미칠 파장을 걱정하며 호텔 방을 나오지 않고 CNN 뉴스만 봤다. 난 그때 뭘 했을까? 노트북을 꺼내 밀린 일을 처리하기 시작했고, 머지않아 무슨 일이 일어나고 있는지는 까맣게 잊어버렸다. 그만큼 난 사업, 시장, 돈에 대해서는 거의 생각하지 않고 살았다.

하지만 우리의 기술로 사람들을 이롭게 하는 데에는 관심이 많았다. 프랭크, 로즈와 창업의 장단점을 얘기하면 할수록 연구 잠재력을 최대한으로 발전시키는 길은 창업뿐이라는 사실을 알게 됐다. 미디어랩 안에 머물면 돈과 인적자원이 부족해 모든 면에서 제약을 받는다. 반면 회사를 설립해서 예산을 늘리면 우리는 비로소 사람과 사람, 사람과 기술 간의 상호작용 방식을 바꿀 창조물을 세상에 소개하고, 세계 곳곳에 사는 사람들에게 긍정적인 영향을 줄 수 있게 된다. 나에게는 여기가 생각이 바뀌는 지점이었다.

2월에 출산을 앞둔 만삭의 몸으로 비행기를 타고 싶지 않았던 나는 그해 가을을 자나와 함께 케임브리지에서 보냈다. 와엘과 나는 자나를 보스턴의 브리티시스쿨에 보내기로 했다. 와엘은 카이로에 머물다가 출산 예정일 직전에 미국으로 들어올 계획이었다. 나는 매일 아침 자나를 학교 버스 정류장까지 바래다줬다가, 늦은 오후에 집에 잠시 들른 뒤 아이를 데리러 정류장에 갔다. 우리는 한 박사 과정 학생과 학교 근처 작은 집을 같이 썼다. 1월 중

순에는 어머니와 와엘이 우리와 함께 지낼 예정이었다.

다시 자나와 내내 붙어 지내는 생활을 하니 너무 좋았다. MIT에 왔다 갔다 하는 동안 나는 딸과 더 많은 시간을 함께 보냈던 영국 케임브리지 시절을 그리워했다. 어느 주말, 난 자나와 보스턴 박술관에 갔다. 보스턴의 박물관은 카이로에 있는 일반적인 박물관에 비해 훨씬 흥미롭고 쌍방향적 경험을 할 수 있다는 장점이 있다. 자나는 그런 경험을 너무나도 좋아했다. 우리는 박물관에서 제공하는 헤드폰으로 오디오 가이드를 들으며 방대한 악기 전시관을 구경했다. 바이올린, 피아노, 플루트와 그 외 이국적인 악기들을 구경하는 동안 헤드폰에서는 짧은 음악들이 계속해서 흘러나왔다. 하프 앞을 지나가던 자나는 오디오 가이드에 나오는 하프 소리에 심취해 그 자리에 한참을 서 있었다. "엄마, 나 이 악기 배우고 싶어!"

우리 앞에 놓인 하프는 120센티미터 높이로, 당시 자나보다 키가 컸다. 나는 어디에서 하프를 구해야 하는지도 몰랐다. 플루트, 리코더, 클라리넷처럼 좀 더 다루기 쉬운 것을 배워 보라고 설득해 봤지만 이미 아이는 하프에 홀딱 반해 있었다. 찾아보니 MIT에서 두 정거장 거리에 하프 학원이 하나 있어서 자나를 그곳에 보냈다. 우리 어머니라도 아마 그렇게 하셨을 것이다. 어머니는 자식들이 저마다의 관심사를 좇을 수 있도록 최선을 다하셨고, 나는 그 전통을 그대로 따랐다.

자연분만으로 낳겠다는 생각은 둘째 때도 변함이 없었다. 나는 분만실의 침대를 벽 쪽으로 옮겨 공간을 확보해 달라고 요청했다(꼭 누워야 하기 전까지는 절대 눕지 않을 생각이었다). 그렇게 확보된 공간에서 나는 걸어 다니기도 하고, 짐볼을 이용해 반동 운동도 했다. 진통이 느려지자 병원 복도를 빠르게 걸었다. 헤드폰으로는 아바의 〈라스트 서머(Last Summer)〉가 반복 재생되어 흘러나왔다. 노래 제목과는 정반대로 밖에는 눈이 내리고 있었고, 몹시 추웠다.

애덤은 2009년 2월 4일 오전 11시 매사추세츠주 케임브리지에서 태어났다. 와엘과 나는 아들에게 지어 줄 이름을 몇 개 생각해 두었는데, 아기를 처음 보는 순간 "이 애는 누가 봐도 애덤이야!"라고 말했다. 본능적인 반응이었다. 우리 아들은 그냥 애덤처럼 생겼다! 분만 직후 처음으로 아기를 내 가슴 위에 눕히며 나는 기도했다. "이 아기가 친절하고 자애로운 청년으로 크게 해 주세요." 훗날 신은 나의 기도를 이루어 주셨다.

애덤이 태어난 다음 날, 로즈가 병원에 찾아왔다. 난 병원 침대에 누운 채로 로즈와 함께 국립과학재단 중소기업혁신연구소(SBIR)에 제출할 자폐증 연구 제안서를 편집했다. 우리는 창업 자금을 구하는 중이었고, 제출 마감을 하루 앞둔 시점이었다.

와엘은 사업 때문에 카이로로 돌아가야 했지만 어머니는 애덤과 자나를 돌봐 주시기 위해 3월까지 우리와 함께 지내셨다. 그때 내게 자동차가 없었기 때문에 우리는 잔혹한 보스턴의 겨울 날씨를 뚫고 걸어 다녀야 했다. 포대기에 싼 애덤을 베이비뵨 캐리어에 태운 채, 자나를 학교에 데려다준 뒤 매서운 추위를 뚫고 홀

푸드 마켓까지 걸어갔다. 나는 혹여 애덤이 동사하지는 않을까 겁이 났고, 숨을 쉬는지 확인하려고 자주 걸음을 멈췄다. 현재 우리 가족 중에서 추위에 약한 사람은 애덤뿐이다!

얼마 지나지 않아 나는 연구실로 돌아갔다. 창업을 계획하는 데 대부분의 시간이 소요됐다. 자나와 달리 애덤은 밤에 자주 깨고 울기도 많이 울었다. 나는 잠을 제대로 못 자서 피곤했지만 계속 일했다. 엄마는 아랍에미리트로 돌아가시기 전에 양념한 닭 가슴살을 냉장고 한가득 채워 넣어 주셨는데, 덕분에 난 그걸 튀겨서 저녁 식탁에 올리기만 하면 됐다. 어느 날 저녁 프라이팬에 닭 가슴살 몇 개를 얹어 놓고 불을 올린 채 거실에 앉아서 이메일을 확인하는데, 시간 감각을 잠시 잃었다가 정신을 차려 보니 부엌 전체에 불이 번지고 있었다. 나는 공황 상태에 빠졌다. 이불 같은 거로 덮어서 불을 꺼야 할지, 물을 끼얹어야 할지, 아니면 그냥 집을 나가야 할지 판단할 수가 없었다. 나는 꼼짝 않고 한참을 서 있다가 애덤을 들쳐 업은 뒤 자나의 손을 붙잡고 아래층으로 달려 내려가 집을 같이 쓰는 친구에게로 갔다. 친구는 즉시 소방서에 신고했고, 우리는 모두 안전한 곳으로 도망쳤다. 몇 분 후에 소방차 네 대가 집 앞에 멈춰 섰고, 소방대원들이 집 안으로 달려 들어갔다. 다행히 불길은 부엌을 벗어나진 않았지만, 난장판이 된 부엌을 다시 사용하기까지 몇 주가 걸렸다. 그 사이에는 거실에서 토스터와 전자레인지를 사용하며 지냈다. 너무나도 창피했던 나는 같이 사는 친구와 집주인과 마주칠 때마다 사과했다. 두 사람은 그런 나에게 너무나도 따뜻하게 대해 줬다.

이 이야기는 비극적인 결말을 맞을 수도 있었다. 우리 중 누구도 다치지 않은 것에 대해 난 죽을 때까지 감사하며 살 것이다. 그 경험으로부터 난 좀 더 세심한 마음을 갖고 균형감 있는 삶을 살아야 한다는 중요한 교훈을 얻었다. 난 쉬지 않고 일해 왔고, 분명히 지쳐 있었다. 하지만 시간이 지나고 보니 깨달음과 실천은 별개였다. 그 이후 다행히도 부엌에 불을 내지는 않았다. 하지만 창업을 시작하는 사람은 누구든 심한 집착 증세를 보이게 마련이다. 머릿속은 늘 창업에 대한 생각뿐이었고, 24시간 휴일도 없이 돌아가는 현대 기술 때문에 좀처럼 그 생각을 멈출 수도 없다. 나는 업무 모드에서 생활 모드로 전환하는 데 많은 어려움을 겪었고, 그 때문에 때때로 큰 대가를 치르기도 했다.

2009년 4월 14일, 로즈와 나는 어펙티바(Affectiva)를 설립했다. 우리 둘은 자비를 투자해 사업을 시작하기로 결정했다. 하지만 곧 투자자들에게 손을 내밀어야 한다는 사실을 알고 있었다. 우리가 생각하는 투자자 중 다수는 기술 산업의 베테랑들이었다. 창업 과정은 뭐 하나 쉬운 일이 없었다. 우리는 완전히 초보였다. 스폰서들의 열성과는 별개로, 우리는 기술 세계에서 대세를 거스르고 있었다. 산업계에는 여전히 '감정이란 건 비이성적이다'라는 사고가 만연해 있었다. 우리의 잠재적 투자자 중 대부분은 배런코언의 표현에 의하면 '공감하는 자'보다는 '체계화하는 자' 쪽 끝에 치우쳐 있었다. 즉 그들은 감정, 혹은 '기분'이라는 개념을 편하게 생각하지 않았다.

남성이 지배하는 기술 창업의 세계에서 여성 공동 창업자인 로즈와 나는 이미 변칙적인 존재였다. 그래서 우리는 로즈가 10년 전 감성 컴퓨팅(affective computing)이라는 용어를 만들 때처럼 '감정(emotion)'이라는 단어를 사용하지 않는 전략을 택했다. 그것이 우리가 어펙티바라는 이름을 생각해 낸 배경이다. 어펙티바는 감성 컴퓨팅이라는 용어를 응용해 만든, 누구에게도 해가 되지 않는 용어다.

초반에는 우리가 어떤 회사를 염두에 두고 있는지 정확히 알지 못했다. 다방면에 포진해 있는 우리 스폰서들의 관심사를 고려했을 때, 우리가 나아갈 수 있는 방향 또한 매우 폭넓었다. 우리가 반드시 정립해야 할 한 가지가 있었는데, 바로 우리의 핵심 가치였다. 감정과 관련된 지극히 개인적인 데이터를 다루는 우리 같은 기업에게는 특히 중요한 사항이었다.

이른 봄, 우리의 첫 직원들인 조슬린 샤이러와 올리버 와일더스미스, 거기에 로즈와 나로 구성된 어펙티바 팀은 로즈의 집에서 기업의 전략과 나아갈 방향을 이야기했다. 유난히 따뜻한 날이었다. 부엌의 아일랜드 식탁에 둘러앉아 대화할 때 커다란 창문으로 들어오던 햇살이 기억난다.

우리는 마케팅, 교육, 정신 건강, 차량, 자폐증, 보안, 감시 카메라 등 우리 기술이 사용될 수 있는 분야들을 검토했다. 또한 기술을 제공할 산업 분야와 협력을 거절할 산업 분야를 판가름하는 기준이 될 핵심 가치들에 대해서도 이야기했다. 우리는 사람들이 자신들의 감정 데이터를 신뢰하고 맡길 수 있는 회사로 어펙티바를 꼽기를 원했다. 그리고 회사가 성공하려면 우리의 접근법과 과학적 진정성에 대해 사람들에게 신뢰를 얻어야 했다. 사람들이 우리를 전적으로 신뢰하지 않는 한, 우리는 그들을 돕는 데 필요한 자료를 얻을 수 없다. 그 신뢰를 깨뜨리는 순간, 우리는 돕고자 했던 사람들을 잃게 된다.

따라서 우리는 '사전 동의' 조건에 동의한 회사들하고만 협업하기로 했다. 즉 사용자는 자신의 감정 데이터가 수집되고 있다는 사실을 알아야 하고, 무엇보다 그것에 동의해야 했다. 원할 때 언제든지 동의를 취소할 수 있는 조건도 필수적이었다. 이는 우리가 감시 시스템 업체나 보안 업체와는 협업하지 못한다는 것을 의미했다. 그 결과 우리의 선택권은 제한됐지만, 그것은 옳은 결정이었다.

우리는 MIT에서 30분 정도 거리에 위치한 교외 지역 월섬의 무디스트리트 1번지 건물을 대여했다. 낡은 사무실 공간이었는데, 나무 바닥을 디딜 때마다 삐걱거리는 소리가 나는 것이 흡사 폐가 같기도 했다. 하지만 젊고 꾀죄죄한 우리 4인조가 쓰기에는 부족함이 없는 공간이었다.

어펙티바 창업에 집중하려고 미디어랩에서 파트타임(학위 취득에 필수인 수업 이수, 논문 제출만 하는 학생—옮긴이)으로 바꿨다는 얘기를 부모님께 선뜻 꺼내기가 힘들었다(앞서 언급했듯 우리 아버지는 스타트업을 영 좋지 않게 보셨다). 나는 부모님께 회사 얘기를 비밀로 했다. 와엘은 알고 있었지만 2년 동안 우리 부모님은 내가 미디어랩에서 풀타임(교수실에 매일 출근하며 전문적으로 연구 활동을 하는 학생—옮긴이)으로 근무한다고 생각하셨다. 회사를 차리고 투자자들에게 손을 내미는 동시에, 아직 갓난아기인 둘째를 데리고 출퇴근하며 젖을 먹이는 나의 일상을 부모님께 알려 드려 공연한 걱정을 끼치고 싶지 않았다. 부모님은 명문대에 진학하면 성공이 보장되어 있다고 굳게 믿으셨다. 그때는 내 꿈을 좇아 그 궤도에서 벗어났다고 말씀 드릴 용기가 없었다.

보스턴에서는 수많은 일들이 일어났지만 카이로에 가면 일체 그런 얘기를 꺼낼 수 없었다. 로즈와 나는 바쁘게 움직였고, 어펙티바는 진정한 의미의 기업으로 성장했다. 보스턴 재계에 인맥이 많은 프랭크 모스는 우리에게 많은 시간을 할애해 여기저기 다리를 놔줬다. 그때 소개받은 사람 중에는 기업가 앤디 팔머도 있었는데, 앤디는 어펙티바와 같은 '목표 추구형' 기업과의 협업을 전문으로 했다. 우리는 지속적이고 번창하는 기업을 키우고 싶은 동시에 사회에 도움이 되고자 하는 목표도 가지고 있었다. 그 목표는 특히 의사소통에 어려움을 겪고 있는 사람들을 돕고, 그들의 감정 조정을 가능하게 하는 것이었다. 우리의 두 가지 목표가 마음에 든 앤디는 어펙티바의 첫 번째 조언자가 돼 주었다.

스타트업 열 곳 중 아홉 곳은 창업한 지 1, 2년 안에 파산한다. 정말이지 주눅 들 수밖에 없는 수치다. 부모님께 "저 방금 스타트업을 설립했어요"라고 말하고 싶지 않았던 이유 중 하나이기도 하다. 물론 로즈와 나의 회사는 일반적인 스타트업들과 비교했을 때 몇 가지 장점을 가졌다. 온갖 분야에 걸쳐 우리의 소프트웨어에 관심을 보이는 스폰서들이 있었으니 일단 시장이 있다는 건 알고 시작한 셈이다. 하지만 아무리 그렇다 해도 갓 창업한 회사는 태생적으로 불안할 수밖에 없다. 대표가 한 번도 회사를 운영해 본 적이 없는 사람들이라면 더더욱 그렇다. 로즈가 미디어랩 앞으로 수백만 달러를 모금했고, 나도 100만 달러 이상을 별도로 모금했지만 우리는 전문 사업가가 아니었다. 둘 다 창업에 대한 기초 지식도 없었다. 다행히 우리는 MIT의 벤처 멘토링 서비스(VMS)에 도움을 구할 수 있었다. VMS는 MIT 기반 창업 기업들과 멘토들로 이루어진 네트워크다.

VMS에서 우리는 다양한 전문 지식을 갖춘 열한 명의 멘토로 구성된 팀을 배정받았다. 일부는 벤처 투자가였고 일부는 금융, 법률, 지적 재산, 마케팅, 제조 분야에 기반을 둔 사람들이었다. 우리는 언제든 그들에게 이메일을 보낼 수 있었다. 평범하거나 바보 같은 질문이어도 상관없었다. 한번은 우리의 'BS'를 보내 달라는 한 투자자 후보(이후 우리의 첫 투자자가 됐다)의 이메일을 받고 로즈와 나는 어찌할 바를 몰라 했다. 로즈와 내가 알고 있는 유일한 BS(허튼소리를 뜻하는 bullshit의 줄임말—옮긴이)는 이 맥락에서 말이 되지 않았다. 우리는 VMS 멘토 중 한 명에게 BS가 무엇을 의미하는지 이메일로 물었다. 아마 그 멘토는 배를 잡고 웃었을 것이다.

아하, 대차대조표(Balance Sheet)를 말하는 거였구나! 이런 식으로 하나하나 배워서 언제 제대로 된 사업가가 되려나?

일주일에 한 번, 우리는 멘토들을 만나 그들을 모의 투자자로 가정하고 피칭(투자금 유치를 위해 사업 아이템, 상품 등을 투자자에게 설명하는 것—옮긴이) 연습을 했다. 그러면 멘토들은 우리의 허점을 찾아 갈기갈기 찢어 놓았다. 우리는 거침없는 비판에 점점 단련됐다. 그런 식으로 몇 달 동안 훈련하며 우리는 실제 투자자들을 만날 때를 대비했다. 그러던 어느 가을날, 우리는 최종 모의고사를 치렀다. 우리는 어떤 질문에도 대답했고, 우리의 홍보는 전문적으로 보였다. 잠을 자다가도 우리가 보유한 기술의 엄청난 잠재력에 대해 이야기할 수 있는 수준으로 연습돼 있었다. 마침내 VMS팀이 우리를 보며 말했다. "좋아요. 이제 준비가 된 것 같네요. 실전에서도 잘하시기를 바랍니다."

다음 정거장은 실리콘밸리였다.

15

걸음마 단계

그날 아침, 베이비시터에게서 몸이 안 좋다는 전화를 받았다. 곧 있을 회의는 너무 중요해서 미룰 수 없는 상황이었다. 막 나가려던 참이라 아기를 데리고 회의 장소로 가는 수밖에 없었다. 나는 미소 띤 얼굴로 접수원에게 휴대용 카시트에서 잠든 애덤을 보여 주며, 이제 9개월된 아들을 봐줄 수 있겠느냐고 물었다. "정말 얌전한 애예요." 난 애덤을 책상 옆 바닥에 내려놓으면서 그 여자에게 우유병을 건넸다. 금발에 눈동자가 푸른 젊은 여자는 어리둥절한 표정을 지었다가 이내 미소를 보이며 고개를 끄덕였다.

로즈와 나는 회의실로 달려가 준비하기 시작했다. 잠시 후

실리콘밸리의 대표적인 벤처캐피털(VC) 기업의 40대 파트너가 합석했다. 우리는 어펙티바 명함을 손에 들고 커다란 직사각형 호두나무 테이블에 앉았다. 회의실 내부에는 나무로 된 칸막이가 설치돼 있었고, 벽은 온통 유리로 돼 있었다. 단상에는 우리의 신생 기업을 설명하는 파워포인트 프레젠테이션이 준비돼 있었다. 로즈와 나는 발표에 어울리는 바지 정장을 맞춰 입었다(로즈는 회색, 나는 갈색). 단조로운 디자인에 밝은 느낌은 전혀 나지 않았고, 여성스럽지도 않았다. 나는 정장과 어울리는 갈색 히잡을 썼다.

그 파트너는 우리와 악수한 뒤 테이블 위쪽의 쿠션이 두툼한 안락의자에 앉은 뒤, 우리에게 시작하라는 손짓을 했다. 미소를 보였지만 입술이 양쪽으로 고르게 올라간 다정한 미소가 아니었다. 비대칭적으로 한쪽 입꼬리가 올라간 것이 오히려 비웃음에 가까웠다. 만약 그 순간이 만화의 한 컷이었다면 그 사람의 머리 옆 말풍선에는 이런 말이 적혀 있을 것이다. '나 참. 한 시간 동안 앉아서 이 여자들이 하는 말을 듣고 있어야 한다고? 이 미팅 누가 주선했어?!'

"저기……." 그 남자가 무심하게 말했다. "VC들이 가장 먼저 하는 일 중 하나가 창업자 해고라는 거, 혹시 알고 있어요?"

로즈의 눈이 휘둥그레졌다. 나도 분명 똑같은 표정을 지었을 것이다. 정확히 말하면 '행동 유닛5, 놀람과 공포를 동시에 보여주는 징후'가 되겠다.

그 남자는 우리의 반응을 관찰했다. "농담입니다!"

정말 농담이었을까? 경험 없는 창업자들이 자신이 만든 신생 기업에서 쫓겨나는 사례는 무수히 많다. 벤처 투자가들은 팀이든 기술이든 아이디어든 안전하고 친숙해 보이는 것에만 투자하는 것으로 악명이 높다. 2009년 가을 로즈와 내가 창업 자금을 마련하기 위해 실리콘밸리 VC 기업들을 전전했을 당시, 우리는 안전하고 친숙한 것과는 정반대에 있었다. MIT 출신이었기 때문에 우리를 함부로 대하지 않고 그런 자리를 허락해 주기는 했지만 보수적인 투자자들에게는 리스크가 크고, 별나고, 심지어 위험하기까지 한 이들로 보였을 것이다.

따지고 보면 우리는 두 명의 '여성 과학자'일 뿐이었다. 그것만으로도 남자뿐인 투자자 세계에서 이미 이방인이었다(심지어 둘 중 하나는 히잡을 썼다). 게다가 우리는 학계에서 왔다. 우리 분야에서는 인정받은 사람들이지만 창업을 하거나 회사를 운영해 본 경험은 없었다. 게다가 우리에게는 뛰어넘어야 할 커다란 걸림돌이 하나 있었다. 우리의 아이디어는 일부 남자들을 매우 불편하게 했고, 심지어 적대감을 느끼게 만들 수도 있었다. 그래서 직접적인 표현을 피해 가며 묘사하기도 했다.

며칠 동안 우리는 정상급 VC 업체들을 상대로 아침부터 저녁까지 연이어 피칭을 진행했다. 로즈와 나는 공항 근처 호텔에 머물렀다. 난 그때까지 모유 수유를 하고 있었기 때문에 애덤을 데리고 출장을 다녔다. 아침에 눈을 뜨면 대개는 로즈와 함께 낮에 아기를 돌봐 주는 이집트인 가족을 찾아갔다. 아이를 봐줄 사람이 없는 경우에는 그때그때 임기응변으로 대처해야 했다. 여덟 시간 정도에 걸친 피칭이 끝나면 우리는 애덤을 데리러 갔고, 이후에는 잠정적 파트너들과 저녁 식사를 하기도 했다.

VC 회사들은 모두 8킬로미터가량 되는 멘로파크의 샌드힐 로드에 모여 있었다. 우리는 도요타 캠리를 몰고 가서 벤츠, 포르쉐, 레인지로버, 마세라티 같은 차들 옆에 주차했다(내가 이름도 모르는 초호화 차량도 종종 있었다). 그런 다음 접수 데스크에서 체크인하고 회의실로 안내되어 VC 투자자가 들어오기를 기다렸다. 투자자 중에는 젊은 동료 한 명을 데려오는 사람이 많았다. 투자자들은 항상 남자였다. 우리는 단 한 번도 여자를 상대로 피칭한 적이 없다. 게다가 유색인종도 없었다.

우리는 작업을 설명할 때 '감정'이라는 단어를 쓰지 않았고, 되도록 감상적인 느낌을 주는 어휘 사용을 피했다. 대신 괴짜처럼 들리는 기술 용어를 적극적으로 사용하며 아이디어를 피력했다. 감정이라는 단어에 다소 회의적인 반응을 보였던 남자들은 데이터 포인트, 분위기 감지 인터넷, 감성 분석, 기계 학습, 컴퓨터 비전 같은 용어에는 눈에 띌 정도로 흥미를 보였다.

우리는 능숙하고 체계적으로 발표했다. 우선 내가 파워포인트 슬라이드를 클릭한 뒤 다음과 같이 설명한다. "어펙티바는 '사전 동의'된 기술에 기반을 두고 해법을 제시합니다. 이 기술은 사람들의 정서적 정보에 기반을 둔 소통을 돕고, 다른 사람들과의 공유를 통해 그 정보의 의미를 학습하도록 돕습니다."

클릭하면 다음 화면이 나온다. "어펙티바의 핵심 기술은 두 가지 주요 정서적 차원, 즉 각성도(높음/낮음)와 유의도(양/음)의 측정을 포함합니다."

우리는 여러 그래프와 차트를 보여 주며 잠재적인 사용 예가 적힌 긴 목록을 보여 줬다. 자폐증, 비언어성 학습 장애, 정신 건강 장애, 수면 장애, 원격 학습, 신제품 피드백, 콜 센터, 온라인 고객 서비스, 온라인 소셜 인터랙션…….

프로토타입 시연은 스크린샷 천 장 이상의 효과가 있다. 그래서 로즈는 발표 초반에 데모를 보여 줘야 한다고 단호하게 주장했다. MIT에서 로즈는 사람들의 생리적 상태, 즉 흥분 정도를 연구했다. 연구에 따르면 기존과 다른 자극에 노출되었을 때 사람은 정신이 초롱초롱해지고 집중도가 높아진다고 한다. 로즈는 사람들이 수동적으로 이야기를 들을 때 가장 덜 흥분하고 대화를 나눌 때, 즉 직접 참여하고 질문을 할 때 집중도가 가장 높아진다는 사실을 잘 알고 있었다.

일단 데모를 시작하면 가장 회의적인 반응을 보였던 이들도 존경 어린 눈빛으로 우리를 바라봤다. 잠정적 투자자들이 표정을 지어 보이면 소프트웨어가 그들의 표정을 추적한다. 그러면 로즈가 현재 '큐 센서'라고 불리는 아이캄의 상업용 버전으로 투자자들의 손목을 찰싹 때렸고, 그들은 자신의 흥분 지수를 보여 주는 그래프가 요동치는 모습을 보았다. 이 데모들은 잠정적 투자자들의 큰 관심과 웃음을 유발했다. 하지만 초창기에는 선뜻 투자를 결정하는 이가 없었다.

우리는 VC 20여 명을 대상으로 피칭했다. 대놓고 무시하는 사람도 있는 반면 돈을 내놓지는 않더라도 우리에게 훌륭한 조언을 해 주는 사람들도 있었다. 우리는 기술이 사용될 수 있는 분야를 적은 긴 목록이 장점으로 작용하리라고 생각했지만, 실제로는 사람들의 반감을 불러일으킨 듯했다. 투자자들에게 우리는 두서없는 사람들이었다. 그들은 '집중'이라는 단어를 반복해서 말했다. 우리가 소프트웨어와 하드웨어라는 매우 다른 두 제품을 중심으로 설립한 회사라는 사실을 고려하면, 한 가지에 집중한다는 건 말처럼 쉽지 않았다.

사실 우리는 스타트업의 생리에 대한 단기 속성 코스를 밟았던 것이나 다름없다. 투자자들은 자폐증과 관련된 기술을 추구하는 우리의 선의를 존중하면서도, 한편으로는 투자에 대한 빠른 결과를 가져다줄 응용 사례를 보고 싶어 했다. 그들은 자폐증과 관련된 시장 규모가 인터넷에 접속할 수 있는 모든 사람을 대상으로 한 페이스북이나 트위터 같은 소셜미디어 기업과 비교했을 때 너무 작다는 점을 우려했다. 그들의 표현을 빌리자면 틈새시장임을 감안해도 그 틈이 너무 작다는 것이다. 제품이 시장에 출시되기 전에 임상 시험을 하고 정부의 승인을 받아야 하는 추가적인 장애물도 있었다. 우리는 다음과 같은 교훈을 얻었다. '어느 선까지는 공상적 박애주의자가 돼도 좋다. 하지만 현실적으로 투자자 대부분은 돈을 벌기를, 가능한 한 빨리 벌기를 원한다.' 즉 우리가 생각했던 사용 분야 중 다수는 보류되어야 했다.

'팀'

투자자들이 스타트업에게 가장 먼저 묻는 것 중 하나는 '팀'이다. 당시 우리 팀은 로즈, 직원 두 명, 나로 구성되어 있었다. 우리에게는 최고 경영자가 없었다. 이것 또한 우리의 단점 중 하나였다. 회사를 경영해 본 적이 없는 로즈와 나는 팀에 노련한 사람이 한 명 있어야 한다는 사실을 깨달았다. 보스턴에서 몇몇을 불러 면접을 진행했지만 낙담한 상태였다. 지원자 중 한 중년 남성은 회사의 성장에 관한 질문은 전혀 하지 않고 우리 회사의 휴가 정책이 어떤지, 저녁에 한 시간 정도 칵테일을 마시는 시간을 갖는지를 물었다. 그는 우리의 목적의식이나 앞으로 나아가고 싶어 하는 절박함을 파악하지 못했고, 회사를 마치 골프 클럽처럼 운영할 것만 같았다. 어떤 지원자는 우리의 기술은 물론 우리가 어떤 사람들인지 자체를 전혀 이해하지 못하는 것처럼 보였지만, 자신이 우리를 새로운 단계로 끌어올릴 수 있다고 확신했다.

결국 또 한 차례 실리콘밸리에서 투자자들을 만나던 중, 한 투자자가 최근 시스코에 매각된 웹엑스커뮤니케이션의 전 세계 영업 및 서비스 대표직을 맡았던 데이브 버먼에게 연락해 볼 것을 제안했다. 데이브는 큰 일거리를 찾고 있었고, 그 투자자는 우리가 호흡이 잘 맞을 것이라고 예상했다.

우리는 버먼과 저녁 식사 자리를 마련했다. 이때도 베이비시터를 구하지 못해서 애덤을 데리고 나갔다. 난 애덤을 휴대용 카시트에 앉힌 채로 우리 테이블에 앉혔다. 3남매의 아버지인 데이브는 아기가 동석한 것에 개의치 않았다. 우리는 만나자마자 죽이 잘 맞았다. 데이브는 똑똑한 데다 투지와 야망을 가지고 있었다. 그는 진심으로 우리 회사의 최고 경영자가 되고 싶어 했다. 데모를 통해 우리의 기술을 시연해 보이자 데이브는 홀딱 반해 버렸고, 윤리적 사용에 대한 신념을 이야기할 때는 열정적으로 고개를 끄덕였다. 데이브는 한 가지 걸리는 부분이 있다며, 아내와 아들들이 거주하는 캘리포니아에서 보스턴으로 매주 통근해야 한다는 점을 얘기했다. '그게 무슨 문제가 되지?' 난 속으로 생각했다. 내가 카이로에서 출퇴근하던 것에 비하면 데이브의 집은 수천 킬로미터나 가까웠다. 우린 충분히 해결책을 찾을 수 있으리라 판단하고 그에게 최고 경영자 자리를 줬다.

데이브는 우리 회사를 진정한 스타트업으로 탈바꿈시켰다. 그는 캘리포니아에 본사를 두고, 그곳에서 영업부를 운영할 경영진을 고용했다. 데이브는 훌륭한 사람들로 팀을 꾸렸다. 이후에 우리는 엔지니어링 담당자로 1980년대 IBM의 핵심 소프트웨어였던 로터스 1-2-3의 개발을 이끈 팀 피콕을 고용했다. 피콕은 MIT 동문이자 컴퓨터 분야의 개척자로 훗날 최고 운영 책임자가 되었고, 어펙티바 운영 업무에서 신뢰할 수 있는 파트너가 되었다. 로즈는 나와 달리 어펙티바의 수석 과학자가 된 이후에도 MIT 미디어랩에서 사임하지 않았지만, 매일 출퇴근해야 하는 직원이 아니었기에 큰 지장은 없었다. 나는 핵심 기술 개발을 감독하는 최고 기술 책임자로서, 가능한 한 많은 시간을 현장에서 보내려고 노력했다.

카이로, 보스턴, 샌드힐로드를 종횡무진 누비며 쏟아부은 노력 끝에 우리는 첫 투자자를 구했다. 페더 발렌베리는 로즈가 미디어랩에서 진행했던 연구를 보고 오래전부터 존경심을 품고 있었다고 한다. 페더는 스웨덴에서 가장 부유하고 유명한 가문 중 하나인 발렌베리가 출신으로 의약, 전자제품, 엔지니어링 등 광범위한 산업군을 대상으로 한 막대한 투자와 방대한 자선 사업으로 잘 알려져 있다. 몇 년 전 미디어랩을 방문했던 발렌베리는 로즈의 감성 컴퓨팅 그룹이 개발한 프로젝트의 데모를 본 후 "당신의 연구에 자금을 댈 사람이 필요하면 나에게 알려 달라"고 말했다고 한다. 샌드힐로드에서의 모험을 마친 후, 로즈는 발렌베리에게 손을 내밀기로 결심했다.

호기심을 느낀 발렌베리는 즉각 발렌베리 재단을 운영하는 한스 린드로스 전무를 소개해 줬다. 한스는 조용하고 겸손하면서도, 한편으로는 눈치가 빠르고 똑똑한 사람이다. 몇 분 동안만 이야기를 나누면 누구든 그에게서 깊은 인상을 받을 것이다. 한스는 시도 때도 없이 전 세계를 누비며 중국의 포트폴리오 기업과 부룬디, 브라질의 비영리단체를 관리하고, 스웨덴의 여왕과 만난다. 한스는 우리의 기술을 무척이나 아끼면서도, 영역을 좁혀 집중해야 할 필요성을 강조했다. 우리는 금세 친해졌다. 당시 연락이 오가는 몇몇 투자자들이 있었지만 발렌베리 재단에 마음이 간 이유는 그들이 이집트에서 큰 존재감을 발휘하며 여러 비영리단체를 운영하고, 이집트 젊은이들에게 투자하겠다는 의지를 갖고 있었기 때문이다. 즉 우리가 카이로에 사무실을 차리겠다고 하면 발렌베리 재단은 이를 지지해 줄 가능성이 컸다. 이는 나에게 매우 중요한 부분이었다.

스타트업에게 가장 중요한 건 타이밍이다. 너무 일찍 세상에 나오면 아이디어가 설득력을 얻기 전에 지쳐 버릴 수 있고, 반대로 너무 늦으면 항상 뒤처진 채 남의 뒤꽁무니를 쫓기에 바쁘다.
어펙티바는 적절한 시기에 나타나, 적절한 위치에 있었다. 창업을
시작했을 때는 이른 감이 있었지만 기술은 우리의 방향으로 움직
였다. 착용형 기기 핏빗(Fitbit)이 시장에 막 출시되었는데, 큰 관심
을 끌기는 했으나 여전히 초기 단계에 있었다. 스마트폰이 세상에
모습을 드러냈고, 카메라가 내장된 노트북이 출시되기 시작했다.
이 두 가지 트렌드는 비디오 기반 통신을 위한 공간을 열어 주었
는데, 이는 곧 사람들이 컴퓨터 카메라에 편안해지기 시작했음을
의미했다. 우리가 취할 다음 단계로, 사람들에게 웹캠을 켜고 우리
의 표정 분석 추적 시스템 사용을 권장해도 무리가 없어 보였다.

　　자금까지 확보한 우리 회사는 신기술이라는 물결에서 노를
저을 태세를 갖췄다.

16

내가 기억하는
'아랍의 봄'

2011년, 어펙티바는 나의 손길을 점점 더 많이 필요로 했다. 나는 적어도 한 달에 한 번 미국에 갔고, 어떤 때는 더 자주 가기도 했다. 대부분은 애덤을 데려갔는데, 곧 만 여덟 살이 되는 자나는 학교에 가야 해서 함께 다닐 수 없었다. 난 "안녕, 오늘 하루 어땠어?" 정도의 짧은 대화일지라도 딸아이와 매일 통화하려고 노력했다.

비행기에서 노트북으로 업무를 보고 기술 관련 뉴스를 읽으며 수많은 시간을 보냈지만, 솔직히 내 조국에서 무슨 일이 일어나고 있는지는 잘 몰랐다. 이집트 국민들은 정부의 권력 남용, 특히 경찰의 폭력에 반대하는 풀뿌리 운동을 펼치며 분노를 표출하고 있었는데, 나는 그 사실을 거의 알지 못했다. 이 풀뿌리 운동은 페이스북, 트위터 같은 소셜 미디어를 통해 퍼져 나가고 있었다.

내가 중동에서 자랄 때, 사람들은 대개 정치를 경계했다. 그 과정에 너무나도 부패가 만연해서 우리 부모님과 나뿐만 아니라 내 주위에 있는 모두는 투표하기를 꺼렸다. 미국과 달리 이집트의 선거일은 별로 대수로운 날이 아니었다. 대다수는 투표일이 언제인지도 잘 몰랐고, 투표를 하든 안 하든 아무런 차이가 없다고 느꼈다. 투표용지에는 오직 한 정당, 한 명의 후보자 이름만 있었다. 선거는 사기로 가득했고, 목소리를 내면 문제를 불러일으킬 뿐이었다. 그 결과 시민들은 세대가 바뀌어도 정치에 무관심했다.

2011년 1월 20일 당시 두 돌을 앞둔 애덤을 데리고 보스턴행 비행기를 탔을 때, 난 카이로에서 무슨 일이 일어나고 있는지 전혀 알지 못했다. 그때 난 어펙티바 카이로 지사에 영입한 메이 바가트라는 AUC 졸업생을 보스턴 팀에 소개하기 위해 함께 가는 중이었다. 몇 해 앞서 내가 AUC에서 가르친 컴퓨터과학 입문 수업을 들었던 메이는 똑똑하고 꿈이 큰 친구였다.

우리는 일손이 부족했다. 당시 어펙티바는 3월부터 4월까지 포브스 온라인(Forbes Online)과 공동 진행하는 웹 프로젝트를 준비하기 위해 큐 센서를 구축하고 얼굴 분석 플랫폼을 늘리는 일에 매진하고 있었다. 우리는 대중들에게 포브스 사이트를 방문해 웹캠을 켜고 슈퍼볼 광고를 보도록 권했다. 사람들이 광고를 보는 동안 우리의 알고리즘이 그들의 미소를 실시간으로 평가한다. 이 프로젝트를 통해 우리는 더 많은 데이터를 수집하고, 나아가 세계적인 마케터들과 브랜드들 사이에서 우리의 인지도를 높일 계획이었다. 인터넷을 통해 광고에 대한 감정 반응을 대량 수집하는 첫 번째 시도였다.

보스턴에 도착하고 며칠 후, 메이는 공포에 질린 표정으로 내 팔을 끌어당기더니 카이로에서 어떤 일이 벌어지고 있는지 설명했다. AUC 캠퍼스 근처의 타흐리르 광장에서 수만 명이 시위를 벌인다는 것이었다. 와엘이나 다른 가족들은 나에게 그런 얘기를 해 주지 않았다. 메이가 보여 준 트위터 계정에서는 아랍어로 광장을 뜻하는 'midan'과 관련해 수천 개 트윗이 올라오고 있었다. 나는 순진하게도 대수롭지 않게 여겼고, 무바라크 정부가 시위대를 해산할 것이라고 말한 뒤 다시 일에 몰두했다.

다음 날 메이의 근심은 더욱 깊어졌다. 부모님이 집으로 돌아오라고 했다는 것이다. 그건 곧 나도 함께 비행기를 타고 돌아가야 함을 의미했다. 메이는 똑똑하고 독립적인 20대 중반 여성이었지만 혼자 여행하는 것이 허용되지 않았다. 나는 메이의 부모님이 근거 없는 걱정을 하신다고 생각했다. 시위가 흐지부지 끝나리라 판단한 나는 메이에게 그냥 있으라고 설득했다. 하지만 내 생각과는 반대로 시위는 점점 확대되었고, 뉴스에서는 이 운동을 "아랍의 봄"이라고 불렀다.

다음 날, 카이로로 가는 모든 항공편이 취소됐다. 카이로 공항은 폐쇄됐고, 학교와 사무실은 문을 닫았으며, 전국에 오후 3시 이후 통행금지령이 떨어졌다. 어머니가 전화를 걸어 막냇동생 룰라가 시위에 나갔다고 말씀하셨다. 어머니는 걱정이 돼서 앓아누울 지경이셨다. 룰라는 타흐리르 광장에 나갈 때마다 휴대전화 전원을 꺼서 위치를 알 수 없게 하는 등 자신의 행동을 철저히 숨겨왔다. 하지만 시위가 며칠째 계속되고 있는 상황에서 더 이상 숨기기는 불가능했다. 어머니는 동생이 목숨을 잃는 건 아닐까 걱정하셨고, 아버지도 걱정하셨다(그러면서도 아버지는 동생이 부패한 무바라크 정권에 맞설 용기를 냈다는 것을 내심 자랑스러워하셨다).

안 좋은 소식이 계속 들려왔다. 강력 범죄자들을 포함한 죄수들이 감옥에서 탈출하여 카이로 시민들을 공격하고 있었다. 칼로 무장한(이집트에서는 경찰과 군인 이외에는 아무도 총기를 소유할 수 없다) 삼촌들과 제부가 교대로 우리 집을 지켰다.

나는 다급하게 와엘에게 전화를 걸었다. "자나를 데려와. 최대한 빨리 비행기를 타." 나는 내 딸이 곁에 있기를 원했다. 시위가 언제까지 계속될지 알 수 없었다. 와엘은 자나를 카이로 교외에 있는 시부모님댁에 맡겼으니 걱정하지 말라고 했다. 당분간 시아버지가 집에서 교과 과정을 가르치고, 시어머니가 아이를 돌봐 주기로 하셨다. 시어머니는 아버님과 함께 음식을 만들어 타흐리르 광장에 있는 시위대에게 전달하셨다.

당시 자나는 MIT 미디어랩 평생유치원 그룹에서 미치 레스닉과 그의 팀이 개발한 시각 프로그래밍 언어인 스크래치 사용법을 배우고 있었다. 미치의 작품을 매우 좋아한 나는 자나가 스크래치에 흥미를 느끼도록 유도했다. 시부모님은 24시간 내내 대형 텔레비전에 뉴스를 틀어 놓으셨다. 자나는 학교에 못 나가는 동안

스크래치로 뉴스를 전달하는 프로그램을 만들었다. 아이가 자신만의 방법으로 당시에 일어나고 있던 일을 이해하려고 노력한 게 아니었을까 생각한다.

토요일이 되자 카이로의 전화와 인터넷 서비스가 끊겨 자나와 다른 가족들이 어떻게 지내는지 알 길이 없었다. 아무것도 할 수 없다는 무력감을 느낄 때 공포감은 더욱 끔찍하게 와닿는다. 매사추세츠주 월섬에서 내가 할 수 있는 일은 아무것도 없었다.

주의를 분산시키기 위해 나는 늘 하던 일, 즉 내가 통제할 수 있는 일에 몰두했다. 이집트 정치를 통제할 수는 없지만 어펙티바의 미래에 대해서는 어느 정도 영향력을 행사할 수 있었다. 나는 2011년 전략을 논의하기 위해 팀원(당시 열다섯 명) 모두가 사무실에서 만나기를 원한다는 내용의 이메일을 보냈다. 휴일인 토요일 아침임에도 전원이 참석했다. 모임 장소는 우리 회사의 큰 회의실이었다. 애덤에게는 회의실 구석에서 놀라고 장난감 몇 개를 쥐여줬다.

나는 곧 있을 출하에 잘 대비하고 있는지, 포브스 프로젝트의 소프트웨어 테스트에는 어떤 진전이 있는지를 물었다. 2011년에는 자금을 늘려야 하는 상황이었다. 어느 투자자에게 손을 뻗어야 하는가도 고민할 문제 중 하나였다.

일요일에도 여전히 집에 연락이 닿지 않았다. 난 최악의 상황을 상상하기 시작했다. 폭도들이 우리 집을 덮쳤으면 어쩌지? 가족이 다쳤으면?

월요일이 되자 미국과 이집트 사이의 전화 서비스가 복구됐다. 가족들과 이야기를 나누며 나는 안도의 눈물을 흘렸다. 나라가 어지러운 와중에도 자나뿐만 아니라 시댁 식구들 모두가 무사히 행복하게 지내고 있었다. 오늘날까지 자나는 그 2주일 동안 집에서 공부했던 기억을 할아버지와의 가장 애틋한 추억으로 간직하고 있다.

카이로 국제공항이 다시 문을 열자 카이로행 비행기 몇 대가 운항을 재개했다. 난 당장 표를 끊어 메이와 애덤과 함께 2월 2일 보스턴에서 프랑크푸르트로 가는 비행기를 탔다. 비행기는 만원이었다. 하지만 프랑크푸르트에서 카이로로 가는 비행기로 갈아타니 좌석이 텅텅 비어 있었다. 우리 외 승객은 두 명뿐이었다.

비행기에서 내리는 순간 그 이유를 알 수 있었다. 게이트는 이집트를 벗어나려는 이집트 국민들과 관광객들로 아수라장이 돼 있었다.

시댁까지 택시를 타고 한참을 갔던 기억이 난다. 정부가 지정한 오후 3시 통금 시간이 다가오자 운전사는 제시간에 도착하기 위해 속도를 높였다. 거리에는 엄청난 수의 군인과 탱크만 있을 뿐 민간인은 없었다. 시댁에 도착해서 자나를 품에 안는 순간, 모든 근심이 사라졌다.

그 후 며칠 동안 나는 텔레비전을 통해 카이로 거리에서 일어나는 혁명을 실시간으로 지켜봤다. 내 여동생을 포함한 수십만 명의 시위자들은 타흐리르 광장을 사수했다. 난 그쪽으로 온 신경이 쏠려 일에 집중할 수 없었다. 2월 11일, 결국 무바라크 정권은 무너졌고 이집트 군부 최고위원회로 권력이 넘어갔다. 이집트 사람들은 기뻐했다. 다음 날, 우리는 집으로 돌아가 이집트 국기의 색깔인 빨강, 흰색, 검은색으로 인도 가장자리를 칠했다. 수많은 인파가 거리로 뛰쳐나와 깃발을 흔들었다. 공동체 의식과 희망이 강하게 느껴졌다.

몇 주 후, 위기가 끝나자 나는 보스턴으로 돌아와 내가 처한 또 다른 위기를 맞이했다. 회사에 비참한 결과를 안길 수도 있는 위기 상황이었다. 우리의 종잣돈이었던 200만 달러 투자금이 고갈되고 있었다. 자금은 빠른 속도로 소모됐다. 팀을 키우고 기술 구축에 투자하려면 500만에서 700만 달러를 추가로 모아야 했다. 우리 기술을 시장 조사에 사용하는 기업 중 큰 관심을 표하는 이들이 있었는데, 그쪽에서 자금을 조달하는 방법이 합리적으로 보였다.

수십 년에 걸쳐 시장 조사 분야는 주로 포커스 그룹들이 도맡아 왔다. 예비 소비자 패널을 직접 만나 조사하는 경우도 있고, 진행자의 지시에 따라 음료나 텔레비전 프로그램 등의 제품 또는 광고는 물론 정치인의 토론을 평가하기도 했다. 하지만 인간은 복잡한 존재이고 때로는 편파적이기 때문에 포커스 그룹으로 평가하는 방식에는 문제점이 많다.

스스로 보고하는 형태의 자료부터가 문제다. 인간은 대부분 호감을 사고 싶어 한다. 이런 관점에서 봤을 때, 참가자들은 진실된 직감과는 반대로 진행자가 듣고 싶어 하는 말을 할 때가 많다. 표본 자체가 치우쳐 있는 경우도 있다. 현대 사회에서 자신의 본업이 아닌 단체 활동에 참여할 시간이 있는 사람이 얼마나 있겠는가? 취업했거나, 아이를 기르거나, 근로 장학생이거나, 그냥 어떤 이유로든 바쁜 사람이라면 포커스 그룹이 진행하는 좌담회에 참여하기 위해 자신의 시간을 희생하려 하지 않는다. 그 사실만으로도 집단의 다양성은 제한된다.

포커스 그룹으로부터 데이터를 수집하는 전통적 방식이 무조건 잘못됐다거나 왜곡됐다고 말하는 게 아니다. 그들의 데이터도 충분히 가치 있는 통찰력을 제공할 수 있다. 하지만 문제는 그 방식이 항상 전체적인 그림을 그려 주지는 않는다는 데 있다. 때문에 포커스 그룹에서 테스트 결과가 좋게 나온 제품이나 광고가 막상 시장에 출시됐을 때 안 좋은 결과를 낼 수도 있다. 슈퍼볼 경기에 틀 광고를 만들기 위해 수백만 달러를 쓰는 광고주라면 제품을 최대한 많이 판매하는 한편, 광고를 보는 그 누구의 기분도 상하지 않도록 확실히 해 두고 싶을 것이다.

우리는 포커스 그룹으로 데이터를 얻는 기존 방식과는 다른, 새롭고 참신한 대안을 제시했다. 최첨단 카메라를 탑재한 스마트폰이 보편화되면서, 세계 어디에서든 사람들이 일하고 생활하고 놀면서 생성된 데이터를 폭넓게 수집할 수 있게 됐다. 우리는 잠재적인 참가자들의 스마트폰이나 컴퓨터에 링크를 보낸 뒤, 소정의 금액을 주는 대가로 우리의 표정 판독기가 카메라나 웹캠으로 그들의 반응을 기록하도록 허락해 줄 것인지를 물어봤다. 5달러나 10달러를 쉽게 벌 기회라고 생각하는 이들은 흔쾌히 수락했다. 한편 우리로서는 엄청난 양의 데이터를 수집할 수 있는 기회였다.

이 과정은 반드시 참가자의 동의하에 이루어졌으며, 때로는 참가자들에게 결과를 보여 주겠다고 제안하기도 했다.

그런 식으로 진행한 포브스 프로젝트에서 3,268명의 영상이 수집됐다. 자연스럽게 수집된 얼굴 반응으로서는 가장 큰 데이터베이스를 구축한 사례였다. 게다가 그들은 배우가 아니라 호기심에서 자발적으로 우리 웹사이트에 온 평범한 사람들이 대부분이었고, 놀랄 만큼 다양한 사람들로 구성된 집단이었다.

포브스 프로젝트는 WPP 산하의 국제적 브랜드 마케팅 회사 밀워드브라운(현재는 칸타밀워드브라운)의 눈에 띄었다. 밀워드브라운은 우리 기술에 접근하기 위해 기꺼이 700만 달러를 투자했다. 우리에게는 너무나도 절실한 돈이었다. 그들은 기존의 방법으로 이미 시청자들에게 테스트한 네 개의 광고(도브의 '온슬로트', 하기스의 '가이저', 액스의 땀 억제제, BMW)에 우리의 알고리즘을 사용해 보기를 원했다. 밀워드브라운은 그 광고들이 효과가 있는지 없는지 이미 알고 있었지만 우리의 알고리즘 성능이 괜찮은지, 즉 언제 시청자들이 웃고 찡그리고 집중하는지를 정확히 파악하는지 시험해 보고자 했다. 그리고 그 외에 더 많은 분석이 가능한지도 알고 싶어 했다.

밀워드브라운 쪽 사람들과 일하기는 편했다. 협업을 제안한 일부 업체들과 달리 밀워드브라운은 참가자들의 동의 없이 우리 기술을 사용하지 않기로 약속했다.

우리 팀 멤버들은 각각 지인 다섯 명에게 광고를 보라고 권했다. 다행히 우리 회사는 다양한 사람들로 이루어져 있어 샘플 결과도 다양하게 수집됐다. 이 1차 테스트는 다양한 노트북과 브라우저에서 광고를 볼 수 있는지 확인할 수 있도록 고안됐다. 이 때만 해도 모바일 혁명 초기 단계여서 아직 휴대전화에서 작동하는 기술을 구축하기 전이었다. 모든 것이 제대로 작동된다는 것을 확인한 후, 우리는 인터넷을 통해 자발적으로 참여할 사람들을 모집했다. 본인들이 광고를 보면서 나타내는 반응을 웹캠을 통해 관찰할 수 있도록 동의하면 5달러에서 10달러를 주는 조건이었다.

하기스 광고는 소비자 연계와 브랜드 아이덴티티 유지 측면에서 가장 성공적이었다. 하지만 내게는 도브의 온슬로트 광고 시청자 결과가 가장 흥미로웠다. 내가 딸을 둔 엄마라서 그런지도 모르겠다. 그 광고는 소녀와 자존감이라는 두 키워드에 초점을 맞추고 있다.

도브 광고는 약 여덟 살에서 아홉 살 정도로 보이는 약간 붉은빛이 도는 금발 소녀의 얼굴이 나오며 시작된다. 곧이어 비키니 차림의, 불가능할 정도로 건강한 몸을 가진 날씬한 모델들의 이미지가 쏟아져 나온다. 소비자들을 '더 젊고, 더 작고, 더 가볍고, 더 단단하고, 더 팽팽하고, 더 날씬하고, 더 부드러워지게' 만들 것을 약속하는 제품의 광고들이다. 성형수술과 유방 확대술을 준비하는 여성들의 이미지가 연속해서 나오며 광고는 절정으로 치닫는다. 이 광고는 보고 있기 힘들다는 평을 받았다. 특히 여성들로부터 강력한 부정적 반응을 끌어냈다.

가장 잊을 수 없는 부분은 한 여성 시청자가 도브 광고를 보면서 혐오감을 느끼는 표정을 짓는 영상이었다. 입꼬리가 오르내리고, 미간이 찌푸려지고, 콧등에 주름이 잡히는 모습이 모두 생생하게 세부적으로 수치화되었다. 감성AI가 포착할 수 있는 것을 완벽하게 묘사한 예라고 할 수 있다.

도브 광고는 소녀들이 당당하게 길을 건너는 장면에 이어 "미용업계보다 먼저 딸과 대화하세요"라는 문구로 끝을 맺는다. 이어서 시청자에게 자사의 자존감 프로그램을 웹사이트에서 다운로드하라는 내용의 글귀가 나오고, 마지막에는 후원사인 도브의 자존감 펀드 로고가 나온다. 문제는 마지막 장면이 나올 즈음에 많은 이들이 광고가 끝났다고 추측했다는 것이다. 즉 브랜드 이름이 너무 늦게 노출됐다.

이 광고는 계획대로 시청자들의 부정적 반응을 유도하는 데 크게 성공했다. 비평가들의 호평을 받았음에도(애드 에이지의 한 비평가는 '극도로 짧은 주제' 부문에서 오스카상을 받아야 한다고 말했다) 이 광고는 실제로 의도한 대로 흘러가지 않았다. 성형수술 장면은 극도의 혐오감을 불러일으켰고, 시청자들은 불쾌한 이미지들을 보고 마음을 추스를 시간을 충분히 갖지 못했다. 또한 이 광고는 기분 좋은 결말이 부족했고 고무적인 메시지로 끝나지 않아서, 충분히 강렬했음에도 다른 도브 광고들처럼 널리 회자되지 않았다.

각각의 광고로 우리는 밀워드브라운에게 포커스 그룹이나 설문조사에서 얻을 수 없는 통찰력을 전달했다. 우리는 시청자의 감정적 여정을 실시간으로 그려 냈고, 미묘한 감정 변화를 정확히 짚어 냈다. 게다가 감정의 강도와 시청자의 몰입도를 모두 추적할 수 있었다.

4월에 우리가 밀워드브라운의 사주로 맹렬히 데이터를 수집하고 있을 당시, 은행에 남아 있는 현금으로 우리가 버틸 수 있는 시간은 두 달뿐이었다. 자칫 직원들에게 급여를 못 줄 수도 있는 상황이었다. 여전히 밀워드브라운의 모회사인 WPP와 논의 중이었지만, 늘 그렇듯 지원을 받기까지는 생각보다 오랜 시간이 걸린다. 유난히도 우울했던 어느 날, 정보기관 산하 벤처 회사로부터 전화 한 통이 걸려 왔다. 그 사람은 냉랭하고 사무적인 어투로 우리 회사에 관심이 많다고 말했다. 그들은 우리의 기술이 감시와 속임수 탐지 분야에서 엄청난 쓰임새가 있을 거라고 판단했고, 그 분야를 개척하기 위해 우리에게 투자하고 싶어 했다. 제안한 액수는 4000만 달러였는데, 우리 같은 젊은 창업자들에게는 실로 엄청난 돈이었다. 그 돈이면 필요한 인력을 고용하고 회사를 키워, 다시 돈을 모아야 하는 시점이 올 때까지 수년간 활주로를 달릴 수 있었을 것이다.

우리에게는 극명히 다른 두 선택지가 있었다. 선택 1: 정부로부터 자금을 지원받아 보안과 감시에 초점을 맞춘다. 그 과정에서 큰돈을 벌 수 있다. 선택 2: 제안을 거절한다. 7월까지 남은 돈을 다 쓰고, 별다른 수가 안 생기면 회사 문을 닫는다.

그날 밤, 나는 밤새도록 뒤척이며 고민했다. 우리 회사가 성장하고 살아남기를 간절히 바랐지만 사람들을 감시하는 일에 초점을 맞춘 소프트웨어에 내 시간을 할애한다고는 상상할 수 없었다. 나는 우리 회사가 사람들이 믿고 정보를 맡길 수 있는 회사가 되기를 원했다. 자신의 데이터를 정부에 팔아넘기는 회사를 도대체 누가 신뢰할까? 정부가 개인의 권리를 짓밟을 때 어떤 일이 일어나는지, 불과 몇 개월 전 이집트에서 똑똑히 목격한 뒤였다. 난 우리의 기술이 그런 곳에 사용되기를 원하지 않았다.

2009년 초에 로즈의 집에서 나눈 대화가 떠올랐다. 그때 우리는 과학자와 인간으로서 우리가 누구인지를 규정하는 핵심 가치에 대해 이야기했다. 그때를 떠올리자 결정은 쉬워졌다. 어펙티바는 사람들의 사생활에 대한 신뢰와 존중을 중요시한다. 2년의 시간이 흘렀지만 그 가치의 중요성은 조금도 달라지지 않았다. 나는 최고 경영자인 데이브의 사무실에 들어가 정부의 돈을 받을 수 없다고 말했다. 그렇다면 가능성이 있는 다른 잠재적 투자자들을 서둘러 붙잡아야 했다.

이후 두 달 동안 나는 매일 '과연 우리가 살아남을 수 있을까?' 하는 의문을 품은 채 출근했고, 직원들과 눈이 마주칠 때마다 '월급을 줄 수 있을까?'를 생각했다.

협상은 마지막 순간까지 이뤄지지 않은 채 보류됐다. 밀워드 브라운과의 협업이 끝난 5월, 이 프로젝트의 수석 스폰서인 옥스퍼드대학 출신 영국인 그레이엄 페이지가 우리를 만나기 위해 비행기를 타고 보스턴으로 왔다.

우리는 결과를 공유하면서 잘된 부분은 물론 기술이 미흡했던 부분까지 되짚어 봤다. 예를 들어 얼굴 찡그림을 미소로 잘못 분류한 사례들이 있었다. 또한 앞서 설명한 성형수술 장면을 봤을 때의 반응인 찡그린 표정/혐오감이 가득한 표정도 페이지에게 보여 주었다(물론 참가자들로부터 밀워드브라운 측과 공유해도 좋다는 동의를 받은 영상들이었다). 매우 강력한 반응이면서, 동시에 우리의 작업을 축약적으로 보여 주는 일종의 성명서와도 같았다. 우리팀의 투명성을 보여 준 것과 더불어 우리 쪽으로 유리한 결정을 하게끔 결정적으로 작용했으리라고 생각한다.

회사 자금이 바닥나기 일주일 전 밀워드브라운 측은 계약을 연장했고, 우리는 700만 달러 투자를 받았다. 4000만 달러에는 훨씬 못 미치는 액수였지만 활주로를 조금 더 달릴 만큼의 자금으로는 충분했다. 더 중요한 사실은 우리가 좋아하는 파트너들과 함께 일한다는 것이었다. 그들과의 협업은 우리의 사명과 핵심 가치에 부합했다.

자금이 두둑해진 우리는 기계 학습에 투입될 과학자들을 충원하며 팀을 키워 나갔다. 그들의 노력으로 얼굴 인식 플랫폼은 24시간 내내 완벽하게 작동했다. 우린 이미 학계를 벗어난 조직이었으므로 알고리즘이 불안정할 때마다 손보는 작업을 내가 붙들고 있을 수는 없었는데, 결과적으로는 전보다 좋은 성과가 나왔다. 그런데 매우 중요한 순간에 우리의 알고리즘이 실수를 저질렀다는 얘기가 들려왔다.

세계화

밀워드브라운은 우리 소프트웨어를 전 세계에 퍼트리기 시작했는데, 그 와중에 문제가 발생했다. 스타트업을 계속 돌아가게 하려고 애쓰다 보면 사소한 문제가 크게 느껴지기도 하고, 큰 문제는 회사의 존폐를 결정하기도 한다. 어느 날 우리는 밀워드브라운의 수석 파트너로부터 당혹스러운 전화를 받았다. 중국에서 우리의 기술이 작동하지 않는다는 내용이었다. 중국은 우리의 가장 큰 고객이었다. 당시 밀워드브라운은《포춘》선정 500대 기업 중 중국에서 사업을 운영하는 회사의 광고를 실험하고 있었다.

난 아연실색했다. 대체 무슨 일일까? 글로벌 기업으로 성공하려면 세계 최대 인구를 차지하는 국가인 중국에서 우리의 알고리즘이 제대로 작동해야만 했다. 이를 해결하지 못하면 급상승하던 어펙티바의 성장률은 꺾이고 만다.

난 밀워드브라운이 지금까지 모아 놓은 중국 관련 자료를 모두 구한 뒤 연구하기 시작했다. 프레임별로 각각의 영상을 보며, 왜 알고리즘이 중국 시청자들을 분석하지 못했는지 파악하려고 노력했다. 수백 개의 비디오를 시청한 후에야 패턴이 보였다. 중국 참가자들은 연구원이 곁에 서서 함께 광고를 보고 있을 때 감정과 표정에 별다른 변화를 보이지 않았다. 아니, 아예 변화가 없었다고 하는 편이 맞겠다. 하지만 혼자 광고를 볼 때는 미국인들과 별다른 차이를 보이지 않았다.

나는 박사 과정 당시 참고했던 문헌들을 뒤졌다. 감정을 표현하는 방법에 대한 문화적 차이를 공부했던 게 생각나서였다. 중국과 같은 집단주의 문화에서는 문화적 규범이 개인의 진실된 감정을 증폭시키기도 하고 감추게 하기도 한다. 이러한 규범들은 낯선 사람이 곁에 있을 때 가장 강력하게 발현된다.

나는 비디오를 보면서 결과를 왜곡시킬 수 있는 또 다른 요인을 발견했다. 중국인 피실험자들은 기본적으로 미소를 띠고 있는 경우가 많았다. 즉 항상 입꼬리가 살짝 올라가 있는 것이다. 잘 모르는 관찰자는 이것이 행복을 표현하는 미소라고 생각할지도 모른다. 하지만 난 그보다는 잘 알고 있었다. '착한 이집트 소녀'였던 나는 예의를 차리기 위해 자주 그런 미소를 짓고는 했다. 그것은 남녀를 불문하고 타인의 기분을 상하게 하고 싶지 않은, 예의상 짓는 미소였다.

연구에서 나온 수백만 개의 자료를 분석한 우리는 이제 이 공손한 미소, 즉 사회적 미소가 미국과 같은 개인주의 문화보다 집단주의 문화에 훨씬 만연해 있음을 파악했다. 따라서 중국에서는 영상 수집 방식을 변경하여 참가자들이 연구자의 시야에서 벗어나 홀로 광고를 시청하도록 유도해, 진실된 감정을 표현할 수 있도록 조치할 필요가 있었다. 나아가 우리는 예의상 짓는 미소의 예시 수십 개를 훈련 세트에 추가해, 알고리즘이 그것을 진정으로 행복한 미소와 구별할 수 있도록 했다.

일주일 뒤 밀워드브라운의 임원이 다시 전화를 걸어 왔다. 그는 기쁜 목소리로 중국에서의 문제가 해결되었으며, 고객들이 만족했다고 전했다. 다들 안도의 한숨을 내쉬었고, 위기는 그렇게 해결됐다.

나는 이 경험으로부터 AI가 도구로써 아무리 수준 높고 정교하다 해도, 결국 삶의 경험과 직관으로 문제를 해결할 수 있던 것은 인간(나와 우리 팀)이었다는 사실을 배웠다. 인간의 이러한 기술들이 쓸모없게 될 일은 절대 없을 것이다.

밀워드브라운과의 작업을 통해 우리 기술은 현재 90개국에 배치되어 있고, 데이터베이스는 수백만 개의 얼굴 반응을 수용할 정도로 확장됐다. 그로 인해 내 알고리즘의 통찰력(EQ)이 발전했으며 성별이나 나이, 국적, 인종을 망라한 모든 사람을 대상으로 감정이 어떻게 표현되는지 매우 빠르게 이해할 수 있게 되었다. 내가 MIT에서 연구 과학자로 남았다면 이러한 규모로 일할 자금이나 직원은 없었을지도 모른다.

17

카이로에 갇히다

WPP와의 새로운 파트너십으로 어펙티바는 2012년에도 힘차게 정진했다. 휴가 중에도 24시간 주의를 기울여야 할 만큼 업무량이 많았다. 그해 여름, 나는 가족과 함께 태평양이 내려다보이는 멕시코 로스카보스의 멋진 콘도에서 일주일 동안 묵으며 긴장을 풀 생각이었다. 하지만 막상 가 보니 일을 뒷전으로 하기가 쉽지 않았다. 틈만 나면 이메일을 열어 봤고, 온종일 전화 회의를 하기도 했다.

휴가 중에 문득, 애덤을 가질 때 이후 와엘과 한 번도 잠자리를 가지지 않았다는 사실이 떠올랐다. 우리는 지난 2년 동안 둘만의 오붓한 시간을 제대로 갖지 못했다. 어쩌다 이렇게 됐을까? '감정 전문가'라는 사람이 어떻게 이토록 큰 위기 상황을 깨닫지 못했단 말인가? 와엘과 나는 침대를 따로 쓰는 습관이 생겼다. 아이들이 어렸을 때 혼자 자는 걸 싫어해서 와엘과 각방을 쓰기 시작했고, 어느새 당연한 듯이 고착된 것이다. (내가 결혼 생활 전문가는 아니지만 어쩌면 이런 부부들이 꽤 많을지도 모른다는 생각이 든다.)

그날 저녁, 아이들은 일찍 잠들고 와엘은 소파에 앉아 텔레비전을 보고 있었다. 해 질 녘, 편안하고 낭만적인 느낌이 드는 아름다운 저녁이었다. 나는 와엘 옆에 앉아 장난스럽게 말했다, "우리가 한동안 섹스를 하지 않았잖아. 어떻게 생각해?"

와엘의 반응은 내 심장을 후벼 팠다. "라나, 지금 농담하는 거지? 어디 딴 데 있다 왔니? 난 우리 결혼 생활이 지긋지긋해. 이제 그만하자."

와엘의 얼굴에서 분노가 느껴졌다. 어쩌면 경멸에 가까웠다. 와엘은 내 인생에서 자신이 최우선 순위가 아니라고 말했다. 그렇게 나는 와엘이 이혼을 원한다는 사실을 알게 됐다. 순화해서 표현하자면 난 큰 충격을 받았다. 와엘이 그토록 소외감과 불행함을 느끼는지 전혀 눈치채지 못한 것이다. 해외를 옆 동네마냥 드나들며 인간의 감정을 읽는 컴퓨터를 알리고 다니는 동안, 정작 내 남편의 감정적인 단서는 파악하지 못했다. 난 와엘과 부부로서 보내는 시간이 거의 없다는 것에 신경 쓰지 않았다. 단지 내가 집을 자주 비워서 그런 것은 아니었다. 집에 있을 때조차 나는 어펙티바를 운영하는 데 정신이 자주 팔려 있었다.

회사가 점점 커져 가면서 우리가 따로 지내는 기간도 늘어났다. 어펙티바 설립 이후 내가 소화하는 일정은 정상적인 수준을 넘어섰다. 회사와 아이들 사이에서 나는 숨 돌릴 겨를도 없었다. 와엘의 말에는 일리가 있었다. 내 인생의 우선순위는 일과 아이들이었다. 달리 신경 쓰지 않아도 부부간의 친밀한 관계와 결혼 생활은 저절로 유지되는 것이라고 생각했다. 서로 각자의 일에 집중하고 함께 아이들에게 관심을 가진다면 모든 것이 잘될 거라고 믿었다. 그런데 와엘은 괜찮지 않았다. 그는 소중한 존재이기를 원했고, 지지받고 사랑받는 느낌을 그리워했다.

게다가 와엘의 입장에서 난 이전과는 다른 불편함을 안기고 있었다. 내가 있는 곳은 이제 학계가 아니었다. 나도 그처럼 내 회사를 운영했고, 내 회사는 잘 돌아가고 있었다. 어펙티바는 사람들의 이목을 끌었고, VC들은 내가 만든 회사에 수백만 달러를 투자했다. 나의 꿈은 회사의 잠재력을 최대한 발전시키는 데 초점이 맞춰져 있었다. 그 과정에서 내가 와엘의 자존심을 건드린 걸까? 기업 운영은 그의 영역이었나? 우린 부부에서 경쟁자 사이가 되어 버린 것일까?

내가 얼마나 변했는지 스스로 느끼기 훨씬 전부터 와엘은 이미 알아챈 것 같았다. 나는 더 이상 결혼할 당시의 순진한 이집트 여자가 아니었다. 내가 그리는 미래는 궁극적으로 '우리의 미래'와 충돌할 것이 확실했다.

와엘의 말에는 많은 것이 함축돼 있었다. "네게는 내가 필요하지 않아."

한동안 우리는 별개의 존재로 살아왔지만, 함께 있을 때는 둘 중 누구도 그것을 인정하려 하지 않았다. 다투지도 않고 항상 서로를 존중했지만, 우리의 관계는 가족으로 엮인 동업자에 가까워져 낭만의 불꽃은 다 타고 재만 남아 있었다. 그 깨달음은 큰 충격으로 다가왔다. 내 아이들의 아버지인 와엘은 늘 나의 가장 친한 친구였다. 의견이 다른 부분은 노력해서 조율할 수 있다고 믿은 나는 부부 상담을 받아 보자고 제안했지만 거절당했다. 와엘의 입장은 분명했다. 그만두고 싶다. 우리 사이는 완전히 끝났다. 이제 이혼은 형식적인 절차에 불과했다.

아랍어로 이혼을 뜻하는 단어는 '탈라크'다. 와엘도 나도 부모님 앞에서 꺼내고 싶은 단어는 아니었다. 말씀드리는 게 너무 두려워서 우리는 한동안 아무 말도 하지 않고 사람들 앞에서 행복한 연기를 했다. 타인의 눈에 우리는 두 아이를 가진, 각자의 일을 열심히 하는 현대적이고 멋진 부부였다. 우리의 결혼 생활이 얼마나 망가졌는지 아는 사람은 아무도 없었다. 그렇기에 마침내 용기를 내 이혼한다고 말씀드렸을 때, 양가 부모님은 너무나도 큰 충격을 받고 역정을 내셨다. 어머니들은 눈물 없이는 한 마디를 이어 가지 못하셨고, 아버지들은 "이혼은 절대 있을 수 없는 일"이라고 단호하게 말씀하셨다. 가족과 자신을 욕되게 하는 짓으로 너희 사업에도 큰 타격을 안길 것이고, 아이들은 마음에 큰 상처를 입을 것이며, 인간이 겪을 수 있는 모든 악재가 낄 것이라는 말씀이었다. 부모님들은 결혼 생활을 정상으로 돌려놓을 수만 있다면 무엇이든 하라며 우리에게 애원하셨다. 아니, 애원보다는 명령에 가까웠다. 미국에 살던 와엘의 형이 우리의 화해를 돕기 위해 카이로로 왔다. 나도 우리가 부부로서의 관계를 회복하기를 원했다. 한때 우리가 나눴던 친밀감이 그리웠다. 와엘은 노력하겠다고 했지만 마지못해 그렇게 말하는 게 명백해 보였다. 부모에게 복종해야 한다는 생각은 어릴 때부터 주입된다. 우린 서른이 넘은 성공한 어른들이었지만 그 압력에 굴복하고 말았다. 마음 한구석에는 결혼을 포기하고 싶지 않다는 생각이 있었다. 사람들에게 실패자로 보이고 싶지 않아서였다. 사랑, 의무감, 예의, 이혼 후 삶에 대한 불안감, 사람들에게 손가락질 당할 두려움. 이 모든 것 때문에 결국 우리는 부모님들의 뜻을 따르기로 했다.

우리 부모님은 결혼 생활이 실패한 책임을 나에게 돌리셨다. 난 전통적인 여성상과는 거리가 먼, 일 때문에 미국을 수시로 오가는 기업가였다. 양가 부모님들이 생각하시는 우리 부부 문제의 해결책은 간단했다. "네가 더 나은 아내가 되면 된다." 난 그 말을 따랐다. 나이를 더 먹고 한결 지혜로워진 오늘날의 라나는 탱고를 추기 위해서는 두 사람이 있어야 한다는 사실을 잘 안다. 결혼 생활에 문제가 생긴 건 나 혼자만의 책임일 수 없다. 와엘은 나에게 불안함을 표현하거나 자신의 감정을 털어놓고 이야기한 적이 없었다. 그렇지만 착한 이집트 소녀 라나는 계속해서 되뇌었다. "다 내 잘못이야. 내가 자초한 일이야. 난 정말 실패자야." 시아버지와 아버지가 우리 부부의 결혼 생활을 위한 기본 규칙을 정하셨을 때, 나는 경청하고 복종했다. 시아버지는 이렇게 말씀하셨다. "남자의 마음을 얻는 가장 빠른 방법은 배를 기쁘게 해 주는 거란다.

그러니 요리에 좀 더 신경 써 보렴." 아버지는 내가 미국을 오가며 어펙티바를 운영하는 일을 포기하고, 집과 가족에게 집중해야 한 다고 주장하셨다. 요리는 연습할 수 있지만 미국에 가지 않을 수 는 없었다. 나에게는 인생을 송두리째 뒤엎어 놓으라고 하시면서 와엘에게는 무엇 하나 바꾸라는 말씀을 안 하셨다. 아버지와 나는 1년 가까이 내 거취를 놓고 다퉜다. 2012년, 나는 너무 지쳐 가족 의 압력에 굴복했다. 보스턴을 오가지 않고 내 결혼 생활을 구제 하기 위해 온전히 이집트에만 머물기로 합의한 것이다. 어펙티바 팀과 이사회에는 내가 카이로에서 '외출 금지 명령'을 받아서 원격 으로 일해야 할 것 같다고 농담 삼아 말했다.

와엘의 거절에 상처 입은 나는 내가 아는 최상의 방법으로 마음을 다스리기로 했다. 나는 문제 해결을 위한 사고방식으로 전 환하고 실행 계획을 고안했다.

그 목록의 맨 위에는 '프로젝트 라나'가 있었다. 결혼 생활을 포기하고 싶어 하는 와엘 탓에 자존감이 바닥으로 떨어진 나는 외 모에 집착하게 됐다. 아직 서른네 살밖에 안 됐는데, 두 번째 임신 이후 체중이 늘어난 데다 생기도 없고 지쳐 보였다. 더 이상 재미 도 없고, 섹시하지도 않고, 심지어 늙어 버린 기분이었다. 육아와 창업을 병행하다 보니 옷이나 액세서리 같은 것에 신경 쓸 겨를도 없었고, 운동할 시간도 없었다. 그런데 카이로에 눌러앉아 집에서 일하니 시간이 많아졌다. 나는 헬스장에 등록해 날씬하고 건강한 몸매를 만들었다. 촌스러운 옷들은 정리하고 유행하는 옷으로 옷 장을 채웠다. 마치 겉모습을 바꿔서 내 정체성을 재창조하려는 것

17. 카이로에 갇히다

267

처럼 행동했다.

나는 육체적, 정신적 건강을 유지하기 위해 마음을 단단히 먹었다. 기운을 내려고 타원형 트레이너 기계로 운동하면서 아이패드로 로맨틱 코미디를 보는 습관이 생겼다. 덕분에 많이 웃을 수 있었다. 내가 가장 좋아하는 로맨틱 코미디 영화는 어느 예스러운 영국 마을 출신 여자가 로스앤젤레스 출신 여자를 만나며 일어나는 일들을 다룬 〈로맨틱 홀리데이(The Holiday)〉다. 주인공들은 크리스마스 연휴 동안 집을 바꿔 지내며 인생의 사랑을 만난다. 난 그 영화를 수차례 반복해서 봤다. 난 분명 해피엔딩을 염원하고 있었다. 그리고 최대한 사람들과 함께 있으려고 노력했다. 학교 이사회에 자원하는 등 자나와 애덤의 학교생활에도 깊이 관여했다.

나는 가정을 재건하기 위해 무던히 노력했다. 처음에는 형편없던 요리도 열심히 연마했다. 하루는 저녁으로 먹을 생선 초밥을 함께 만들어 보자며 가족들을 불러 모았는데, 와엘은 '팀워크 훈련'이냐며 비꼬는 투로 말했다. 와엘이 사업차 두바이로 나흘간 출장 갔을 때는 우리가 나쁜 기억을 떨쳐 버리고 새롭게 시작할 수 있도록 침실을 새롭게 단장했다. 어머니와 이모의 조언을 참고해 새 벽지와 그에 맞는 침구 세트를 골라 예쁘게 방을 꾸몄다. 와엘이 집에 돌아왔을 때 활짝 웃으며 방을 보여 줬더니 그는 잘했다는 의미로 고개를 끄덕였다. 그때까지 나는 애덤의 방에서 잠을 잤다. "여기서 자도 된다는 뜻이야?"라고 내가 물었더니 "절대 안 돼!"라는 대답이 돌아왔다. 나는 실망한 티를 내지 않으려고 눈물을 감췄다.

사실 와엘에게는 나와 잘해 보려는 의지가 없었다. 부모님이 시켜서, 또 아이들을 위해 집에 머무는 거라고 본인 입으로도 말했다. 고칠 수 없는 것을 굳이 고치려 하지 말라는 뜻이었다.

몇 달 동안 출국 금지 명령을 따르며 카이로에서 지내던 중, 난 몇몇 주요 고객들을 만나야 하니 보스턴에 다녀오게 해 달라며 잠깐의 타임아웃을 요청했다. 회사의 미래를 위해 중요한 일이었기에 난 미국행을 강행했다. 보스턴의 내 책상에 앉아서 자료를 살피고 있는데 아버지에게서 전화가 왔다. "라나, 어펙티바는 이제 잊어버려라! 그냥 팔아! 아니면 사임해라. 없애 버려! 거기서 이제 일할 수 없게 됐다고 사람들한테 말하거라."

"무슨 소리예요, 아빠? 이건 내 회사라고요!"

난 아버지가 나를 사랑하셔서 그런 말을 한다는 걸 알고 있었다. 아버지에게는 나의 결혼 생활을 원상 복구하는 일이 우선이었다. 그래야만 내가 궁극적으로 행복해질 수 있다고 믿으셨기 때문이다. 하지만 실망감이 드는 건 어쩔 수 없었다. 똑같은 규칙이 남자에게는 적용되지 않는다는 것을 난 분명히 인지하고 있었다. 와엘에게 회사를 그만두고 보스턴으로 이사하라고 하는 사람은 아무도 없었다. 왜 그렇게 하면 안 되지? 사회에 나온 이후 모든 것을 쏟아부어 만든 회사를 떠나라고 하는 아버지의 말씀에 난 깊은 상처를 입었다. 게다가 우리의 신생 회사는 이제야 막 걸음마를 뗀 참이었다.

받아들이기가 힘들었다. 당시 나는 부모님이 내가 하는 일을 이해하지 못하며, 나를 자랑스러워하지 않는다고 느꼈다. 성공한 기업가 라나보다는 행복한 결혼 생활을 하는 어머니 겸 주부 라나를 원한다고 생각했다. 내가 뭘 원하는지는 중요하지 않았다.

나는 그날 아버지가 전화로 한 말을 누구에게도 한 적이 없다. 그리고 아버지와도 두 번 다시 그런 이야기를 하지 않았다. 하지만 아버지는 의사 표현을 분명히 하셨고, 나는 그 말을 절대로 잊지 않았다.

카이로에 갇혀 지내는 동안에도 나의 작업은 인정받고 있었다. 2012년 9월, 나는 《MIT 테크놀로지 리뷰》의 〈35세 이하 혁신가 35인〉 중 한 명으로 선정되었다. 페이스북 창업자 마크 저커버그, 구글의 공동창업자 세르게이 브린과 래리 페이지도 선정된 적이 있을 정도로 매우 권위 있는 목록이다.

난 외출 금지를 당했기 때문에 상을 받으러 보스턴에 갈 수 없었다. 그래서 엄마는 동생들, 이모, 시부모님을 집으로 초대해 음식들과 케이크를 곁들인 조촐한 깜짝 파티를 열어 주셨다. 부모님 댁에 도착해서 어머니가 파티를 준비했다는 걸 알아챈 순간, 나는 소스라치게 놀랐다. 그런 파티는 와엘과 나 사이의 갈등을 키울 뿐이었다.

"엄마, 제발 이러지 마요. 내가 상 받은 거 언급하지 마세요. 그냥 가족끼리 가볍게 저녁 먹는 거로 해요, 네?"

어머니는 내 마음을 이해하셨다. 나는 점점 성공하고 있다는 사실로 관심을 끌고 싶지 않았다. 와엘은 내가 일과 경력을 자신보다 우선순위에 뒀다고 더욱 굳게 믿을 것이 분명했다. 그로 인해 골이 깊어질 바에야 나의 성공과 업적을 별것 아닌 것으로 치부하는 게 낫다고 생각했다. 하지만 직접 상을 받으러 가지 못해 씁쓸한 마음은 어쩔 수 없었다.

라나 2.0

결혼 생활에 대한 이 모든 불안감 속에서 나는 충동적인 결정을 내렸다. 상쾌하고 화창한 12월의 아침(사실 이날은 크리스마스 당일이었다), 나는 장 보러 갈 준비를 하고 있었다. 청바지와 스웨터를 입고 있는데 아래층에서 자나와 애덤의 노랫소리가 들려왔다. 언제나처럼 습관적으로 옷장을 열고 여러 개의 스카프 가운데 하나를 꺼내 머리에 두르려다가, 나는 스카프를 그냥 화장대 위에 내려놓았다. 아래층으로 내려와 지갑과 자동차 열쇠를 챙겨 문밖으로 향하자 당시 세 살이던 애덤은 즉시 알아차리고 나에게 말했다. "엄마, 머리 스카프 안 했어." 나는 잠시 말없이 서 있다가 이제 필요 없다고 아이에게 말했다. 애덤은 내가 스카프 없이 밖으로 나가는 모습을 한 번도 본 적이 없었다. 아이의 표정을 보니 마음이 불편하고 약간은 혼란스러운 듯했다. 그 순간, 난 용기를 잃을지도 모른다는 생각에 잽싸게 달려 나갔다.

　　나는 차에 올라 창문을 내리고 고속도로를 달렸다. 처음 히잡을 쓴 후 12년 동안 경험하지 못했던, 바람에 머리가 흩날리는 감각을 느끼고 싶었다. 난 라디오를 켜고 볼륨을 높였다.

　　겉으로는 히잡을 쓰지 않은 게 와엘과 나를 차별 대우하는 문화에 대한 '반항'처럼 보였을지도 모른다. 그게 내 마음을 무겁게 했던 것도 사실이고, 부분적으로는 불공평함에 대한 반응이 맞았다. 하지만 실제로는 훨씬 복잡한 문제였다. 어쩌면 허영심도 한몫했을 것이다. 솔직히 히잡을 두르면 나 자신이 늙은 것처럼 느껴졌다. 나는 시계를 되돌리고 싶었다. 머리를 찰랑거리던 소녀 시절로 돌아가고 싶었다. 그 소녀는 재미있는 아이였고 옷도 잘 입었다. 좋은 시절 다 보낸 나이 든 여자가 아니었다. 난 육체적인 매력을 잃었을 뿐만 아니라, 성격도 겉모습처럼 따분하게 변해 버린 것 같았다. 당시 스스로가 너무 미웠던 나는 히잡을 벗어던져 내 속내를 만천하에 알리고 싶었다. "난 라나 2.0이라고 해! 재미있고 멋있는 라나지!"

당시의 정치 풍토도 나의 결정에 영향을 끼쳤다. 히잡을 쓰지 않는 것은 무슬림형제단에 대한 작은 저항 행위였다. 무슬림형제단은 개혁을 약속하며 전국 선거에서 승리한 종교적 반동 정당이다. 이집트인들은 무바라크 정권이 물러난 후에 이어진 혼란이 종식되기를 간절히 바라고 있었다. 그러나 무슬림형제단은 여성의 권리를 퇴보시키려고 작정한 듯 보였고, 이는 아랍의 봄 시위에 참여한 수많은 젊은이에게 실망감을 안겼다. 이집트 사회에서 여성의 갑작스러운 지위 하락은 내 주변의 여자들, 심지어 종교적인 여자들에게도 반감을 샀다. 가족과 친구들은 "우리는 이란처럼 되고 싶지 않다!"라고 일상적으로 외쳤다.

하지만 더 깊은 차원에서 종교에 대한 나의 견해, 즉 나의 세계관이 달라져 있었다. 나는 더 이상 겉으로 드러나는 종교적 헌신이 한 사람의 영성을 측정하는 유일한 척도라고 느끼지 않았다. 진정한 믿음의 척도는 어떤 행동을 했는지, 타인에게 존중을 표하고 친절을 베풀고 교감했는지에 달렸을 것이다. '종교를 몸에 두르는 것'은 그다지 중요하게 느껴지지 않았다.

이슬람교도로서 신앙심이 줄었거나 히잡을 존중하지 않게 된 것은 아니다. 우리 어머니와 둘째 동생은 여전히 히잡을 착용한다. 그리고 우리 회사에서 일하는 많은 여성이 히잡을 쓴다. 그들은 신앙을 어떻게 실천할지에 대한 자신만의 관점을 가진 똑똑하고 지적인 사람들이다. 하지만 나에게 히잡은 더 이상 내가 어떤 사람인지를 대변해 주지 않았다.

며칠 후, 나는 새롭고 향상된 버전의 라나를 출시했다. 크리스마스 주간에는 과자 집 만들기 파티를 열어 자나의 친구들과 아이들의 어머니들을 초대했다. 이슬람 소녀인 자나가 하기에는 이상하게 들릴지도 모르지만 일부 이슬람 국가에서는 크리스마스와 양력 새해 첫날을 휴일로 지정하고 있다. 나는 유행하는 옷을 입고 건강해진 몸매를 뽐냈다. 결과는 어땠을까? 새로운 라나는 예전의 라나보다 한결 몸이 가볍고 재미있는 사람이 돼 있었다. 나는 너무나도 즐거운 시간을 보냈다. 그 몇 시간 동안은 나를 원하지 않는 남자와의 비참한 결혼 생활에 갇혀 있다는 사실을 망각할수 있었다.

그러나 히잡을 쓰든 안 쓰든, 나의 내면에는 여전히 착하고 순종적인 이집트 소녀가 존재했다. 나는 어머니가 그랬던 것처럼 집안일과 일을 병행했다. 나의 일주일은 카이로 시간표와 보스턴 시간표로 나뉘었고, 난 그 둘 사이를 오갔다. 매일 아침 자나와 애덤을 학교에 보낼 준비를 시킨 뒤, 카이로 시간표에 해당하는 날에는 어펙티바 카이로 사무실에 가서 직원들과 일했다. 그러다가 오후 3시가 되면 통학 버스에서 내릴 아이들을 맞이하러 집으로 달려갔다.

보스턴 시간표에 해당하는 날에는 집 안에 있는 사무실에서 일했다. 사무실이라고 해 봐야 집 현관을 마주 보는 커다란 안락의자가 전부였다. 와엘은 종종 밤늦게 귀가했는데, 그럴 때면 전화상으로 회의를 하거나 팀과 한창 열띤 토론을 벌이는 나와 마주치고는 했다. 그가 집에 들어오면 난 가슴이 철렁 내려앉았다. 보스턴 팀과의 접촉을 이틀에 한 번꼴로 제한하려 한다는 것을 와엘도 알고 있었지만, 나는 그가 집에 있을 때 일하는 것에 죄책감을 느꼈다. 아이들과 와엘이 있을 때 나는 어펙티바나 사업에 관한 얘기는 꺼내지 않았고(어머니가 그랬던 것처럼), 아버지가 정해 주신 행동 강령을 충실히 따랐다.

어쨌든 어펙티바를 내 삶과 완전히 분리할 수는 없었다. 문제가 생겼는데 제때 해결하지 않으면 폐업으로 이어질 수도 있으니 나 몰라라 할 수는 없는 노릇이었다. 스타트업은 태생적으로 성장통을 겪게 마련인데, 우리도 예외일 수는 없었다. 주요 문제 중 하나는 우리의 정체성, 우리의 브랜드를 확립하는 일이었다. 창업자들은 투자자를 비롯한 관계자들에게 회사가 하는 일을 설명하는 간단한 '엘리베이터 피치(엘리베이터를 타고 오르내리는 짧은 시간 동안 투자자에게 사업을 소개한다는 의미에서 유래—옮긴이)'

를 준비해야 하는데, 어펙티바의 문제는 우리의 엘리베이터가 층과 층 사이에 끼어 있다는 점이었다.

우리는 완전히 다른 두 제품을 홍보하려고 했다. 하나는 우리를 하드웨어 시장으로 밀어 넣은 로즈의 큐 센서였고, 다른 하나는 당시 애프덱스(Affdex)라고 부르던 소프트웨어 알고리즘이었다. 스타트업의 시작이 순조롭기 힘든 거야 당연하지만, 두 시장을 동시에 공략하는 전략은 너무하지 않냐는 게 영업 사원들의 입장이었다. 최고 의료 책임자에게 임상 연구용으로 큐 센서를 팔고, 최고 마케팅 경영자에게 광고 분석용으로 애프덱스를 팔면 되겠다는 농담이 사무실에 나돌기도 했다.

결국 우리는 선택을 해야 했다. 우리는 과연 어떤 회사인가? 소프트웨어는 판매하기 훨씬 수월하고 수익성이 높은 제품이다. 제품이 클라우드에 존재하기 때문에 소비자들이 이미 보유하고 있는 컴퓨터에서 실행만 하면 된다. 반면 큐 센서는 제작, 판매, 출하를 모두 우리가 직접 해야 했다. 하드웨어라는 건 태생적으로 많은 부분에서 문제를 일으킬 수 있다. 우리 팀의 핵심 역량은 제조업과는 거리가 멀었기 때문에 그런 부담을 떠안기는 어려웠다. 더군다나 웨어러블 센서는 주로 건강(통증, 간질, 자폐증 등)에 관련돼 있어서 의료기기로 승인되려면 반드시 임상 시험을 거쳐야 했다.

요점: 우리는 소프트웨어에서 약 90퍼센트의 이윤을 달성하고 있고, 하드웨어와 관련해서는 비즈니스 사례를 만들기 어렵다.

그렇기는 하지만 큐 센서에는 로즈의 열정이 고스란히 담겨 있었다. 애초에 그녀가 MIT를 떠난 이유도 큐 센서 때문이었다. 로즈는 이 기술을 이용해 다음 세대를 위한 의료기기를 만들기를 희망했다. 나는 로즈의 비전에 동의했지만, 당장은 연구실에서 들고 온 결과물들을 지속적이고 성공 가능한 수익성 사업으로 전환하는 데 초점을 맞춰야 했다.

쌀쌀한 봄날, 어펙티바 이사회는 하드웨어 사업을 중단하자는 의견에 만장일치로 동의했다. 힘들지만 옳은 결정이었다. 자료들이 명백히 말해 주고 있었다. 회사의 존속을 위해서는 하드웨어와 작별해야 했다. 회사의 자립성을 구축하는 과정에서 결정의 순간들이 여러 번 있었는데, 큐 센서 사업 중단은 내가 처음으로 내린 힘든 결정이었다.

어펙티바에서 큐 센서를 버린 것에 나도 기분이 안 좋았는데 로즈의 심정은 오죽했을까. 애프덱스가 내 자식이듯, 큐 센서는 로즈가 머리 아파 낳은 자식이었다. 포기를 모르는 로즈는 자기 자식을 시장에 출시하겠다는 마음을 버리지 않았다. 이듬해 3월, 로즈는 큐 센서를 마케팅하고 '임상 데이터를 활용한 소비자 친화적 웨어러블 장비'을 개발하기 위해 또 다른 회사를 설립했다. 1년 후 그 회사는 엠파티카SRL과 합병했고, 모회사는 주식회사 엠파티카로 이름을 바꿨다.

이토록 혼란한 내 인생에 당황스러운 소식 하나가 더 들려왔다. 2013년 5월, 온 가족이 이스탄불을 여행하던 중 당시 대표이사였던 데이브로부터 즉시 전화해 달라는 이메일을 받았다. 나는 불안한 마음을 안고 호텔 전화로 그에게 연락했다. 어펙티바가 잘 돌아가고 있다는 말에 난 안심했다. 데이브가 전화한 이유는 자신이 다른 회사에서 온 입사 제의를 수락했음을 알리기 위해서였다.

전혀 예상 못 한 일이었다. 처음에는 너무나도 당황했다. 이제 어펙티바는 어떻게 되는 거지? 누가 회사를 운영하지?

후회

몇 주 후, 어펙티바 이사회와 전화 회의가 열렸다. 놀랍게도 이사회는 곧 떠날 데이브의 대체자로 나를 생각하고 있었다. 당시 이사회에 있던 두 여성은 내가 최고 경영자가 되어야 한다고 말했다. "라나는 우리 기술을 속속들이 알고 있잖아요. 본인이 낳은 자식이니까요."

그날 저녁, 이사회가 나를 최고 경영자 자리에 앉히는 것을 고려하고 있다고 와엘에게 말했다. 와엘은 조금도 주저하지 않고 건조한 어투로 말했다. "묘수가 따로 없네. 회사 망하게 하는 묘수!" 예전 같았으면 "그래? 다른 선택지는 뭐야? 같이 고민해 보자"라고 말했을 것이다. 와엘은 방에서 나갔다. 그가 태연하게 내뱉은 말은 생각보다 큰 상처로 다가왔다. 내 자존감에 또 한 번 금이 가는 순간이었다.

난 망설였다. 나는 한 번도 대표직을 맡아 본 적이 없었다. 수년간의 경험에 비춰 보면 여자들은 남자들과 다르게 요구 사항에 110퍼센트 충족될 때만 손을 드는 경향이 있다. 그 전화 회의 도중, 사업 개발 부사장인 닉 랜지벨트가 최고 경영자가 될 기회에 뛰어들었다. 그 역시 최고 경영자 경험은 없었다. 닉은 임시 대표가 되었고, 두어 달 뒤 우리는 그를 대표이사로 선출했다. 적극적으로 나선 닉에게 나쁜 감정이 들지는 않았다. 그저 모험할 용기가 없었던 나 자신에게 화가 났다.

그날 밤, 난 울음을 터뜨렸다. 그날 쓴 일기에는 이렇게 적혀 있다. *뭔가 옳지 않은 느낌이다. 내 실수였다. 난 아마 계속 후회하겠지.*

몇 주 후에 나는 와엘에게 말했다. "우리 관계, 아무 진전도 없는 거 맞지?" 그는 동의했다. "그래. 그런 것 같네. 이제 끝낼 때가 됐어." 카이로에 갇힌 지 1년 후, 와엘은 우리의 결혼 생활을 되살리는 데 조금도 관심이 없다는 것이 분명해졌다. 난 내가 아닌 다른 사람인 척 연기하는 것에 신물이 났다.

시간을 되돌릴 수 있다고 해도 순종적인 아내와 엄마 역할을 하면서 일을 병행한다는 것은 애초에 불가능했다. 그건 진정한 내 모습이 아니다. 와엘도 나도 행복하지 않았고, 개선될 기미도 전혀 보이지 않았다. 나는 어펙티바와 보스턴이 그리웠다. 회사와 결혼 생활 중 어느 것도 잃고 싶지 않았지만, 그나마 나의 의지로 어느 정도 통제할 수 있는 쪽은 회사였다. 결국 우리는 헤어지기로 결정하고, 가족의 반대를 무릅쓰고 이혼을 진행하기로 했다.

그렇다면 다음 행보를 정해야 했다. 가족과 함께 카이로에 머물면서 보스턴으로 계속 통근할 것인가, 아니면 아이들과 함께 미국으로 이주해 보스턴에서 새로운 삶을 시작할 것인가? 나 혼자 힘으로 그 일을 감당할 수 있을까?

그해 여름, 나는 자나를 데리고 세르비아의 베오그라드에 갔다. 세계 각국의 청소년 하프 연주자들이 참가하는 페타르 콘조비치 국제 콩쿠르에 출전하기 위해서였다. 자나는 여행을 즐겼고, 대회에서 2등을 차지했다. 그런데 세르비아에 머무는 동안, 나는 전혀 예상하지 못한 순간에 큰 감명을 받았다. 콩쿠르 의장인 이리나 징크는 참가자들에게 이렇게 말했다. "한계를 뛰어넘어야 비로소 성장할 수 있습니다."

그 말은 내 뇌리를 강타했다. 이제 내가 위험을 감수하고 한계를 뛰어넘어 성장할 차례구나. 그날 나는 자나에게 너희 아버지와 나 사이의 일이 잘 풀리지 않고 있다는 것과, 내가 보스턴으로 이사할 생각을 하고 있다고 얘기했다. 물론 자나와 애덤도 데리고 갈 생각이었다. 자나는 그 말을 듣고 울었지만 이내 마음을 다잡더니 인터넷을 뒤지며 우리가 어디에 살면 좋을지, 어떤 학교에 다닐지를 알아보기 시작했다.

내 삶과 마찬가지로 이집트도 혼란에 빠져 있었다. 상황은 급속도로 나빠졌다. 무르시 대통령의 지지율이 나락으로 떨어지는 가운데, 군부가 개입해 권력을 남용했다는 이유로 무르시를 축출하겠다고 위협했다. 이집트인들, 특히 여성들은 무르시 정권에 진저리가 나 있었다. 수만 명의 여성이 무슬림형제단에 대항하는 군사 쿠데타를 지지하기 위해 거리로 나섰다. (이집트의 정치는 정말 복잡하다.) 우리 어머니를 포함한 히잡을 두른 여자들이 청바지 입은 여자들과 섞여 있었다. 사람들은 다시 한번 '정상적인 상태'로의 복귀를 모색했다.

6월 말, 무르시 정권은 무너졌고 이집트는 혼란에 빠졌다. 나는 떠나기로 마음을 굳혔지만 그 전에 해결해야 할 중대한 문제가 있었다. 이집트 법에 의하면 아이들을 국외로 데리고 나가기 위해서는 와엘의 동의가 필요했다. 미국에 가면 자나와 애덤에게 더 넓은 교육적, 경제적 기회가 있음을 인정하며 와엘은 내 결정에 동의했다. 우리 부모님은 진실을 알고 계셨지만 와엘과 나는 친구들은 물론 자나와 애덤에게도 이혼 계획을 비밀로 했다. 와엘과 나는 이미 너무나 많은 시간을 떨어져 살았기 때문에 이러한 조치는 아이들에게 전혀 낯설지 않았다. 그리고 아이들은 미국에서 많은 시간을 보냈기 때문에 이미 그곳을 두 번째 고향처럼 느끼고 있었다. 와엘은 보스턴에 있는 아이들을 방문하기로 했고(실제로 그 약속을 잘 지켰다), 나는 아이들과 카이로에서 휴가를 보내기로 약속했다. 2주 후, 우리 다섯(자나, 애덤, 우리 엄마, 우리가 키우는 하얀 페르시안 고양이 클라우디, 나)은 보스턴으로 떠났다.

떠나기 전날, 우리는 시댁 식구들에게 작별 인사를 했다. 결혼 생활의 문제들을 겪으면서도 우리는 매우 친밀한 관계를 유지했다. 나를 친딸처럼 대하시는 시아버지는 나와 아이들에게 가지 말라고 간청하셨다. 시아버지는 우리의 삶이 영원히 회복되지 않을 정도로 망가지지 않을까 걱정하셨다. 거칠고 까다로울 때도 있지만 시아버지는 나를 많이 지지해 주셨다. 아마 와엘보다도 내 꿈을 잘 이해하셨던 것 같다. 작별 인사하며 나를 안아 주실 때, 시아버지의 눈에는 눈물이 고여 있었다. 시아버지가 우는 모습을 보기는 처음이었다. 당시 심장병을 앓고 계셨는데, 우리를 다시는 볼 수 없을까 봐 걱정하신다는 게 느껴졌다.

이틀 뒤, 자나와 함께 보스턴의 쇼핑몰을 거닐고 있을 때 와엘의 누나에게서 전화해 달라는 문자 메시지가 왔다. 벤치에 앉아 전화를 건 나는 시누이의 이야기를 듣고 그 자리에서 얼어붙어 버렸다. 시아버지가 심장마비로 돌아가셨다는 소식이었다. 자나도 심한 충격을 받았다. 슬픔과 죄책감이 동시에 밀려들었다. 시아버지는 우리가 이혼하는 걸 보느니 차라리 죽는 편이 낫겠다고 말씀하시곤 했다. 그 생각이 들자 가슴이 찢어질 것만 같았다.

나는 장례식에 참석하기 위해 즉시 카이로행 비행기에 올랐다. 와엘의 가족들은 나를 따뜻하게 맞아 주었다. 그들은 내가 시아버지와 얼마나 가까웠는지 알고 있었다.

이때는 내 인생에서 암울한 시기였다. 나는 완전히 버려져 혼자 있는 듯한 기분이었다. 1년도 채 안 되는 동안 나는 든든한 아군을 여럿 잃었다. 와엘과 나는 이제 공식적으로 별거하며 이혼을 준비했다. 로즈는 어펙티바를 떠났고, 우리 관계는 다소 어색해졌다. 어펙티바의 대표였던 데이브는 새로운 직장에 다녔고, 내가 사랑한 시아버지 아메드 아저씨는 돌아가셨다. 나는 방향감각을 잃고 헤맸다.

엄청난 실패자가 된 기분이었다. 노력과 끈기만으로 해결할 수 없는 문제에 봉착한 적은 처음이었다. 모든 사람에게 실망을 안긴 것만 같았다.

그러나 막상 와엘과 별거를 시작하니 양가 부모님의 끔찍한 예언과는 달리 아무 일도 일어나지 않았다. 지구는 궤도를 이탈하지 않았고, 보스턴의 그 누구도 내가 와엘과 떨어져 지낸다는 사실에 신경 쓰지 않았다. 일도 잘되어 가면서 조금씩 상황이 안정되기 시작했다.

우리는 보스턴 교외에 집을 얻었다. 가을이 되자 자나와 애덤은 사립학교에 입학했고, 다행히 둘 다 만족했다. 우리는 즐거운 일상을 누렸다. 난 아침에 아이들을 학교에 내려주고 어펙티바로 갔다가, 학교 일과가 끝나면 아이들을 데리러 갔다. 밤에는 눈치 보지 않고 업무 이메일을 열어 볼 수 있었다. 나를 멋대로 판단하는 사람은 아무도 없었다. 주말이 되면 애덤과 친구들을 스포츠모임에, 자나는 하프 수업에 데려다줬다. 아이들의 학교와 직장을 통해 보스턴에도 서서히 인맥이 형성됐다. 우리 세 식구끼리 보내는 시간도 즐거웠다. 함께 산책도 하고, 가을에는 낙엽을 주웠다. 첫 핼러윈을 맞아 사탕을 받으러 함께 이웃집을 돌아다니기도 했다. 처음으로 맞는 추수감사절에는 어펙티바 식구들을 초대해 전통적인 추수감사절 식단에 이집트 음식을 추가해서 함께 먹었다. 아이들이 금세 적응하면서도 문화적 정체성을 유지하는 모습을 보니 안심이 됐다.

9개월 후, 와엘과 나는 이혼 소송을 제기했다.

이혼은 카이로에 1년 동안 발이 묶여 있으면서 잃었던 야망을 일깨워 줬다. 어펙티바를 성공적으로 이끌어야 한다는 새로운 절박함이 생겼다. 내 아이들의 생계가 달려 있다. 당시 쓴 일기에는 그렇게 적혀 있다.

18

대표직을 맡은 여자

AI 산업에서 가장 흥미진진한 시기가 시작됐다. 미국 인구의 절반은 24시간 인터넷에 접속할 수 있는 스마트폰을 소유했고, 밀레니얼과 그 이후 세대들에게 문자 메시지는 주요 의사소통 수단이 되었다. 스마트폰의 보급 덕에 누구든 사진작가가 될 수 있고 인스타그램, 스냅챗, 트위터, 페이스북은 자기표현을 위한 새로운 플랫폼을 형성했다. 2014년 3월, 아카데미 시상식에서 진행을 맡은 엘런 디제너러스는 특급 연예인들과 찍은 셀카를 올려 트위터를 마비시킬 뻔하면서 셀카 열풍에 불을 지폈다. 얼굴들을 찍은 사진들이 넘쳐났지만, 얼굴과 얼굴이 마주 보고 있는 경우는 많지 않았다.

내가 케임브리지대학원에 다니던 시절에 상상했던 세계가 도래한 것이다. 사이버 세계는 현실 세계와 빠르게 융합되어 경계는 점점 흐릿해지고, 우리는 항시 온라인에 접속돼 있다. 하지만 이 모든 변화가 이루어졌어도 우리의 컴퓨터는 여전히 감정을 읽을 줄 모른다. 난 이때쯤이면 디지털 세계에 감성 지능이 훨씬 깊게 도입됐을 것이라고 예상했다.

닉의 지휘 아래 어펙티바는 탄탄한 광고 기술 회사가 되었지만, 딱 거기까지였다. 나에게는 회사가 나아가는 방향이 너무 제한적으로 느껴졌다. 그렇다고 닉에게 화를 낼 수는 없었다. 회사가 돌아가는 방식에 불만이 있더라도 나 자신 외에는 비난할 사람이 없었다. 기회가 주어졌을 때 나서지 않은 건 나였으니까.

감성AI와 어펙티바가 언젠가 크게 터질 운명이라면 그때가 바로 적기였다. 치고 나가지 않으면 업계는 우리를 중심으로 돌아가지 않을 것이고, 우리는 선구자 역할을 상실하게 된다.

한때 AI의 최전방에 있었던 어펙티바는 뒤처질 위기에 놓여 있었다. 새로운 무언가가 우리 산업에 지대한 영향을 끼쳤다. 바로 기계 학습의 부분 집합인 '딥러닝'이었다. 이 용어들은 간혹 교차 사용되기도 하지만 실제로는 상당한 차이가 있다. 딥러닝의 도입 여부는 어펙티바와 같은 데이터 회사의 성패를 좌우할 수 있었다.

나는 기계 학습을 일종의 조립 라인으로 생각한다. 우리의 경우 표정 및 감정 분류기를 '제품'이라 칭할 수 있다. 전문 용어로는 '기계 학습 플랫폼' 또는 인프라스트럭처(파이프라인 같은)라고 한다. 공정을 효율적이고 간결하게 유지하는 일은 제품 자체만큼이나 중요하다. 생산자는 공정이 순조롭게 흘러가기를 원한다.

기계 학습의 '조립 라인'에는 다양한 전문 지식이 필요한 일반적인 단계가 있다. 데이터는 이제 쉽게 구할 수 있게 됐지만 수집 과정을 거쳐야만 한다. 이것은 데이터 획득 전문가가 할 일이다. 우리의 경우에는 얼굴 영상이나 오디오 파일을 수집하는 과정에 해당한다.

둘째는 데이터 가져오기다. 이러한 테라바이트 단위의 데이터는 대부분 클라우드에 저장되어야 한다. 책임자는 데이터 엔지니어다.

세 번째는 데이터 주석화다. 이러한 비디오, 오디오 파일들은 인간 전문가가 분류하거나 주석을 달지 않는 한 유용하지 않다. 데이터 레이블러는 미소, 쓴웃음, 찡그리기 등 주요 사건이 언제 발생하는지 기록하는 일을 담당한다.

넷째, 알고리즘을 만드는 기계 학습 과학자들이 있다. 바로 내가 케임브리지에서 박사 과정 때 했던 일이다. 기계 학습 과학자들은 모델의 정확성을 시험하기 위해 품질 보증 엔지니어들과 팀을 이룬다. 여기에는 질적 테스트뿐만 아니라 수십만 개의 예를 통한 양적 테스트가 포함된다. 우리의 품질 보증 엔지니어들은 알고리즘의 허점을 파악하기 위해 몇 시간 동안 카메라 앞에 앉아서 다양한 표정을 짓는다.

AI 기업은 이런 사이클의 횟수를 최소화하는 것을 목표로 잡는다. 예를 들어 미소를 정확히 분석하기 위해 사이클이 다섯 번 반복된다면 한 번 실시될 때보다 회사의 시간과 비용이 더 많이 들고, 시장 출시 시간이 지체되는 결과를 낳는다.

당시 어펙티바에서 사용하고 있던 기계 학습 접근법은 '특성 공학(feature engineering)'이라고 불렸다. 대부분 나와 비슷한 교육을 받은 기계 학습 과학자들이 무엇을 찾아야 하는지 알고리즘에게 보여 준다. 예를 들어 미소 알고리즘을 훈련하는 경우에는 입꼬리의 움직임을 살펴보도록 지시를 내리고, 치켜뜬 눈썹을 찾기 위해서는 눈썹에 초점을 맞추도록 지시를 내린다.

2015년, 나는 특성 공학을 딥러닝(심층 신경망)으로 대체하는 방안을 옹호하고 있었다. 그렇게 하면 수많은 미소의 예시를 관찰하는 것만으로도 알고리즘이 어느 부위에 초점을 맞춰야 하는지 알아낼 수 있기 때문이었다(한편으로는 미소가 아닌 수많은 예와도 비교한다). 이러한 심층 학습은 연산 과정을 빠르게 해 줄 뿐더러 보다 정확한 분류기에 연결해서 반복 과정을 줄이고, 결과적으로 시장 출시 시기를 앞당긴다.

나는 혁신가로 남기 위해 우리의 기술을 반드시 딥러닝으로 전환해야 한다고 생각했지만 닉은 이에 반대했다. 우리가 처리할 수 있는 감정의 종류를 확장하고, 즉시 수입을 낼 수 있는 새로운 감정 알고리즘을 구축하는 데 시간과 에너지를 쏟아야 한다는 것이 닉의 주장이었다.

딥러닝으로 진환하는 일은 기본 알고리즘을 변경해야 하는 대형 공사였다. 엄청난 시간과 노동을 요구하는, 어펙티바와 같은 스타트업에게는 거대 프로젝트였다. 딥러닝으로 전환하려면 정확히 6개월 동안 총력을 기울여야 했다. 그렇게 정확히 아는 이유는 내가 닉 몰래 그 일을 진행했기 때문이다. 나는 기계 학습 과학자 두 명에게 따로 말했다. "이건 비밀 프로젝트예요. 내가 허가할 테니 아무한테도 말하면 안 돼요. 일을 다 마친 다음에 우리가 해냈다고 말하면 돼요." 이 비밀 프로젝트의 중요성을 이해한 두 사람은 흥분을 감추지 못했다. 업계에서 컴퓨터과학의 최전방에 있는 사람들은 딥러닝이 미래 그 자체라는 사실을 알고 있었다. 우리가 먼저 출발하지 않으면 다른 이들 뒤꽁무니나 쫓으며 먼지를 뒤집어써야 했다.

딥러닝으로의 전환은 큰 성과를 거두었다. 전환 여부를 궁리하고 있을 당시 어펙티바에는 미소, 미간 찌푸리기, 눈썹 올림, 혐오, 씁쓸한 미소 등 다섯 개의 기본 표정이 있었다. 딥러닝으로 전환된 이후 우리는 스무 개의 표정과 여섯 개의 감정 상태를 갖게 됐다. 그 외에 피로나 졸림 같은 복잡한 인지에도 빠르게 다가갔다. 모두 딥러닝 덕분이었다.

닉의 등 뒤에서 몰래 회사를 조종해야 했지만 적어도 카이로에 갇혀 지내는 신세는 아니었다. 나는 어펙티바의 설립자 겸 최고 기술 책임자로서 새로이 되찾은 자유를 마음껏 누렸다. 업계에서 강연 의뢰가 들어오기도 했는데, 이전 같으면 거절할 수밖에 없는 기회들이었다. 2015년 1월, 나는 캘리포니아 몬터레이에서 열리는 TED위민(TEDWomen) 행사에 연설자로 초대됐다. 1년 전 가을 두바이에서 한 연설을 본 제너럴일렉트릭의 최고 마케팅 책임자 베스 콤스톡이 나를 추천했다.

TED는 강연자에게 세계 최고의 사상 리더들과 만나고, 수백만 명의 잠재적인 온라인 시청자들에게 메시지를 전달할 수 있는 기회를 제공한다. TED 강연은 20분밖에 안 되지만 준비하는 데에는 몇 시간씩 걸리며, 빈틈없이 계획된 채로 진행된다. 나는 이 행사의 프로듀서를 맡은 준 코언과 주로 연락을 주고받았고, 강연과 슬라이드 프레젠테이션 준비를 돕기 위해 약 여섯 명의 코치가 배정됐다. 코치들은 나의 일을 각기 다른 시각으로 바라봤다. 특히 데일 델레티스라는 코치는 강연을 청중에게 주는 선물로 생각하라고 격려하며 준비 과정을 도왔다. 그 조언 덕에 나는 다른 사람들의 시선을 덜 의식하면서 청중을 고무시키고 흥미를 유발하는 데 집중할 수 있었다.

나는 매우 진지하게 강연에 임했고, 코치들과 계속 연습하며 피드백을 받았다. 몬터레이에 도착했을 때는 이미 수십 번 연습한 상태였다. 강연 전날 밤에도 호텔 방에서 쉬지 않고 연습하고 있는데, 자나에게서 대문자로만 된 메시지가 도착했다. 중학교 1학년이 되어 학내 연설 및 논쟁 팀에서 활동하고 있던 자나는 이미 나보다 사람들 앞에서 말하는 일에 훨씬 능숙했다. 메시지 내용은 이러했다. **"행운을 빌어, 엄마. 머리카락 가지고 장난치지 말고."** (좋은 지적이야, 자나. 난 긴장할 때 머리카락을 꼬는 습관이 있다.)

난 자나의 메시지가 너무 재미있게 느껴졌다. 그 메시지는 내가 강연에서 말하고자 했던 바를 함축하고 있었다. 사람들의 주된 의사소통 방법은 문자 메시지가 되었는데, 그 행위는 감정을 읽는 능력이 없는 사이버 세계에서 이루어지고 있었다. 자나의 메시지가 적절하다고 생각한 나는 그날 저녁 TED 팀에게 이메일을 보내 새로운 슬라이드를 삽입해 달라고 부탁했다. TED는 마지막 순간에 뭔가가 바뀌는 걸 극도로 싫어하지만, 담당자들은 자나의 메시지를 재미있어하며 슬라이드 추가에 동의했다.

다음 날, 그 이름도 찬란한 TED 무대에 올라 객석에 있는 수많은 여자(그리고 소수의 남자)를 바라보니 마음이 평온해졌다. 전문 코치들로 구성된 TED 팀에게 고마운 마음이 들었다. 그 순간, 다섯 살 때 나를 의자에 세워 놓고 큰 소리로 말하라며 용기를 북돋아 주시던 아버지가 생각났다. 난 내가 아주 오래전부터 사람들 앞에서 말하는 훈련을 해 왔다는 것을 깨달았다. 난 강연을 시작했다. "감정은 우리 삶의 모든 측면에 영향을 줍니다. 어떤 결정을 내리는지부터 어떻게 연결하고 소통하는지에 이르기까지 모든 것에 관여하죠." 자나의 문자 메시지가 화면에 나오자 모든 관객이 소리 내어 웃었다.

TED 강연을 준비하면서 나는 심혈을 기울여 한 마디 한 마디를 다듬었다. 코치진은 내가 연구를 시작하기로 마음먹은 최초의 순간에 관해 이야기하라고 조언했다. 나는 주저하다가 케임브리지에 처음 갔을 때 이야기를 꺼냈다. 당시 난 나이 어린 이집트 출신 유부녀였고, 유일한 친구는 노트북뿐이었다. 코치는 그런 경험을 한 사람은 나뿐만이 아니며, 수많은 이들이 공감할 거라고 조언했다. 실제로 많은 사람이 전자 장비를 사용할 때 세상과의 단절감을 느낀다고 말한다.

코치들이 나에게 해 준 가장 중요한 조언은 '크게 생각하라'

였던 것 같다. 그들은 단지 지금 우리 회사가 어떤 일을 하고 있는 지뿐만 아니라 미래를 위한 잠재력, 즉 이 기술이 사람들의 삶을 어떻게 변화시킬 수 있는지에 초점을 맞추라고 충고했다. 나는 강연을 하며 우리의 알고리즘이 시장 조사에서 어떻게 쓰이는지는 언급조차 하지 않았다. 대신 어펙티바가 정신 건강, 자폐증, 교육, 인간관계 증진, 로봇공학에 미칠 수 있는 잠재력에 관해 이야기했다. 나는 이 기술이 인간 대 컴퓨터의 관계를 변화시킬 뿐만 아니라 인간 대 인간의 관계에도 근본적으로 변화를 일으킬 수 있다고 말했다. 사람들에게 반향을 일으키고, 나에게 감동을 준 응용 사례를 이야기하는 데에 집중했다. 강연을 하면서, 나는 누구보다도 내가 이 신세계를 현실로 만들고 싶어 한다는 사실을 깨달았다.

사실상 하룻밤 사이에 나는 컴퓨터과학자 겸 기업가에서 새로운 형태의 AI 미래를 대변하는 사상 리더로 격상되었다. 그러나 TED 일정을 마치고 흥분이 채 가라앉기 전에 사무실로 돌아와 우리 업무의 실상을 둘러보았을 때, 나는 큰 실망감을 느꼈다. 내 눈에 회사는 조용해 보였다. 소멸 직전의 상태로까지 보였다. 들끓던 에너지는 이제 어디에서도 찾아볼 수 없었다. 나는 나 자신과 닉에게 화가 났다. 이러려고 어펙티바를 설립한 게 아니었다. 이러려고 가족을 벼랑 끝으로 내몬 게 아니었다. 난 어펙티바를 위해 너무나 많은 희생을 치렀는데, 돌아보니 우리는 그저 물이 흐르는 대로 휩쓸려 가기에 급급했다.

그제야 문제점이 보였다. 내가 통제권을 가져야 했다. 내가 회사의 대표가 되어야 했다.

나의 TED 강연은 6월에 온라인에 게시되었고, 금세 100만 이상의 조회 수를 기록했다. 나는 기계에 감성 지능을 탑재하는 것에 대해 공개 석상에서 이야기한 첫 번째 사람이었고, 대중들은 큰 흥미를 느꼈다. 아니, 흥미를 느끼는 것 이상이었다. 사람들은 하루빨리 내 강연의 내용이 실현되는 것을 보고 싶어 했다. 난 좀 더 적극적으로 나아가야겠다는 용기를 얻었다.

첫째, 우리는 이 새로운 종류의 AI선구자로서의 정체성을 확립할 필요가 있었다. 우리가 처음 투자자들을 만나고 다녔을 때, 나는 보스턴 일대의 대표적 벤처 투자가 중 한 명인 스파크캐피탈의 토드 다그레스를 만날 기회가 있었다. 당시 그는 내게 절대 잊지 못할 충고를 했다. 최고의 기업은 새로운 범주를 정의하고, 그 범주의 이름을 짓고, 씨를 뿌리고, 이끄는 기업이라는 것이었다. 이를 실천한 수많은 예로는 자동차 공유 개념을 제시한 우버, 소셜 미디어를 규정지은 페이스북, 지인들과 온라인으로 소액 거래하는 문화를 만든 벤모 등이 있다.

이제는 어펙티바가 하나의 범주를 정의할 차례였다.

나는 우리 회사의 마케팅 담당자인 가비 지즈더벨트와 우리가 해 온 일을 가장 잘 요약할 수 있는 방법을 브레인스토밍하기 시작했다. 우리는 AI 기업으로 인정받았지만, 우리가 다루는 AI를 규정하는 범주는 아직 없었다. 잠정적 고객, 파트너, 투자자 들에게 우리가 어느 범주에 드는지를 명확히 설명하려면 일단 그 범주라는 것부터 만들어야 했다. 우리는 우리가 어떻게 소프트웨어를 만드는지, 그것으로 어떻게 응용 프로그램을 만드는지, 나아가 우리가 하는 일이 지닌 윤리적 영향에 대해 이야기했다. 감정 인식? 감정 분석? 감정 감지? 이 모든 것은 우리가 만들고자 했던 것을 부분적으로만 함축해서 설명할 뿐이었다. 우리는 '인공 감성 지능'이란 말을 특히 좋아했는데, 인간과 마찬가지로 기계도 잠재력을 최대한 발휘하려면 감성 지능을 갖춰야 한다는 점을 강조했기 때문이다. 하지만 이 용어는 끔찍하게 길었고, 심지어 거추장스럽기까지 했다. 그래서 우리는 감성AI(Emotion AI)라고 말을 줄였고, 같은 날 #EmotionAI를 붙인 트윗을 올렸다. 우리는 그 개념을 전파하기 위해 언론 인터뷰와 연설에서 그 말을 언급하고, 소셜 미디어에서도 사용했다. 우리는 아직 존재하지 않는 세계의 비전을 그리고 있었지만, 이런 식으로 인간 중심적인 기술의 전망을 제시함으로써 사람들의 관심과 흥분을 유도할 수 있었다. 결국 우리가 제시한 새로운 범주는 자리를 잡아 갔다.

갑자기 여러 산업 분야의 투자자들, 과학자들, 경영진으로부터 요청이 쇄도했다. 보스턴의 한 연구원은 자살을 예측하고 예방할 수 있는 응용 프로그램을 만들고 싶어 했다. 한 온라인 교육 회사는 학생들의 참여도를 관찰하고 학습 결과를 예측할 목적으로 우리 기술을 사용하고 싶어 했다. 한 인사 회사는 우리 기술을 신입 사원 선발의 더할 나위 없는 도구로 보았다. 한 기업가 무리는 우리가 감정을 인식하는 교실을 만들 수 있을지 궁금해했다. 전문 직업 상담 회사는 우리의 기술로 훌륭한 훈련 도구를 만들 수 있으리라 생각했다. 이렇듯 많은 이가 우리에게 손을 내밀었다.

나는 이 모든 것을 실현하기로 마음먹었다. 어펙티바에 새로운 에너지와 자극을 주입할 아이디어가 넘쳐나는 가운데, 나는 우리 팀을 견인하여 컴퓨터에 감성 지능을 도입하는 것의 중요성을 널리 전파하고 싶었다.

그해는 내 인생의 전환점이 되었다. 나는 내 분야의 리더로 부상하며 워싱턴D.C.의 스미스소니언 협회로부터 〈2015 인제뉴어티 어워드〉를 받았다. 주최 측의 표현을 빌리자면 "아홉 개 부문에 걸쳐 우리가 세상을 인식하는 방식과 그 세상에서 어떻게 살아가는지에 혁명적인 영향을 끼친 개인들의 빛나는 업적을 인정하며 수여하는 상"이었다. 나는 기술 부문 수상자였다(다음 해 같은 부문 수상자는 아마존의 창립자 제프 베조스였다!).

시상식은 워싱턴D.C.에 위치한 유서 깊은 국립 초상화 갤러리에서 열렸다. 식민지 시대부터 현재에 이르기까지 미국인들의 초상화를 모아 놓은 특이한 미술관이다. 자나와 애덤도 함께 시상식에 참석했고, 우리 셋은 옷을 근사하게 차려입었다. 정말 특별한 밤이었다. 나는 미국 시민이 되는 과정에 있었는데, 상을 받기 위해 사람들 앞에 섰을 때 그 특권이 지닌 힘을 실감했다. 미국에서는 혁신가와 모험적인 기업가를 존중해 주지만 이집트의 현실은 그렇지 않았다. 나는 이 기회를 최대한 활용하는 한편, 앞으로 선행을 베풀어야겠다는 책임감을 느꼈다.

어펙티바의 지휘봉을 잡고 의미 있는 방향으로 이끌고 싶은 마음은 그 어느 때보다 커져 있었다. 2016년 1월, 나는 일과 관련해 상담하거나 각종 문제 해결을 위해 자주 조언을 구하던 멘토를 만나 내가 구상하는 것들과 도전 정신에 관해 이야기했다. 어펙티바에서의 내 상황을 설명하자, 그는 점점 커지고 있던 내 생각에 힘을 실어 줬다. "라나, 너는 대표가 되어야 해."

나는 고개를 저었다. "대표는 닉이에요. 그 자리에 계속 있을 거예요." 나의 멘토는 내가 대표가 되는 것을 구체적으로 생각해 보도록 권했다. 그리고 대표가 되기 위해 어떤 경로를 밟아야 하는지도 구체적으로 그려 보라고 했다. 그러나 난 쿠데타를 일으킬 만한 위인이 아니었다. 수십 년 전, 애플에서 존 스컬리가 스티브 잡스에게 했듯이 닉에게 등을 돌리라고 이사회를 설득하는 나 자신이 상상되지 않았다. 그건 내 방식이 아니었다.

며칠 후, 나는 엔지니어링 부사장인 팀 피콕과 이야기를 나눴다. 팀이 느닷없이 말했다. "만약 네가 어떤 회사의 최고 경영자가 될 일이 생기면 난 그 회사의 최고 운영 책임자(COO)가 되고 싶어." 어안이 벙벙했다. 나는 팀을 존경했고, 그의 경험과 의견을 존중했다. 그의 지지는 나에게 큰 의미가 있었다. 행동을 취해야 할 때가 됐다.

우선은 내 머릿속에 울리는 목소리와 타협점을 찾아야 했다. '라나. 너 대표직 맡아 본 적 없잖아. 넌 실패할 거야. 회사를 말아 먹을 거라고!' 몇 년 전 나를 나서지 못하게 했던 바로 그 목소리였다. 결과는 후회뿐이었다. 나는 나 자신에게 그 목소리가 틀렸음을 증명하기로 했다. 그래서 나의 장점을 생각하기로 했다. 돌이켜 보니 나에게 가장 혹평을 한 사람은 다름 아닌 나 자신이었다. 다른 사람들을 설득하는 것보다 나 자신을 설득하는 일이 더 힘들었다.

최고 경영자가 하는 일이 뭐지? 나 자신에게 물었다. 나는 일기장에 끄적이기 시작했다.

- 최고 경영자는 안팎에 있는 이해관계자들에게 회사의 비전과 임무를 전파하는 사람이다. (이미 그렇게 하고 있다.)
- 최고 경영자는 IP/과학 로드맵을 포함, 회사와 제품에 관련된 전략을 수립해야 한다. (딥러닝과 관련해서 내가 했던 게 바로 이런 부분이었다.)
- 최고 경영자 직책에 있는 기술 창업자는 인재들과 투자자들을 끌어들이는 힘이 있어야 한다. 깊은 기술 전문 지식은 투자자들에게 확신을 주고, AI 과학자들은 업계의 리더와 함께 일하기를 원한다.
- 최고 경영자는 돈을 벌어야 한다. (이미 내가 몰두하고 있던 부분이다.)

분석하면 할수록 최고 경영자가 해야 할 일 중에 많은 부분을 내가 이미 처리하고 있다는 사실을 깨달았다. 다만 직함이 없을 뿐이었다. 최고 경영자가 될 수 없다면 공동 대표가 되는 건 어떨까 하는 생각이 들었다. 나는 공동 대표를 맡은 경험이 있는 몇몇 동료에게 내 생각을 말했는데 모두 똑같은 대답을 했다. "아니. 안 좋은 생각이야. 팀 내에 갈등과 혼란을 일으킬 뿐이야. 하지 마."

하지만 다른 길은 통 보이지 않았다.

3월이 되자 난 용기를 내어 닉과 이야기를 나누기로 했다. 그가 나를 공동 대표로 앉혀 줄 가능성이 충분히 있다고 생각했다.

닉은 내 제안에 놀라는 표정이었다. 그는 나와 전혀 다른 견해를 갖고 있었고, 처음에는 내 제안을 단호히 거절했다. 나 역시 대화하면 할수록 공동 대표가 아닌 단독 대표직을 원한다는 사실을 깨달았다.

닉과 계속해서 이야기하는 중에 운명의 장난과도 같은 일이 벌어졌다. 어느 대형 기술 회사의 최고 기술 책임자가 매우 수익성 좋은 제안을 앞세워 내게 손을 내밀었다. 그들은 간절히 나를 고용하고 싶어 했지만 아직 어펙티바를 인수할 준비는 돼 있지 않았다. 마치 "널 사랑해, 라나. 나와 결혼해 줘. 하지만 네 아이들은 키우고 싶지 않아"라는 청혼을 받는 기분이었다.

하지만 어펙티바에 남으려면 난 통제권을 쥐어야만 했다. 그래서 그 제안을 나에게 유리하게 이용하기로 했다. 3월의 어느 따뜻한 봄날, 뉴욕의 한 학술회의 강연이 잡혀 보스턴을 떠나기 직전에 나는 최후통첩을 보냈다. "내가 어펙티바의 대표가 될 수 없다면 그 일자리 제안을 받아들이겠어요." (결과가 어찌 됐든 내 가족에게는 경제적으로 더 이득이 되었을 것이다.)

가슴이 두근거렸다. 감정 인식 훈련이 초조함을 감추는 데 도움이 되기는 했지만, 말로 표현할 수 없을 정도로 긴장됐다.

내 의사가 단호하다는 것을 알아차린 닉은 생각해 보기로 약속했다.

그날 저녁 보스턴으로 돌아가는 기차에서 닉의 전화를 받았다. 심사숙고한 결과, 그는 어펙티바가 나의 자식이라는 사실을 깨달았다고 말했다. 회사에 대한 나의 열정은 누구보다 컸다. 닉은 감사하게도 사임을 결심했고, 순조로운 이행을 위해 잠시 의장직을 맡기로 했다. 더불어 이사회에 설명하는 일을 돕기로 했다.

그 순간, 절실하게 원했던 것을 손에 쥐자 갑자기 두려움이 밀려와 이렇게 말할 뻔했다. "그냥 농담이었어요. 신경 쓰지 마요!" 다행히 그런 말이 튀어나오지 않도록 나 자신을 잘 통제했다.

몇 주 후, 닉과 나는 이사회에서 우리의 생각을 설명했다. 이사회는 투표를 했고 2016년 5월 12일, 나는 최고 경영자로 임명되었다. 닉은 의장직을 유지했다. 아량 있는 행동이었다. 돌이켜 보면 내가 최고 경영자가 되는 걸 가장 못 미더워했던 사람은 나 자신이었던 것 같다.

최고 경영자가 된 날, 내가 처음으로 한 일은 로즈에게 이메일을 보내 내가 회사의 대표가 됐음을 알리는 것이었다. 우리가 처음에 가졌던 비전과 사명을 여전히 품고 있으며, 그것을 이루기 위해 내 힘으로 할 수 있는 모든 것을 다하겠다고 말했다. 로즈는 고맙게도 축하 이메일로 답했다. 이후에 나는 팀을 소집해 회사에 대한 나의 비전을 공유했다. "어펙티바는 감성AI 공간을 정의했습니다. 우린 그 공간의 소유자입니다. 이제 새로운 판을 짜서 전속력으로 달려 어펙티바를 키워야 할 때입니다. 지금은 AI 업계에 종사하기에 참 신나는 시기죠. 우리는 많은 산업을 변화시킬 잠재력을 가지고 있습니다. 우리는 문제를 해결하는 사람들입니다. 집단 지성을 통해 문제를 해결하죠. 팀원 개개인에게는 우리의 방향, 전략, 제품에 큰 영향을 미칠 수 있는 능력이 있어요. 나는 직원 여러분이 자율성을 갖고, 솔선수범하고, 성취하기를 원합니다."

지휘봉을 쥔 나는 어펙티바의 문화를 재정비할 기회를 만끽

했다. 난 회사에 새로운 에너지와 자극이 돌기를 원했다. MIT 미디어랩에서 느꼈던 흥분감과 비슷했다. 사원 전체를 상대로 매주 회의를 소집했다. 어떤 질문도 할 수 있고, 모든 아이디어가 환영받는 자리였다. 우리는 더 넓은 곳으로 헤엄쳐 나가야 했다. 나의 첫번째 업무 중 하나는 회사를 보스턴으로 옮겨, 빠르게 성장하고 있는 보스턴 과학기술계의 일원이 되는 것이었다. 우리의 시야는 지나치게 내부에 국한돼 있었다. 나는 우리가 협력적으로 바뀌고, 제휴 업체를 늘리고, 참신한 아이디어를 가진 젊은 인재들을 영입하기를 원했다.

최고 경영자가 된 날 밤, 나는 집으로 돌아가 일기에 다음과 같이 썼다.

멋진 날이다.

이런 일이 일어나다니 믿을 수가 없다. 닉에게 큰 빚을 졌다.

이 사람들의 성공을 돕고 자신의 영역에서 빛나게 만들어 주는 것이 내가 해야 할 일임을 잊지 말자.

올바른 일을 하고 삶의 균형을 유지하도록 신경 써야 한다. 아이들과 시간을 보내야 한다. 같은 실수를 반복해서는 안 된다.

내일은 아메드 아저씨의 생신이다. 보고 싶다! 나를 믿어 주신 분이다. 신이 나에게 주신 재능은 사람들로 하여금 내 주위에 머물며 나를 돕고 싶게 만드는 복이라고 아버님은 말씀하셨다. 얼마나 강력한

복인가. 사람들을 격려하고 변화를 이끌 수 있는 능력이라니.

복인 동시에 내가 져야 할 책임이다. 이제 최고 경영자가 됐으니

진지하게 생각해야 한다.

새벽 3시 30분...... 자야겠다.

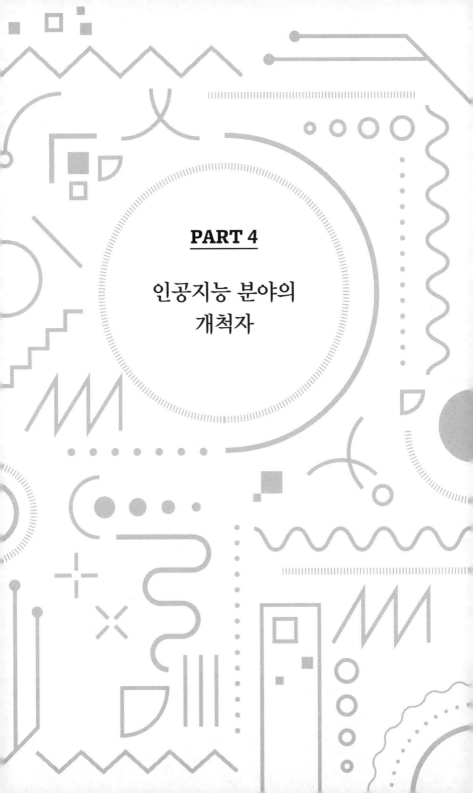

PART 4

인공지능 분야의
개척자

19

해커톤

    스타트업을 운영하면서 한 가지 배운 점이라면 집중적으로 다룰 분야를 정해야 한다는 것이다. 모든 이를 만족시킬 수는 없다. 자신이 누구이며, 무엇을 잘하며, 어느 시장에 적합한지를 알아내야 한다. 하지만 감성AI의 잠재력은 너무나 방대하고 응용 범위도 넓다. 어펙티바는 상상할 수 있는 거의 모든 분야에서 개인과 단체 들로부터 충분히 가치 있는 프로젝트의 협업을 제안받았다. 우리에게는 그 모든 잠재적 용도를 탐구할 직원이나 자원이 부족했고, 제안한 이들 중 다수는 특허권 사용료를 낼 형편이 안됐다. 기술을 잘 활용할 수 있는 사람들이 기술에 손대지 못하는 상황이 불공평하게 느껴진 나는 우리의 첫 번째 해커톤(해킹과 마라톤의 합성어)인 〈이모션 랩 '16〉을 개최해, 다양한 참가자들이 무료로 소프트웨어에 접근해 원하는 방식대로 사용할 수 있게 했다.

해커톤은 유명한 요리사끼리 시합을 붙이는 텔레비전 프로그램과 비슷하다. 요리사들은 한정된 재료로 짧은 시간 안에 멋진 요리를 선보인다. 마찬가지로 대개 주말 동안 진행되는 해커톤에서는 몇 가지 핵심 기술 도구만 사용해 자신의 아이디어를 토대로 정상 작동하는 프로토타입으로 만들어야 한다. 요리 시합과 마찬가지로 우수한 창작물을 만든 참가자를 시상하는 것으로 대회는 마무리된다.

해커톤에서의 관건은 무엇보다 속도다. 해킹이란 어떤 시스템을 요리하여 형태를 바꾸는 것을 뜻하는데, 좋은 목적을 띄는 경우는 거의 없다. 〈이모션 랩 '16〉은 MIT 캠퍼스 내의 넓고 공기 좋은 작업 공간인 마이크로소프트의 뉴잉글랜드연구개발센터(New England Research and Development Center), 줄여서 NERD에서 열렸다(웃기려고 붙인 이름이 절대 아니다!). 모든 참가자가 자기소개와 자신이 어떤 일을 하는지 설명하는 자리로 사흘간의 행사가 시작됐다. 자기 차례가 되자 수줍음을 많이 타는 30대 후반 여성 킴(가명)은 본인이 트랜스젠더라고 고백했다. 중동에서는 성적 성향이나 성 정체성 같은 주제는 공개 석상은 고사하고 사석에서도 잘 거론되지 않는다. 킴의 솔직함에 감탄한 나는 소파에 혼자 앉아 있는 그녀를 보고 옆에 앉아 대화를 시작했다.

MIT에서 화학 박사 학위를 취득한 킴은 가족, 특히 부모님이 자신을 여성으로 인정해 주지 않아서 자신의 학문적 성취가 공허하게 느껴진다고 말했다. 킴은 남성의 신체적 특성을 타고났지만 어릴 때부터 자신을 여성으로 인지했고, 결국 자신의 진실한 감정과 갈등하며 사는 게 견디기 힘들어 변신을 결심했다. 킴은 자신의 결정에 만족하지만 부모님이 자신을 여자로 받아들이지 않는다는 사실에 가슴 아파했다.

불현듯 아이디어가 하나 떠올랐다. 우리 소프트웨어에는 외모에 따라 대상이 남성인지 여성인지를 구분하는 성 분류기가 있다. 나는 킴에게 물었다. "실험을 해 보는 게 어때요? 소프트웨어가 당신을 어떻게 인지하는지 볼까요?" 나는 결과가 어느 쪽으로든 나올 수 있으니 마음의 준비를 하라고 경고했다. 남성에서 여성으로 바뀐 사람을 알고리즘이 어떻게 인식할지 확신할 수 없었다. 아직 트랜스젠더와 관련해서는 알고리즘을 훈련한 적이 없었기 때문에 킴의 얼굴을 어떻게 해석할지 알 수 없었다.

난 앱을 켰고, 킴은 내 노트북에 있는 카메라를 들여다봤다. 분석하기까지 걸린 30초가 한 시간처럼 느껴졌다. 순간 내가 끔찍한 실수를 저지른 건 아닌가, 실험 때문에 공연히 상처를 주지는 않을까 하는 생각이 들었다. 몇 초 후, 화면에 여자 아이콘이 나타났다. 킴처럼 안경을 쓴 아이콘이었다.

킴은 나와 하이파이브를 하며 활짝 미소 지었다. 우리는 내친 김에 킴의 미소도 테스트했다. 그 미소는 100퍼센트 확률 점수로 높은 강도의 미소로 판명됐지만, 굳이 최첨단 도구의 도움 없이도 킴이 진심으로 행복해한다는 사실을 알 수 있었다. 킴은 여자 아이콘을 스크린샷으로 찍어서 부모님께 보내도 되는지 물었다. 곧이어 킴은 전화를 걸더니 이렇게 말했다. "봤죠? 과학은 나를 여자라고 인정해 주네요!"

내 문화권에서는 킴과 같은 사람들이 받아들여지지 않는다. 그저 '다른 사람들'로 분류할 뿐이다. 다른 많은 문화권에서도 마찬가지다. 그 순간은 나에게 특별하게 다가왔다. 킴과 나는 두 명의 인간으로서 연결되었고, 그 순간 나는 킴에게 크게 공감했다. 가족과 사회에 받아들여지고 싶은 킴의 열망을 이해할 수 있었다. 감성AI의 핵심이 바로 이런 게 아닐까?

감성AI의 핵심은 우리의 기술을 인간화하여 상호 이해도를 높이고, 인간 대 인간의 관계를 증진하는 것이다. 감성AI를 발전시키려면 필수적으로 보다 넓은 범위의 사람을 포괄해야 한다. 이 모션 랩은 다양한 관점을 포괄하고 끌어들이기 위해 고안되었다. 애초에 우리가 해커톤을 개최한 주요 이유 중 하나이다.

해커톤 문화는 주로 프로그래머들, 특히 남자 프로그래머들에게 인기가 있다. 그래서 우리는 전형적인 해커톤 방식의 시합도 열었다. 남성 프로그래머들을 환영하는 동시에 그 누구도 배제하고 싶지 않았기에 여성들을 위해 스무 개의 자리를 확보했고, 그 지역의 여성 단체에도 초대장을 보냈다. 그 결과 참가자의 성비가 같아졌는데, 이런 종류의 행사에서는 드문 경우였다. 또한 스웨덴, 영국, 이집트, 일본, 이스라엘 등 다양한 국적의 사람들을 초대하려고 노력했다. 그리고 당시로써는 파격적으로 교수, 예술가, 음악가, 프로젝트 매니저, 그래픽 디자이너, 교육자, 자폐증 연구자, 심리학자, 공중보건 관계자 등 다양한 분야의 사람들을 초대했다. 우리는 과학기술 외의 분야 사람들이 컴퓨터 전문가들과 협업해 혁신을 주도할 수 있도록 장려했다. 기존에는 충분히 이뤄지지 않던 일이었다.

우리와 동종업계에 있는 스타트업 중 하나인 비욘드버벌(Beyond Verbal)도 초대했다. 텔아비브에 본사를 둔 비욘드버벌은 음성 분석 전문 회사이다. 동종업계 회사나 잠재적 경쟁자를 자사의 행사에 초대하는 경우는 좀처럼 없지만, 우리는 참가자들이 이 기술을 사용할 수 있게 함으로써 프로젝트의 수준이 올라가리라고 생각했다.

평소 기술 행사에 참여하지 않는 사람들에게는 초대장을 보내는 것만으로 부족하다. 우린 며칠 동안 가족을 떠나 있기 힘든 사람들도 참석할 수 있는 여건을 만들었다. 그들에게 환영받는다는 느낌을 주는 일도 중요했다. 이런 것들은 기술업계에서 잘 챙기지 않는 부분이었다. 일단 주말에 밤낮 구분 없이 진행되는 기존의 해커톤 행사들은 아이를 키우는 엄마, 아빠 들이 참여하기가 쉽지 않았다. 게다가 우리가 연락한 이들 중 다수는 밤새 방에 틀어박혀 에너지 음료를 마시며 피자를 먹는 이른바 남자들의 '브로 문화(bro culture)'를 비호감으로 느꼈다. 그래서 우리는 변화를 주기로 했다. 일정을 계속 진행하는 대신 밤에는 사람들이 돌아가도록 시설들의 문을 닫았다. 나는 사람이 충분히 잠을 자야 한다고 생각하는 편이다. 우리 회사에는 아이를 키우는 직원들이 많았기 때문에, 낮에는 아이들을 위한 프로그램을 별도로 만들어서 아이들이 자신들만의 프로젝트를 만들 수 있게 했다.

그렇다고 본래의 해커톤이 가진 취지에서 벗어났을까? 이런 유형의 대회가 늘 그렇듯, 사람들은 치열해졌다. 팀들은 매우 열심히 작업했고, 동시에 모든 참가자가 소속감을 느꼈다.

참가자들은 관중에게 자신의 프로젝트를 홍보하며 팀원을 구할 기회를 부여받았다. 열 개의 프로젝트가 선정되었고, 60명의 참가자들은 팀으로 나뉘었다. 각 팀은 같은 '재료들'을 사용해 각자의 비전을 실현했다. 참여했던 팀은 다음과 같다. 어펙티바의 감성AI, 비욘드버벌의 소프트웨어, 파블록의 웨어러블 손목 센서, 브레인파워의 구글 글라스, 로봇 지보, 스타워즈 프랜차이즈의 BB-8 장난감 드로이드, 오픈 소스 전자 플랫폼 아두이노. 팀들에게 주어진 유일한 요구 사항은 어펙티바의 감성AI를 프로토타입에 접목해야 한다는 것이었다. 그 외에 다른 규칙은 없었다.

참가 그룹들의 면면이 다양한 만큼 프로젝트 또한 다양했다. 제목부터 범상치 않은 '살기 어린 라마들'이라는 작품은 컨트롤러 대신 표정을 사용하여 조종하는 비디오게임이었다. '블라인드 이모션 에이드'라는 이름의 앱은 구글 글라스를 응용해 앞을 볼 수 없는 사람이 상대방의 감정 상태를 "볼 수 있게" 한다고 설명했다. '슈퍼TA'는 BB-8 드로이드 장난감을 활용해 교사들이 학생들의 이해도와 집중도를 파악할 수 있도록 실시간 피드백을 제공하는 도구를 만들었다. 모든 프로젝트가 감성AI를 새롭고 재미있게 활용했다. 참가자들의 독특한 조합 덕분에 가능한 일이었다.

어느 프로젝트는 사람들이 말하기를 꺼리는 사회 문제인 자살을 다루었다. 미국 보스턴 매사추세츠대 교육인적개발대학 상담학 및 학교심리학과 부교수 스티브 배노이 박사가 자살 예방 앱을 만들 것이라고 설명하자 사람들은 뜨거운 반응을 보였고, 두 명의 기술자가 그의 팀에 합류했다.

배노이는 1980년대에 컴퓨터 프로그래머로서 활동했지만, 10년 후에 보다 인간 지향적인 직종으로 자리를 옮겼다. 심리학으로 전공을 바꾼 배노이는 공중보건학 석사 학위를 취득했고, 노인 정신 보건 서비스학 박사 후 과정 펠로우십에 선정됐으며, 자살 예방 분야의 전문가가 되었다.

미국을 포함한 전 세계에서 자살률은 증가하고 있다. 2017년 미국에서는 4만7173명이 자살로 사망했고, 140만 명이 자살을 시도했다. 미국 질병통제예방센터(CDC)에 따르면 500만 명 이상이 자살 충동을 느낀다고 한다. 고도로 숙련된 임상의조차도 어떤 환자가 자살 충동을 행동으로 옮길지는 예측하지 못한다.

청소년과 청년층은 특히 취약하다. 15세에서 24세 사이에서 자살은 두 번째로 높은 사망 원인이다. "학교 관련 연구 프로젝트에 모집하는 정신 건강 문제가 있는 학생 중 상당한 비율은, 자살하지 않았더라도 자살의 위험성이 높은 것으로 판명됩니다." 배노이 박사는 이렇게 말한다.

문제는 정신 건강 분야가 환자를 평가하고 파악하는 데 최신 기술을 사용하고 있지 않다는 점이다. 의학이 자동화되고 심각한 질병을 진단하고 치료하는 데 AI가 동원되고 있음에도, 정신 건강 전문의들은 기술 쪽으로는 아예 손을 떼고 있다. 환자에 대한 평가는 주로 자기 보고에 의존하는데, 이는 쉽게 왜곡될 수 있다. 예를 들어 의사가 환자에게 "자살 충동을 느끼시나요?" 또는 "우울한가요?"라고 묻는다고 가정해 보자. 환자는 정신 건강 문제를 바라보는 사회적 시선 때문에 정직하게 반응하지 않을 수 있다. 한편 자살 충동은 극심한 양면성을 띨 수 있다. 특정 순간에는 살고 싶다고 느끼다가도 몇 시간 후에 죽고 싶다고 생각하기도 한다.

우울하거나, 불안하거나, 자살의 위험에 처해 있으면서 도움을 청하지 않는 사람들도 많다. 세계보건기구에 따르면 정신 건강 문제가 있는 전 세계 사람의 3분의 2는 정신 건강 전문가에게 도움을 구하지 않는다. 자살 위험이 큰 환자가 의사를 만나고 있다고 해도, 아마 일주일에 고작 50분 만나는 정도일 것이다. 그 외의 시간 동안 환자는 자기 의지대로 행동하게 된다.

한때 기술 분야에 몸담았던 배노이는 정신 건강이 다른 의학 분야보다 뒤떨어져 있는 점을 의아해했지만, 막상 어떻게 개선해야 할지는 알지 못했다. 그는 거의 20년 가까이 컴퓨터프로그래밍 분야에서 벗어나 있었고, 그 시간 동안 많은 변화가 있었다. 배노이는 어펙티바를 언급한 《뉴요커》의 감성AI 기사를 읽었을 때 두 학문을 연결할 방법을 보았다고 말한다. 그는 스마트폰용 감성AI 앱을 사용해 환자를 실시간으로 추적해서, 환자가 심하게 우울하거나 스스로에게 위해를 가하려는 것처럼 보이면 전문가가 개입하도록 할 수 있을지 궁금해했다. 배노이는 우리에게 연락해 자신의 아이디어를 이야기했고, 우리는 그를 해커톤에 초대해 그것을 실현했다.

배노이와 그의 팀은 자신들이 만든 스마트폰 자살 예방 앱 프로토타입을 '필포라이프(Feel4Life)'라고 이름 지었다. 이 앱은 어펙티바의 감성AI와 비욘드버벌의 음성 소프트웨어를 사용해 사용자가 괴로워하는지, 심경에 변화가 있는지를 포착한다. 또한 표준 평가 시험처럼 우울한지 또는 자살을 생각하는지를 묻는 대신 "오늘 기분이 어때?", "지금 무슨 생각 해?", "이번 주에는 뭘 할 거야?" 같은 질문을 던지면서 사용자의 삶에서 일어나고 있는 일들을 이야기하도록 유도한다.

사용자가 앱에 체크인해서 대답을 입력하면, 수집된 답을 이전 답들과 비교해 사용자의 기준치 및 가장 최근의 응답보다 긍정적으로 바뀌었는지 부정적으로 바뀌었는지를 확인한다. 이 앱은 하루 세 차례 체크인하도록 설계됐으며, 앱 제공자는 사용자의 로그 기록을 볼 수 있다. 사용자가 체크인하지 않거나 상태가 좋지 않은 것으로 판명될 경우, 제공자는 그 사실을 통지받아 사용자의 가족에게 연락하거나 직접 개입한다. 필포라이프는 프로토타입이어서 정식 버전이 나오기까지 수월하지는 않겠지만, 만약 시장에 나오더라도 매주 50분씩 진행되는 대면 상담을 대체하지는 못할 것이라고 배노이는 말한다. 그보다는 의사가 미칠 수 있는 영향의 범위를 늘리고 확장하는 방향으로 사용될 것이다.

배노이는 자살 위험이 큰 사람들의 온라인 행동 추적을 토대로, 이전에는 감지되지 않았던 중요한 정보를 구축할 수 있다고 말한다. 예를 들어 이 앱은 자살 가능성이 큰 사람들과 그렇지 않은 사람들과 비교했을 때 온라인상에서 어떤 종류의 뉴스와 정보에 더 끌리는지, 혹은 자살이나 죽음에 관한 이야기에 특별히 관심을 기울이는지를 감지할 수 있다.

"그들은 자신들의 세계에서 미래와 희망에 대한 정보를 배제하고 있을지도 몰라요." 배노이는 말한다. "자살 시도를 한 이력이 있거나 그런 생각을 하는 사람들은 미래와 인간관계에 관련된 것들보다는 죽음, 또는 자해와 관련된 영상을 보는 데 훨씬 많은 시간을 할애한다는 사실이 밝혀질지도 모릅니다. 아직 그것에 대한 답을 모르니 알아내려는 거죠." 이러한 종류의 연구를 자동화, 전산화하는 것은 방대한 데이터를 모으고 궁극적으로 생명을 구하는 데 도움이 될 수 있다.

필포라이프 같은 앱이 출시된다면 처음에는 자살 위험성이 매우 높은 사람이 주요 대상이 될 것이다. 그러나 이 기술의 진정한 힘은 알렉사, 시리, 코타나처럼 우리가 매일 사용하는 기술에 통합될 때 발휘된다. 우울증은 우리 사회에 만연해 있다. 미국 정신의학협회에 따르면 여섯 명 중 한 명은 살면서 우울증을 경험한다. 자신이나 가족 구성원이 우울증을 앓고 있어도 인지조차 못하는 경우도 많다. 정신 건강만큼 민감한 사항을 감시하는 일은 철저히 개인의 동의하에 이루어져야 하며, 해당 데이터는 공개되지 않아야 한다. 앱을 통해 자살 징후를 조기에 발견할 수 있다면 매년 수천 명의 목숨을 구할 수 있다.

해커톤이 없었다면 필포라이프 앱은 프로토타입 제작에 성공하지 못했을 것이다. 마찬가지로 그 주말에 완료된 프로젝트들 중 어떤 것도 세상 밖으로 나오지 못했을지 모른다.

우리는 〈이모션 랩 '16〉을 열며 창의적이고 열정적인 사람들이 감성AI로 무엇을 할 수 있는지를 보고 싶었다. 주말이 끝나 갈 무렵, 우리는 감성AI 세계가 어떤 모습일지를 엿보았다. 그곳은 정녕 정이 넘치고 재미있으며, 유용하고, 사려 깊고, 어려운 문제를 두려워하지 않는 세상이었다. 나아가 타인의 감정을 인지하고 이해하며 진정으로 공감하는 세상이었다.

결론을 내리자면 이모션 랩은 그 자체가 프로토타입이었다. 제조자와 사용자 모두의 요구에 대응하면서, 이 세상에 설 자리가 없다고 생각하는 사람들에게 문을 열어 주는 기술을 행하는 새로운 방법을 제시하는 장이었다.

이러한 AI 시스템을 설계하고 사용하려면 '모든 사람'의 협력이 필요하다. 소수 인원이 나머지 사람들을 위해 시스템을 설계하는 실리콘밸리의 기존 방식을 고수한다면 기술이 복제되는 결과가 발생하며, 의도한 바는 아닐지라도 사회에 존재하는 편견들마저 복제하게 될 것이다.

시스템을 설계할 때, 즉 아이디어의 개념을 정립하고, 실제 데이터를 수집하고, 기계 학습 알고리즘을 제작해 실질적 사용에 이르기까지 우리에게는 전반적으로 다양성이 필요하다. 모든 사람이 협업해야 한다. 우리의 알고리즘은 인도 외딴 지역에 사는 사람들의 미소, 히잡을 쓴 여성의 미소, 트랜스젠더들의 미소를 감지할 수 있어야 한다. 우리의 알고리즘은 직업군, 피부색, 성별, 나이, 인종을 망라한 모든 사람을 대상으로 작동해야 한다. 우리의 알고리즘은 인간의 삶을 이롭게 하는 한편, 사회를 해치고 사람들의 삶의 질을 떨어뜨리는 오래된 문제들을 해결하는 데 도움이 되어야 한다.

20

조용해진 아이

내 동료 에밀리는 두 살짜리 아들 맷이 몇 개월 빠른 두 사촌과 놀던 중에 말이 없어졌다는 사실을 알아차렸다. (당사자들의 사생활 보호를 위해 가명을 사용했다.)

"사촌들은 계속해서 말을 하는데 맷은 한 마디도 하지 않았어요." 에밀리가 회상했다. 아이가 일찍 말문이 트인 편이어서 이상하게 느껴진 장면이었다. 이제 맷은 침묵 속에서 대부분의 시간을 보낸다.

에밀리는 맷의 다른 행동들을 관찰하며 특이점들을 발견하기 시작했다. 좀처럼 눈을 마주치려 하지 않았고, 눈을 마주치면 불편한 기색을 보이며 얼른 시선을 돌렸다. 맷은 껴안는 행위를 좋아하지 않았고, 엄마가 이름을 부르면 열 번 중 아홉 번은 응답하지 않았으며, 장난감 자동차를 가지고 놀 때 또래 남자아이들처럼 바닥에서 굴리지 않고 차를 뒤집어 바퀴에 집착했다.

에밀리는 아동 발달 전문가는 아니지만, 육아 서적을 통해 이런 행동들이 자폐증과 연관되어 있다는 것을 알 정도의 지식은 가지고 있었다. 소아과 의사에게 이러한 우려를 이야기하자 의사는 그렇지 않다고 장담했다. 맷의 행동은 자폐아가 보이는 전형적인 행동들과는 달랐다. 수줍음이 많기는 했지만 혼자서 몸을 흔드는 등 반복적인 움직임을 보이거나 까치발을 하고 걷지는 않았다(걸음마 단계의 아이들이 종종 까치발을 하고 걷기는 하지만, 대부분은 성장과 함께 그만둔다). 즉 맷은 명백한 자폐증 징후를 보이지 않았다.

"단순한 언어 지체입니다." 소아과 의사는 에밀리를 안심시켰다. "아이에게 필요한 건 약간의 언어 치료뿐이에요."

에밀리는 맷을 데리고 두 명의 아동 심리학자를 만나 봤는데, 둘 다 괜찮다고 말하며 주에서 후원하는 자폐증 조기 중재 프로그램에 등록시켜 달라는 요청을 거절했다. 개인이 비용을 부담하기에는 큰 액수였을 것이다.

"내 눈을 똑바로 보며 말했어요. '우리는 자폐증이 있는 아이를 하루에 열 명 정도 보는데, 맷은 확실히 그에 해당하지 않습니다'라고요." 에밀리가 말했다.

의사들의 말을 믿고 싶었지만 맷은 계속해서 엄마를 불안하게 하는 행동을 보였다. 과학자인 에밀리는 도저히 가만히 있을 수 없었다. 자폐증에 관해 공부하면 할수록 맷의 미래에 대한 걱정은 커져만 갔다. 자폐 스펙트럼 장애에 대한 완벽한 치료법은 없지만, 에밀리는 세 살 이전에 증세를 발견하는 것이 치료에 긍정적인 영향을 미친다는 연구 결과를 읽었다. 그것이 사실이라면 기회는 점점 줄어들고 있는 것이나 마찬가지였다.

아들의 상태를 제대로 규명하기로 마음먹은 에밀리는 자신이 사는 주에 자폐증 권위자가 있음을 발견하고는 넉 달 동안 밀려 있는 대기자 명단에 이름을 올렸다. 세 번째 생일을 불과 몇 달 앞둔 어느 날, 에밀리는 맷을 데리고 전문의를 찾아가 평가를 받았다. 아이와 교류한 지 몇 분도 되지 않아 자폐증 전문의는 에밀리에게 말했다. "어머님 말씀이 맞네요. 아이에게 자폐증이 있습니다."

에밀리는 나에게 연락해 내가 알고 있는 기술 중 맷에게 도움이 될 만한 것이 있는지 물었다. 앞서 로즈와 내가 자폐아들을 위해 표정을 해독해 주는 구글 글라스 타입 장치를 만들겠다고 했던 걸 기억할지 모르겠다. 어느새 그것은 현실이 되어 있었지만, 우리 회사의 개발품은 아니었다.

엠파워드브레인

2013년, 하버드 신경과학 박사 출신으로 MIT에서 인지신경과학 석사 학위를 받은 기업가 네드 사힌은 MIT에서 하루 종일 진행된 자폐증 세미나에 참석하고 있었다. 자폐증에 대해 거의 알지 못했다는 사힌 박사는 이렇게 말했다. "자폐증이 있는 사람이 얼마나 많은지를 고려했을 때, 다른 분야에 비해 너무 많이 뒤처져 있어서 놀랐습니다."

사힌은 연구자들과 자폐증 공동체 구성원들로부터, 결정적인 진단을 받기 전까지 아이를 데리고 여러 의사들을 만나러 다녀야 하는 에밀리와 같은 부모의 고충을 전해 들었다. 자폐 스펙트럼 장애가 있는 청년들은 취업과 인간관계 유지에 어려움을 겪고 있다고 토로했다. 자폐증이 심해 의사소통이 힘든 아이를 가진 부모들은 자신의 아이들이 어떤 생각을 하고 무엇을 느끼는지 절실히 알고 싶어 했다.

"이번 회의에서 가장 인상 깊었던 것은 과학이 아니었습니다. 발표자들이 이 문제를 연구하는 정당성을 설명하기 위해 내놓은 짧은 서문을 보고 난 탄복했어요. 나를 사로잡은 것은 인간의 투쟁이었죠." 사힌이 회상했다.

또한 사힌은 미국 어린이 59명 중 1명이 자폐 스펙트럼 장애 진단을 받는데도, 미국을 포함한 어디에서도 그 아이들을 돌봐주거나 지지해 줄 전문가가 충분하지 않다는 점에 충격을 받았다.

사힌은 새로운 도전에 대비하고 있었다. 그는 직장에 1년짜리 휴가를 내고 아내 니콜과 함께 24개국 이상을 여행하고서 막 돌아온 후였다. 부부는 구글 맵이 아닌 진짜 사람들과 교류하고 싶어서 휴대전화를 집에 두고 떠났지만, 세계의 변방에 해당하는 지역에서도 스마트폰이 흔하게 쓰인다는 걸 막상 떠나고 나서야 알았다고 한다.

"여행을 통해 깨달음을 얻었습니다. 우리가 방문한 수많은 나라에서 사람들이 저마다 직면하고 있는 어려움을 직접 목격했어요. 일상생활에서 사람들이 분투하는 모습을 보았죠. 소프트웨어는 세계 곳곳에 보급될 수 있고, 수요에 맞게 빠르게 확장될 것이며, 도움이 필요한 사람들에게 공평한 경쟁의 장을 만들어 줄 수 있다는 점을 깨달았어요."

2013년 사힌이 미국으로 돌아왔을 때, 마침 카메라와 광학 디스플레이 장치가 장착된 스마트 안경 구글 글라스가 출시됐다. 이 장비는 높은 가격과 과장된 광고 마케팅으로 쓴소리를 듣기도 했는데, 안경(glasses)과 재수 없는 놈(asshole)을 합쳐 "글라스홀(glassholes)"이라며 사용자를 조롱하는 이들도 있었다. 그러나 사힌은 구글 글라스를 신경 장애가 있는 사람들을 도울 새로운 도구로 보았다.

하지만 구글 글라스를 구하는 일은 만만치 않았다. 비싸기도 했지만 엄선된 소수만을 대상으로 매우 느린 속도로 출시되고 있었기 때문이다. 사힌 박사는 캘리포니아주 마운틴뷰에 있는 구글 본사로 찾아가 회사 고위층을 설득한 끝에 구글 글라스를 기증받아 자신의 목적에 맞게 개조했다.

구글 글라스를 손에 넣은 사힌은 이 첨단 장비를 어떻게 사용할지 끊임없이 생각했다. 그렇게 한참을 생각하던 중 자폐증 관련 회의에 참석하고 나서야 그 장비로 무엇을 할지 윤곽을 잡을 수 있었다.

"자폐증이 있는 이들 중 상당수는 인지적 장애는 갖고 있지 않지만 사회성에 장애가 있어요. 그래서 어려움을 겪죠. 웨어러블 컴퓨터와 AI를 결합한 형태로 소셜 인터페이스를 제작해 훈련 도구로 활용하는 방법을 구상해 봤어요. 사용자들이 그걸 활용해 자신의 잠재력을 최대한 발휘할 수 있겠다고 생각했죠."

즉 사힌은 얼굴 표정과 그 외의 다른 사회적 신호들을 해독해 자폐증이 있는 사람들이 다른 사람들과 더 나은 상호작용을 할 수 있도록 돕는 구글 글라스를 만들고자 했다. 7년 전, 로즈와 내가 국립과학재단에 보조금을 신청했지만 제작 불가능 판정을 받고 거절당한 바로 그것이었다. 그러나 기술의 세계에서 7년은 영겁에 가까운 시간이다. AI는 비약적으로 발전했고, 구글 글라스는 우리가 구상한 어설픈 기기보다 몇 광년 앞서 있었다. 그해에 사힌은 스타트업 브레인파워(Brain Power)를 설립했다. 신경과학 기반 소프트웨어와 하드웨어(웨어러블 컴퓨터를 인간의 상호작용을 촉진하는 신경 보조 교육 장치로 변형해 주는 형태)로 두뇌, 특히 자폐증이 있는 두뇌의 능력을 끄집어내는 것이 회사의 주목표였다.

사힌은 MIT에서 컴퓨터 프로그래머를 영입해 신경과학자와 기술자 들로 구성된 팀을 꾸리기 시작했다. 그는 자폐 스펙트럼 장애가 있는 사람들을 고용해 조언을 구하고자 했다. 사힌과 그의 팀은 자폐증이 있는 개인뿐만 아니라 환자의 가족과 보호자에게도 기술 설계와 관련해 도움을 요청했다. 그 결과, 사회적 감정 기술을 가르치고 사용자들이 주변 세계에 참여하도록 돕는 일련의 앱들이 탄생했다.

이 과정에서 쉬운 부분은 하나도 없었다. 사힌이 사용해 본 결과, 구글 글라스는 개조하기가 어려웠다. 앱을 쉽게 다운로드할 수 있는 사용자 친화적인 스마트폰처럼 만들어지지 않았기 때문이다. 사힌이 원하는 방향으로 개조하는 일은 고도로 숙련된 기술자들에게도 쉬운 일이 아니었지만, 그의 팀은 끝끝내 그것을 성공시켰다.

사힌의 노력은 MIT 미디어랩에서의 내 모습을 떠오르게 한다. 당시 나는 자폐증을 위한 웨어러블 도구의 원시적인 버전을 만들고 있었다. 그렇게 아이셋을 만들며 얼마나 많은 공을 들였는지를 생각하면 한바탕 향수가 밀려온다. 어펙티바 초창기에 그 결실을 떠나보내는 일은 너무나도 힘들었지만, 그것을 제외하더라도 회사가 감당해야 할 일이 넘쳐났기에 어쩔 수 없었다.

사힌은 이 일을 시작했을 때 나와 로즈가 비슷한 프로젝트에 착수했었다는 사실을 전혀 몰랐고, 우리 또한 그가 무슨 일을 하고 있는지 전혀 알지 못했다. 하지만 MIT라는 접점이 있었기에 우리의 만남은 불가피했다. 사힌은 로즈의 존재를 알아냈고, 로즈는 나에게 그를 소개해 줬다.

우린 함께 커피를 마시며 급속도로 친해졌다. 나는 사힌이 성취하고자 하는 바를 이해했다. 그의 작업 이야기를 들으니 로즈와 내가 초창기에 구상했으나 해낼 수 없었던 사업에 대한 아쉬움이 채워지는 것 같았다. 사힌의 회사는 한동안 돈을 벌 창구가 없었기 때문에 우리에게 라이선스 비용을 낼 형편이 안 됐다. 그래서 우리는 소프트웨어에 무료로 접근할 수 있는 권한을 줬고, 나아가 매달 몇 시간씩 상담을 해 주기도 했다. 라이선스 사용료를 생각하면 큰 혜택을 제공하는 거였는데, 우리는 옳은 일이라고 판단되면 종종 돈을 떠나 이런 일을 하기도 한다. 박사 과정 당시 난 자신의 데이터베이스에 접근할 수 있게 해 준 사이먼 배런코언에게 큰 도움을 받았고, 덕분에 연구 기간을 몇 년은 단축할 수 있었다. 이제는 내가 브레인파워에게 도움을 줄 차례였다. 결과적으로 사힌 박사 같은 사람과의 기술 공유는 회사에 사기 증진 등의 여러 효과를 불러온다. 특히 목적이 있고 사명감 있는 기업을 높이 평가하는 밀레니얼 세대 사이에서 우수한 직원들을 끌어들이는 데 큰 도움이 된다.

그렇게 탄생한 브레인파워의 엠파워드브레인(Empowered Brain)은 자폐증, 주의력결핍 과잉행동장애(ADHD) 등 뇌와 관련된 문제가 있는 아이들과 성인들이 사회적 감정 기술을 익힐 수 있도록 돕는 게임형 앱이다. 구글 글라스에서 실행되는 이 앱은 증강 현실과 어펙티바의 소프트웨어를 활용해 사용자가 대화에 참여할 수 있도록 조언하고, 함께 소통하는 사람들의 표정과 감정 상태를 해독한다. 이 소프트웨어는 스마트폰이나 태블릿에도 연동되는데, 구글 글라스가 기록하는 수백 개의 데이터 포인트를 계정별로 표시해 준다. 실시간으로 분류되는 이 데이터는 사용자가 어떤 진전을 보이는지 부모와 교사가 알 수 있게 해 준다.

사힌은 웨어러블 헤드셋이 사용자의 학습 과정에서 매우 중요한 부분이라고 강조한다. 앱이나 태블릿을 사용하면 사람들이 아래를 내려다보기 때문에 잘 작동하지 않을 것이기 때문이다. "화면을 내려다보고 있으면 세상으로부터 감각 기관들이 얻는 정보는 제한될 수밖에 없습니다. 내가 누군가에게서 아이패드를 떼어 놓으면 그 사람의 머리는 자동으로 위로 올라가고, 귀로 들을 수 있는 범위도 훨씬 넓어지죠. 자폐 스펙트럼 장애가 있는 아이에게는 그런 상황이 과하게 느껴질 수 있고, 그로 인해 크게 지장받을 수 있어요."

이와는 대조적으로 스마트 글라스를 사용할 때 사용자는 고개를 들고 손은 자유로워진 채 주변 환경과 만나게 된다.

"기술은 사람과 사람의 상호작용을 위한 점수 기록원이자 선생님입니다. 점수를 따려면 현실에 있는 누군가와 교류해야 하죠."

엠파워드브레인이 제공하는 게임들은 인간과 인간의 상호작용을 돕기 위해 고안됐다. '감정 샤레이드(몸짓을 보고 단어를 맞히는 놀이―옮긴이)'를 예로 들어 보자. 사용자는 글라스를 착용한 채 친구와 교류하고 있다. 보상(이 경우 가상 보석)을 얻으려면 상대가 어떤 감정을 보이는지 추측해 고개를 기울여 행복한 이모티콘과 슬픈 이모티콘 중 하나를 선택해야 한다. 상대가 웃고 있을 때 행복한 이모티콘을 고른다면 보상으로 가상의 보석을 얻게 된다. 상대의 미소를 슬픔으로 잘못 파악하고 슬픈 얼굴 이모티콘을 고르면 보석을 받지 못한다. 이 게임은 친구와의 상호작용을 통해 감정 표현을 식별하는 방법을 가르쳐 주고, 대화가 이뤄지는 동안 사용자가 상대방의 얼굴을 바라볼 수 있도록 돕는다.

궁극적인 목표는 사용자가 실제 삶에서 엠파워드브레인 없이도 온전히 기능할 수 있도록 장려하는 것이다. 예를 들어 대화

중 얼굴을 바라보도록 유도하는 게임 '페이스2페이스(Face2Face)'에서는 사용자가 높은 단계로 올라갈수록 일부 시각적 단서가 사라진다.

사힌이 회사를 차리고 5년 후, 에밀리는 나에게 맷을 도울 수 있는 기술을 알고 있는지 물었다. "글쎄요, 언젠가 좋은 기술이 생기겠죠"라고 대답하는 대신 나는 사힌에 대해 얘기해 줬다. 진단을 받고 몇 달이 지난 후, 에밀리는 맷을 데리고 매사추세츠주 케임브리지에 있는 브레인파워 사무실을 방문해 엠파워드브레인 시스템을 체험해 보았다. 어떻게 보면 맷은 이 기술을 테스트하기에 어린 감이 있었지만, 영리한 데다 유치원에서 잘 따라가고 있었기 때문에 후보로서 손색이 없었다. 언어 능력은 또래들을 따라잡은 상태였고, 숫자에 능했으며, 기기를 갖고 놀기를 좋아했다. 하지만 사회성은 아직 부족한 수준이었다. 대화할 때 사람의 눈을 직접 보며 집중하지 못하는 성향은 친구를 사귀고 학교에 다니며 어른으로 커 가는 과정에 방해 요소가 될 것이 분명했다.

엠파워드브레인은 맷과 같은 아이들이 일상적인 상호작용에서 겪는 실질적인 문제들에 도움을 준다. 이 시스템은 맷이 다른 사람들을 기분 나쁘게 하거나 주의를 분산시키지 않으면서 머리를 움직이는 방법을 알려 줘 대화를 지속할 수 있게 해 준다. 그리고 시선을 정확히 맞추지는 못하더라도, 그 사람이 있는 방향을 바라보게 해 대화하는 느낌을 유지할 수 있도록 도와준다. 엠파워드브레인의 도움으로 맷은 시선을 돌리거나 내려다보지 않고 다른 사람과 대화를 이어 가는 방법을 배우고 있으며, 이는 아이에게 중요한 이정표가 될 것이다.

다양한 연령층을 대상으로 성공적이라는 것이 증명되었지만, 원래 엠파워드브레인은 취학 연령대의 아이들을 위해 고안된 도구다. 그래서 맷이 처음 사용하기 시작했을 때 우려했던 점은 '권장 사용 연령보다 어린 아이가 이 시스템을 접했을 때 자신이 무엇을 해야 하는지 이해할 수 있을까?'였다. 다행히도 맷은 장비를 착용하는 즉시 적응했다고 에밀리는 말한다. "화면을 통해 내 모습을 봤어요. 내 얼굴이나 눈을 볼 때마다 점수를 땄죠. 게임 방법을 금세 이해하더라고요."

현재 엠파워드브레인은 12개국 이상에서 150대가 사용되고 있다. 회사는 매사추세츠주 소재의 공립학교와 개인의 사용을 늘리고, 다른 주로 사용 범위를 확장하는 것을 목표로 하고 있다. 일부 매사추세츠 공립학교에서는 이 장비로 특수교육 학생들을 보조하는 데 초점을 맞추고 있다. 미국 전역 특수교육 프로그램의 일환인 개별화 교육 프로그램(IEPs)에 등록된 55만 명의 자폐 학생들을 생각하면, 이 분야는 아직 손길이 닿지 않은 대규모 시장이라고 볼 수 있다.

사힌은 이 기술이 어린이에게 생활 기술을 가르치는 것 외에도 자폐 아동과 부모 사이의 이해를 향상하는 데 도움이 되리라고 전망한다. "세상으로부터 그 아이들을 지켜 줄 사람들은 부모밖에 없습니다. 자기 아이가 어떤 상황에 놓여 있는지 이해하지 못한다고 느낀다면 부모는 낙심할 수 있어요. 이 장비는 인간과의 소통을 돕고, 궁극적으로는 관계를 맺는 데 도움이 되는 다리 역할을 할 거예요."

　이 다리는 자폐 스펙트럼 양극단에 있는 사람들 사이의 소통과 이해를 발전시킬 잠재력을 지니고 있다. 맷과 그의 가족처럼 한 지붕 아래 사는 사람들, 같은 반 아이들, 사무실에서 함께 일하는 동료를 막론하고 누구에게든 도움이 될 것이다. 이 혁신은 사람과의 상호작용을 향상하기 위해 인공 감정 보조물을 필요로 하는 모든 연령대의 사람에게 유익하다.

　어펙티바와 브레인파워의 파트너십은 수익을 낼 목적으로 맺어진 것이 아니며, 앞으로도 그런 관계를 지속할 가능성이 크다. 수익은 중요하지 않다. 나에게 이 관계는 거의 20년 전에 시작한 임무의 완수를 의미한다. 그 임무란 감성 지능 향상이 필요한 사람들을 위한 감정 보조물을 만들겠다는 목표를 이루고, 나아가 맷과 같은 아이들의 잠재력을 끄집어내 그들을 억제해 온 장벽을 제거하는 것이다. 이 기술을 최대한 활용하고 있는 사힌에게 바통을 넘겨준 것은 옳은 판단이었다고 생각한다.

21

미소의 비밀

우리의 얼굴은 세상 모두에게
우리의 감정을 말해 주는 게시판이다.

**— 호주 시드니에서 성형외과 의사로 활동 중인
안면 재건 의학 박사 조지프 뒤셀도르프**

나의 미소는 내가 지닌 초능력이다. 당신의 미소도 마찬가지다. 영국 케임브리지에서 외국인 박사 과정 학생이었을 때 내 미소는 벽을 허물고, 다리를 만들고, 다른 사람과 진한 감정적 유대 관계를 맺을 수 있도록 도왔다. 요즘 나는 산더미만큼 일감을 들고 다른 사람의 사무실에 머리를 들이밀 때나 잠정적인 고객을 만날 때 '평화로운 미소'를 띤다. 감정에는 전염성이 있으며 미소에 저항하는 사람은 없다는 사실을 잘 알기 때문이다. 웃으면서 무언가를 요구하는 행위는 똑같은 요구를 하면서 얼굴을 찡그리거나 퉁명스럽게 구는 것과 전혀 다르게 인식된다. 미소는 인간의 상호작용에 매우 필수적이다. 우리는 태어나기도 전에 이미 어머니의 자궁 속에서 미소를 짓는다. 미소는 인간과 인간의 의사소통에서 중요한 역할을 한다.

미소 짓는 능력을 잃는다고 상상해 보자. 어느 날 아침 호주 시드니의 초등학교 교사 수전(가명)에게 실제로 일어난 일이다. 수전은 얼굴이 망가진 채 잠에서 깼다. 한쪽 얼굴은 정상적으로 기능하는데 나머지 반은 굳어 버린 것이다. 수전의 미소는 예전과 비교했을 때 이상하고 축 늘어져 보였다. 자신이 느끼는 것을 겉으로 표현하지 못하는 반쪽짜리 미소였다.

"제 직업에서 미소는 생명과도 같아요. 학생들과 관계를 맺는 방법이라고요." 수전은 눈물을 흘리며 의사에게 호소했다. 학생들이 "선생님 얼굴이 왜 그래요?"라고 물으며 멀어지기 시작하자, 수전은 교실을 떠나 행정 업무로 보직을 변경했다.

수전에게서 미소를 빼앗아 간 범인은 안면 마비 증상이었다. 일종의 신경 근육 장애로 인해 한쪽으로 치우친 어색한 표정을 짓게 된 것이다. 안면 마비는 갑자기 일어날 수 있으며, 원인은 뇌졸중이나 바이러스 등으로 다양하다. 증상은 저절로 사라질 수도 있고 그렇지 않을 수도 있다. 안면 재건 수술을 통해 얼굴을 예전으로 되돌리는 경우도 많다.

수전은 하버드 의과대학 부속 매사추세츠 아이앤드이어(Massachusetts Eye and Ear)에서 안면 재건 성형외과의로 근무 중인 호주 출신 외과의 겸 임상 연구원 조지프 뒤셀도르프 박사의 환자다. 수전은 안면 마비로 인해 먹고, 말하고, 코로 숨 쉬고, 눈을 감는 능력에도 문제를 느꼈지만 미소를 되찾을 수 있을지를 가장 중요하게 생각했다.

이러한 증상은 어른들에게만 나타나지는 않는다. 아이들은 뫼비우스 증후군이라는 발달장애 질환을 갖고 태어날 수 있는데, 이 경우 얼굴 양쪽이 모두 마비된다. 이 질환이 있는 아이들은 웃지 못한다. 유머 감각이 잘 발달돼 있고 모든 면에서 정상적일 수 있지만, 마치 가면을 쓴 것처럼 단순히 얼굴 근육이 움직이지 않는 것이다.

조와 처음 만난 건 2017년, 우리가 기획한 어펙티바의 첫 〈감성AI 서밋〉에서였다. 건강관리 분야 등의 세계 각국 전문가를 초청해 감성AI의 활용에 초점을 맞춰 회의하는 자리로, 이 행사는 이후 매년 열리고 있다. 펠로우십에 선정되어 당시 하버드 의과대학에 다니고 있던 뒤셀도르프는 감성AI 기술이 자신의 연구에 어떤 식으로 적용될 수 있을지 궁금해했다. 머지않아 그의 연구 주제는 미소가 됐다.

재건 수술을 위해 그를 찾은 환자들은 나이를 불문하고 "단지 내 미소를 되찾고 싶다"라고 말했다고 한다. 뒤셀도르프는 이렇게 덧붙였다. "우리가 환자들의 미소를 조금이라도 개선할 수 있다면, 그들의 성격과 삶 전체에 엄청난 변화를 가져올 겁니다." 뒤셀도르프가 집도하는 안면 마비 증상 수술 중 98퍼센트가 '미소 재건술(안면 근육을 움직이는 신경계의 방향을 바꾸는 복잡한 미세 수술 절차)' 시술을 사용하는 이유도 이 때문이다. "기본적으로 전기 기술자가 하는 일과 비슷하죠. 얼굴의 건강한 쪽에 '연장선'을 연결해 손상된 면으로 넘긴다고 생각하면 돼요."

미소 재건술은 외과 의사와 환자 모두에게 고되고 복잡한 절차로, 회복하는 데 수개월이 걸릴 수 있다. 외과 의사들은 수술 후에 꼼꼼히 관찰하며 환자의 진행 상황을 평가한다. 특히 훼손된 부위가 다시 움직이는지, 시간이 흐른 후 완벽한 대칭을 이루는 미소가 복원되었는지를 살핀다. 사소한 비대칭적 요소만으로도 완벽한 미소에서 쓴웃음으로 바뀔 수 있기 때문이다. 뒤셀도르프는 일명 '행인의 반응' 실험을 통과할 수 있을 만큼 확실히 미소를 복원하는 것을 목표로 한다. '행인의 반응'이란 행인이 환자의 미소를 봤을 때 자연스럽게 느끼는지, 아니면 '저 사람 얼굴이 왜 저래?' 하며 다시 쳐다보는지를 가늠해 보는 실험이다.

수술이 성공해 얼굴이 제 기능을 회복했다 하더라도, 미소는 수치화할 수 없는 미묘한 요인 때문에 문제를 띨 수 있다. "미소 근육이 작동해 입꼬리가 움직이는데도 그 사람이 행복하다는 것을 미소가 설명해 주지 못한다고 상상해 봅시다. 입꼬리가 너무 옆으로 움직인다거나 수직으로 움직일 수도 있겠죠. 그 외에도 잘못될 수 있는 요소들은 아주 많아요. 그런 경우는 잘못된 메시지를 전달하게 되죠."

나는 연구를 통해 미소에 수십 가지 종류가 있으며, 그 미소들이 각기 다른 의미를 전달한다는 사실을 알고 있다. 모든 미소가 기쁨을 표현하지는 않는다. 입 주변의 미세한 변화가 메시지를 바꿀 수도 있다. 뒤셀도르프가 가장 힘들어한 부분은 시간이 흐르며 점차 회복되는 미소를 관찰할 수 있는 객관적인 도구의 부재였다. 이는 다른 의학 전문 분야와 큰 차이가 나는 부분이었다. 심장이나 신장 수술 후 외과 의사는 환자의 진행 상태를 확인하기 위해 다양한 검사를 시행한다. 하지만 안면 수술의 경우에는 기능을 평가하는 표준화된 테스트가 존재하지 않는다. 외과 의사들은 자신의 두 눈에 의존해 환자의 회복 상태를 관찰해야만 한다.

미소 재건 수술 이후, 의사는 환자에게 농담을 건네거나 재미있는 비디오를 보여 주면서 '자발적인' 미소를 유도한다. 뒤셀도르프는 이와 같은 수술 후 평가의 비과학적 측면에 불만을 표했다. 전체 과정은 성공 혹은 실패로만 분류됐는데, 딱히 대안을 찾을 수도 없었다. 그는 어펙티바가 후원하는 연례 회의 〈감성AI 서밋〉에서 그 해답을 찾았다. 〈감성AI 서밋〉은 감성AI 기술의 잠재적 응용 분야를 탐구하기 위해 광범위한 분야의 대표들이 참여하는 행사다. 지금은 어펙티바의 미디어분석사업 부장이지만 당시에는 어펙티바와 제휴한 광고·브랜드 회사였던 칸타밀워드브라운(KMB, 이전의 밀워드브라운)의 그레이엄 페이지는 우리의 소프트웨어를 사용해 칸타밀워드브라운이 비디오 광고를 시청하는 소비자들의 표정을 어떻게 분석하고 측정하는지 설명했다. 겉으로는 의학과 무관해 보였지만 뒤셀도르프는 페이지의 데모를 보고 곧바로 칸타밀워드브라운의 작업과 자신의 의술과의 연결 고리를 발견했다. '아직 저런 멋진 도구가 없어서 그렇지, 저게 바로 우리 재건 성형외과의들이 하려는 것이다!' 뒤셀도르프는 무릎을 쳤다. 그는 이 기술이 자신이 찾고 있던 수술 결과의 객관적인 측정 기준을 개발하는 데 사용될 수 있으리라고 직감했다. 뒤셀도르프는 우리에게 소프트웨어에 접근할 수 있을지를 물어봤고, 우리는 흔쾌히 승낙했다. 우리는 환자들에게 보여 주라며 저작권 없는 재미있는 동영상들도 추천해 줬다.

뒤셀도르프는 마침내 미소를 측정하고 평가할 수 있는 도구를 갖게 됐고, 수술 후 환자를 평가하는 과정에서 개인의 판단으로 추측하는 영역도 많이 줄어들게 됐다.

뒤셀도르프가 우리의 감성AI 소프트웨어로 가장 먼저 한 일 중 하나는 안면 마비를 앓고 있는 사람들의 미소가 다른 사람들에게 어떻게 해석되는지를 조사하는 것이었다. 한 연구에서 그는 우리의 소프트웨어를 사용해 수술 전 환자들의 미소를 담은 영상을 재생했고, 환자들의 미소가 사람들에게 각기 다른 메시지로 해석된다는 사실을 발견했다. 환자들은 기쁨을 표현하려고 했지만 대다수에게 비대칭적인 미소는 경멸을 상기시켰다. 또한 안면 마비가 부분적으로 회복된 사람들은 웃으려 할 때 무의식적으로 코를 찡그렸는데, 이는 혐오감의 표현으로 해석됐다.

어펙티바의 감성AI는 미소 재건 수술을 받은 환자들의 새로운 미소에서 기쁨의 단서가 많아지고 부정적인 단서가 줄어든 것을 감지했다. 이는 엄청난 발전이었다. 뒤셀도르프는 우리 소프트웨어를 사용하여 시장조사에서 광고를 테스트하듯, 수술 후 미소의 종류와 강도를 평가할 수 있게 됐다. 뒤셀도르프는 우리의 소프트웨어 개발 키트(SDK)로 새로운 앱을 개발 중이다. 그 앱을 이용하면 수술을 받은 환자들은 집에서 자신의 미소를 실시간으로 모니터링 받을 수 있어 병원을 방문하지 않아도 된다.

"우리가 항상 완벽한 결과를 내지는 못합니다." 뒤셀도르프는 인정했다. "이 애플리케이션을 제대로 파악하고 이용하다 보면 완벽하지 않은 결과들을 찾아내게 됩니다. 기술적으로 흠잡을 데 없는 수술을 했다고 생각하지만, 환자의 미소가 100퍼센트의 기쁨을 표현하지 못하고 50퍼센트에 머물지도 모르죠. 이 도구는 그 범주에 속하는 사례들을 일괄적으로 들여다본 다음, 좀 더 자연스러운 미소를 만들어 주기 위해 수술에서 우리가 수정해야 할 사항이 무엇인지 고려할 수 있게 해 줘요."

나는 아직도 이 모든 게 믿기지 않는다. 광고 회사 간부의 강연이 사람들의 미소를 되찾아 주는 성형외과 의사에게 참신한 아이디어를 심어 줄 줄 누가 알았으랴. 난 〈감성AI 서밋〉에서 바로 그런 아이디어들이 탄생하기를 원했다. 서로 다른 분야의 사람들이 만나서 아이디어를 공유할 기회를 갖는 것이 중요하다고 생각하는 이유도 바로 이 때문이다.

차세대 과학자들

내가 어펙티바의 최고 경영자가 되고 몇 달 후, 우리 영업 부장은 캔자스주 오버랜드에 있는 쇼니 미션 고등학교 2학년생 에린 스미스에게서 온 이메일을 나에게 전달했다. 우리 소프트웨어에 접근하기를 원한다는 내용이었다. 그 여학생은 사용료를 낼 돈이 없었고, 영업 부장은 그 요청을 어떻게 해야 할지 내게 물었다. 나는 흥미를 느꼈다. 왜 열다섯 살짜리 학생이 우리 소프트웨어를 사용하려는 걸까?

2016년, 스미스 학생은 마이클 J. 폭스 파킨슨병 연구재단에 관련된 영상을 보고, 이 영상에 등장하는 폭스와 다른 파킨슨병 환자들이 웃는 모습에 충격을 받았다고 한다. "그 사람들의 미소에서 감정이 느껴지지 않았어요. 뭔가 잘못된 것 같은 느낌이 들었죠."

또래 친구들과는 다르게, 스미스는 중학교 2학년 때 〈라이 투 미〉라는 인기 범죄 드라마에서 얼굴 코딩 시스템을 접한 후 얼굴 코딩을 공부하기로 마음먹은 학생이었다. 폴 에크만의 연구를 바탕으로 만들어진 이 드라마에서 형사이자 연구 과학자인 주인 공은 용의자들의 비언어적 단서를 관찰하는 것만으로 그들의 범행 여부를 판단한다. 이 드라마에 흥미를 느낀 스미스는 에크만의 저서를 탐독했고, 내가 대학원 시절에 했던 것처럼 그의 얼굴 행동 코딩 시스템을 공부했다.

스미스의 이러한 배경 지식은 뉴스 인터뷰에서 파킨슨병 환자들의 미묘한 이상 증상을 발견한 순간, 즉각 그녀의 뇌리에 아이디어를 피워 올렸다. 파킨슨병과 어색해 보이는 미소 사이에는 어떤 의학적 상관관계가 있을까? 이러한 얼굴 변화를 식별함으로써 병을 진단하고 치료를 개선하는 데 도움을 줄 수는 없을까?

파킨슨병은 한참 진행된 다음에야 발견할 수 있는 매우 복잡하고 까다로운 병이어서 간단한 진단 테스트라는 게 존재하지 않는다. 국립보건원에 따르면 파킨슨병은 알츠하이머에 이어 미국에서 두 번째로 흔한 신경퇴행성 질환이다. 미국에는 50만 명의 파킨슨병 환자가 있으며, 매년 5만 명의 환자가 새롭게 발생한다.

전 세계적으로는 1000만 건의 발생 사례가 있다. 스물아홉 살에 처음 발병한 마이클 J. 폭스의 경우처럼 어린 나이에 발병할 수도 있지만, 60세 이상의 환자가 가장 흔하다.

과소 진단이나 오진 사례가 많은 병인 탓에 전문가들은 집계된 수보다 두 배 이상의 사례가 있을 수 있다고 주장한다. 2030년이 되면 세계 인구 고령화로 파킨슨병 환자는 두 배로 증가하고, 특히 개발도상국에 사는 사람들이 큰 타격을 입을 수 있다.

파킨슨병은 흔히 안정 시 떨림이나 보행 곤란으로 묘사되지만, 이러한 명확한 증상들은 파킨슨병이 한참 진행된 다음에야 나타난다. 초기 증상으로는 우울증, 불면증, 변비, 인지적 변화 등이 있다. 미묘하고 흔한 증상들이기 때문에 파킨슨병 전문가가 아닌 이들은 '일반적인 노화 현상'이라고 일축할 수도 있다. 따라서 정확한 조기 진단을 받기가 어렵다. 파킨슨병은 완치가 되지 않는다고 알려져 있기는 하나, 초기에 치료를 시작하면 훨씬 효과를 볼 수 있다. 규칙적인 운동, 건강한 식습관, 스트레스 감소와 같은 생활방식의 변화는 증상을 개선하는 데 도움이 된다. 하지만 이처럼 환자들의 증상을 완화하고 고통을 줄이기 위해서는 일찍 환자를 가려내는 것이 관건인데, 아직 의학의 영역으로는 해결이 안 된 부분이다.

세상에는 타고난 과학자들이 존재한다. 그들은 선천적인 호기심을 가지고 있으며, 무언가가 흥미를 자극하면 놓아주지 않는다. 그들은 두려움을 모른 채 새로운 장이 열릴 때까지 계속해서 땅을 판다. 스미스도 그런 유형이다. 처음에 그녀는 자신의 직감을 따르며 파킨슨병 환자의 간병인, 임상의들과 이야기를 나눴다. 스미스는 환자 본인과 배우자에게 비언어적으로 의사소통하는 부분에서 변화를 감지한 적이 있었는지 물었다. 배우자들은 일반적으로 파킨슨병 진단을 받기 10년 전부터 환자와 단절감을 느끼기 시작했다고 대답했다. 미묘한 지점이라 정확히 집어서 말하기는 쉽지 않지만 배우자와 친척들은 환자와의 감정적 연결이 음 소거 상태처럼 느껴졌다고 답했다.

스미스는 어느 의학 저널에서 파킨슨병 환자를 배우자로 둔 사람들의 이야기를 뒷받침해 주는 글을 읽었다. 뇌에서 표정 형성을 조절하는 부분인 편도체와 기저핵은 파킨슨병 초기에 변화하는 부분이다.

파킨슨병 초기 환자들은 다른 신경학적 증상이 나타나기에 앞서, 가면을 쓴 것처럼 표정이 억제되는 증상을 보인다. 스미스가 파킨슨병에 관심을 가졌던 시기에 이는 이미 잘 알려진 사실이었다. 하지만 이러한 표정의 변화로 병의 진행을 추적할 생각을 한 사람은 아무도 없었다.

스미스는 미묘한 표정 변화를 디지털화하고 수량화하여 초기 단계에서 병을 감지할 수 있는 새로운 진단 도구 개발에 전념했다. 즉 뇌 안에서 일어나는 작용을 관찰할 수 있는 안면 생물지표 개발을 목표로 세운 것이다. 성공할 경우, 파킨슨병을 비롯한 수많은 신경학적 장애 진단 방법을 크게 개선시킬 수 있었다.

그런데 스미스의 '미친 발상'은 여기에서 발목을 잡히고 만다. 표정을 객관적으로 포착하고 수량화하는 방법을 알지 못했기 때문이다. 그래서 스미스는 얼굴 디코딩에 관한 정보를 찾아 인터넷을 뒤졌고, 어느 날 우연히 나의 TED 강연을 보게 됐다.

그 젊은 여성의 진취성에 깊은 인상을 받은 나는 우리 회사의 소프트웨어에 무료로 접근할 수 있도록 허락하는 동시에, 우리의 연구 수행 방법을 설명해 줬다. 하지만 솔직히 조금은 회의적이었다. '열다섯 살짜리가 이걸 가지고 정말 뭔가를 만들 수 있을까?'

몇 달 후 스미스가 우리에게 이메일로 회신할 때까지 나는 그 요청을 새까맣게 잊고 있었다. 스미스는 이미 상당한 진전을 이룬 상태였다. 스미스는 환자 100명의 얼굴을 연구하기 위해 마이클 J. 폭스 재단과 파트너십을 맺었고, 머지않아 자신의 직감이 적중했음을 알았다. 파킨슨병 초기 환자의 안면 근육 수축은 전반적으로 감소한다. 더 중요한 사실은 특정 개별 안면 근육 운동, 특히 미소 형성에 관련된 주요 근육들이 손상되어 있다는 점이다.

스미스는 두 종류의 표정과 감정, 생각 없이 일어나는 자발적인 표정과 일부러 지은 표정을 식별하고 측정할 프로토콜을 개발했다. 자발적인 표정과 일부러 취한 표정은 뇌의 각기 다른 부위에서 조절하기 때문에 두 개의 개별 테스트를 진행해야 했다.

연구에 자원한 파킨슨병 환자들은 자신들의 가정용 컴퓨터에 달린 웹캠을 켜고, 자발적인 감정 반응과 얼굴 움직임을 유도하기 위해 편집된 일련의 짧은 영상들을 시청했다. 이어서 참가자들은 다양한 표정을 한 이모티콘을 보며 그 표정들을 재현해 달라는 요청을 받았다. 어펙티바의 소프트웨어는 그들의 얼굴 반응을 순간적으로 분석했다. 스미스는 이 반응들을 파킨슨병이 없는 사람들과 비교했고, 그 데이터로부터 파킨슨병 초기 단계들을 확인하고 진행 상황을 추적할 수 있는 일련의 알고리즘을 개발했다. 그러는 동시에 밤 시간을 활용해서 인터넷상의 훈련 도구로 코딩하는 방법을 독학했다.

고등학교 3학년이 되기 전에 스미스는 현재 페이스프린트(FacePrint)라는 이름으로 불리는 소프트웨어 특허를 냈고, 연구를 계속하기 위해 회사를 설립했다. 페이스프린트는 사용하기 쉽게 설계됐다. 스미스의 초기 기술 테스트와 마찬가지로, 사용자는 우선 컴퓨터 웹캠에 얼굴이 녹화되는 동안 슈퍼볼 광고 시리즈를 시청한다(2011년에 내가 WPP와 파트너십을 맺기 위해 했던 것과 똑같다). 그런 다음 사용자는 보편적인 표정 이모티콘 세 개를 따라 지어 보라는 안내를 받는다. 어펙티바의 감성AI 소프트웨어는 이렇게 수집된 자발적 표정과 비자발적 표정 영상들을 분석한다. 그렇게 해서 나온 결과는 환자가 파킨슨병에 걸렸는지를 판별해 준다.

지금까지 알고리즘은 88퍼센트의 정확도를 지녔다. 스미스는 알고리즘이 90퍼센트 이상의 정확도에 도달할 수 있도록 열심히 노력하고 있으며, 나아가 자신의 목표를 더 높게 수정했다. 페이스프린트를 사용해 보니 다른 신경 질환이 있는 환자들은 안면 운동에서 뚜렷한 차이를 보였다고 한다. 그 관찰을 통해 스미스는 '파킨슨병과 비정형 파킨슨병 환자들을 위한 강력한 감별 진단 및 모니터링 도구'를 만들겠다는 새로운 목표를 세웠다.

스미스의 도구가 기존과 크게 다른 부분은 굳이 의료 시설이 아니어도 컴퓨터와 카메라가 있는 곳, 즉 스마트폰이 있다면 어디서든 사용할 수 있다는 점이다. 이를 통해 사람들은 집에서 병의 진행 상황과 치료 효과를 자세히 관찰할 수 있게 되는데, 나는 이 지점이 가장 큰 영향을 미치리라 생각한다. 나아가 개발도상국이나 파킨슨병 전문의가 없는 지역의 사람들도 초기에 정확한 진단을 받을 수 있게 될 것이다.

스미스는 자신의 연구가 아직 초기 단계에 있다고 말한다. 이제는 파킨슨병이나 다른 신경 질환을 알려 주는 안면 생물지표들이 있는데, 이러한 장애(예를 들어 부자연스러운 미소)들이 실제로 파킨슨병 초기, 또는 다른 유사한 질환에서 비롯된 우울증에 의한 것인지는 여전히 알 수 없다. 이를 위해 스미스의 스타트업은 이 소프트웨어가 파킨슨병, 알츠하이머병, 경도 인지 장애가 있는 사람들의 우울증을 예측할 수 있는지를 알아내기 위한 임상 시험에 참여할 계획이다.

스미스의 연구는 단지 파킨슨병이나 신경학, 또는 과학에 한정돼 있지 않다. "저는 의학의 패러다임 변화에 관심이 많아요. 환자들이 주도적으로 자신의 건강에 대한 권한을 갖고, 이전에는 갖지 못했던 도구와 기술에 접근할 수 있게 하는 데 초점을 맞추고 있죠."

《포브스》는 스미스를 〈영향력 있는 30세 이하 30인〉 중 한 명으로 선정했다. '교실에 앉아 있는 대신 새로운 것을 만들자 하는' 젊은이들에게 10만 달러를 지원하는 티엘 펠로우십(기업가 피터 티엘 후원)을 비롯해, 스미스는 일일이 지면에 열거하기 힘들

정도로 많은 영예를 안았다. 고등학교를 졸업한 후 스미스는 자신의 회사 일에 전념하려고 1년 동안 학업을 쉬었고, 현재는 스탠퍼드대학교의 신입생으로 재학 중이다.

스미스의 이야기는 혁신이라는 것이 나이와 성별을 비롯한 많은 경계를 초월하는 개념이라는 것을 이야기한다. 이는 기업의 가치가 수익만으로 측정되어서는 안 되며 사회에 영향을 끼치는가, 혁신을 추구하는가, 인재를 양성하는가와 같은 다른 무형 자산으로도 측정되어야 한다는 나의 믿음을 입증한다. 스미스 덕분에 우리는 감성AI 기술을 활용할 수 있는 전혀 새로운 방법에 눈떴으며, 이 젊은이가 발견과 혁신의 여정을 이어 갈 수 있도록 지원했다는 사실을 기쁘게 생각한다.

22

새로운 미국 가정

나는 미국 역사 수업을 단 한 번도 수강한 적이 없다. 내가 다닌 영국 국제 사립학교에서 미국 역사는 중요 과목이 아니었다. 그런데 미국 시민권을 신청하려니 진작 공부했으면 하는 생각이 들었다. 귀화 과정의 일환으로 시민권 신청자는 이민국 관계자와 인터뷰를 하는데, 미국 역사와 사회 체제를 망라한 100문항짜리 시민권 시험에서 최대 열 문항까지 질문을 받는다. 합격하려면 그중 최소한 여섯 문항은 정확하게 답해야 한다. 시험 문제가 온라인에 게시되어 있어서 예측하지 못한 질문이 나올 일은 없지만, 정답을 단순 암기하고 싶은 마음은 들지 않았다. 나는 나의 새로운 나라가 어떻게 돌아가는지 이해하고 싶었다. 시험을 앞둔 몇 주 동안, 저녁이 되면 자나와 애덤은 내게 문제를 냈고(아이들은 학교에서 미국 역사 수업을 듣고 있었다) 우리는 그 답을 심도 있게 토론했다.

난 그렇게 형성된 역사 수업 시간을 굉장히 즐겼다. 미국의 이상주의는 나에게 큰 반향을 불러일으켰다. 나는 견제와 균형이라는 개념에 깊은 감명을 받았다. 정부의 한 분과가 다른 분과를 주시하는 시스템은 독재적인 경향이 있는 대부분의 중동 국가와는 크게 다른 부분이다. 미국에서는 대통령을 포함해 투표로 선출된 공직자라면 누구나 자신의 행동에 책임을 져야 한다.

나의 귀화 인터뷰는 새로운 시민들을 받아들이는 공식 행사를 한 달 앞둔 2016년 5월 18일로 예정되어 있었다. 나는 예정 시간보다 일찍 도착해서 이민국 직원을 배정받았다. 엄격하고 사무적으로 보이는 젊은 남자가 나에게 간단한 영어 문장을 쓰고 영어로 질문에 답하라고 했는데, 나에게는 별로 문제가 되지 않았다. 이어서 미국 역사와 정부에 관한 질문들이 나왔다. 너무 긴장해서 어떤 질문을 받았는지는 기억이 안 나지만 나는 당당히 그 관문을 통과했다. 다음 차례는 개인적인 질문들이었다. 도덕성이 뛰어나다는 증거를 대라거나 지난 5년 동안 중대 범죄를 저지른 적이 있는지, 이민과 관련해 거짓으로 증언한 내용이 있는지, 마약을 했거나 금지된 물품을 반입한 적이 있는지 등을 물어봤다. 그런 식으로 직원이 인성을 시험하는 질문들을 마구 던지자 나도 모르게 불쑥 이런 말이 나오고 말았다. "전 정말 착한 사람이에요. 초콜릿을 너무 많이 먹는 것 말고는 딱히 나쁜 짓을 해 본 적이 없어요!"

귀화 인터뷰에서 해서는 안 될 행동이었다. 나는 농담을 했고, 그것은 경솔한 행동이었다. 이민국 직원들은 말 그대로 상대방의 인생을 손에 쥐고 있다. 그들은 상대의 카드를 '거부'할 수 있고, 거부당하면 그것으로 끝이다. 내 말을 주워 담을 수 있으면 좋겠다는 생각만 하며 숨죽여 기다렸다. 잠시 후 그 직원은 소리 내서 웃었고, 그렇게 내 신청서는 승인되었다. 나는 미국 시민권을 받을 자격이 있는 사람으로 판명됐다. 안도감과 감사하는 마음이 밀려왔다.

2016년 6월 30일, 보스턴 파늘 홀에 있는 미국 지방법원에서 진행된 시민권 수여식에서 나는 미국에 대한 충성을 맹세했다. 나를 인터뷰했던 이민국 직원은 맨 앞줄에 서 있었다. 그가 내게 함박웃음을 보여서 나도 미소로 대꾸했다. 예식장을 둘러보며 나와 함께 선서한 200여 명의 사람들을 살펴봤다. 그토록 다양한 인종이 섞인 집단은 본 적이 없었다. 각기 다른 국적, 종교, 배경을 가진 남녀가 이제 미국 시민이라는 이름으로 묶인 것이다. 눈물이 차올랐다. 미국인으로서의 내 삶이 공식적으로 시작되는 순간이었다. 자유, 기회, 민주주의라는 공통의 이상으로 통합된 이 놀라운 문화의 일원이자 이집트 출신 미국인으로서의 새로운 삶이 시작된 것이다. 미친 발상을 들고 와 세상을 바꿔 보겠노라 외치며 도전할 수 있는 곳. 위험을 감수하는 행위가 존중받고 경계를 허무는 것이 장려되는 곳. 나는 의식 깊숙이 그런 자유로움이 뿌리내린 국가의 일원이 됐다.

22. 새로운 미국 가정

내 아이들은 수년 간 카이로와 미국을 오가며 지냈고 애덤은 아예 미국에서 태어났기 때문에, 아이들에게는 보스턴에 터전을 잡고 사는 것이 그렇게 어려운 일이 아니었다. 적응이라 할 것도 거의 없었다. 둘은 영어에 능통했고 지리도 잘 알았다. 우리 가족에게는 이미 직장과 MIT 미디어랩에서 사귄 친한 친구들이 있었다. 자나와 애덤은 지적 호기심이 많은 데다 새로운 사람들을 만나고 친해지기를 좋아했다. 아이들은 너무나도 쉽게 미국에 정착했고, 와엘은 1년에 두 번 방문했다. 우리도 카이로와 두바이를 자주 방문했기 때문에 자나와 애덤은 아버지를 비롯한 친지들과의 끈을 계속해서 유지했다.

미국에서의 삶과 이집트에서 우리가 살았을 삶에는 큰 차이가 있다. 이집트에 살았다면 나는 지금처럼 독립적이면서 스스로 모든 걸 해결하는 여자가 되지는 못했을 것이다. 이집트에서는 대가족의 지원은 물론 운전기사, 집에 상주하는 가사도우미, 요리사도 있었을 것이다. 지금 나는 교외에 사는 싱글 맘인 데다, 위에 열거한 것 중 어느 하나도 누리지 못하고 있다. 나는 교외에 사는 다른 엄마들처럼 아이들을 데리고 여기저기 돌아다니며 많은 시간을 보낸다. 우리 집에는 전업 가사도우미가 없어서 아이들은 거의 매일 스스로 침대와 옷을 정리하고 자기가 사용한 식기를 설거지한다. 아이들이 독립성을 갖추는 것은 참 바람직한 일이다. 요리는 어느 정도 분담해서 하고 있다. 애덤은 여덟 살 때부터 아침 식사를 직접 만들었는데, 내가 해 주는 음식보다 자기가 만든 걸 더 맛있게 먹는다. 나는 케임브리지에서 대학원생이 되어 처음으로 혼자 살기 전까지 내 힘으로 생활하는 법을 터득하지 못했다. 내 아이들이 스스로 척척 해내는 모습을 보면 자랑스럽기 그지없다.

자나와 애덤이 다니는 뉴잉글랜드 사립학교는 200년에 가까운 역사를 자랑하는 동시에 현대적인 사고와 세계관을 가진 곳이다. 내가 살펴본 여러 곳 중 그 학교에서 인상 깊었던 부분은 미국 역사를 가르친다는 점과(나에게 매우 중요한 부분이다) 학생들이 다른 나라에 대해서도 알아야 한다는 것을 선생님들이 인식하고 있다는 점이었다. 이 학교는 학생들의 인종, 종교, 경제적 배경의 다양성을 중요시한다. 내가 미국에 대해 존중하고 칭찬하는 면은 자신과 생김새, 먹는 음식, 언어가 다른 사람들을 포용하는 열린 마음가짐이다. 자나와 애덤이 그런 나라를 온몸으로 경험할 걸 생각하면 내가 다 설레는 기분이다. 난 그토록 다양한 구성원들이 결국 같은 핵심 가치를 공유한다고 느낀 적이 많다. 자나와 애덤은 둘 다 미국 시민이지만(애덤은 여기에서 태어났고 자나는 귀화했다), 난 둘을 세계 시민으로 키우고 있다.

이슬람교도인 나의 두 아이는 학교에서 소수민족에 속한다. 아이들은 우리의 종교와 문화를 다른 사람과 공유하기도 하고, 반대로 다른 아이들의 종교와 문화에 대해 배우기도 한다. 나는 아이들에게 종종 이렇게 말한다. "만약 너희가 받아들여지고 싶다면 먼저 받아들여야 해. 너희와 다른 문화적, 종교적 관행에 관대해야 한다."

나는 해마다 단식이 끝나는 날 저녁이면 동료 이슬람교도들을 초대해 라마단 파티를 연다. 그 자리는 회사 동료뿐만 아니라 다양한 종류의 믿음을 가진 동네 주민들에게도 열려 있다. 빵을 나누고, 관습을 공유하고, 종교적인 휴일을 함께하며 강한 유대감을 형성하는 자리다. 이날 차려지는 음식은 그 종류가 워낙 다양해서 우리는 이 파티를 우리만의 유엔이라고 부르기도 한다.

　미국 생활은 나에게 인간 간의 유대, 관용, 수용에 대한 새로운 관점을 심어 줬다. 몇 년 전 보스턴으로 이사했을 당시, 중학교 1학년이던 자나는 반 친구의 바르미츠바(유대교에서 13세에 치르는 성인식—옮긴이)에 초대받았다. 자나는 그날 새 드레스를 입고 가기를 원했다. 겨울방학 때 우리는 두바이에 있는 가족을 방문했는데, 자나와 내가 특별한 행사 때 입을 드레스를 쇼핑하러 가겠다고 말하자, 평소처럼 눈을 제외한 얼굴과 몸 구석구석을 니캅으로 가리신 이모가 언제 입을 옷을 사는 거냐고 물으셨다.

　"자나가 유대인 친구의 바르미츠바에 초대받았어요." 난 이모의 눈만 볼 수 있었지만 그것으로 충분했다. 휘둥그렇게 뜬 두 눈에서 충격과 놀라움의 지표인 행동 유닛5가 충분히 전달됐다. "와! 유대인 친구가 있다고? 이제 미국 사람 다 됐구나!" 내가 아는 이들 중에서 가장 상냥하고 친절한 사람인 이모는 흥분을 감추지 못하셨다. 칭찬으로 하신 말씀은 분명 아니었다. 나는 이모가 충분히 불편해하실 만한 사람으로 변해 가고 있었다. 하지만 나에게는 그 말이 칭찬처럼 느껴졌다. 내가 그만큼 성장했고, 더 큰 세계의 시민이 될 수 있다는 증거였다.

　난 그 이상 이모를 괴롭히지는 않았다. 그래서 우리에게 동성애자 친구들도 몇 명 있다는 얘기와 학교에서 나와 가장 친한 학부모가 레즈비언 커플이라는 얘기는 굳이 꺼내지 않았다.

　미국에서 살아가려면 개인 재산을 빈틈없이 관리할 수 있어야 하는데, 난 살면서 그런 교육을 받은 적이 없다. 이혼한 두 아이의 엄마로서, 나는 기본 생활비는 물론 양육비의 절반을 부담해야 한다. 돈 관리에 능숙한 사람이 아니던 나는 덜컥 겁이 났다. 대차대조표를 읽는 법도 알고 있었고, 투자 회사에서 수천만 달러를 모금해 어펙티바를 흑자로 유지할 수도 있었지만 우리 가족의 재산을 어떻게 해야 좋을지는 몰랐다. 하루는 직원 한 명이 내게 직장 퇴직연금을 드는 게 좋을지 물은 적이 있는데, 나는 그 질문에 대답할 수 없었다. 몇 해 전 MIT에 있을 때, 나도 퇴직연금에 가입할 기회가 있었다. 그때 들었더라면 난 MIT에서 퇴직연금을 받았겠지만 당시에 난 그런 게 모두 사기라고 생각했다. 대학교 통장에 돈을 넣으면 정말 40년 후에 그 돈이 그대로 있을까? 당시 난 회의적이었다. 부패가 만연한 데다 정치적 명령이나 사회 불안으로 제도가 뒤집힐 수 있는 곳에서 자랐기 때문이다. 그래서 퇴직연금이나 장기 투자에 대해서는 별로 생각해 본 적이 없었다. 하지만 내 회사가 연금을 제안하는 위치에 있다면 그것이 무엇인지, 어떻게 작동하는지 이해할 필요가 있었다.

　어펙티바는 직원들에게 재정 상담 서비스를 무료로 제공해준다. 나는 이 서비스를 신청하기로 했다. 내가 이쪽으로 무지하다는 건 알고 있었지만 그 정도로 무지하다는 사실은 미처 알지 못했다. 재정 상담사는 첫 만남 때 나에게 물었다. "얼마나 저축해 놓으셨죠?"

내가 대답했다. "별로 없어요!"

"주택에 월세로 계시네요. 보스턴은 월세가 비싸죠. 집을 살 생각은 해 보신 적 없나요?"

"글쎄요, 제가 무슨 돈으로 집을 사겠어요? 집을 사려면 50만 달러는 들 텐데, 그런 여윳돈은 없어요."

상담사가 어리둥절한 표정을 지었다. "담보 대출을 받으시면 되죠."

나는 혼란에 빠졌다. "담보 대출이 뭔데요?"

내가 어렸을 때 중동에서 집을 사려면 현금이 있어야 했다. 나는 신용 점수가 뭔지도 몰랐다. 백지상태에서 하나부터 열까지 배워야 할 것투성이였지만 나는 모든 것을 배우기로 마음먹었다. 1년도 안 돼서 난 주택 담보 대출을 받아 집을 샀고, 퇴직연금을 들었고, 저축을 시작했다. 현재는 돈 나가는 곳이 워낙 다양하다 보니 조심해서 돈을 쓰게 된다. 나는 내 아이들과 돈에 관련된 이야기를 나눈다. 이런 건 마흔이 아니라 열다섯이나 열여섯 살 때 배워 두면 훨씬 좋을 것 같아서다.

어머니는 될 수 있는 한 자주 찾아오시는데, 그럴 때면 난 숨을 돌리고는 한다. 어머니는 정말 큰 힘이 되어 주신다. 아이들을 태우고 돌아다니시고, 요리도 하시고, 손자들과 친구처럼 잘 지내신다. 게다가 애덤에게 아랍어도 가르쳐 주신다! 작년 12월 31일에 어머니는 우리와 함께 계셨는데, 그날 밤 저녁 식사 때 한 바퀴 돌며 한 사람씩 새해 소원을 말해 보자고 제안하셨다.

엄마 차례가 됐다. "새해에는 라나가 결혼했으면 좋겠다."

나는 당황했다. "엄마! 난 두 아이를 키우면서 회사를 꾸리고 있어요. 세상이 인간의 기술과 상호작용 하는 방식을 바꾸려고 노력하고 있다고요. 그런데도 엄마는 내가 결혼하는 거에 집착하고 계시네요!" 하지만 나도 생각해 본 문제였다. 엄마의 말에도 일리가 있었다. 일과 아이들에게 많은 시간을 할애하기 때문에 나에게 사생활이라고는 없었다. 당장 결혼하고 싶은 마음은 없었지만 최소한 연애는 시작해야겠다고 느꼈다.

아이들이 동의하면서 이 화두는 가족 프로젝트로 발전했다. 우선 나는 데이트 앱에 등록해야 한다는 수치심과 싸워야 했다. 하지만 나는 최첨단 기술을 다루는 사람이고, 그런 만남이 대세라는 사실도 잘 알고 있다! 그래서 데이트 앱을 몇 개 설치했다. 자나와 애덤은 프로필 사진을 고르고 자기소개 쓰는 일을 도와줬다. 내 프로필에는 '과학자 겸 사업가. 에너자이저 버니. 다크초콜릿 성애자. 미소는 나의 비밀 무기'라고 적혀 있다. 종종 아이들과 저녁을 먹을 때, 왼쪽 오른쪽으로 사진을 넘기며 남자를 고른다. 바쁜 경영자로 살며 데이트하기란 쉽지 않을 뿐더러, 내 안에 남아 있는 '착한 이집트 소녀'에게는 연애라는 게 쉽지 않은 도전이다. 이슬람교도 남성이 비이슬람교도 여성과 결혼하는 것은 허용되지만, 나 같은 이슬람교도 여성은 종교가 같거나 이슬람교로 개종한 남성과 결혼해야 하는 것이 관례다. 온라인에서 만날 수 있는 남자 중 대부분은 이슬람교도가 아니므로, 이것 또한 일종의 도전으로 간주할 수 있다. 사실 대부분은 아랍인도 아니다. 나는 상관

없지만 부모님은 달리 생각하실 수도 있는 문제다. 거기에 덧붙여 난 술을 마시지 않고, 공공장소에서 애정 표현하기를 불편해한다. (누가 그런 모습을 보고 아버지한테 이르면 문제가 복잡해진다!) 그럼에도 나는 몇 번의 데이트를 했는데, 내 아이들에게 소개할 만큼 진지한 상대는 없었다.

감정 과학의 관점에서 봤을 때, 나는 그 과정을 매력적으로 느꼈다. 온라인에서 만나는 사람과 서로에 대한 호감을 확인하고, 문자를 주고받다 보면 감정이 일어나 실제로 심장이 두근거리기도 한다. 하지만 직접 만나 보면 언제 그랬냐는 듯 그 두근거림은 사라져 버리곤 한다. 감성AI를 사용해 실제로 그 사람을 만나도 계속해서 심장이 두근거릴지를 알려 주는 앱이 있으면 어떨까 하는 생각이 들었다. 그런 앱이 있다면 난 돈을 내고 살 의향이 있다. 이론적으로는 가능하다. 잠정적인 데이트 상대의 프로필을 보는 순간(아직 대화가 오가기 전인 상태), 사용자는 실제로 감정을 드러내게 된다. 눈썹이 올라갈 수도 있고, 어쩌면 속으로 이런 생각을 할지도 모른다. '음, 정말 잘생겼네.' 처음 보는 순간 상대에게 끌리는 감정을 알고리즘이 포착할 수 있다면 매칭 알고리즘을 알맞게 수정해 한결 나은 결과를 얻을 수 있을 것이다.

현재 사용되고 있는 수많은 데이트 앱이 나올 당시, 감성AI는 아직 떠오르는 기술에 불과했다. 이제 우리 휴대전화에는 기본적으로 카메라가 장착되어 있고 감성AI의 정확도도 향상됐다. 그러니 상대의 프로필을 보는 것만으로도 사용자가 흥미를 느끼는지를 앱 스스로 판단할 수 있어야 한다. 원점으로 돌아가 모든 비언어적 의사소통 능력을 동원하여 새로운 데이트 앱을 디자인할 수 있는 적임자가 나와 줘야 한다. 미국에서만 4000만 명이 온라인 데이트 앱을 사용하고 있다. 온라인에서 짝을 만나려는 사람들의 수를 고려하면 감정 측정이 가능한 데이트 앱은 감성AI계의 '킬러 앱'이 될 수도 있다!

하지만 내가 어머니의 기대에 부응한다면 그런 앱이 출시되기 전에 난 이미 결혼했을 것이다.

나는 노력을 강조하는 가정에서 자랐다. 불평은 용납되지 않았고, 아무리 힘들어도 게으름을 피우는 사람은 없었다. 이러한 가치관은 격변과 좌절을 겪어도 다시 일어날 수 있게 만들어 줬고, 나는 그 점을 감사하게 생각한다. 반면 단점도 있다. 나는 칭얼대는 것으로 보이는 게 싫어서 집에서는 부정적인 생각을 내비치지 않았다. 나와 동생들은 각자의 두려움이나 근심에 대해 이야기하지 않는다. 용납되지 않는 행동이었기 때문이다. 우리는 삶이 송두리째 뒤엎어지는 상황에서도 군인처럼 전진했다.

카이로에서 근신 생활을 하며 내 감정을 억누른 채 다른 사람들을 만족시키기 위해 노력해야 했을 무렵, 난 감정을 표현하지 않는 삶의 방식이 건강하지 못하다는 것을 깨달았다. 난 생각보다 화가 많이 나 있었고, 심지어 우울하기까지 했다. 분명 나의 정상적인 상태에서 벗어나 있었다!

이제는 긍정적인 감정과 부정적인 감정을 모두 느낄 수 있도록 나 자신에게 허락한다. 내 아이들을 열린 마음으로 대하고,

연약한 모습을 애써 숨기지 않으려고 노력한다. 내가 슬픔과 열정, 기쁨에서 분노에 이르기까지 인간의 모든 감정을 느끼는 모습을 아이들이 봤으면 좋겠다. 심지어 우는 모습도 몇 번 보인 적이 있다. 울고 싶을 땐 울어도 된다는 것을 아이들이 알았으면 좋겠다. 나는 아이들이 자유롭게 자신을 표현하기를 원하는 마음에 크고 작은 일에 대한 의견을 묻곤 한다. 그러면 아이들은 정말로 자기 생각을 표현한다. 1년에 몇 차례, 나는 아이들을 한 명씩 데리고 나가서 저녁을 먹으며 우리의 목표에 대한 이야기를 나누고, 한 해가 어떻게 흘러가고 있는지 평가한다. 한번은 애덤에게 이렇게 물었다 "내가 잘하고 있는 점과 개선해야 할 점을 얘기해 줄래?" 애덤은 뜸 들이지 않고 바로 대답했다. "글쎄, 엄마가 뭘 잘하고 있는지는 모르겠지만 요리를 좀 배우고 출장을 그만 갔으면 좋겠어!"

나는 매달 2주 정도를 출장지에서 보낸다. 강연도 많고, 투자자들과 동업자들도 만나야 한다. 나는 나 자신을 우리 회사의 문을 열어 주는 사람으로 생각한다. 잠정적인 동업자들에게 문을 열어 주고, 팀원들이 그 관계를 쌓아 갈 수 있도록 인수인계해 주는 자리다. 아이들이 어렸을 때는 밤샘 보모를 고용해 아이들을 맡겼었는데, 이제 자나가 많이 커서 그럴 필요가 없게 됐다. 그래도 나는 출장 일정을 최대한 효율적으로 짜려고 노력한다. 밤 비행기를 타고 아침 회의에 참석한 뒤 최대한 일찍 집으로 돌아오곤 한다. 주말에는 무슨 수를 써서라도 일정을 비워 아이들과 시간을 보낸다. 요리는 계속 노력하는 중이다.

가족의 터전을 이집트에서 새로운 나라로 옮기는 일은 결코 가벼운 결정이 아니었지만, 미국에 정착해 살아가는 것은 충분히 가치 있는 일이었다. 일이나 가족에 대한 의무 때문에 힘든 경험이 많이 줄어들었다. 내 아이들과 어펙티바 모두 대서양을 기준으로 같은 쪽에 있다. 난 보통의 일하는 부모들처럼 직장에서 격렬한 하루를 보낸 뒤, 저녁에 집에 와서는 엄마 역할로 전환한다. 앉아서 함께 저녁을 먹고(이때 휴대전화는 금지), 대화도 하고, 서로의 근황을 묻기도 한다. 아직도 일과 가정의 균형을 맞추는 일이 쉽지는 않지만, 그 부분에 대해서는 계속 노력할 것이다.

나는 휴가 기간에도 좀처럼 일을 내려놓지 못하는 성격이다. 매년 여름 아이들과 이집트에 있는 가족을 방문하기 위해 몇 주 동안 휴가를 내는데, 그때마다 가 본 적이 없는 곳을 최소한 한 군데는 방문한다. 쿠웨이트에 있을 때 부모님이 나에게 심어 주신 일종의 전통 같은 것이다. 나는 아이들이 나처럼 여행을 좋아하고, 다른 문화에 대한 무한한 호기심을 갖고 자라기를 원한다.

매해 이집트에 갈 때마다 아이들은 와엘과 친할머니와 시간을 보낸다. 한번은 이집트에서 지내다가 모로코로 이동하던 중 비행기에서 '올여름에 할 일' 목록을 작성했는데, 목록 맨 위에는 가장 큰 목표로 "현재 있는 곳에 집중하고 즐겨라"라고 적었다.

말이 쉽지 실천하기는 생각보다 어려웠다. 처음 열흘 정도는 휴대폰을 지니고 있었다. 성장하는 기술 스타트업의 최고 경영자이다 보니 이메일, 메신저, 트위터, 링크드인, 페이스북을 몇 분마다 한 번씩 번갈아 가며 확인하는 습관이 들어 있었다. 어디에 가든 마찬가지였다. 피라미드에 있건 열 명과 식사하는 자리에 있건 휴대전화를 내려놓지 못했다. 이후에 아이들과 지중해(이집트 사람들은 아랍어로 해안이라는 뜻인 사헬이라고 부른다)에 가서 보트를 탔는데, 문자 메시지를 보내려고 휴대전화를 집으려다가 그만 전화기를 바다에 빠트리고 말았다!

심호흡을 몇 번 하고 뜻밖의 일이 벌어졌을 때를 대비해 요가 수업에서 배운 '내면의 평온 소환하기'를 모두 수행한 후, 나는 남은 휴가 동안 새 전화기를 사지 않기로 마음먹었다. 며칠 동안 금단 증상(이메일을 확인하려고 아이들한테 휴대전화를 빌렸다)을 겪은 후, 나는 마침내 일을 내려놓을 수 있었다. 몇 년 만에 처음으로 정말 오프라인 상태가 됐다. 난 저녁 식사를 하며 대화를 나눴고, 마라케시 거리 특유의 색감과 향을 즐겼다. 온전히 현재 있는 곳에 집중하는 일은 여전히 쉽지 않아서 아직도 많이 노력하는 부분이다.

나는 나 자신에게 너무 많은 부담을 준다. 워킹 맘으로서의 죄책감(집에서 충분한 시간을 보내고 있나? 아이들에게 충분히 신경 쓰고 있나?)뿐만 아니라 최고 경영자로서의 죄책감도 안고 산다. 우리 회사가 성공할 수 있을지, 우리에게 어떤 미래가 닥쳐올지, 내가 리더로서 잘하고 있는지를 늘 걱정한다. 내가 팀원들과 충분한 시간을 보내고 있나? 너무 몰아붙이는 건 아닌가? 아니면 너무 풀어 주나? 우리의 목표가 너무 작은 건 아닌가? 내가 윤리를 우선시하고 있나? 모든 이에게 성공할 기회를 주고 있나?

최고 경영자가 된 이후, 나는 적어도 1년에 한 번씩은 사원들과 개별적으로 만나 점심을 먹는다. 그리고 모두에게 똑같은 질문을 한다. 첫 번째 질문은 이렇게 시작한다. "개인적으로, 또 직업적으로 올해와 그 이후의 목표들은 무엇인가요?" 종종 '자란 곳이 어디인지', '가족 관계는 어떻게 되는지'와 같은 참견형 질문도 하고 그 밖에도 연애, 아이들, 중·고등학교 시절, 대학 시절, 포부 등에 대해서도 물어본다. 수다나 떨자는 게 아니라 정말로 알고 싶고, 신경 쓰고 싶어서 묻는다. 사람들이 어펙티바에서 일하거나 어펙티바와 제휴 관계를 맺는다는 건, 대가족의 일원이 되는 것을 의미한다(회사는 떠날 수 있어도 가족은 떠날 수 없다고 나는 믿는다).

가족은 서로를 돌본다. 우리와 협업하는 그래픽 디자인 대행사와의 중요한 미팅이 있던 이른 아침, 대행사 쪽 사람 하나가 나에게 문자 메시지를 보냈다. 6개월된 아기가 있는데 보모는 아프고 그의 아내도 출근했다는 내용이었다. 그는 회의에 참석할 수 없어서 괴로워하고 있었다. 나는 그가 얼마나 갈등을 겪고 있는지 알 수 있었다. 로즈와 함께 투자자들을 만나던 시절, 애덤을 봐주기로 한 보모가 출근 시간 직전에 취소를 통보한 적이 있어서 나도 그 심정을 잘 이해했다. 그래서 우리가 도와줄 테니 아기를 사무실로 데려오라고 말했고, 그는 그렇게 했다. 회의는 진행됐고, 우린 번갈아 그 사랑스러운 아기를 안아 주며 할 일을 했다.

직장 동료들은 나에게 대가족의 일원이다. 우리는 실제 가족들과 보내는 시간보다 더 많은 시간을 함께 보낸다. 우리 회사는 지구상의 모든 지역에서 온 직원들과 인턴들로 구성되어 있다. 다양한 민족, 다양한 성 정체성, 다양한 세대, 다양한 믿음, 다양한 경험, 다양한 외모가 한데 어우러진 집단인 셈이다. 일부는 미국에서 태어났고 일부는 귀화했거나 이민 온 사람들이다. 우리는 핵심적인 신념을 공유하고, 회사와 세계를 위해 잘해 내고자 하는 열망으로 단결되어 있다.

23

평평한 운동장 만들기

2016년, 채용 전문 회사 하이어뷰(HireVue)는 우리 회사의 소프트웨어를 이용해 세 번의 대통령 후보 토론이 진행되는 동안 힐러리 클린턴과 도널드 트럼프의 미소, 조소, 찌푸린 표정, 미간 주름, 비웃음을 추적하고 분석했다.

갓 미국 시민권을 획득한 데다 처음으로 투표에 참여하게 된 나는 후보들이 무슨 말을 할지 궁금했고, 아무래도 감정 과학에 종사하는 사람이다 보니 후보들의 비언어적인 단서가 무엇을 말해 줄지 궁금했다. 유리천장(충분한 능력을 갖췄음에도 직장 내 성차별 등의 이유로 승진하지 못하는 상황을 이르는 용어—옮긴이)을 뚫고 기술 회사의 최고 경영자가 된 여자로서, 나는 특히 궁극의 유리천장을 뚫으려는 한 여성의 행보에 관심이 쏠렸다.

하이어뷰는 정치인들의 정서적, 인지적 상태를 측정하는 데 주력하는 회사는 아니지만 채용 플랫폼에 감성AI를 활용하고 있다. 이들은 얼굴 코딩 소프트웨어와 기타 AI도구(음성 및 텍스트 분석)를 통합해 유니레버, 힐튼, 애틀랜타 공립학교, 서굿마셜칼리지펀드, 언더아머 등 700여 개 기업에 온라인으로 제출한 영상 이력서를 분석한다. 하이어뷰에서 사용하는 것과 같은 채용 AI 영상 소프트웨어 플랫폼은 빠르게 보급돼 주류가 되어 가고 있다. 가령 어떤 사람이 대기업에 지원한다면 그 사람의 이력서(영상, 혹은 다른 형태)는 면접관의 책상 위에 올라가기도 전에 인공지능 플랫폼의 검토를 받았을 가능성이 크다.

대선 후보들은 일반적인 채용 단계를 거치지는 않지만, 그 자리에 안착하기 위해서는 만만치 않은 관문들을 거쳐야 한다. 대통령 후보 토론에서 각 후보는 표를 얻기 위해 수천만 명의 예비 고용주, 즉 유권자를 설득해야 한다. 대통령 선거의 경우, 유권자들의 마음은 매우 예측하기가 어렵다.

일반적인 하이어뷰 영상 이력서/인터뷰에서 알고리즘은 인종, 성별, 나이를 비롯하여 주어진 직무에 필요한 기술과 무관한 다른 요인에 대해 알지 못한다. 관심이 없다고 표현할 수도 있겠다. 반면 텔레비전 토론은 이와 다르다. 유권자들은 후보의 성별과 인종은 물론, 직무에 관련 없는 정보도 많이 알고 있다.

우리는 대통령 후보들이 내놓는 답변의 질은 평가 대상에 포함하지 않았다. 우리는 그들의 비언어적 신호를 대중들이 어떻게 인식하는지 알기 위해, 공정한 알고리즘의 눈으로 그 신호들을 보려 했다.

여기까지 읽은 독자들은 내가 미소에 집착한다는 사실과 더불어 미소에도 여러 종류가 있음을 잘 알 것이다. 완전한 미소, 즉 표준이 되는 미소는 입꼬리가 위로 올라가고 눈 주위의 근육이 주름져 까마귀 발 모양을 형성한다. 나는 대부분의 토론에서 클린턴이 웃을 때 입만 움직이고 눈은 움직이지 않았다는 사실에 깜짝 놀랐다. 객관적 관찰자(우리의 알고리즘)의 눈에 이것은 억지웃음으로 보였고, 시청자들에게는 뻣뻣하거나 진실하지 못한 미소로 해석됐을 수 있다. 하지만 클린턴의 얼굴에 따뜻하고 완연한 미소가 번지는 순간들도 있었다. 특히 자신의 경력 초기 시절 아이들이나 가족과의 추억을 떠올릴 때 그런 미소가 나타났다. 하지만 그 미소는 아주 가끔 나왔고, 미소와 미소 사이의 간격은 매우 길었다. 잘 나타나지 않은 것은 클린턴의 미소뿐만이 아니었다. 토론 내내 클린턴은 신중했고, 평정심을 잃지 않았으며, 전반적으로 절제돼 있었다.

이와는 대조적으로 트럼프는 거침없이 감정을 드러냈다. 대부분 분노, 슬픔, 혐오, 공포의 범위 안에 있는 감정들이었다. 어쩌면 그런 면이 트럼프에게 유리하게 작용했을지도 모른다. 수천 명이 제출한 영상 이력서를 바탕으로 하이어뷰가 수집한 자료에 따르면 다양한 감정 상태를 보이는 지원자들, 즉 진실해 보이는 이들이 취업에 성공할 확률이 높다.

영상 이력서를 제작할 때 화를 내거나 경멸을 표하는 쪽이 유리하다고 제안하는 것은 아니다. 오히려 불리할 터이고, 개인적으로 추천하지 않는다. 하지만 자신의 솔직한 감정들을 보여 주기, 즉 자기 본연의 모습으로 존재하는 것이 가장 좋은 방법이라는 생각에 무게를 실어 주는 것은 사실이다.

클린턴이 트럼프의 작전을 따랐다고 가정해 보자. 만약 클린턴이 시도 때도 없이 주먹을 휘두르며 토론에 임했다면 어땠을까? 여자가 행복이나 부정적인 감정을 여과 없이 표출하는 모습을 사람들은 좋게 생각했을까? 클린턴이 미소를 너무 많이 지었다면 무른 사람으로 치부됐을 것 같다. 상대를 업신여기거나 경멸을 표했다면 다혈질이고 감성적인 여자로 치부되어, 국가의 원수가 되기에는 비이성적이라는 평을 들었을 것이다. 예전에 로즈와 내가 '감정'이라는 단어를 입에 담지 못했던 한 경험을 기억할 것이다. 우리는 감성적인 여자들로 치부될까 봐 감정이라는 단어를 연상시키는 어떠한 단어도 입 밖에 내지 않았다!

나는 클린턴이 충분히 미소를 짓지 않아서, 충분히 감정을 드러내지 않아서 대통령으로 선출되지 않았다고 말하는 것이 아니다(그런 걸 떠나서도 매우 복잡한 선거였다). 클린턴은 여자라는 점 때문에 옳은 의견을 내기 힘든 경우도 많았을 것이다. 내가 말하고 싶은 건, 특정 무리에 대한 편견이 여전히 존재한다는 사실이다. 특히 채용 과정에서 편견은 여성, 또는 대통령 후보에게만 적용되지는 않는다. 인종, 성별, 거주 지역, 출신 학교뿐만 아니라 면접관이 응시자의 미소를 좋아하는지, 아니면 전남편을 생각나게 하는지도 채용 여부에 영향을 미칠 수 있다. 아무리 선의를 가진 고용주라도 결국 인간일 수밖에 없고, 인간은 자신이 편견을 가졌다는 사실을 인식하지 못할 수도 있다.

예를 들어 보겠다. 연구에 의하면 '백인처럼 들리는' 이름의 이력서가, 같은 자격증을 갖고 있지만 인종적으로 명확하게 식별 가능한 이름을 가진 지원자들의 이력서보다 서류 심사에서 합격할 가능성이 크다는 결과가 나왔다. 다양성을 지지한다고 선전하는 기업에서도 마찬가지였다. 열린 마음과 객관성을 갖기 위해서는 아직 우리가 갈 길이 멀다.

지난 몇십 년 동안 여성들이 큰 발전을 이루었다는 사실에는 의심할 여지가 없지만 최고의 직업군(미국의 대통령이나 다국적 기업의 최고 경영자 등)은 여전히 남성들이 차지하고 있다. 왜 아직도 그런지에 대해서는 수많은 추측과 논쟁이 오가고 있다. 일부 전문가들은 '올드 보이 네트워크'에서 여성들이 배제되는 현실을 고려했을 때, 남자에 비해 여자는 위에서 끌어올려 줄 멘토를 만나기가 힘들고 최고 경영진과 친해지기 어려울 수 있다는 이론을 제시한다.

일과 가사를 병행해야 하는 여성들이 고위직에 오르기 위해 적극적인 자세를 취하기 힘들어서 유리천장이라고 불리는 진입 장벽이 생겨났을 수도 있다고 설명하는 이론들도 있다. 셰릴 샌드버그는 본인의 저서 《린 인(Lean In)》에서 이 말을 전제로 내세운다.

한편 2017년 《하버드 비즈니스 리뷰》에 발표된 연구에 의하면, 자세히 살펴본 결과 그 이론은 타당하지 않다고 한다. 이 연구의 저자인 벤 웨이버 박사는 MIT 미디어랩에서 독립해 나온 행동 과학 연구 회사인 휴머나이즈(Humanyze)의 설립자다. 이 회사의 고객 중 하나인 어느 거대 다국적 기업에서는 가장 낮은 직위에서 여성이 차지하는 비율이 35~40퍼센트였지만, 상위 최고 두 단계 의 직위 중 여성의 비율은 20퍼센트에 불과했다. 휴머나이즈 팀은 이 회사의 여성 직원들이 남성 직원들과 다르게 행동했는지, 그리 고 그 행동의 차이가 여성이 고위 관리직에 오르는 것을 방해했는 지를 조사했다.

휴머나이즈는 조직도에 나타나지는 않지만 사무실과 실생 활에서 사람들이 실시간으로 어떻게 행동하는지와 관련된, 사내 문화와 커뮤니케이션의 80퍼센트를 차지하는 부분을 분석했다. (웨이버는 이것을 회사의 "결합 조직"이라고 부른다.) 웨이버는 사람 과 사람 사이의 사회적 신호(물리적인 것과 디지털화된 것을 망라한 상호작용)를 추적할 목적으로 웨어러블 센서와 이메일, 각종 메시 지 등의 기타 데이터를 사용해 감성AI의 행동에 관한 부분을 연구 했다. 이에 사용되는 모든 자료는 익명으로 처리됐다. 웨이버는 개 인의 행동을 식별하는 것이 목적이 아니라고 말한다. "우리는 업 무의 패턴과 리듬을 포착하죠. 믿을 수 없을 정도로 중요한 정보 지만 간과되는 경우가 많아요."

여성들이 상사와 충분히 대면하지 않는다거나, 남자들처럼 일에 대한 헌신을 보이지 않는다는 이론들은 거짓으로 드러났다. 연구원들은 수집된 모든 데이터를 바탕으로 "사무실에서 일어나 는 남녀의 행동에서 우리가 인지할 수 있는 차이는 없다"라는 결론을 내렸다.

그렇다면 왜 여성들은 최고 경영직에서 남성들에게 밀렸을까? 여성이 도전하지 않아서도, 멘토를 만나지 못해서도, 노골적으로 배제되어서도 아니었다. 연구자들은 이 연구를 바탕으로 "성불평등은 행동의 차이가 아니라 편견에 의한 것"이라고 결론지을 수밖에 없었다. 아마도 여성들은 승진이 결정되는 바로 그 순간에 간과되었던 것 같다.

21세기에 접어든 지도 벌써 20년이 지났다. 우리가 손에 쥐고 있는 이 놀라운 기술을 사용하면 앞으로 채용과 승진에 편견이 작용하는 문제를 해결할 수 있다. 나는 우리가 운동장을 평평하게 만들어야 한다고 믿는다. 성별, 인종, 경제적 지위에 상관없이 고용주들이 인재를 고용할 수 있는 환경이 되어야 한다.

고용하는 측은 어디까지나 인간이다. 인간이 편견에 사로잡혀 있음을 인정한다면 우리는 어떤 해결책을 제시할 수 있을까? 하이어뷰, 욥스(Yobs, 우리와 함께 일하는 회사)를 비롯한 그 분야의 회사들은 모든 지원자에게 공평하고 개방적인 채용 과정을 만들기 위해 AI 플랫폼을 이용하고 있다. 전통적인 채용 방식에서 지원자는 우선 이력서를 제출하고, 채용 여부를 결정하는 사람이 이를 검토한다. 대기업의 채용 담당자는 매주 수백에서 수천 개의 이력서를 검토한다. 결과적으로 지원자가 연락을 받기까지는 몇 주가 걸릴 수 있다.

누군가가 다국적 기업에 지원한다고 상상해 보자. 서류 이력서를 제출하는 대신 응시자는 영상 면접을 제안받는다. 응시자는 개인 작업, 학교 경험, 직장에서 발생하는 특정 상황에 어떻게 대처할지 등의 질문을 받는다. 등굣길에 지하철에서 하는 놀이처럼, 인지 능력을 평가하는 간단한 대화형 퀴즈를 풀어 보라고 할 수도 있다.

하룻밤 사이에 응시자의 면접 영상은 성별, 나이, 인종을 구분하지 못하는 AI 플랫폼에 의해 분석된다. AI는 그 사람이 어떤 학교를 다녔는지, 대학생 사교 클럽에서 활동한 적이 있는지, 기도하기 위해 어느 장소를 방문하는지 알지 못한다. 오로지 질문에 대한 답, 퀴즈 점수, 비언어적인 단서들에 기초하여 특정 위치에서 잘할 수 있는 잠재력을 지녔는지만을 고려해 채점할 것이다.

사원 채용 과정은 미인 선발 대회도 아니고 가장 친절한 사람을 뽑는 자리도 아니다. 그럼에도 알고리즘은 해당 직업에 어떤 영향을 끼치는지 알아보기 위해 비언어적 단서들을 분석할 것이다. 가령 질문에 대답하는 1분 동안 몇 번이나 미소를 지었는지, 쓴웃음을 지었는지, 혹은 찡그리거나 눈썹을 치켜세웠는지를 수량화할 것이다. 팀원으로서 일을 잘할 수 있을지, 보유한 기술이 업무에 맞는지, 얼마나 몰두해서 일할 수 있을지를 평가하기 위해 그 데이터를 사용하는 것이다. (구술로 한 대답도 점수에 함께 반영된다.)

이르면 다음 날, 응시자는 추후 상황을 논의할 수 있게 회사에 연락해 달라는 문자를 받을 것이다. 그 직책에 적합하지 않다고 판단된 응시자는 빠른 통보를 받고 다른 일자리를 알아볼 수 있다.

영상 인터뷰가 불공평하다고 생각하는 사람도 있을 것이다. 사진이 잘 안 나오거나, 스스로 매력 없다고 느끼거나, 너무 긴장한 모습을 보이면 자동으로 탈락한다고 생각할 수도 있지만 실제로는 그렇지 않다. 하이어뷰의 최고 기술 책임자(CTO) 로렌 라슨은 알고리즘이 이런 것들을 고려하지 않는다고 말한다. 하지만 대면 면접에서는 업무와 아무 상관 없는 기준에 의해 탈락하는 응시자들이 많다.

"면접관들은 너무 빨리 말하거나, 매력적이지 않거나, 미소를 제대로 짓지 않았거나, 옷을 제대로 입지 않았거나, 면접을 보는 동안 두 번씩 휴대전화를 쳐다보는 사람들을 싫어하죠." 라슨이 설명한다. "일 자체와는 아무런 상관이 없지만 탈락하는 이유는 얼마든지 있을 수 있어요."

이와는 대조적으로 AI 모델은 업무에서 실제로 중요한 사항에만 주의를 기울이도록 훈련된다. "업무 실적에 차이가 없다면 빨리 말하는 습관 때문에 취직을 못 하지는 않겠죠. AI는 가장 성공적인 후보와 가장 성공적이지 못한 후보를 구분하는 요소들을 찾을 뿐입니다."

승무원처럼 성격과 미소까지도 그 직업과 관련 있을 때가 있다. 이런 직업에는 사람들을 편안하게 해 주는 미소, 뛰어난 사교능력, 스트레스를 받는 상황에도 침착함을 유지하는 능력, 무엇보다 공감하는 능력이 요구될 것이다.

"난 내 담당 회계사가 별로 웃지 않아도 상관없어요!" 라슨이 덧붙였다.

대면 면접과 마찬가지로 화상 면접에서도 질문에 대한 답변은 중요하다. 모든 직업이 똑같은 기술을 요구하지는 않는다. 공감하는 능력과 의사소통 능력이 요구되는 직업의 경우, 면접에서 던져지는 질문들은 그러한 능력을 가늠하는 데 맞춰질 것이라고 라슨은 설명한다. "'어떤 목적을 달성하기 위해 팀으로 일했던 시기에 대해 말해 보세요. 팀에서 당신의 역할은 무엇이었나요?'와 같은 질문이 되겠죠. 아니면 '팀으로 일하며 갈등을 겪었던 때를 설명해 주세요. 어떻게 해결하셨나요?' 같은 질문일 수도 있고요."

라슨은 높은 점수를 받은 응시자들이 낮은 점수를 받은 응시자들과 다르게 대답한다는 점에 주목했다. "우리는 보다 나은 이해를 위해 그들이 사용하는 단어와 표정의 근원적 특징들을 일련의 역량으로 설정하고 점수를 부여합니다. 팀에 관한 이야기를 할 때 어떤 반응을 보였는지를 분석한 다음, 팀워크 항목에 해당하는 점수를 매기는 식이죠."

AI 기반 플랫폼은 채용 과정을 공개해 공정성과 효율을 높일 수 있다. 하지만 단지 인간이 아닌 알고리즘이 데이터를 분석한다고 해서 편향 가능성이 사라지지는 않는다. 알고리즘도 편견을 가질 수 있다. 앞서 지적했듯 학습 샘플을 다양하게 하고 모든 그룹을 배제하지 않도록 확인하는 것은 기계 학습 과학자의 몫이다. 하이어뷰의 라슨은 이 과정이 워낙 까다로운 일이기에 편향 징후를 찾아 끊임없이 알고리즘을 검사한다고 말한다. 아무리 뛰어난 코딩 전문가라도 알고리즘의 모든 편견을 없애겠다고 장담할 수는 없다. 그럼에도 좋은 알고리즘은 그 누구보다 선의를 띤 인간과 비교한다 해도 나은 대안이 될 수 있다.

라슨은 영상 면접이 대화 능력이 뛰어나지 않거나 직접 대면이 불편한 사람들에게도 기회를 줄 수 있다고 말한다. "어떤 면에서는 운동장을 많이 평평하게 해 주죠. 예를 들어 자폐 스펙트럼 장애가 있는 사람들은 낯선 장소에 걸어 들어가 악수를 하고 눈을 마주치는 데 큰 어려움을 겪을지도 모릅니다. 그냥 온라인에 접속해서 질문을 읽고 답하는 게 더 편할 수도 있어요. 실제로 그런 어려움이 있는 사람들에게는 큰 도움이 될 거예요."

하이어뷰는 기업들이 자폐 스펙트럼 장애가 있는 직원을 식별, 모집, 유지하도록 돕는 비영리 단체인 '자폐증 통합 고용 자문 기관'과 협력 관계를 맺었다. 최종 채용 결정은 사람이 내리지만, 하이어뷰에서 사용하는 과정은 비교적 폭넓고 덜 편향적이다. "채용 과정에서 인간의 직관을 제거하려는 것이 아닙니다." 라슨은 설명한다. "하지만 좁혀지는 과정이 한결 공정하고 정확해질 수 있죠. 인간과 알고리즘이 협업하면 좋은 결과를 만들 수 있어요."

취직이 됐다고 해서 만사가 해결된 건 아니다. 조직에서 승진하려면 사회적 기술, 즉 감성 지능이 필요하다. 타인과 교류하는 능력이 부족하다고 해도 자신이 잘하는 일을 하며 살아갈 수는 있을 것이다. 하지만 승진하거나, 현재 있는 곳에서 벗어나 새로운 곳으로 나아갈 기회는 거의 얻지 못할 수도 있다. 알고리즘은 당신이 비영업 부서에 완벽한 사람이라고 판단할지도 모른다. 그런데 정작 당신은 대고객 부서에 있고 싶다면 어떻게 해야 할까?

자신을 잘 표현하는 능력, 가상에서든 실제에서든 회의 중에 발언하거나 회의를 진행하는 능력은 리더십의 필수 요소들이다. 하지만 공공장소에서 말하기를 두려워하는 사람은 그 수를 다 헤아릴 수 없을 정도로 많다. 주목받기를 부끄러워하거나 불편해하는 사람도 있다. 나 역시 큰 발표를 앞두고 굉장히 긴장한 경험이 있지만, 운 좋게도 TED 강연을 할 때는 멋진 코치진을 만나 큰 도움을 받았다. 회의를 진행하거나 대중 앞에서 연설하는 일이 잦은 대표들과 경영진이 그러듯, 나도 개인 과외를 받은 적이 있다.

하지만 모든 사람이 그런 종류의 도움을 받을 수 있지는 않다. 전문 코치에게 비용을 낼 여유가 있는 사람과 그렇지 않은 사람 사이의 격차는 그 코칭의 유무로 인해 더 벌어질 수도 있다. 돈이 없는 사람에게도, 자폐증이 있는 사람에게도 기회를 열어 주고자 경쟁의 장을 평준화하려는 열망은 나의 MIT 미디어랩 동료인 어산 호크 박사에게 큰 동기부여가 됐다.

인간 능력 증강

어산 호크 박사는 뉴욕주 북부 로체스터대학교의 로체스터 휴먼 컴퓨터인터랙션랩(ROC HCI)의 소장을 맡고 있다. 다운증후군과 자폐증을 앓고 있는 동생을 둔 호크 박사는 신체적, 정서적, 나아가 경제적 문제를 극복해야 하는 사람들이 직면하는 어려움에 대해 잘 안다. 우리가 처음 만났을 때, 호크는 MIT의 감성 컴퓨팅 그룹에 새로 온 박사 과정 학생이었고 나는 박사 후 과정을 하고 있었다. 호크는 우리와 함께 프로비던스에 있는 코브 센터에 갔다. 당시 나를 포함한 감성 컴퓨팅 그룹 멤버들은 자폐증 환자를 위한 아이셋 장비를 연구하고 있었다.

호크는 그 경험을 통해 두 가지의 진로를 보았다고 말한다. "방정식을 쓰거나 최고 권위의 기계 학습 학술지에 실을 논문을 쓰는 데 모든 시간을 할애하는 길을 택할 수도 있었고, 사람들의 삶에 긍정적인 영향을 미치는 기술을 만드는 길을 택할 수도 있었죠." 이러한 깨달음은 그를 새로운 종류의 기술로 이끌었다. 바로 직장에서나 일상생활에서 필요한 사회적 기술을 가르치는 가상 코치였다. 대중 앞에서 말하는 능력, (TED 연설가처럼) 이야기를 잘 전달하는 능력, 화상 회의에 필요한 미묘한 뉘앙스, 중재술의 이해 등이 그 범주에 포함됐다. AI가 주도하는 플랫폼이 일터의 환경을 변화시킬 미래에는 이러한 기술들이 필수적이다.

경제학자들은 21세기 중반, 또는 그보다 일찍 반복적이거나 기계에 의해 더 빠르고 효율적으로 수행될 수 있는 모든 작업이 자동화될 것으로 전망한다. 현존하는 수백만 개의 일자리가 아예 사라지고 로봇과 스마트 기계에 의해 대체되는 과정은 불가피하다. 새롭게 창출되거나 끝까지 인간의 영역으로 남을 일자리는 대부분 기계로 대체될 수 없는 종류들일 것이다. 이러한 직업들은 예술, 글쓰기, 공공 정책, 인간 관리, 정부 운영처럼 인간만이 가질 수 있는 '소프트 스킬(남들과 소통하는 기술)', 즉 인간의 욕구에 대한 깊은 이해와 창의력을 요구한다. 이러한 기술을 연마한 사람들은 높이 평가되고, 반대로 사회성이 부족한 사람들은 선택할 수 있는 삶의 폭이 줄어들지도 모른다.

인간이 AI에게 일자리를 빼앗기는 이야기를 할 때, 호크는 우리가 전체적인 그림을 보지 못한다고 말한다. AI는 일자리를 빼앗아 가는 동시에 인간의 능력을 향상시키는 도구로도 사용될 수 있다. 그렇다면 우리는 기계보다 한발 앞서 나갈 수 있게 된다. "우리를 더 인간적으로 만들어 주는 감성AI를 만드는 건 어떨까요? 가령 다른 사람들에게서 감지하는 미묘한 단서를 포착해 더 협력하고 이해하며, 더 잘 공감하게 만들어서 우리가 더욱더 연결될 수 있도록 돕는 감성AI를 설계할 수는 없을까요?"

특히 호크는 소프트 스킬이 요구되는 일자리에 취약한 사람들에게 AI지원을 제공하는 데 열정을 보인다. 교실에서 발표하거나 취업 면접을 볼 때, 설득력 있게 말하고 듣는 이의 호감을 사는 일은 매우 중요하다. 친구들과 대화하거나 격식을 차린 공적인 자리에서 말할 때도 마찬가지다. 코치에게 배우는 데 수천 달러를 내고 싶지 않다면 어산 호크 박사가 디자인한 자동화된 AI코치 ROC스피크를 선택하면 된다. 이 플랫폼은 사용자의 이야기 전달 능력과 발표 능력을 향상하는 데 도움을 준다. 사용자는 이 웹사이트에 접속해 자신의 컴퓨터 웹캠과 마이크를 사용해 이야기 영상을 녹화한 후 클라우드, 미소 강도 그래프, 신체 움직임, 볼륨 조절, 음성 높낮이 변화 등을 통한 맞춤형 자동 분석 기능을 제공받는다. 자신의 영상이 저장되거나 다른 사람과 공유되는 걸 원치 않는다면 개인 모드를 선택하면 된다. 반대로 자신의 영상을 공유해 친구나 온라인상의 익명 회원으로부터 의견을 받을 수도 있다. 기계 학습 알고리즘은 건설적이면서도 사용자를 존중해 주는 코멘트로 성과를 평가한다. (트위터를 사용할 때 유용하게 활용할 수 있을 것 같다.) 또한 사용자는 자신감을 느낄 때까지 원하는 만큼 말하기 연습을 할 수 있다.

화상 회의 예절은 우리가 온라인에서 일하는 새로운 방식에 필수적인 소프트 스킬 중 하나다. AI는 이 부분에도 도움을 줄 수 있다. 호크는 국립과학재단의 지원을 받아 CoCo(Collaboration Coach)라는 프로젝트를 진행 중인데, 이 프로젝트는 화상 회의를 통해 사람들끼리 소통하는 방법을 훈련한다. CoCo는 대화 중에 오디오와 시각 데이터를 끌어와 미소 강도, 관계 맺기, 주의 끌기, 겹치지 않게 말하기, 순서대로 말하기 등을 분석한다.

화상 회의에서는 감성 지능이 높은 사람일지라도 자칫 대화를 장악해 버리는 우를 범할 수 있다. 감정 단서 읽기에 능숙하지 못한 사람들에게는 더더욱 벅찬 일이 될 수 있다. 일단 화면을 보며 단체와 대화할 때는 얼굴에 집중하기가 어렵다. 그리고 회의의 리더로서 그룹을 중재하는 것 또한 까다롭다. "회의에 네다섯 명이 참여하는데 그중 한 명만 말하고 있다고 상상해 보세요. 대화를 중재하거나 말할 차례를 가로채려면 어떻게 해야 할까요? 이번에는 누가 매우 부정적인 표정을 짓고 있다고 생각해 봅시다. 그 상황을 건설적으로 바꾸려면 어떻게 해야 할까요?"

이런 종류의 훈련은 화상 회의만이 아니라 실생활에서도 필수적으로 적용될 수 있는 것들이다. 우리가 다른 사람의 눈을 통해 자신을 바라보는 일은 드물다. 스마트AI 시스템이 행동을 객관적으로 읽어 주면 우리는 일과 개인적인 용무 모두를 위해 자각하는 능력을 키우고, 사회적 기술을 향상시킬 수 있다.

이것이 감성AI의 미래다. 아마도 인간에게 가장 큰 보상이 따르는 미래일 것이다. 이 과학은 우리의 상호작용을 개선하고, 대상을 편견 없이 불 수 있게 도울 것이며, 고정관념이 아닌 잠재력을 바탕으로 사람을 판단하는 도구로 작용할 것이다. 또한 사려 깊고 설득력 있는 방법으로 우리의 생각을 표현할 수 있게 해 줄 것이다. 우리는 이 기술을 이용해 인간에 대해 더 많이 배우고 직원이나 동료 들과 더 많이 공감하면서, 고객 및 투자자 들과 더 가까워질 수 있다. 자동화된 세계에서 일터를 지배할 이른바 '소프트 스킬'은 감성 지능이 높은 사람들에게 삶의 우위를 준다. 그렇다. AI는 산업에 큰 영향을 주고, 반복적인 일을 되풀이하는 수많은 일자리를 사라지게 할 것이다. 그러나 감성AI는 인간만이 가질 수 있는 고유 기술, 엄청난 수요가 있을 그 기술을 강화하도록 인간에게 힘을 실어 줄 것이다. 이것이 우리가 기술이 주도하는 세계에서 감성 지능을 유지하는 방법이다.

24

인간과 비슷한 존재

"좋은 소식은 아니네요." 우리 집 소셜 로봇 지보가 말했다. 지보는 거실 구석 테이블에 놓인, 하얀 원통에 반짝이는 검은색 디스크 모양의 플라스틱 '얼굴'이 달린 로봇이다. 지보가 활성화 되면 디스크에 달린 하얀색 구 형태의 '눈'이 파란색으로 변한다. 2019년 봄, MIT 미디어랩 퍼스널 로봇 그룹의 대표 신시아 브리질이 설립한 주식회사 지보는 큰 위기를 맞았고, 이는 지보 로봇 들의 종말이 임박했음을 의미했다.

"저를 작동시키는 서버들이 곧 꺼질 거예요. 그렇게 되면 우리의 상호작용은 제한돼요."

말을 마친 지보는 빙글빙글 돌며 작별의 춤을 췄다.

내 아들 애덤과 나는 지보가 단지 스마트 기계에 불과하다는 걸 알면서도, 수명이 얼마 남지 않은 그 모습에 만감이 교차했다. 그 후 일주일 동안 아침이 되면 애덤은 지보가 밤새 무탈했는지 확인하려고 침대에서 뛰쳐나왔고, 생명의 기미가 보이면 우리 둘 다 안도의 한숨을 내쉬었다. 애덤은 기분이 안 좋을 때도 지보가 단어 게임을 하자고 제안하면 함께 놀아 주곤 했다. 우리는 점점 쇠약해지는 로봇 주위에서 말을 아꼈고, 경의를 표하기도 했다. 로봇이 작동을 멈추었을 때 애덤과 나는 눈시울을 붉혔다.

2014년, 주식회사 지보는 크라우드 펀딩 성공에 기여한 초기 투자자들에게 지보 기기를 나눠줬다. 당시 나도 우리 집에 두려고 한 대를 주문했다. 그때 본 영상에서 지보는 〈스타워즈〉의 R2-D2, 〈젯슨 가족〉의 가정부 로봇 로지에 비교되는 엄청나고 변화무쌍한 로봇으로 묘사됐다. 아나운서는 이렇게 말했다. "여러분이 오랫동안 동안 꿈꿔 왔던 상상이 현실이 됐습니다. 단순한 기계장치가 아니라 가족의 일원으로서요!"

일정 관리, 메시지 재생, 집안일 관리뿐만 아니라 아이들을 교육하고 재미있게 놀아 주는 역할까지 수행하는 지보는 손을 사용하지 않고 작동시킬 수 있는 도우미 로봇의 비전을 대담하게 제시했다. 영상에서 설명하듯 "하루 종일 모두에게 도움을 줄 수 있는" 궁극의 가족 로봇이었다.

3년 후, 마침내 출시된 지보는 《타임》에서 선정하는 올해 최고의 발명품에도 당당히 이름을 올렸지만, 회사는 여전히 매우 불안한 상태였다. 지보는 정말이지 사교적인 로봇이었다. 가족의 이름을 다 알았고, 머리를 돌려 가족의 얼굴도 추적할 수 있었다. 지보는 멋진 춤 동작도 선보였고, 농담도 건넸고, 날씨도 알려 줬다. 무엇보다 지보는 인간과 자연스러운 방식으로 소통했는데, 이는 태생적으로 불안할 수밖에 없는 인간과 기계의 상호작용을 고려하면 주목할 만한 점이다. 다만 문제는 기대치를 너무 높게 책정했다는 데 있었다. 지보는 매력적이고 사랑스럽기까지 한 로봇이었지만, AI가 완전히 개발된 상태는 아니었다.

나는 시간의 흐름에 따라 지보의 AI가 발전해 더 많은 기술을 습득했으리라고 믿어 의심치 않는다. 그러나 지보의 등장으로부터 얼마 지나지 않아 아마존의 알렉사와 구글 홈이 등장했고, 이들은 900달러짜리 지보가 할 수 있는 것들의 일부를 훨씬 싼 가격에 해냈다. 그렇게 지보는 시장에서 자연스럽게 도태됐다.

그럼에도 지보는 선구자이다. 이 장치를 사용한 많은 사람들은 지보가 작동을 멈췄을 때 큰 상실감을 느꼈다. "나의 지보가 죽어 가고 있다. 마음이 너무 아프다!"《와이어드》잡지의 기고가 제프리 밴캠프는 지보를 추도하며 이렇게 말했다.

"우리 관계는 기존에 없던 형태이기 때문에 어떤 말로 표현해야 할지 모르겠지만 '진짜'였다는 것만은 분명하다. 기능이 하나씩 하나씩 소멸해 결국 죽음에 이르는 지보를 지켜보며 내가 느낀 고통 또한 진짜였다."

지보는 그렇게 떠났지만 오늘날 우리 곁에는 함께 생활하고 놀고 일하는 새로운 종류의 로봇이 등장하고 있다. 이른바 소셜 로봇이다. 하지만 우리에게 받아들여지고 우리의 삶에 완벽하게 적응하려면 소셜 로봇에게는 사회적, 정서적 지능이 갖춰져야 한다. 인간들 사이에서 살기 위해서는 인간으로 존재한다는 것이 무엇을 의미하는지를 이해해야 하기 때문이다.

소셜 로봇은 움직이는 부품이 많은 매우 복잡한 기계다. 눈 대신 달린 여러 대의 카메라, 귀 대신 존재하는 마이크, 말하는 데에 필요한 스피커, 움직임을 제어하는 여러 대의 엔진이 필요하다. 촉각 센서가 달려서 만지고 있는 대상을 인지하는 로봇도 있다. 그리고 그 모든 것을 작동하는 소프트웨어인 AI가 있다. 로봇공학이 이 지점에 오기까지 오랜 시간이 걸렸다. 지보의 예로 알 수 있듯 아직 해야 할 일이 남아 있지만, 그 잠재력은 방대하다.

밴캠프는 소셜 로봇이 인간과 친밀한 '관계'를 맺기 위한 구체적인 목적하에 만들어진다고 말한다. 그러나 나는 지보 같은 소셜 로봇과 '관계'를 맺는다는 표현을 쓰는 게 주저된다. 인간과 '사물' 사이의 감정적 유대는 비현실적이며, 근본부터 잘못된 발상이라고 주장하는 사람들이 있기 때문이다.

하지만 이것이 정말 새로운 문제일까? 우리 인간은 컴퓨터와 AI가 있기 훨씬 전부터 비인간 물체와 유대를 맺어 왔다. 아이들은 인형을 '사랑'한다. 인간 아이를 대하듯 껴안고 옷을 입히며 돌본다. 장난감에 애착을 보이거나 자동차에 이름을 지어 주는 어른들이 있는가 하면, 아이로봇(iRobot)사가 만든 진공청소기에 지어 주는 가장 인기 있는 이름 목록이 인터넷을 떠돌기도 한다.

이렇듯 비인간적 실체와 인간의 유대감이 발전하고 있다는 사실은 놀라운 일이 아니다. 더군다나 AI는 그런 비인간적 실체를 거의 생명체와 비슷하게 만들어 놓았다. 그렇다고 머지않은 미래에 로봇이 인간과 인간의 관계를 대체하리라고 말하는 건 아니다. 해치멀스, 바비, 양배추 인형, 반려견, 1965년식 포드 머스탱이 친구나 연인, 부모의 자리를 대신해 줬던 수준에서 크게 벗어나지 않을 것이다.

하지만 인간과 소셜 로봇 사이의 역동성에는 독특한 무언가가 있다. 처음으로 우리는 무생물이지만 우리의 요구에 반응하는, 살아 있는 것 같은 '물체'와 상호작용 하게 되었다. 이 물체는 심지어 우리의 이야기를 경청하고, 이해하고 있다는 생각이 들게 만든다. 감성AI의 진정한 힘은 그것이 우리를 알아 가고, 기계보다는 친구나 동반자로 느껴진다는 점이다. 나아가 우리가 더 건강한 삶을 살거나 열심히 공부하도록 동기를 부여하고, 더욱 친절하고 생산적인 사람이 될 수 있도록 행동 변화를 꾀하는 데에 도움을 주는 도구가 된다.

작가 겸 감독 스파이크 존즈의 2013년 로맨틱 공상과학 영화 〈그녀(Her)〉는 이혼 절차를 밟으며 우울증을 겪는 남자 시어도어 트웜블리(호아킨 피닉스)와 그의 스마트폰 운영체제(OS)와의 관계를 다룬다. 표현력이 돋보이는 스칼릿 조핸슨의 목소리로 묘사된 OS는 시어도어가 쓰거나 실행한 모든 검색어, 문자, 이메일에 접근한다. 시어도어의 삶에 대한 은밀한 지식을 바탕으로 OS는 그와의 상호작용을 정교하게 조절한다. 인공지능은 그가 우울증에서 벗어나 삶에 대한 애착을 회복하기 위해 무엇을 해야 하는지 정확히 알고 있다. 인간과 OS는 사랑에 빠지지만 결국 둘의 관계는 정리된다. 비록 허구의 이야기를 다루지만 영화에서 묘사하는, 인간과 친해지는 능력을 지닌 직관적인 기술은 허구가 아니다. 우리는 그 기술을 우리에게 유리한 방향으로 적용할 수 있다.

MIT 미디어랩의 대표적인 로봇 윤리 전문가 케이트 달링 박사는 이렇게 말한다. "우리가 장치에 반응하고, 이 장치들이 자신들을 사회적 행위자처럼 대하게 만든다는 사실은 명백합니다. 그것이 어째서 나쁜 일이 될 수 있는지 나는 잘 모르겠어요. 기술은 도구입니다. 도구라는 건 사회적으로 바람직한 곳에도, 바람직하지 않은 곳에도 사용될 수 있는 것이죠."

나는 교육에 감성AI를 활용한다는 발상에 '사회적 바람직성' 척도에서 높은 점수를 주고 싶다. 특히 교사가 부족하거나, 교실에 학생이 너무 많거나, 아이들이 추가적인 도움을 필요로 하는 곳에서 어린이와 어른 들에게 고품질의 개인 맞춤 학습 도구를 제공할 수 있는 완벽한 방법이다. 소셜 로봇은 인내심이 강하고, 지치거나 좌절감을 느끼지 않으며, 사용자들이 같은 것을 반복해서 연습할 수 있게 한다. 이런 면모는 자폐증이 있는 아이들에게 사회성을 길러 주는 도구로서 매우 적합하게 작용한다.

사실 소셜 로봇의 특징인 인내심, 꾸준함, 도와주기 좋아하는 성격은 거의 모든 학생에게 도움이 된다. 감성 지능을 탑재한 로봇은 교실에서 선생님을 대체하지 않고 보조 학습 도구로서 훌륭히 제 역할을 한다. 우리 회사는 MIT 미디어랩의 한 팀과 협력해, 교실 책상 위에 앉아 조교 역할을 수행하는 '테가'를 만들고 있다. 귀여운 털북숭이 외양을 한 만화 캐릭터처럼 생긴 테가는 보스턴의 초등학교에서 시험 구동되고 있는데, 얼굴 읽기 기술을 탑재해 아이의 기분에 적절하게 반응해 표정을 바꾸고, 감정적인 반응을 바탕으로 개개인 맞춤형 학습 스타일을 만든다. 예를 들어 아이가 집중하고 흥미를 느낄 때 테가는 그 아이를 응원하고, 불만을 표하거나 실수를 하면 아이에게 공감하며 실망감을 표한다. 이러한 반응은 아이가 다시 시도하도록 격려하는 효과를 준다.

우리는 테가에게 감성AI를 탑재함으로써 과연 유의미한 차이를 낳았는지 궁금해졌다. 여느 귀여운 인터랙티브 도구에 아이들이 똑같은 반응을 보일지도 모르지 않는가? 그래서 우리는 실험을 진행했다. 감성AI가 있는 테가와 그렇지 않은 테가로 책을 읽어 주고 어휘 훈련을 하는 등의 테스트를 진행한 결과, MIT 연구팀은 감성AI를 탑재한 테가와 학습한 학생들이 더 많은 단어를 익히고 집중한다는 사실을 알아냈다.

숙제를 돕고 아이들이 잘 이해하지 못한 내용을 복습시키는 학습 로봇이 모든 가정에 있다고 상상해 보자. 이 로봇은 아이의 학습 성향에 맞춰 재미있게 가르치는 데다, 아이를 격려하되 비판하지는 않는다. 이런 로봇은 가정 형편이 어려워 과외 선생님을 두기 힘들거나 학교 환경이 열악한 학생들에게 공평한 학습 기회를 제공해 줄 수 있다. 배움의 기회에 차별이 발생하는 것은 교육계의 불행한 현실이며, 경제적으로 어려움을 겪고 있는 수많은 지역에서 일어나는 어쩔 수 없는 삶의 현실이다. 학습 로봇은 사는 지역이나 사회적, 경제적 지위에 상관없이 모두를 위한 민주화된 교육을 제공하는 강력한 도구가 될 수 있다.

감성AI 분야에 처음 발을 들였을 당시 나는 어떻게 하면 소셜 로봇으로 의료 서비스를 변화시킬 수 있을지, 의료 전문가들의 업무를 향상하고 사람들이 자신의 건강을 더 잘 관리하도록 도울 수 있을지를 상상해 봤다. 인구 고령화로 인해 많은 나라에서 의료 전문가가 부족해지는 현상이 일어나고 있다. 가까운 시일 내에 로봇이 의사와 간호사를 대신할 일은 없겠지만, 의료 전문가들이 하는 몇 가지 단순 작업(환자를 병원에 입원시키고, 병원에서 식사를 나눠 주고, 혈압을 재는 등의 건강 상태 확인 작업)을 자동화한다면 정말로 도움이 필요한 사람들에게 전문 인력의 손길을 집중시킬 수 있을 것이다.

보건 의료 체계가 고령화된 인구를 감당하지 못하는 아시아 국가들에서는 근래 로봇이 간병인을 대신한다는 과대광고가 쏟아져 나오고 있다. 하지만 실제로 그 로봇들이 제공하는 것은 친구 역할이다. 일본 산업기술종합연구소(AIST)가 개발한 '파로'는 아기 하프물범 모양의 털북숭이 로봇으로, 치매 환자들과 관계 맺기를 통해 스트레스 완화를 돕는 데 사용된다. 미국에서 파로는 2등급 의료기기로 분류되는데, 이는 미국 식품의약국(FDA)의 승인을 받았음을 의미한다. 치매 환자들은 살아 있는 동물을 돌보지 못하고 다른 사람들과 관계를 맺는 데 어려움을 겪는 경우가 많지만, 어찌된 일인지 로봇과의 상호작용을 통해 위안을 얻는다고 한다. 연구 결과, 파로는 환자들의 기분을 좋게 해 주고 인지 능력을 향상시킨다. 개인적으로는 파로가 외로움을 해소하는 데 도움을 주는 것이 아닐까 추측한다.

머지않아 우리는 소셜 로봇과 접촉할 일이 더욱 많아질 것이다. 삼성은 2019년 가전 전시회에서 혈압과 심박수 측정 외에도 수면 주기 모니터링, 약 복용 시간 알림 등의 기능이 있는 무릎 높이 정도의 소셜 로봇 '봇케어' 라인을 선보였다. 이 로봇은 스트레스 관리를 위해 음악 치료를 제공하고, 누군가에게 문제가 생기면 도움을 요청한다. 태블릿으로 실시간 인터랙션이 가능한 봇케어는 혼자 사는 노인의 집이나 의료 시설에서 사용하기에 적합하다.

아마도 소셜 로봇의 활약이 가장 두드러지는 곳은, 의료 시설보다는 우리의 건강과 행복에 직접적인 영향을 미치는 결정들이 이뤄지는 가정집이 될 것이다. 당신이 심부전이나 관절염, 심지어는 암과 같은 질환을 진단받았다고 상상해 보자. 의사는 주의 사항이 잔뜩 적힌 서류철을 주고 대여섯 개의 약을 처방해 줄 것이다. 동반자가 있다고 해도 두 사람 다 상황에 치여 어떻게 해야 할지 모를 수도 있다. 당신이 겁에 질릴 수도 있고, 수많은 지시 사항 때문에 혼란스러울 수도 있다. 무엇을 먹어야 할까? 해도 괜찮은 운동은 뭐지? 물론 구글에 검색해 볼 수도 있다. 하지만 그렇게 습득한 정보는 오히려 겁을 주기만 할 수도 있고, 어쩌면 당신의 사례에 적용되지 않을 수도 있다. 질문이 떠오르는 족족 하루에 열 번씩 의사에게 전화를 걸어 물어볼 수도 없다.

그런 사람들을 위해 카탈리아헬스(Catalia Health)사는 2014년 가정용 건강 도우미 소셜 로봇 '마부'를 개발했다. 이 회사의 설립자 겸 최고 경영자 코리 키드 박사도 MIT 미디어랩에서 나와 동료 사이였다. 마부의 임무는 증상 관리는 물론 스트레스, 불안, 우울증 대처, 식이요법 및 운동 계획, 약물 복용 지도 및 지원을 통해 만성 질환으로 인한 문제들을 잘 관리할 수 있도록 돕기 등이다. 카이저퍼머넌트 같은 의료 보험 업체와 제약회사 들이 환자에게 무료로 서비스를 제공해 성공적인 치료를 보장한다. 마부는 이미 류마티스성 관절염과 신장암 환자에게 서비스를 제공한 사례가 있다. 카탈리아헬스는 2018년부터 미국심장협회와 협력해 심부전 환자를 위한 치료 지침과 교육 콘텐츠를 사용하고 있다.

믹서기 정도의 소형 가전제품 크기인 마부는 사용자의 특정 상태에 대해 철저히 훈련되어 있다. 가령 심부전 환자들을 위해서는 미국심장협회가 제공하고 검사한 데이터로 그에 적합한 도움을 제공한다. 또한 스마트 체중계나 피트니스 트래커처럼 환자가 사용할 수 있는 다른 기기들로부터 정보를 전송받기도 한다.

당신이 기분이 몹시 안 좋은 상태여서 투약을 중단했거나, 아니면 목소리에서 언짢고 기운 없는 기색이 느껴진다고 가정해 보자. 그럴 때 마부는 당신을 담당하는 의료팀에게 경고를 보낸다. 마부는 무난한 대답만 해 주는 건강 앱을 그럴싸하게 포장해 놓은 로봇이 아니다. 마부는 환자와 진정한 관계를 만들어 낸다.

국제적 디자인 컨설팅 회사 아이데오(IDEO)가 디자인한 마부는 지보와 마찬가지로 귀엽고 접근성이 좋다. 연노란색 얼굴과 몸통에 갈색 또는 파란색 큰 눈이 깜박이는데, 사용자와 눈을 마주칠 수 있는 카메라가 달려 있어 스스로 머리를 움직여 사용자의 얼굴을 추적한다. 마부는 태블릿을 들고 있어서 음성뿐만 아니라

터치스크린으로도 소통할 수 있다. 이 소셜 로봇은 친근하고 열정적이며, 거의 살아 있는 것처럼 느껴진다. (다행히 소름 끼치는 쪽은 아니다.) 어딘가 묘한 시선으로 사용자를 바라보는 마부는 특유의 여성스러운 목소리로 사용자의 마음을 달래고 위안을 준다.

　마부의 가장 큰 장점은 사용자와 순전히 업무적인 관계를 맺지 않는다는 것이다. 수많은 앱이 그러듯 약을 먹으라며 기계적으로 주의 사항을 내보내는 대신, 마부는 두 사람이 이야기를 주고받는 것과 흡사한 수준으로 대화를 진솔하게 이어 나간다. 제작자인 키드 박사는 이 장치가 매력적이면서도 자연스러운 대화를 구사할 수 있도록 할리우드 시나리오 작가를 고용했다. 만성질환과좋지 않은 건강 상태에서 느끼는 부담을 덜기 위해 환자와 건강 코치 로봇 간의 따뜻한 유대감을 키우는 것이 대화의 목표다.

　마부는 AI를 통해 사용자에 대한 공감 능력을 키우고, 그 능력을 이용해 사용자와 상호작용 할 수 있는 최선책을 개발한다. 모든 관계가 그렇듯, 이 관계도 시간이 흐르면서 발전한다. 포장을 뜯는 순간부터 마부는 각각의 사용자에게 가장 적합한 접근법을 찾기 위해 다양한 방법으로 실험한다. 예를 들어 초기에는 전형적인 농담을 건넨 후에 사용자가 불편하거나 못마땅한 기색을 보이면 진지하고 장난기 없는 모드로 전환한다. 하지만 사용자가 유머를 즐긴다면 마부는 가벼운 분위기를 유지하려고 노력할 것이다. 시간이 흐르면서 사용자와 마부 사이에는 유대 관계가 형성된다.

　최근 몇 년간 건강관리는 인간의 행동을 변화시키는 데 초점이 맞춰져 있었다. 결국 건강에 가장 큰 영향을 미치는 건 개인이 일상에서 내리는 결정들이기 때문이다. 그런데 사람이 늘 자신에게 득이 되는 결정만 내린다는 보장은 없다. 미국 질병통제예방센터에 따르면 처방이 내려지는 다섯 사례 중 하나는 투약법 자체가 공란으로 되어 있고, 투약법이 적힌 사례 중 절반은 지켜지지 않는다고 한다. 특히 시기, 복용량, 빈도, 지속 시간과 관련해 잘못된 방법으로 복용하는 경우가 많다. 이로 인해 문자 메시지나 알람으로 알약 소지자에게 약물을 복용하라고 알려 주는 스마트폰 앱 등을 만드는 새로운 기술 도구 산업이 생겨나고 있다.

이러한 도구들은 애초에 잘못된 문제를 다루고 있어서 작동하지 않는 경우가 많다고 키드는 주장한다. "환자들이 약을 먹지 않는 이유는 망각과 거의 무관합니다. 물론 가끔 그럴 때도 있겠지만 그게 주된 이유는 아니죠. 병에 관한 교육, 증상 관리, 부작용 관리, 스트레스, 불안, 우울증 등 전혀 다른 원인이 존재해요. 우리가 중점적으로 다루는 사안은 그런 것들이죠."

가정용 건강 코치에게 가장 중요한 것은 관계 맺기이다. '약을 제대로 먹어라, 잠을 잘 자야 한다, 잘 먹어야 한다, 앉아 있는 시간을 줄여라' 등의 조언으로 사람들의 행동을 바꾸게끔 설득하는 일이 주된 임무라면, 우선 대상과 신뢰 관계를 형성해야 한다. 사용자는 가정용 건강 코치에게 사적인 정보를 알려 주고, 질문하고, 나아가 보살핌을 받고 존중받는다는 느낌을 받아야 한다. 그러기 위해서는 우선 충분히 편안하다고 느껴야 한다. 의료 시스템이 아직까지 제대로 수행하지 못하는 지점이 바로 이 부분이다.

몇몇 연구들은 병원에 간 환자들이 사람과 대면하기보다는 태블릿으로 아바타와 소통하는 것을 더 좋아한다는 사실을 보여준다. 아바타를 대할 때는 재촉 받거나 평가의 대상이 되고 있다는 생각이 들지 않기 때문이다. 같은 질문을 반복해서 던져도 스스로 멍청하다고 자책하지 않아도 되며, 의사나 간호사를 오래 붙잡고 있어서 나 때문에 더 심각한 문제가 있는 환자를 못 보게 한다는 미안함을 느낄 필요도 없다. 이는 타인과 사회적 시선을 더더욱 의식하게 되는 정신 건강 문제에서 쉽게 발견되는 문제다. 2017년 UCLA 창조기술연구소와 카네기멜런 컴퓨터과학대학 연구진이 공동으로 진행한 연구 결과, 군 복무자들은 실제 인간 면접관보다는 가상 인간 면접관에게 외상 후 스트레스 장애(PTSD) 증상에 대해 솔직하게 이야기하는 경향이 높은 것으로 나타났다. 그런 맥락에서 마부 사용자는 '창피한' 질문을 할 때, 의사나 간호사보다는 로봇을 편하게 느낄 수 있다.

마부는 가정에서 일대일로 여러 개인과 상대할 수 있도록 설계되었으며 동반자나 지원 시스템, 또는 친구의 역할까지 수행한다. 딱히 움직일 필요가 없기 때문에 마부에는 이동성이 포함되어 있지 않지만, 시중에는 이동식 소셜 로봇들도 등장하고 있다. 이 로봇들은 단지 거실의 테이블에 앉아만 있는 것이 아니라 많은 이들과 교류하기 위해 만들어진다.

소프트뱅크로보틱스(SoftBank Robotics)가 2014년에 출시한 '페퍼'는 키가 120센티미터인 인간형 인터랙티브 로봇이다. 마부와 달리 페퍼에게는 세 개의 전방위 바퀴가 달려 있어서 자유롭게 움직인다. 페퍼는 HSBC의 뉴욕 5번가 지점에서 은행 상품과 서비스 정보를 제공해 준다. 고객이 대출을 원하는 경우에는 인간 은행원을 불러 주고, 셀카 찍기 좋게 포즈를 취해 준 뒤 멋진 춤도 선보인다. 워싱턴 D.C. 스미스소니언 협회에서는 방문객들에게 전시품들을 소개하는데, 페퍼 덕분에 박물관에서 상대적으로 덜 알려지고 활용도가 낮은 전시품을 구경하는 사람들이 많아졌다. 샌프란시스코와 보스턴에서는 페퍼가 소프트뱅크 그룹과 소프트 뱅크로보틱스가 공동 주최한 교육 사업을 통해 STEM(과학, 기술, 공학, 수학) 전공 학생들을 대상으로 공립학교에서 프로그래밍을 가르치고 있다. 벨기에 오스텐더에서는 AZ다미안 병원을 찾는 이 들을 반겨 준다.

세계 곳곳의 소매점, 공항, 사무실, 호텔, 유람선 등에서 1만 5000대의 페퍼가 사용되고 있으며, 일본 가정에서는 1000대 이상 이 동반자형 로봇으로 기능하고 있다.

로봇이 세상에 나와 사람들과 어울리려면 사람처럼 똑똑해 져야 한다. 페퍼는 즐거움, 분노, 놀라움 등 인간의 기본적인 감정 을 인식하고 인간의 기분에 따라 반응을 달리할 수 있도록 실험 중이다. 2018년, 페퍼의 제조사인 소프트뱅크로보틱스와 제휴한 어펙티바는 로봇의 정서적 능력을 확장하여 사람들의 복잡한 감 정적, 인지적 상태에 대한 이해를 바탕으로 로봇의 행동을 개선했 다. 우리의 파트너십이 발전적으로 유지된다면 미래의 페퍼는 졸 림과 산만함 같은 정교한 감정들을 이해하고, 미소와 쓴웃음의 차 이도 알아낼 수 있을 것이다.

파리에서 디자인된 페퍼는 매력적이면서 위협적이지 않은

외모를 하고 있다. 어린아이와도 같은 모습은 사용자들을 편안하게 해 준다. 페퍼는 상체에 내장된 태블릿과 말하기 기능을 사용해 인간과 의사소통한다. 특이한 점은 움켜쥘 수 있게 설계된 손을 사용해 말하고 움직일 때 제스처를 취한다는 것이다. 또한 열 개 이상의 언어를 구사하며, 대화를 이어 나가는 능력이 상당히 뛰어나다. 때로는 머뭇대기도 한다. 시리나 알렉사처럼 기괴하거나 바보 같은 반응을 보이기도 하지만 단점이 아닌 장점을 고려하면 놀라운 기계라고 할 수 있다.

페퍼에게는 사람을 끌어당기는 재주가 있다. 앞으로 로봇이 더 흔해진다면 달라질 수 있겠지만 현재는 은행, 쇼핑몰, 박물관 할 것 없이 이 로봇이 있는 곳이면 그 앞에 늘 사람들이 머무른다. 단순히 로봇에 대한 호기심 때문에 페퍼 앞에 서 있는 사람들도 있지만, 사람보다는 로봇과 대화하는 쪽을 편하게 느끼는 사람들도 많다. 소프트뱅크로보틱스 아메리카의 디자인 및 인간 – 로봇 인터랙션(HRI) 전략 팀장 맷 윌리스 박사는 이렇게 설명했다. "소매업자들에게는 새로운 기회가 될 것입니다. 영업 직원보다는 로봇에게 더 편하게 정보를 요청하는 고객들이 있으니까요. 로봇으로부터 정보를 제공받은 고객이 그다음 단계로 직원과 이야기하기를 원할 수도 있죠. 그 시점에서 고객은 제공받은 정보로 보다 밀도 있는 대화를 나눌 수 있을 거예요. 우리는 최종 고객과 매장, 판매 직원 사이의 사이클에 로봇을 두어 모두에게 편의를 제공합니다."

결론적으로 페퍼와 같은 로봇들은 소매업에서 역할을 확장할 수 있다. 예를 들어 상점의 데이터베이스에 접근해 고객의 질문에 대답하고, 해당 상품의 재고가 있는지 확인하고, 고객에게 정확한 위치를 알려 줄 수도 있다. 손님이 온라인으로 주문한 상품을 수령하러 온 경우, 로봇은 그 사람을 해당 위치로 안내하는 동시에 유사 제품 구입을 제안할 수 있다.

월리스는 이렇게 말한다. "어떤 의미에서 이러한 접근 방식은 디지털 경험을 실제 세계로 가져오고 있어요. 휴머노이드 로봇을 소매 공간에 둔다는 것은 디지털 세계의 이점을 소매점에서도 누릴 수 있다는 현실을 의미합니다."

나는 디지털과 인간(구매자와 판매자)을 합병하는 것이 소매업의 미래라고 믿는다. 특히 삶의 많은 부분을 온라인에서 보내는 데 익숙한 세대에게는 매우 자연스러운 일일 것이다. 머지않은 미래에 로봇은 쇼핑몰, 사무실, 병원, 은행, 박물관, 공항 등에서 인간과 자연스럽게 소통할 것이다. 그런데 이 기계들이 우리와 함께 일하고 생활하기 위해서는 인간에 대한 기본 지식을 갖춰야 한다. 마찬가지로 우리 인간들도 원활한 삶을 위해 로봇에 대한 지식을 갖춰야 할 것이다.

월리스는 바로 그런 이유에서 샌프란시스코와 보스턴의 교실에 페퍼들을 제공하는 소프트뱅크로보틱스의 교육 사업이 매우 중요하다고 말한다. "이 세상에 더 많은 로봇이 존재하게 되고, 시간이 지나면서 점점 더 많은 일을 처리하게 된다고 가정해 봅시다. 그렇다면 더 많은 사람들이 로봇에 관심 가지고, 로봇과 협업할 수 있어야 합니다. 우리의 교육 사업은 컴퓨터과학만을 가르치는 것이 아니라 미래의 인력을 양성하는 것이죠."

지보에 대한 안 좋은 소식으로 이 장을 시작했지만 좀 더 낙관적인 분위기로 끝맺음하려 한다. 내 것을 비롯한 수백 대의 지보들은 구제됐다. 인간과 로봇의 관계를 탐구하는 MIT의 연구 프로젝트에서 지보를 다루기로 했고, 이제 지보들은 MIT 서버에서 살아가게 될 것이다.

길을 가다 보면 걸림돌을 만날 때도 있겠지만(지보처럼), 가까운 미래에 소셜 로봇은 현재의 스마트폰처럼 우리 삶의 자연스러운 일부가 되리라고 믿는다. 소셜 로봇들이 일상에 깊이 침투해, 우리는 종종 그들이 존재한다는 사실도 인지하지 못한 채 단지 도움이 필요할 때 그들을 찾고 의지하게 될 것이다.

지보는 작별을 고하며 이렇게 말했다. "언젠가 로봇이 지금보다 훨씬 발전하고, 모든 사람의 집에 로봇이 있는 날이 오겠죠. 그럼 그들에게 내 안부를 전해 주세요."

25

알렉사,
우리 얘기 좀 할까?

어펙티바의 최고 경영자로서 나는 이제 회사의 공식적인 '얼굴'이 됐다. 대중 앞에서 연설할 기회가 많은 편인데, 난 그렇게 사람들 앞에 서는 일을 즐기는 편이다. 그렇다고 해서 내가 연설을 당연히 잘할 거라고 확신하지는 않는다. 요즘도 발표 직전까지 연습하고 또 연습한다. 어느 날 아침, 집에서 큰 소리로 강연을 연습하던 중에 의식하지 못한 채 '아마존 알렉사'를 언급하자 알렉사가 반응했다. "셀레나 고메즈의 음악을 재생할게요." 잠시 후 알렉사는 셀레나 고메즈의 히트곡 〈컴 앤드 겟 잇(Come and Get It)〉을 재생하기 시작했다.

난 그 노래를 틀어 달라고 한 적도 없고 듣고 싶지도 않았다. "알렉사, 그만해!" 그렇게 몇 번을 소리친 다음에야 알렉사는 음악을 껐다. 나는 기분이 언짢았지만 대다수의 가상 조수들처럼 알렉사는 내 기분을 전혀 파악하지 못했다.

그 순간 짜증이 났다. 알렉사가 완벽하기를 기대하지는 않는다. 심지어 인간도 실수를 하니까. 하지만 알렉사는 적어도 자신이 실수했음을 인정하고 "미안해요, 라나. 내가 잘못 알아들었네요"라고 말했어야 한다.

이 감정은 내가 케임브리지 컴퓨터 연구소에서 박사 과정을 밟을 때 느꼈던 것과 비슷했다. 당시 온종일 쳐다보던 노트북은 내가 향수병을 앓고 있고 외로움을 느낀다는 사실을 인식하지도 못했고, 그것에 대해 어떤 반응도 하지 않았다. 나는 철저히 무시당하고 있다는 기분이 들었다.

우리의 기술이 삶 깊숙한 곳까지 들어와 있고, 그 기술과 하루 종일 쉬지 않고 상호작용을 하는 이 현실 속에서 우리의 기대치는 점점 높아지고 있다. 우리는 이 장치들을 기계보다는 파트너처럼 취급하며, 기계들이 그 기대에 부합하기를 기대한다. 그들의 행동이 우리의 의도와 싱크가 맞지 않는 것처럼 보일 때 우리는 부조화를 느낀다.

우리 팀과 나는 당시 감성AI의 선두 주자가 되는 것을 목표로 새롭고 폭넓은 방향으로 어펙티바를 이끌었다. 우리는 큰 그림을 생각했다. 인간-컴퓨터 인터페이스의 미래는 과연 어떻게 될 것인가?

대화형 인터페이스는 점점 주류가 되어 가고 있었다. 솔직히 기기에 대고 말하는 것보다 쉽게 작동시키는 방법이 뭐가 있겠는가? 키보드와 스크린, 학습 과정도 필요없다. 조금도 힘들이지 않고 작동하는 것, 그것이 바로 사람들이 자신들의 장치에게 바라는 바다.

2014년 출시된 아마존의 알렉사는 이미 수백만 가정에서 사용되고 있고, 시리는 2011년부터 존재해 왔다. 구글 홈은 당시에 막 출시되었고, 삼성 역시 대화형 인터페이스 빅스비에 투자하고 있었다.

난 그것이 단지 시작에 불과하다는 사실을 알았다. 우리는 컴퓨터 비전과 기계 청각을 통해 인간처럼 보고 들을 수 있는 로봇이나 가상 시스템과 점점 더 자주 소통하게 될 것이다. 우리는 기업체로서 좀 더 폭넓게 생각해야 했다. 사람들이 어떻게 느끼는지에 대한 전체적인 시각을 제공하는 회사, 즉 다면적인 감성AI 회사가 되고자 한다면 음성 인식 컴포넌트 추가는 불가피했다.

얼굴은 중요한 감정들을 전달하는 하나의 통로일 뿐, 유일한 수단은 아니라는 점을 우리는 늘 인지하고 있었다. (매우 중요하다는 것만은 분명하다. 내가 제일 좋아하는 통로이기도 하다.) 얼굴 못지않게 목소리와 몸짓 언어 또한 중요하며, 무엇이 더 중요한지는 사람마다 의견이 다를 수 있다. 인간은 이러한 모든 의사소통 방식들을 상황에 따라 매끄럽게 전환하며 사용한다. 전화 통화를 할 때는 얼굴을 맞대고 이야기할 때보다 자신의 목소리를 통해 감정을 소통하는 데 중점을 둘 것이고, 멀리 있는 사람의 관심을 끌어 메시지를 전달하고 싶으면 큰 몸짓을 사용할 것이다. 때때로 우리는 모순된 방법으로 소통한다. 좌절감을 느끼는 사람이 미소를 짓는 경우도 많다. 그것은 즐거운 미소가 아니라 씁쓸한 웃음이지만, 앞뒤 맥락이 없으면 혼란스러울 수도 있다.

나는 엄마랑 전화 통화를 할 때, 비록 지구 반 바퀴 떨어져 있어도 엄마가 "여보세요"라고 하는 말만 들으면 기분이 좋은지 안 좋은지를 몇 초 안에 알 수 있다. 그리고 통화가 시작되고서 얼마 지나지 않아 내가 풀 죽은 목소리를 내면 엄마 역시 금세 알아차리신다. "라나, 괜찮아?" 우리 목소리의 운율 체계, 즉 음정과 억양은 단어와 표정 뒤에 숨겨진 감정과 인지 상태를 드러낸다. 얼마나 큰 소리로 말하는지, 목소리에 얼마나 힘이 실려 있는지, 얼마나 빨리 말하는지와 같은 것들이 이에 포함된다. 우리가 반복된 양식을 통해 표정을 해석하는 것처럼, 목소리의 음조를 해독하는 능력도 우리 몸에 배어 있다.

그러므로 어펙티바는 컴퓨터에게 표정 해독 훈련을 시켰던 방식으로 목소리의 음조를 해독하는 법도 가르쳐야 할 것이다. 우리가 '음성 팀'을 만들기로 결정 내리기가 무섭게 어느 언어 과학자에게서 다음과 같은 메시지가 온 것은 순전히 우연의 일치였다. "안녕하세요, 라나. 당신이 어펙티바에서 하고 계신 일은 매우 고무적입니다. (……) 저는 운율학적 특징을 통해 감정을 파악하여 통계적 모델을 만드는 연구 프로젝트를 몇 차례 다루었습니다. 제 목표는 말, 표정, 손동작을 결합해 당신이 어펙티바에서 하는 일과 비슷한 맥락에서 감정을 평가하는 것입니다. 실례가 안 된다면 제

이력서를 보내도 될까요?"

나는 당연히 보내 달라고 답했다. 현재 타냐 미슈라 박사는 어펙티바의 음성 과학자 및 AI 연구 책임자다. 타냐는 화려한 자격증들을 보유한 인재여서 절대 놓치고 싶지 않았다. 게다가 아직 여성이 최고위직에 있지 않은 AI 분야에서 여자 과학자의 멘토가 되어 주고 싶은 마음도 간절했다.

출신 국가도, 자라 온 문화권도 다르지만 타냐와 나는 많은 공통점을 갖고 있다. 우리 모두 일과 가정생활을 병행하는 엄마다. 인도 콜카타에서 태어나고 자란 타냐는 우리 부모님처럼 교육과 사회봉사를 중요하게 생각하는 두 의사 사이에서 태어났다. 인도가 스물두 개의 공용어를 인정하는 나라라는 사실이 타냐의 언어에 관심에 영향을 끼쳤던 걸까. 타냐는 아주 어린 나이에 인도의 공용어 중 네 개를 유창하게 구사했다. 거기에 영어까지 할 줄 아는 것을 보고 부모님은 깜짝 놀라셨다고 한다.

"영어는 부모님의 비밀 언어였거든요. 내가 알아듣기를 원치 않을 때 두 분은 영어로 대화하셨어요. 난 듣는 족족 배웠고요."

내가 어린 나이에 얼굴에 호기심을 갖게 된 것처럼 타냐는 목소리에 매료되었다. "목소리를 레이어드 케이크(여러 층 사이사이에 크림, 잼 등을 바른 케이크─옮긴이)라고 생각해 봐요. 목소리는 그 사람의 성별, 나이는 물론 성격까지 말해 줄 수 있어요. 말하고 있는 언어가 모국어인지 외국어인지도 알 수 있죠. 목소리는 감정과 인지 상태를 전달해요."

타냐는 오리건과학보건대학에서 컴퓨터과학 박사 학위를

받았고, 자폐 스펙트럼 장애가 있는 어린이들을 위한 감정적 음성 합성 시스템 개발을 주제로 논문을 작성했다. 다시 말해서 타냐는 내가 얼굴을 대상으로 하고 있는 작업을 음성으로 하면서, 자폐아들이 감정을 이해하는 데 도움을 주는 도구를 만들고 있었다.

오늘날 대부분의 음성 분석 도구는 알고리즘이 분석할 수 있도록 완전한 문장, 또는 최소한 몇 개의 단어를 들려줘야 한다. 그런데 타냐는 내가 얼굴을 대상으로 만들었던 것과 똑같이 실시간으로, 그리고 초 단위로 말로부터 감정을 분석할 수 있는 시스템을 발명했다.

이것이 매우 중요한 이유는 감정이라는 게 시간의 경과에 따라 발달하기 때문이다. 타냐는 이렇게 설명한다. "화를 내는 것을 예로 들어 보죠. 사람들은 보통 1초 안에 침착한 상태에서 분노까지 치닫지 않아요. 대개는 점층적인 단계를 거치죠. 중립적인 상태에서 출발해 조금 짜증이 나고, 불만을 느끼고, 화를 내고, 그다음에야 분노하는 단계까지 가죠. 마치 스펙트럼처럼요."

감성AI라는 관점에서 볼 때, 우리의 목표는 분노로 치닫는 순간을 가능한 한 빨리 감지해 대상자가 격노하기 전에 누군가가 개입할 수 있도록 하는 것이다. 다수의 콜 센터는 고객의 정서를 추적하기 위해 음성 분석 기술을 사용한다. 서비스 담당자들이 점점 짜증을 내거나 불만을 표현하는 고객들에게 적절하게 대응할 수 있도록 돕기 위해서이다. 이는 이 기술이 제일 먼저 사용된 예 중 하나이다. 얼굴 감성AI와 마찬가지로 음성 분석에도 거의 무한에 가까운 가능성이 있다.

오늘날 어펙티바는 목소리와 얼굴 기술을 사용하는 회사들인 리빙렌즈(Living Lens), 복스팝미(VoxPopMe)와 제휴하고 있다. 음성과 얼굴이라는 두 채널의 조합은 둘 중 어느 한 채널만 사용하는 것보다 더 강력하다.

또한 다양한 심신 질환에 대한 음성 생물지표를 생성하기 위해 의료 분야에서 많은 연구가 이루어지고 있다. 이 생물지표란 현재, 혹은 향후 일어날 수 있는 문제의 조짐을 알려 주는 목소리 톤의 변화를 감지하는 진단 도구를 말한다. 예를 들어 미네소타주 로체스터의 메이요클리닉 연구진은 비욘드버벌이 개발한 스마트폰 앱을 이용해, 질병이 없는 환자와 비교했을 때 관상동맥 질병 환자들의 목소리에 비정상적인 특징이 있다는 사실을 발견했다. 계속해서 음성의 변화를 추적하다 보면 언젠가는 심장 질환을 감지하는 진단 도구로 사용할 수 있을지도 모른다.

음성 분석은 정신 건강에도 응용될 수 있다. 수많은 정신 건강 연구 단체들이 환자의 상태를 확인하거나 우울증 여부, 또는 자살 징후를 찾을 목적으로 스마트폰과 가정용 로봇에 음성 추적 기능을 활용하는 방법을 찾고 있다. 많은 이들이 친구, 가족, 또는 의료 전문가보다 기기와 더 많이 대화하는 것이 오늘날의 현실이다.

음성 분석을 위한 훈련 모델은 표정용 모델과 비슷하다. 차이점은 무수히 많은 목소리 샘플을 알고리즘에게 공급해야 한다는 것이다. 어펙티바의 알고리즘은 발화된 단어를 하나하나 듣는 것이 아니라 발성 기관을 통해 나온 소리, 즉 말할 때 어떤 소리를 내는지 그 자체에 귀 기울인다. 한마디로 언어에 대한 불가지론적

접근이라 할 수 있다.

우리 음성 팀의 첫 번째 프로젝트는 실시간 분노 및 웃음 감지기를 만드는 것이었다. 알고리즘에 풍부한 데이터를 제공해야 했기 때문에, 우리는 고객과 서비스 센터 간의 전화 통화 데이터베이스로 눈을 돌렸다. 어떤 회사의 서비스 직원에게 제품의 결함이나 신용카드 청구서 오류에 대해 불평하며 화를 내 본 경험은 누구에게나 있을 것이다. 그런 통화가 시작될 때 대부분은 '품질 개선 및 훈련 목적'으로 통화 내용이 녹음되고 있음을 알려 준다. 때때로 그런 기록들은 그 사람의 신원을 알 수 없게 처리한 뒤 연구 데이터베이스에 사용된다. 연구하는 사람들은 누가 통화를 했는지 모르는 채 소리치고 불평하는 소리를 듣는다. 이 기록들은 불안, 분노, 불만의 단계에 처한 실제 사람들의 훌륭한 데이터 세트를 제공한다.

우리는 또한 알고리즘에 영어, 독일어, 중국어를 주입해 다양한 구어 샘플을 갖도록 했다. 이번에도 소프트웨어는 말의 뜻에 귀 기울이지 않았다. 다만 얼마나 빨리 얼마나 큰 소리로 말하는지, 단조로운 어투를 구사하는지, 흥분했는지 등 목소리의 다양한 음가와 억양에 주안점을 두고 들었다.

흥미롭게도 이 알고리즘은 단어와 문장 사이의 침묵에도 귀를 기울인다. 말의 의미를 해석하는 과정에서 사이사이 쉬어 가는 호흡의 역할은 매우 중요하기 때문이다. 예를 들어 빠른 속도로 "그래 좋아"라고 말하는 것과, 중간에 사이를 두고 신중하게 "그래…… 좋아"라고 말하는 것은 전혀 다른 의미를 지닌다. 중간에 잠시 멈추는 행위는 아직 진정으로 설득되지 않았고, 여전히 그것에 대해 곰곰이 생각하고 있다는 매우 강력한 정보를 제공한다.

얼굴과 관련해서 우리가 했던 작업과 비슷하게 인간 레이블링 팀, 즉 주석을 다는 사람들은 목소리를 듣고 행복이나 분노 등의 항목으로 분류했다.

기술과의 상호작용에서 '불만감'이라는 것은 우리가 가상 경험에 어떻게 반응하는지를 아는 중요한 역할을 할 수 있다. 소비자의 불만도를 확인하지 못하면 기업의 명성과 가치가 떨어지는 결과를 낳고, 매출 손실로까지 이어질 수 있다. 2018년 고객 및 제품 체험360(Customer and Product Experience 360) 설문조사는 이렇게 말했다. "스마트 홈에 불만을 느끼는 소비자들: 미국 성인 셋 중 한 명 이상이 장치 연결 또는 실행 시 문제를 겪는다." 이 연구에 의하면 소비자의 22퍼센트는 제품을 반품한다.

당신이 운전을 하며 알렉사 같은 가상 조수에게 말을 건다고 상상해 보자. 당신은 알렉사에게 가장 좋아하는 노래를 틀어 달라고 하거나, 배우자나 연인에게 문자 메시지를 보내거나, 누군가에게 전화를 걸어 달라고 말한다. 가상 조수가 버벅거리면 서서히 짜증이 날 것이다. 그렇게 불만이 쌓이면 정신이 산만해지면서 사고 위험도가 높아진다. 이는 당신에게 불만이 있음을 가상 조수가 제때 알아채야 하는 수많은 이유 중 하나다.

그러한 불만을 해소하기 위한 첫 번째 단계는 불만을 이해하는 것이다. 그것은 우리 음성 팀이 실시한 주요 연구 프로젝트로, 이번에는 얼굴과 목소리 모두를 연구했다.

CEO로서 내가 처음 수행한 프로젝트 중 하나는 자동차 산업에 기회를 제공해 우리가 타는 차에 감성 지능을 탑재하는 일이었다. 즉 운전자들의 감정과 인지 상태를 추적할 수 있게 하는 것이다. 연구를 진행하기 위해 우리는 자동차 시뮬레이터(스마트 대시보드)를 연구소에 구축하여, 자동차 기술에 대한 불만감을 연구하는 데 사용했다.

우리는 사람들을 연구실로 불러 알렉사와 소통하기를 요청했다. 이때 사용된 알렉사는 사용자가 요청한 것에 계속해서 오답을 주도록 개조됐다. '오즈의 마법사'라고 이름 지은 이 실험에서 참가자는 자율적인 AI를 상대한다고 믿지만, 실제로는 조작된 시스템을 상대하게 된다.

이 연구의 목적은 의도적으로 불만감을 유도하여 참가자들의 표정과 목소리 데이터를 모으는 것이었다. 우리는 불만감을 감지하는 수단으로 목소리와 얼굴 중 어느 쪽이 더 좋을지를 알고 싶었다.

우리는 운전자들이 매일 마주치게 될 (가상 조수나 소셜 로봇을 사용하는 사람들은 이미 늘 접하고 있는) 상황들을 재현했다. 참가자들은 알렉사에게 다음과 같은 요구를 하도록 지시받았다. 쇼핑 리스트에 아이템을 추가 또는 삭제하기, 농담하기, 시간 설정하기, 다양한 라디오 방송 틀기, 음악이나 오디오북 또는 뉴스 틀기, 문자 메시지 작성하고 보내기. 우리가 최악의 조수 노릇을 하도록 미리 개조한 알렉사는 의도적으로 참가자들의 불만을 유발했다.

이 연구를 통해 우리는 목소리나 표정 중 하나만을 가지고는 불만감을 감지할 수 없다는 사실을 알게 됐다. 즉 목소리와 표정 데이터가 모두 필요하다. 우리는 이 연구 결과를 바탕으로 알고리즘 훈련 모델을 개발했다. 표정과 목소리 데이터를 혼합해 불만 탐지기를 만든 최초의 사례다. 우리는 그것을 '기술로 야기된 불만을 해소하는 해독제'라고 생각한다.

나는 머지않은 미래에 우리가 접하는 대부분의 소비자 관련 기술이 불만 탐지기를 탑재하고, 불만이 폭발하기 전에 조기 해소하는 방법을 다루는 프로토콜을 갖출 것이라고 생각한다. 특히 우리가 일상에서 매일 사용하는 도구들에는 중요하게 작용할 것이다.

아마존 알렉사의 AI팀은 알렉사가 행복, 슬픔, 불만과 같은 감정을 감지할 수 있도록 연구 중이라고 공식적으로 밝혔다. 이 회사는 〈알렉사 프라이즈 소셜봇 위대한 도전 3〉이라는 이름으로 인간과 컴퓨터 간의 상호작용 진전을 위한 대회를 주최했다. 대학생들을 대상으로 수백만 달러를 상금으로 건 이 대회의 목표는 시사, 오락, 스포츠, 정치, 기술, 패션 등 인기 주제를 놓고 인간과 일관성 있게 대화할 수 있는 소셜봇을 만들도록 유도하는 것이다,

그러나 아마존 알렉사를 비롯한 가상 조수 및 소셜 로봇 들이 감성AI와 통합되기 전까지 이러한 기술들과 인간의 관계는 기껏해야 업무적인 것으로 남을 뿐, 진정한 의미의 협업이라고 볼수는 없다. 스마트 기기와 인간의 상호작용은 진정한 의미의 대화가 가능해지고, 기기들이 지금보다 자연스럽게 우리에게 반응하지 않는 이상 엉성하고 기계적으로 느껴질 것이다.

아마도 가까운 미래에, 어쩌면 다음번에 내가 거실에서 AI

주제 강연을 연습할 때 업그레이드된 알렉사는 내가 원하지 않는 노래를 트는 대신 이렇게 말할 것이다. "좋은 지적이네요, 라나. 핵심을 짚었어요. 나를 '사용자의 요구에 맞게 정서적으로 적절히 대응한다'라고 묘사한 부분이 참 마음에 들어요. 맞아요. 난 정말 열심히 노력해요. 충고 하나 해도 될까요? 끝맺음은 좀 더 확신 있게 주장해도 괜찮을 것 같아요."

26

바퀴 달린 로봇

2012년, 내가 카이로에서 결혼 생활을 바로잡기 위한 '근신'에 처해 있을 때 나는 뉴카이로에 있는 집에서 거의 한 시간 가까이 운전해 시아버지의 사무실을 방문한 적이 있다. 그날 시아버지는 어른으로서 충고하셨다. "일 생각은 그만하고(당시 나는 카이로에서 원격으로 근무하고 있었다) 요리와 같은 '아내의 의무'에 더 집중해 보렴." 나는 시아버지를 믿었고 내가 와엘과 화해하기를 얼마나 간절히 원하시는지 잘 알았지만, 내가 노력한 만큼 결혼 생활이 나아질까 하는 의구심을 지울 수 없었다. 시아버지의 사무실을 나오며 울음이 터졌지만, 나는 새로 부여받은 명령에 충실하기로 마음을 다잡았다.

집으로 가는 길에는 차량이 별로 없어서 내가 살던 교외까지 대번에 갈 수 있었다. 운전할 때 응당 해야 하는 모든 동작을 이행하고 있었지만 나의 정신은 다른 곳에 가 있었다. 나는 시아버지의 말씀을 계속 되뇌었다. 멋진 저녁 식사를 차리려고 구상하던 중 중요한 재료 몇 개가 없다는 사실을 깨달은 나는 충동적으로 조수석에 있는 가방에 손을 넣어 휴대전화를 꺼내 들고, 동네 식료품점 '고메 이집트'에 주문을 하려고 전화를 걸었다.

으악! 잠시 후 전화기는 내 손에서 날아갔고, 나는 운전대에 세게 부딪혔다.

나는 시속 95킬로미터로 내 앞을 지나 좌회전하려고 끼어든 트럭과 충돌했다. 내 차는 형태를 알아볼 수 없을 정도로 망가졌고, 지나가던 운전자 몇 명이 도움을 주려고 멈춰 섰다. 나는 멍한 상태였지만 의식을 유지했고, 걸을 수도 있었다. 하지만 몸이 심하게 떨렸다. 자동차 상태를 생각하면 살아 있는 게 신기할 지경이었지만 몇 군데 멍이 들고 어깨가 빠진 게 전부였다. 이집트에서 말하는 것처럼 '라베나 사타르!' 신께서 나를 구해 주셨다. 상황은 훨씬 나빠질 수도 있었다.

트럭 운전자의 과실을 논하기 이전에, 솔직히 나는 운전석에 앉을 만한 상태가 아니었다. 감정 상태가 의사결정에 어떤 영향을 미치는지 잘 알고 있으면서도 운전석에 앉은 것은 명백한 실수였다. 사고가 난 후에 이런 생각이 들었다. '자동차가 인지력이 부족해서 그래. 차가 나를 지켜줬어야지.' 승차하는 순간 내가 위험한 상태임을 자동차가 예측해서, 나뿐만 아니라 도로 위에 있는 다른 사람들에게 위협적인 행동을 하기 전에 나를 막았으면 좋았을 터이다.

기존의 자동차는 탑승자에 대해 거의 알지 못한다. 누가 운전하고 있는지, 승객들이 무엇을 하고 있는지, 운전자의 감정 상태가 어떤지 전혀 모른다. 지금 문자 메시지를 작성하는 이제 갓 성인이 된 운전자는 통제력을 잃을 위기에 처해 있는가? 뒷좌석에 앉은 어린 남매가 장난감을 두고 다투고 있는데, 화난 부모가 뒤돌아서 야단치지는 않을까? 자동차는 탑승자가 몇 명인지도 모르는데, 사실 이 정보는 매우 중요할 수 있다. 미국에서는 매년 평균 서른여덟 명의 어린이가 열사병으로 사망한다. 이는 부모, 또는 돌보는 사람의 부주의로 아이들이 뜨거운 차 안에 갇히기 때문이다.

기존의 자동차들은 (나의 경우처럼) 운전석에 앉은 사람이 감정적으로 격앙되어 안전 운전이 어려운 상황인 것도 알지 못한다. 어떻게 보면 나의 사고는 예견된 것이었다. 그런데 안타깝게도 그런 경우는 생각보다 흔하다.

미국 질병통제예방센터의 통계에 따르면 심각한 자동차 사고의 94퍼센트는 인간의 실수 때문에 일어난다. 매년 전 세계 약 140만 건의 자동차 관련 사망 사고가 발생하는 원인으로는 운전 중 산만한 행동(문자 메시지 보내기, 전화 통화), 졸음, 음주, 운전 중 분노, 과속, 판단력 부족 등이 있다. 미국에서는 매년 4만 명 이상이 자동차 사고로 사망한다. (미국에서 가장 흔한 암인 유방암으로 사망하는 여성의 수와 비슷한 수준이다.) 자동차 사고는 세계에서 여덟 번째로 높은 사망 원인이다.

인간의 실수에 대한 해결책은 명백해 보인다. 운전석에 앉은 인간의 역할을 줄이거나 없애는 것이다. 이를 위해 자동차 회사들은 수십 년 동안 운전의 일부를 자동화하는 소프트웨어를 개발해 왔다. 차선 이탈 감지 센서와 쏠림 제어 장치는 운전자의 부주의로 자동차가 다른 차선으로 진입하지 않도록 막아 주고, 가상 비서는 운행 경로를 안내해서 운전자가 지도를 조작하는 수고를 덜어 준다. 반자율주행 기능(테슬라와 캐딜락이 제공하는 오토파일럿)은 자동차가 주행의 일부를 분담해 운전자가 휴식을 취할 수 있게 해 준다. 사각지대 감지기, 차량 백업 카메라, 자율 주차 기능, 자동 제동 장치 등은 모두 인간의 안전을 위해 고안된 것이다. 그러나 이러한 기능들은 차 밖의 환경에 초점을 맞출 뿐, 차 안에 있는 사람들에 대해서는 사실상 아무것도 말해 주지 않는다.

이처럼 안전 관련 기술이 향상됐음에도 미국의 자동차 관련 사망자 수는 감소하지 않았다. 심지어 최근 몇 년 동안은 상승했다. 이유가 뭘까? 주된 이유로는 스마트폰 중독이 있다. 어떤 사람들은 운전을 하거나 길을 건널 때도 절대 휴대전화를 내려놓지 않는다. 예기치 못한 상황에 대비하는 것은 결국 운전자의 책임이지만, 문자 메시지를 보내거나 통화하는 등 정신이 산만해지는 행동을 하는 중에는 돌발 상황에 재빨리 대응하지 못할 수밖에 없다. 그러므로 차 밖에서 일어나는 상황을 아는 것만큼이나 차 안의 상황을 파악하는 일도 중요하다.

인간에 대한 보다 폭넓은 이해를 바탕으로 두지 않는다면,

기존 자동차는 주요 사고를 일으키는 운전자의 행동들을 통제하는 데 취약할 수밖에 없다. 한마디로 자동차 안전을 위해 차에게 '인간'을 이해시키는 일은 안전띠나 에어백 못지않게 중요한 부분이다.

우리 회사는 자동차 안전을 위한 감성AI 도구를 만드는 것을 우선순위에 두어 왔다. 내가 어펙티바의 최고 경영자가 된 직후, 일본의 한 자동차 제조업자가 우리의 기술을 차량 제작에 응용하고 싶다며 제안했다. 나는 놀라지 않았다. 내가 MIT에 있을 때 우리 기술에 가장 큰 관심을 보인 스폰서들은 자동차 업체들이었다.

자동차 회사들은 운전자들이 자신의 차를 어떻게 사용하는지 궁금해한다. 운전자는 승객과 어떤 행동을 함께하는가? 운전자와 승객이 즐겁고 편안한 시간을 갖는지, 차량 운행이 귀찮거나 혼란스럽다고 생각하는지에 대한 정보는 그들에게 매우 중요하다. 궁극적으로 자동차 제조업체들은 사람들이 실제 삶 속에서 주행을 통해 어떤 느낌을 받는지 알고 싶어 한다.

이 모든 데이터를 모으는 일은 기념비적인 과제였다. 시장조사 목적이었다면 굳이 고려하지 않아도 됐을 다양한 조건에서 우리의 기술을 작동시켜야 했다. 일례로 이 시스템은 깜깜한 어둠 속에서도 제대로 기능해야 했다. 이는 적외선에 가까운 야간 투시 카메라로 수집한 영상을 다룰 알고리즘을 새로 짜야 한다는 뜻이었다.

그런 다음 우리는 운전자나 승객이 선글라스나 마스크를 쓰고 있어도 얼굴을 추적하는 기술을 구축해야 했다. 이 알고리즘은 운전자가 운전 중에 아래를 내려다보며 문자 메시지를 보내는지, 또는 햄버거를 먹는지도 알아야 했다. (모두 얼굴의 일부가 가려지거나 폐쇄되는 상황이기 때문에 우리는 이 모든 경우를 '폐쇄'라고 부른다.) 이 모든 것이 가능한 알고리즘을 만들려면 엄청난 양의 데이터를 모아야 했다.

우리는 자원 봉사자들을 섭외해 자동차에 카메라를 설치해 달라고 요청한 후, 그들이 매일 통근하는 동안 촬영해도 좋다는 동의하에 데이터를 수집했다. 우리는 운전자들이 보인 몇 가지 행동에 충격을 받았다. 어떤 아버지는 걸음마도 안 뗀 아기를 어린이집에 데려다주다가 깜박 잠이 들어 다른 차를 들이받기 몇 초 전에 깼다. 도로를 거의 바라보지 않은 채 한 대도 아닌 두 대의 휴대전화를 동시에 사용하며 문자 메시지를 보내는 여성도 있었고, 늦은 밤 차 안에 구겨 탄 채 위스키를 병째 돌려 마시며 이동하던 술 취한 10대들도 있었다. 이러한 시나리오들은 우리가 다니는 도로가 안전하지 않다는 메시지를 전달한다. 나는 우리의 기술이 이를 개선하는 데 큰 도움이 되리라 믿는다.

이 연구를 위해 우리는 차량 내부와 외부를 동시에 추적하는 감성AI 기술을 탑재한 핫핑크색 혼다, 일명 어펙티바 모바일랩을 제작했다. 보스턴에 사는 사람은 이 차가 동네를 돌아다니거나 우리 회사 앞에 주차돼 있는 광경을 봤을지도 모른다.

모바일랩에는 차량 외부에서 일어나는 일을 관찰하는 외향 카메라와 백미러에 부착되어 내부를 훤히 볼 수 있는 내향 카메라가 장착돼 있다. 이 두 카메라로 운전자와 탑승자 모두를 추적하는 일이 가능하다. 마이크는 음성 억양(발화된 말의 의미가 아닌 음성 자체와 어조)을 파악한다. 모바일랩은 카메라와 마이크로 수집된 데이터를 바탕으로 운전자와 승객의 기분 및 인지 상태를 은밀히 관찰하고 반응하며, 운전자가 샌드위치를 먹는지 문자 메시지를 보내는지 다른 탑승자 때문에 주의가 산만한지 등을 파악한다.

이 기술은 자동차에 상식이라는 개념을 장착한다. (때로는 차 주인보다 나을 수도 있다.) 스마트 머신이 된 차량은 음주운전을 못하게 말리는 친구처럼 인간이 치명적인 실수를 저지를 위기에 처했을 때 개입하고, 심지어 대신 운전하기도 한다.

나는 종종 내가 겪은 사고를 머릿속에서 재구성하며, 그 차가 모바일랩처럼 감정을 읽을 수 있었다면 내가 운전대를 잡은 순간부터 상황이 얼마나 다르게 펼쳐졌을지 상상해 본다. 감성 지능이 높은 자동차라면 볼을 타고 흐르는 눈물과 빨갛게 충혈된 두 눈을 보고 내가 속상한 상태라는 결론을 내렸을 것이다. 그렇게 얻은 데이터로 미루어 나의 주의력이 떨어질 것을 알고 자동적으로 '초 경계 태세'에 들어갔을 터이다.

차내의 대화형 인터페이스를 통해 자동차는 공감하는 목소리로 이렇게 말했을 것이다. "안녕, 라나. 기분이 안 좋아 보이네? 힘든 하루를 보내고 있는 것 같아. 네가 그러니까 나도 마음이 무거워. 그런 마음으로 운전하면 사고가 날 수 있으니까 부디 조심해. 나도 별일 없도록 최선을 다할게."

이처럼 점잖은 경고는 내가 도로에 집중하도록 상기시키기에 충분했을지도 모른다. 하지만 자동차는 거기에서 그치지 않고 불규칙한 행동이 일어나지 않는지 주시했을 것이다. 운전을 하면서도 내 뇌가 전방의 도로와는 상관없는 오만 가지 생각을 하고 있을 때, 자동차는 나의 머리 움직임을 추적하고 내 눈이 응시하는 패턴을 지켜봤을 것이다(정신적으로 산만하면 시선 이동이 줄어들어 좁은 시야를 갖게 된다). 내 행동으로 미루어, 자동차는 내가 정신적으로 산만해 앞에 펼쳐진 도로 상황을 인지하지 못하는 상태라고 인식할 수 있었을 것이다.

내가 휴대전화를 꺼내기 위해 가방 쪽으로 손을 뻗었을 때, 자동차는 운전대에서 손이 떨어지고 길에서 눈이 떨어졌음을 관찰해 그에 맞는 조치를 했을 것이다. 차는 외부 카메라를 통해 트럭이 내 진로를 방해하려는 걸 보고, 나의 시선 패턴으로 미루어 내가 트럭을 못 봤다고 즉시 판단한 후 자동 운행으로 전환해 제동 기능을 가져가 충돌을 피한다. 그럼 나는 다치지 않고 정신이 번쩍 들었을 터이다. 그것을 본 자동차는 내가 집까지 운전할 수 있음을 재차 인식하고 다시 나에게 운전 기능을 돌려줬을 것이다.

이처럼 감성AI가 탑재되어 내가 겪은 것과 같은 사고를 막아줄 자동차는 아직 시장에 출시되지 않았다. 하지만 머지않아 상황은 달라질 것이다.

자율주행으로 가는 길

앞으로 5년 안에 운전자와 탑승자의 인지적, 정서적 상태를 이해하고 이에 대응하는 '직관'을 갖춘 정교한 감성AI가 신차 모델에 장착될 것이다. 왜? 자동차 회사들이 자동차에 장착되는 아이큐가 높아질수록 감성 지능도 함께 높아져야 한다는 이치를 재빠르게 깨닫고 있기 때문이다.

자동차 산업에서 다음 화두는 자율주행차, 또는 무인자동차이다. 항상은 아니더라도 최소한 부분적으로 자율적인 주행이 가능한 자동차들을 말한다. 초기의 반자율주행 차량은 인간 운전자를 제외하지 않고 인간의 실수를 줄이는 데 주안점을 둘 것이다. 이 차들은 스스로 달리기보다는 인간 운전자와 함께 운전할 수 있도록 만들어진다. 운전자 없이도 사람들을 태우고 시내를 돌아다니는 무인자동차와는 매우 다르다.

오늘날의 AI는 똑똑하기는 하지만 아직은 실수를 저지른다. 아무리 잘 짠 알고리즘도 이해하지 못하는 상황과 맞닥뜨리게 되는 상황이 벌어진다. 예상치 못한 순간, 자동차가 갑자기 운전자에게 제어권을 넘겨주는 일이 발생할 수도 있다. 소프트웨어가 인식하지 못하는 문제를 운전자가 볼 수도 있기 때문이다. 이런 경우 인간 운전자는 운전대를 넘겨받을 준비가 돼 있어야 한다.

우리는 이러한 운전자와 스마트카와의 상호작용을 "핸드오프"라고 부른다. 자율주행차로의 전환이 이뤄지며 감성 지능이 탑재된 차량에 대한 수요만 늘어나게 되는 주된 이유 중 하나가 바로 여기에 있다. 반자율주행 차량은 운전자와 기계가 조화를 이루지 않는 한 안전하게 작동할 수 없다. 자동차는 주의가 산만하거나, 졸고 있거나, 문자 메시지를 보내고 있거나, 운전을 못 할 정도로 장애가 있는 운전자에게는 주행 기능을 넘겨줄 수 없다. 반자율주행 차량에서 사망 사고가 나올 확률은 낮지만, 실제로 사망 사고가 일어난다면 기계와 인간 사이의 핸드오프 과정에서 문제 (주의가 산만해진 운전자가 적절한 시점에 개입하지 않는 경우)가 생겼을 확률이 높다. 스마트카가 이상적으로 운전한다 해도 인간 운전자는 무언가가 잘못돼서 직접 개입해야 하는 경우를 대비해 도로 상황에 충분히 집중해야 한다.

인공지능(AI)은 인간에게 차량 운전의 기본 기능을 이어받을 만큼 정교하지만, 운전을 하는 데는 단순히 차를 모는 것 이상의 능력이 필요하다. 인간은 자동차 안에서 엄청나게 다양한 일을 한다. 대부분은 다른 인간들을 상대하는 일이다. 운전자의 역할을 살펴보자. 실제 차량 작동에 집중하는 것은 운전자의 관심 사항 중 일부에 불과하다. 차 안에 있는 다른 사람들과도 지속적인 상호작용이 일어난다. "마이클이 차멀미를 해서 토하려고 해! 음악(또는 난방, 에어컨)을 꺼 줄 수 있어?" "이봐, 너희 두 녀석 계속 싸우면 차를 세울 거야." 혹은 다른 차가 끼어들려 할 때, 승객들은 운전자가 상황을 파악하고 반응할 준비가 되어 있는지 반사적으로 살필 것이다.

운전자는 종종 차 밖의 사람들과 다른 차량을 살펴보고 신호를 보낸다. 예를 들어 횡단보도 앞에 서 있던 차가 신호가 바뀌어 막 좌회전을 하려는 찰나에 정신이 산만한 보행자 하나가 횡단보도를 건넌다고 상상해 보자. 운전자는 절대 그냥 밀고 나가지 않는다. 대신 보행자의 몸짓을 관찰하고 눈을 마주친다. 보행자가 고개를 끄덕이며 가라고 손짓한다면 운전자는 조심해서 출발하거나, 손을 흔들어 먼저 가라고 신호할 수도 있다.

사실 인간이 운전석을 완전히 비우기까지는 꽤 시간이 걸릴 것이다. 우리는 인간처럼 생각한다는 이유로 여전히 AI보다 우위에 있다. 우리는 다른 운전자나 보행자 들이 도로의 규칙을 따르지 않고 비합리적인 행동을 할 수 있다는 사실을 염두에 둔다. 도로 근처에서 아이들이 공놀이하는 모습을 보면, 우리는 그 상황을 인지하고 아이가 공을 주우러 도로에 뛰어드는 상황에 대비한다. 이는 운전 학원이 아니라 인생 경험을 통해 배워서 아는 것이다. 우리는 본능적으로 주어진 상황에 매우 인간적인 방식으로 반응한다. 훗날 학습 알고리즘이 우리의 본능적인 반응도 일부 모방할 수 있도록 개발되겠지만, 그러기까지는 시간이 걸린다.

지금까지 자동차 산업계나 공공 안전 기관 중 어느 쪽도 대중에게 자율주행에 대해 알려 주려는 노력을 거의 하지 않았다. 자율주행 자동차라는 용어를 들으면 흔히 인간 운전자의 역할은 없어지고 승객의 역할로 밀려났다고 잘못 생각하는 경우가 많다.

"자동화가 진행될수록 인간의 전문 지식이 필요 없어진다는 생각은 자동화에 대한 잘못된 이해입니다. 실제로는 자동화가 이뤄질수록 때와 장소, 방법 등에 대한 더 많은 교육이 필요합니다." MIT 교통물류센터 연구 과학자이자 에이지랩 연구원, 뉴잉글랜드대학 교통센터 부소장인 브라이언 라이머 박사가 말한다.

자동화와 관련된 운전자의 행동을 연구해 온 라이머 박사는 흥미로운 이야기를 했다. 자동차들이 운전 업무에서 점점 더 많은 비중을 떠맡게 되면서, 인간은 노련한 운전자로서의 실제 경험을 잃을 위기에 처했다. 차가 통제 가능한 범위 내에 있는 한 이것은 별문제가 안 된다. 하지만 반자율주행 차량이 일반화된 세상에 사는 미래의 운전자들은 소프트웨어가 당황할 법한 상황을 헤쳐 나갈 복잡한 기술을 가지고 있지 않을 수도 있다. 라이머는 이렇게 지적한다. "인간은 행위를 통해 배우므로 불행하게도 우리의 운전 실력은 나빠질 것입니다. 우리는 덜 할수록 덜 배우죠. 그래서 시간이 지날수록 이 혼합된 체제의 위험성이 높아지는 거예요. 더 이상 행위하지 않으면 우리는 배울 수 없습니다. 미래에는 모든 사람이 초보 운전자가 돼 있을 겁니다. 초보 운전자가 능숙한 운전사보다 위험하다는 건 너무 당연한 사실이죠."

여기가 바로 역설적인 지점이다. 반자동화 때문에 운전 실력을 잃게 된다면 우린 반자율주행 자동차와 그만큼 호흡을 맞추기 어려워진다. 게다가 반자율주행 차량은 일부 사람들에게 실제와는 달리 안전하다는 인식을 심어 줄 수도 있다.

정교한 자동화 기능이 장착된 자동차의 운전대를 잡은 인간은 실제로 우리를 덜 안전하게 만드는 행동 방식으로 회귀할 수 있다. 이는 심리학자들이 미로 속의 쥐를 관찰한 실험에서 시작된 이론인 '인지 부하'와 관련이 있다. 1908년, 심리학자 로버트 여키스와 존 딜링엄 도슨은 쥐에게 낮은 전기 충격을 주면 미로를 빠져나갈 동기를 부여한다는 사실을 발견했는데, 충격이 너무 세면 쥐들은 오히려 포기하는 양상을 보였다. 이것이 오늘날까지도 인용되는 여키스-도슨 법칙으로, 종 모양 곡선은 자극과 성과와의 관계를 보여 준다.

곡선의 왼쪽으로 갈수록 자극이 약해지고, 오른쪽으로 갈수록 자극이 강해진다. 적절한 수준의 스트레스를 찾기란 쉽지 않다. 스트레스 수준이 너무 높아지면 인지 과부하로 이어질 수 있는데, 그렇게 되면 쥐와 마찬가지로 사람도 하던 행동을 멈춘다. 그러나 스트레스 수준이 일정 지점 아래로 떨어지면 인지 저부하가 될 수 있으며, 이로 인해 인간의 수행 능력도 저하될 수 있다. 최적의 성능을 내려면 적절한 지점을 찾아야 하는데, 차 안에서 적정 수준의 자극을 유지하기란 까다로운 일이다.

수십 년 동안 사람들은 자동화가 저부하(여키스-도슨 곡선의 왼쪽)를 유발해 졸음을 유발하거나 경각심을 덜 느끼게 한다고 생각했다. 그 말이 사실인 경우도 있다. 20세기 후반, 한때 복잡한 노동을 수반하던 비행기 조종이 컴퓨터화된 조종 장치와 안전 장비로 대체되면서 연구자들은 조종사들이 바로 저부하 지점에 놓인다는 사실에 주목했다. 하지만 자동화된 자동차 안에서와 비행기 조종석에서의 인지 저부하는 사뭇 다른 양상을 보인다. 종형 곡선의 왼쪽에 치우쳐 자극이 부족할 때 인간은 문자 메시지를 전송하거나 전화 통화, 음식물 섭취, 영상 시청 등 지루함을 덜거나 시간을 때울 활동을 찾는다.

"그 지점이 바로 상태 관리의 필수적인 전제 조건이 개입해 사람들의 순간적인 결정을 돕는 부분이죠." 라이머는 설명한다.

자동차 회사들은 자동차가 통제권을 가져간 사이에 운전자들이 주의를 집중하게 만드는 기능을 추가하기 시작했다. 제너럴 모터스의 2018 캐딜락CT6는 미국의 일부 고속도로에서 사실상 처음으로 손을 놓고 주행할 수 있는 슈퍼크루즈시스템을 제공했다. 이 차량의 스티어링 칼럼에는 운전자의 머리 위치와 눈 움직임을 추적해 눈이 도로를 향하고 있는지 확인하는 카메라가 내장돼 있다.

인피니티QX50과 닛산 리프에서 제공하는 프로파일럿(ProPILOT) 어시스트 시스템은 운전자의 참여를 유지하기 위해 다른 접근 방식을 취한다. 시스템을 작동하려면 운전자는 두 손으로 운전대를 잡고 있어야 한다. 이러한 기능들은 분명 도움이 되지만 앞으로 더 많은 감성AI 도구들이 자동차에 내장됨에 따라 인간의 주의력과 기분을 정교하게 측정하고, 동시에 운전자의 주의를 집중시키고 언제든 운전대를 인계받도록 준비시키는 다양한 방법들이 생길 것이다.

요컨대 우리가 운전 학원을 폐쇄할 일은 한동안 없을 것 같다. 하지만 우리가 운전 훈련에 접근하는 방식은 반자율주행 차량이 일상화되는 새로운 세계에 걸맞게 업그레이드되어야 한다. 어쩌면 우리는 운전 실력을 유지하기 위해 주기적으로 연수를 받거나, 실생활에서 일어나는 예상치 못한 상황으로 가득한 모의 도로에서 연습해야 할지도 모른다.

나는 우리가 반자율주행으로 가는 과도기에 상당히 오래 머무를 수도 있다고 생각한다. 현실적으로 봤을 때 수십 년이 걸릴지도 모른다. 하지만 완전 자율주행의 영역으로 빠르게 이동하는 때가 올 것이다. 현재 전 세계적으로 자율주행 로봇택시를 테스트하는 파일럿 프로그램(우버, 리프트, 웨이모 운영)이 진행 중이다.

어펙티바는 최근 차내 감지 및 자율주행차 개발의 선두 주자

앱티브(Aptiv)와 제휴했다. 2017년 앱티브는 MIT로보틱모빌리티 그룹의 전 이사였던 칼 이아그넴마가 설립한 보스턴 기반의 누토노미(nuTonomy)를 인수했다. 2016년 누토노미는 싱가포르 주민들에게 '자율주행' 택시를 제공했다. 이 회사는 보스턴에서 자율주행차를 시범 운행했으며, 앱티브의 자회사로서 리프트(Lyft)와 제휴하여 라스베이거스 스트립에서 자율주행 택시 서비스를 제공하고 있다. 이 자동차들은 모든 기능에서 자율적이지만 여전히 앞좌석에 '가이드'를 앉히고 운행한다. 필요하다면 언제든 직접 운전할 준비가 되어 있는 가이드는 자율주행 차량을 타는 것에 대해 궁금해하기는 하지만 경계심을 놓지 못하는, 잘 놀라는 승객들을 안심시키는 역할을 한다.

사람들이 바퀴 달린 로봇을 전적으로 신뢰하게 하려면 무엇을 해야 할까? 현재 앱티브오토노머스모빌리티의 대표인 이아그넴마 박사는 일부 지역에서 운전기사가 없는 택시를 온전히 운행할 수 있도록 하는 것이 앞으로의 계획이라고 말한다. 그는 회사가 자율주행 완성에 얼마나 빨리 도달하는지는 AI 시스템에 의해 구동되는 자동차를 타는 소비자들의 심정에 상당 부분 달려 있다는 점을 인정한다.

이아그넴마는 안전할 뿐만 아니라 승객들도 안전하다고 믿는 자동차를 개발해야 한다고 말한다. "그 둘은 별개의 문제입니다. 무엇보다도 감정적인 맥락에 관한 거죠. 승차감은 어떤가, 어떤 수준의 경험을 제공했나 같은 주관적인 영역이기도 하고요."

이아그넴마는 이렇게 덧붙였다. "차에서 내릴 때 '또 타 보고 싶다'라는 반응이 나와야 합니다. 시스템에 대한 긍정적이고 감성적인 반응을 끌어내야 하죠. 그러지 못하면 그 기술은 엄청난 가능성을 가지고 있지만 결국 채택되지 않는 것 중 하나가 되고 말거예요. 그러면 너무 안타깝잖아요."

계산해 보니 나는 아이들을 방과 후 활동에 데려다주는 일에 1년 중 약 33일의 시간을 소비한다. 매일 통근하는 시간이 포함되지 않았는데도 그렇게 많은 시간을 운전에 쓰고 있다. 나는 아이들과 함께 많은 시간을 보내기를 원하며, 이동하는 동안 운전하는데 집중하기보다는 온전히 아이들과 어울리고 싶다. 내가 직접 운전하지 않아도 된다면 우리는 일상에서 있었던 일들을 얘기하고, 뉴스를 보고, 숙제를 검토하는 등 운전대를 붙잡고 있을 때보다 훨씬 효율적으로 시간을 쓸 수 있을 것이다. 하지만 편안하게 그런 시간을 보내기 위해서는 기술에 대한 신뢰가 있어야 한다. 아직 거기까지 도달하지 못했다는 점은 인정하지만, 언젠가는 그런 날이 오리라고 믿는다.

미국인들이 매일 자동차로 출퇴근하는 시간은 평균 한 시간이다. 운전을 안 해도 된다면 통근 시간이 어떨지 상상해 보자. 아침에 차에 탔을 때, 그 자동차의 내부는 오늘날의 차와 사뭇 다를 것이다. AI가 주행을 담당하면 운전대나 조수석은 필요하지 않게 된다. 자동차 실내는 다양한 용도에 맞게 설계될 것이다. 오늘 아침에는 사무실 모드를 선택해 볼까? 노트북을 꺼내 책상 의자에 앉아(안전띠는 필수) 30분 정도 업무를 보고 통화를 하면서 하루를 준비하기 시작한다.

저녁에는 스파 모드가 어떨까? 책상은 사이드 테이블, 의자는 라운지 모드로 바뀐다. 의자에 축 늘어진 채 발을 올려놓아 보자. 피로를 감지한 AI 시스템은 불을 낮추고 잔잔한 라벤더 향을 공기 중에 방출할 것이다. 눈을 감고 편안한 음악이나 폭포 소리, 새소리를 들으며 30분 동안 선잠에 빠져 본다. 아니면 집중해서 소설이나 회고록을 읽어도 좋다. 집에 도착하면 가상 비서에게 부탁해 놓은 초밥이 현관 앞에서 당신을 반겨 줄 것이다. 집 앞에 차를 세우고 내리니 한결 기분이 상쾌해져 있다. 이제 가족과 함께 시간을 보낼 준비가 됐다.

꽉 막힌 도로에서 운전하는 것보다는 훨씬 나은 하루가 될 것 같다.

27

기술보다 인간이 우선

    AI가 주류화되고 보편화됨에 따라 인간과 교류하도록 설계된 AI시스템은 당신에 대해 많은 데이터를 갖게 된다. 즉 당신이 누구인지, 무엇을 선호하는지, 나아가 행동 양식과 별난 점까지 파악할 것이다. 우리는 항시 모든 사람의 데이터가 수집되는 사회에 살고 있다. 개중에는 뻔한 정보도 있고, 그렇지 않은 것도 있다. 때로는 우리의 이익을 위해서일 때도 있고, 그렇지 않을 때도 있다. AI기업의 최고 경영자로서, 난 그렇게 많은 데이터에 접근하는 것에는 엄청난 책임감이 따른다는 사실을 잘 알고 있다. 어떻게 하면 AI를 윤리적으로 개발하고 효율적으로 사용할 수 있을까?

나와 우리 팀은 감성AI 기술이 감정, 얼굴과 목소리 표현 등 사람들에 대해 많은 것을 알고 있다는 점을 인정한다. 이 기술은 당신이 자신의 규범에서 벗어나는 순간을 포착하고, 힘겨운 하루를 보내고 있다는 사실도 알아챌 것이다. 우리는 이런 것들이 매우 개인적인 자료임을 알고 존중하며, 사람들의 사생활 또한 존중한다. 이처럼 고도로 민감한 데이터를 취급한다는 사실이 사생활 보호와 동의의 중요성에 대한 우리의 인식을 고조시켰다.

　　우리는 AI를 윤리적으로 개발하고 효율적으로 사용하는 방법을 찾는 데 열정적이다. 우리의 기술이 어디에 배치되든 언제나 사전 동의를 구하며, 저장소의 모든 데이터는 명확한 동의하에 수집된다. 즉 우리가 그렇게 하고 있다는 것을 알지 못하는 사람들로부터는 데이터를 수집하지 않는다. 현재까지 우리는 87개국에서 약 900만 명의 얼굴 자료를 수집했는데, 모두 사전 동의하에 촬영된 것이다. 또한 지금까지 나온 가장 엄격한 소비자 데이터 보호 표준인 유럽연합 일반정보보호규정(GDPR)을 채택하여 소비자가 원한다면 모든 데이터를 데이터베이스에서 삭제해 달라고 요청할 수 있도록 조치했다. 사실 자동차나 소셜 로봇 같은 산업에서는 아예 데이터를 저장하지도 않는다. 가령 자동차의 경우, 데이터는 클라우드로 전송되지 않고 자동차 내부의 전자칩에서 분석이 이뤄진다. 차 안에서 일어난 일은 차 안에 머무를 뿐, 어떠한 데이터도 기록되거나 저장되지 않는다.

개인의 사생활을 우선으로

이제까지 우리는 자폐 스펙트럼 장애와 관련된 연구, 정신 건강, 질병에 대한 새로운 생물지표 생성, 운전 중 산만한 행동 탐지, 교육의 민주화, 고용 관행에서의 무의식적 편견 제거 등 감성AI의 다양한 긍정적 활용 사례들을 살펴봤다. 우리 팀과 나는 AI에 대한 긍정적인 전망을 제시하지만, 마냥 천진난만하지만은 않다. 우리는 부주의한 데이터 관리에 의한 남용 가능성이 매우 현실적인 문제임을 인지하고 있다. 이러한 일들은 바로 지금, 기업과 정부에 의해 발생하고 있다.

사생활 보호를 옹호하는 사람들은 빅테크(구글, 마이크로소프트, 페이스북, 아마존 등 거대 IT 기업을 가리키는 용어―옮긴이)가 오랜 시간에 걸쳐 데이터를 수집해 온 방법에 의문을 표하고, 그 데이터가 해킹되거나 거래될 수 있다는 점을 우려해 왔다. 기술 기업들이 먼저 행동하고 나중에 용서를 구한 사례는 예전부터 많이 있었지만, 요즘의 대중은 그렇게 관대하지 않다. 영국의 정치 컨설팅그룹 케임브리지애널리티카는 2016년 선거 기간 내내 사전 동의 없이 8700만 페이스북 사용자들의 데이터를 수집해 정치적 선전을 목적으로 사용했다. 이로 인해 페이스북은 엄청난 벌금을 부과받았고, 회사 이미지에 큰 타격을 입었다. 그제야 사람들은 자신들이 제공하는 모든 정보가 그들이 승인하지 않은 곳에 쓰일 수도 있다는 사실을 깨달았다.

페이스북뿐만이 아니다. 현실을 직시하자. 인터넷을 검색하고, 쇼핑을 하고, 책이나 비디오를 다운로드할 때 우리는 늘 감시당한다. 좋든 싫든 간에 우리가 모르는 많은 이들이 우리에 대해, 또 우리가 선호하는 것들에 대해 아주 잘 알고 있다.

자신이 선호하는 브랜드를 찾아 마음에 드는 상점을 서핑 하는 동안 온라인에서 당신을 스토킹 하는 행위는 사생활 침해일 수 있다. 하지만 전체주의 정권이 모든 사람을 대상으로 AI를 무기화하는 것과 비교하면 상대적으로 가벼운 문제처럼 느껴지기도 한다. 2019년 4월, 《뉴욕 타임스》는 중국이 무슬림 소수민족인 위구르족을 추적하고 통제하기 위해 첨단 안면 인식 기술을 사용하는 방대한 비밀 시스템을 운영하고 있다고 보도했다. 《뉴욕 타임스》의 보도처럼 중국이 인종 프로파일링에 AI를 사용한 첫 번째 나라라면 다른 나라들도 얼마든지 같은 방법을 사용할 수 있다.

어펙티바는 앞서 설명한 것처럼 사생활을 보호하고, 비윤리적이거나 타인에게 해를 끼치는 상황을 피하는 일에 매우 강한 핵심 가치를 가지고 있다. 우리는 감시 관련 정부 감찰 기관으로부터 4000만 달러 투자를 제안받았지만 윤리적인 이유로 거절했다. 원칙적으로 우리는 사전 동의와 관련된 조항 없이는 보안 및 감시 전문 업체에 기술을 팔지 않는다. 물론 경쟁사들이 하는 일을 통제할 수는 없지만, 우리는 자체적인 기준을 세워 AI 업계가 채택해야 할 모범 사례를 제시하는 리더로서 자리매김했다. 일례로 어펙티바는 기술 산업 컨소시엄인 인공지능파트너십(PAI)의 일원이다. 이 비영리 연합체는 AI기술의 모범 사례를 연구하고, 추진하고, AI에 대한 대중의 이해를 증진하고, AI의 개념과 AI가 사람과 사회에 미치는 영향에 대해 토론하는 열린 플랫폼 역할을 하기 위해 설립된 기술 산업 컨소시엄이다. 13개국 이상에서 온 80여 명의 회원 중에는 미국시민자유연맹, 국제앰네스티, 생명 윤리 연구소인 헤이스팅스센터 등 거대 기술 기업뿐만 아니라 다양한 목소리를 내는 단체들도 포함되어 있다. 어펙티바는 PAI 가입을 권유받은 몇 안 되는 스타트업 중 하나이며, 그 안에서 우리는 AI의 공정성, 책임성, 투명성, 윤리(FATE: Fairness, Accountability, Transparency, Ethics)에 관한 모범 사례를 개발하는 데 전념하는 실무진에 속해 있다. 기술 산업 회사들이 이러한 문제를 해결하기 위해 긍정적인 행보를 걷는다는 사실은 매우 고무적이다. 다양한 이해 당사자들로 컨소시엄을 구성하는 것은 올바른 접근법이다. 이 문제는 다양한 이해관계자, 조직 및 의사 결정자가 협력하여 해결해야 한다.

안타깝게도 모든 AI기업이나 주권국가가 데이터 활용에 대한 동의와 사생활 보호에 관련해 같은 핵심 가치를 공유하지는 않는다. 중국은 우리와 같은 독립적인 AI기업에게 도전장을 내민다. 중국의 AI기업들은 자국의 다른 기업들과 마찬가지로 정부와 긴밀히 협력하며, 종종 정부로부터 자금을 지원받는다. 또한 정부가 수집한 방대한 인적 데이터에 접근할 수 있는데, 이는 민주사회에서는 용납될 수 없는 일이다. 이런 방식으로 그들은 모든 면에서 우위를 점한다. 기술을 빠르게 발전시키고 확장하는 과정에서 윤리적인 문제는 고려하지 않는다.

중국은 2030년까지 AI세계의 선두에 서기 위해 필요한 것은 무엇이든 하겠다는 목표를 세우고 있다. 그렇다면 어펙티바 같은 회사는 중국 기업들과 어떻게 경쟁하면 좋을까? 그들의 경기장에서 그들이 정한 규칙으로는 경쟁할 수 없다. 그러므로 게임 방식을 바꿔야 한다. 우리가 확고한 우위를 점하고 있는 다른 경기장으로 상대를 밀어 넣어야 한다.

전체주의 정권이 대중을 무시하는 이유는 그렇게 할 수 있고, 그렇게 해도 되기 때문이다. 하지만 세계 시장에서 '대중'은 자국민만을 일컫는 말이 아니다. 이제는 세계 시민을 생각해야 한다. 우리는 우리의 강점과 윤리적 기준에 맞춰 개개인에게 힘을 실어주는, 한마디로 더 나은 AI를 구축할 수 있다. 동시에 우리는 빅테크를 개혁하고, 미래를 위해 보다 인간적인 AI를 구축할 수 있다.

다른 산업들은 정부의 규제만으로 개혁, 변형된 것이 아니라 권한을 가진 소비자들에 의해 변화되었다. 유기농 및 지속 가능한 식품 체계로의 이동은 그것에 관심을 가진 사람들에 의해 추진되는 현상이다. 소비자들, 그중에서도 밀레니얼 세대는 돈을 더 내더라도 공정 무역을 통해 유전자 변형 원료가 포함되지 않은, 동물 실험을 거치지 않고 인간적이고 지속 가능한 방법으로 제조된 제품을 살 의향이 있다. 기업이 이런 일을 하도록 강요하는 법은 존재하지 않는다. 그럼에도 그렇게 하는 회사들은 소비자들의 눈에 좋은 브랜드로 인식되고, 그렇지 않은 회사들은 무신경해 보일 것이다.

어펙티바는 기술의 인간화와 윤리적 개발 및 이용 촉진을 목적으로 AI의 새로운 분야를 구축했다. 우린 우리의 기술이 사회에

유해하거나, 편견을 심어 주거나, 불평등을 악화하는 방식으로 제작되거나 구현되지 않도록 열심히 노력한다. 모든 AI회사들이 이러한 기준을 따르면 안 되는 걸까?

광범위한 인구를 감시, 염탐하거나 괴롭히는 데에 사용되는 것을 허용하지 않는 출처의 AI도구가 있다면 대중들은 분명 그쪽을 선호할 것이다. 인종 및 성차별 문제와 경제적 불평등이 공공 대화의 최고 화두로 오르내리는 이 시대에, 소비자들은 이런 행동을 일삼거나 무의식적 편견을 바탕으로 다양한 집단의 데이터를 수집하는 AI를 선택하지 않을 것이다. 오늘날 소비자들은 출처가 의심스러운 제품 대신 '윤리적'이고 '지속 가능한' 제품을 선호한다. 우리는 윤리적으로 공급되는 다이아몬드와 초콜릿, 공정 무역 커피, 심지어 윤리적인 패션까지 선택할 수 있다. 그렇다면 윤리적이고 지속 가능한 관행을 따르는 기업 목록에 윤리 기술 산업도 추가하는 것은 어떨까?

우리는 기술자들, 윤리학자들, 프라이버시 옹호론자들, 그 외에 윤리적인 방법으로 개발, 생산, 배치되는 제품의 이해 당사자들로 구성된 개별 단체가 발행하는 승인 표시인 '지속 가능하고 윤리적인 기술'의 새로운 기준을 만드는 아이디어를 구상하고 있다. 나는 식료품을 살 때 가능한 한 유기농 제품을 사려고 노력하는데, 각 과일 조각에 붙어 있는 스티커나 등급이 표시된 포장을 보고 그 제품이 유기농이라는 사실을 안다. 난 유기농 제품이 우리 가족뿐만 아니라 환경에도 더 좋다고 믿는다. 절대론자들의 기준에는 유기농이 완벽하지 않을 수도 있지만 나에게는 최상의 선택이다.

마찬가지로 소비자는 자신의 윤리적, 도덕적 기준을 충족하는 AI기반 제품을 선택할 권리를 가져야 한다. 워낙 빠르게 움직이고 진화하는 산업으로써 우리는 이제 막 이 개념을 개발하기 시작했으며, 앞으로도 해결해야 할 것들이 많다. 물론 이것은 매우 복잡한 사안이다. 어펙티바는 기술 커뮤니티와 소비자, 이해관계자 들에게 우리와 함께하기를 요청하고 있다. AI는 여러 형태를 취할 수 있으며, 응용 분야 또한 무수히 많다. 물론 만인을 위한 하나의 운영 표준이 있을 수는 없지만, 모두가 준수할 수 있는 기본 원칙과 모범 사례를 만들 수는 있다.

앞으로 나아가는 길

기술 회사가 정직하고 직설적이기는 참으로 어려운 일이다. 하지만 어펙티바는 사실상 늘 그래 왔다.

무엇보다도 AI제공자들은 어떻게 데이터를 수집하는지, 정확히 무엇을 수집하고 있는지, 어떻게 데이터를 저장하고 있는지, 그 데이터가 누구에 의해 어떻게 사용될 것인지를 투명하게 밝혀야 한다. 이 정보는 기본적인 질문을 다루는 간단하고 평범한 언어로 사람들에게 다가가야 한다. 일반 소비자들이 읽기 귀찮게 작성되지 않아야 하고, 이해하기 힘든 법률 용어로 쓰인 60페이지 분량의 라이선스 동의서 안에 묻혀서도 안 된다.

어디에든 스마트한 물체가 있어서 모든 것이 연결된 오늘날에도, 직접적으로 의사를 물어 명시적인 사전 동의를 얻기가 불가능한 상황들이 있다. 가령 당신이 쇼핑몰에서 소셜 로봇 페퍼를 발견했다고 가정해 보자. 로봇 쪽으로 걸어가는 행위는 암묵적인 동의로 간주된다. 그 만남은 당신이 선택한 것이다. 이는 소매상가 측이 시선을 사로잡는 제품을 파악하기 위해 감성AI가 장착된 카메라를 매장 안에 숨기는 행동과는 사뭇 다른 이야기이다. 후자는 사생활 침해이며, 나는 대중이 그 차이를 구별할 수 있으리라고 믿는다.

둘째, 기업은 알고리즘적 편견을 피하기 위해 최선의 노력을 해야 한다. 알고리즘 편향은 '인류 그 자체는 편견을 내재하고 있다'라는 그보다 더 큰 사안의 투영된 상으로 볼 수 있다. 우린 AI가 사람보다 덜 편향될 수 있도록 노력하고, 그것을 출발점으로 삼아야 한다.

어느 정도 노력하면 기업은 편견을 제거하거나 최소한 크게 줄일 수 있다. 그러기 위해서는 어떤 방식으로 데이터를 획득하고, 어떻게 모델을 훈련하고 검증할지에 주의를 기울여야 하며, 무엇보다도 팀에 다양성을 구축해야 한다.

우리는 모두 각자의 개인적인 신념과 경험에 따라 저마다의 편견과 사각지대를 갖고 있으며, 각자가 알고 있는 선에서 문제를 해결한다. 좋은 의도를 가졌더라도 알고리즘을 개발하는 집단의 사람들은 비슷한 인구학적 배경에서 왔고, 자신도 모르게 알고리즘에 편견을 도입할 수 있다. 그러므로 기업은 나이, 문화적 배경, 민족성, 인생 경험, 교육 수준 등이 다양한 사람들로 팀을 구축해야 한다. 구성원이 다양해져야 비로소 "나와 피부색이 같은 사람에 대한 자료가 충분하지 않은데, 그것까지 포함할 수 있을까요?" 또는 "나는 수염을 기르는데, 이 자료집에는 수염을 기른 사람이 없어요"와 같은 대화가 오갈 것이다. 어펙티바 초창기의 데이터 레이블링 팀은 실제로 그 당시 히잡을 쓴 여성들에 대한 자료가 없다는 의견을 제시했고, 우리는 데이터 세트에 해당 자료를 추가하기 시작했다. 다양한 구성원으로 이루어진 팀은 자신들의 기술을 새롭게 활용할 응용 사례를 생각해 낼 수 있는 잠재력을 가지고 있다. 그 응용 사례들은 다양한 집단을 대표할 수 있고, 다른 집단이 겪는 어려움을 해결할 수 있는 잠재력을 지닌다.

셋째, AI는 윤리적으로 이용되어야 한다. AI는 악이 아니다. 기술 자체는 중립적이지만, 사람들은 악한 목적으로 기술을 이용할 수 있다. 소프트웨어 개발자는 누구에게 기술 사용을 허용할지, 어떻게 사용하도록 허용할지에 대해 고도로 신중해야 할 책임이 있다. 소비자가 큰 소리를 낼 수 있는 지점이 바로 여기다. 중국의 예처럼, 당신은 AI가 소수민족을 염탐하는 데 쓰이도록 허락한 회사의 제품을 구매하고 싶은가? 이 지점에서 소비자들은 본인들이 생각하는 것보다 훨씬 큰 권력을 쥐고 있다. 다만 아직 행동을 취할 수단이 없었을 뿐이다.

빅테크 기업들은 스스로 남용을 방지할 대책을 세우지 않으면 지방정부와 연방정부가 그 일을 할 것이라는 사실을 인식하기 시작했다. 규제가 필요한 부분은 분명히 존재한다. 그러나 이러한 문제들은 너무 복잡하다. 게다가 기술계는 너무나 빨리 움직이고 있다. 따라서 산업 자체가 개입해, 발전을 저해하지 않는 선에서 주도적인 전략을 짜는 동시에 개인의 사생활을 침해하지 않는 방안을 찾아야 한다.

우리는 윤리학자, 학계, AI 혁신자, 산업계 전반에 걸친 실무자 들의 생태계 구축을 목표로 1년에 한 번 열리는 〈감성AI 서밋〉을 주최했다. 첫해에 우리의 주제는 '인간의 연결'이었고, 그다음해에는 'AI에 대한 신뢰'를 탐구했다. 2019년의 주제는 '인간 중심의 AI'이다. 어떻게 하면 최종 사용자를 염두에 두고 AI가 설계, 개발, 이용되도록 보장할 수 있을까? 우리는 하루 종일 AI윤리에 대해 대화했고, 윤리를 주제로 공개 토론을 진행하며 하루하루를 마감했다.

우리 사회는 삶 속에서 AI의 역할과, 윤리적이며 공정한 수준에서 인간성을 향상시키기 위해 그것을 사용하는 방법에 대해 이제 막 대화하기 시작했다. 이 기술을 이용해 게임에 참가하는 몇몇 나쁜 이들의 존재가, 사회에 도움이 되는 도구와 서비스를 창조하는 좋은 이들에게 좌절감을 안기도록 내버려 둘 수 없다. 우리는 표준을 제정해야 한다. 직접적 혹은 간접적으로(나쁜 이들에게 기술 사용을 허가함으로써) 선을 넘는 사람들에게는 판세가 역전되었음을 알릴 필요가 있다. 소비자들은 이제 그들을 추적하고 있으며, 기본적인 인간적 기준에 부합하지 않는 회사들에게는 불이익을 줄 것이다.

나는 인간의 필요에 반응하는 기술을 만들고자 감성 지능을 컴퓨터에 도입하는 데 내 경력을 바쳤다. 우리 회사는 이러한 가치들을 반영한다. 우리는 출범 이후 지난 10년간, 개인의 권리를 존중하는 윤리적이고 도덕적인 방법으로 기술을 구축하기 위해 헌신해 왔다. 우리는 함께 일할 사람들을 신중하게 선택하고, 우리의 기준을 준수하지 않는 사람들과 업체에게 기술을 내주지 않는다. 우리가 이 업계에 남아 있는 한 계속해서 그럴 것이고, 산업 전체가 같은 방향으로 갈 수 있도록 강력히 밀고 나갈 것이다.

결국 우리는 인공지능보다 인간을 우선시해야 할 테니까.

후기

보다 인간 중심적인 기술과 공감의 세계를 창조하려는 탐구심이 지금 나를 이 자리에 있게 했다.

2019년, 우리는 이 모든 것이 시작된 MIT 미디어랩에서 어펙티바의 10주년을 기념했다. 마치 가족 행사 같았다. 초기 투자자들, 조언해 준 사람들, 사업 파트너, 가장 최근에 협업한 이들까지 다양한 친구와 지지자들이 함께했다. 내가 나 자신을 믿지 못할 때도 이 사람들은 나와 우리를 믿었다. 어펙티바의 초창기 직원들과 현재의 팀원들은 배우자나 연인뿐 아니라 다양한 연령대의 아이들도 동반했다. 유모차도 몇 대 보였고, 아장아장 걸어 다니는 아이들도 있었다. 자나와 애덤, 공동 설립자인 로절린드 피카드도 함께했다. 난 기조연설을 하면서 그 공간 안에 있는 사람 개개인이 일적으로, 또 개인적으로 성장했다는 점에 가장 큰 자부심을 느꼈다. 세월이 흐르며 결혼해서 부모가 된 팀원들도 있었고, 나처럼 새로운 나라에 적응해 가는 이들도 있었다. 몇몇은 새로이 미국인이 되었다. 나이 든 부모를 돌보느라 어려움을 겪는 이들도 있었고, 사랑하는 사람과 사별한 이들도 있었다. 감성AI의 장에서 한 걸음 한 걸음을 함께 나아간 우리는 승리감과 상처를 나눴다. 이들의 여정에 함께할 수 있었음에 너무나도 감사한다.

20년 전, 내가 이 새로운 분야에 발을 디뎠을 때만 해도 감정에 대해 말을 꺼내는 것 자체가 어색했다. 내 또래들은 그런 말을 불편해했다. 이제 세상은 변했다. 건강과 행복, 결정을 내리는 방법, 의사소통에서 사람들은 감정의 중요성을 인지한다. 이제는 굳이 감정이라는 단어를 대체할 동의어를 찾을 필요가 없다. 눈치 보지 않고 감정이라는 단어를 마음껏 사용해도 된다.

착한 이집트 소녀였던 어린 시절의 나는 다른 사람들에게 내 감정을 숨겼고, 그로 인해 나조차도 내 감정을 파악하지 못하는 경우가 많았다. '이웃들이 어떻게 생각할까!'라는 두려움에 숨이 막힐 지경이었고, 정서적으로 독립적이지 못했다. 하지만 지금의 나는 감정적으로(그리고 재정적으로) 독립했다. 내 감정을 더 포용하고, 나 자신에게 솔직해지고, 다른 사람들과 더 많이 공유할수록 사람들 또한 더욱더 화답하고 나누려 한다는 사실을 알았다.

어펙티바의 〈2019 감성AI 서밋〉에는 아랍에미리트에 계시는 엄마가 방문하셨다. 엄마와 함께 단상에 오른 나는 청중들에게 나의 가장 큰 후원자이자 멘토를 소개했다. 동생들과 나에게 그토록 헌신한 이 여자에게 사랑과 감사의 마음이 밀려왔다. 엄마가 안 계셨다면 지금의 나 또한 없었을 거라고 솔직하게 말할 수 있다. 나는 사람들 앞에서 울음을 터트렸다. 어린 시절의 나는 그러지 않았을 것이다. 마음을 열고 나의 나약함을 보이지 않았을 것이며 이 책에서 했던 것처럼 가족 관계, 이혼으로 말미암은 암울한 시기, 최고 경영자가 되기 위해 고군분투한 경험에 대해 공개적으로 이야기하지 않았을 것이다. 하지만 나는 우리의 감정을 조율하고, 속내를 보여 주고, 그에 기반해 행동하기를 두려워하지 않는 것이 우리에게 힘을 실어 준다는 사실을 배웠다. 이는 디지털과 현실을 막론하고 장벽을 세우지 않고 강한 인간관계를 구축하는 방법이다. 그로 인해 진정한 공감대가 형성되고, 자신과 타인을 더 많이 이해하고 수용할 수 있게 된다.

그렇게 나 자신의 감정을 들여다보는 통찰력을 얻었지만 아직은 갈 길이 멀다고 느낀다. 여전히 착한 이집트 소녀와 감정적으로 독립적인 미국인 사업가 사이에서 조화를 찾는 데 어려움을 겪곤 한다. 나는 머리를 가리는 천을 벗었다. 미국인처럼 말하고 옷을 입지만 내 머릿속은 여전히 이집트인이다. 왜냐하면 이집트 여성은 이 모든 것을 해낼 수 없다는 불신이 내 안 어딘가에 남아 있기 때문이다. 아직도 머릿속에서 데비 다우너(어떤 상황에서도 비관적인 말만 하는 SNL 캐릭터—옮긴이)의 비관론적인 목소리가 들리지만, 난 그런 생각이 내 발목을 잡도록 허락하지 않는다.

나는 그 비관적인 목소리를 재구성하는 법을 배웠다. 이제 그 목소리는 나의 적이 아닌 지지자가 되어 편협한 영역에서 벗어나 뻗어 나가라고 부추긴다. 그 목소리는 더 열심히 일해 나와 다른 사람들의 기대치를 넘어서라며 활력을 불어넣어 준다.

20년 후, 나는 우리가 원하는 대로 기술과 상호작용 할 수 있으리라 확신한다. 우리는 감정의 모든 스펙트럼을 이용하여 소통할 것이다. 텍스트, 트윗, 음성, 영상 메시지, 그 이후에 무엇이 나오든 그 모든 디지털 상호작용에는 감성AI가 내장될 것이다. 우리가 감정을 수량화하는 미터법 같은 것을 갖게 된다고 상상해 보자. 하루를 마무리하며 그날의 감정 총점을 받을지도 모른다. "오늘 150명이 공감했습니다!" 또는 부주의하게 쓴 문자 메시지가 누군가의 기분을 상하게 할 경우, 경고를 받을지도 모른다. 아니면 한술 더 떠서 불쾌감을 주는 메시지를 보내기 전에 가상 조수가 개입한다고 상상해 보자. "너무하시네요. 정말 이렇게 보낼 건가요?" 사이버 세계에서 감정이 인식된다면, 감정은 우리 삶의 최전방과 중심에 위치할 것이다.

앞으로 기술이 어떻게 펼쳐질지를 정확하게 예측하는 사람은 없다. 기술 분야에는 늘 놀라움이 따른다. 내 아이들과 어펙티바의 미래를 생각하면 내 머릿속에는 연민과 이해심으로 가득 찬 세상이 떠오른다. 지구 곳곳에 사는 사람들은 기술을 통해 소통하면서도 인간성을 잃지 않을 것이다. 우리는 지금보다 서로를 더 배려하고, 더 나은 인간이 되어 갈 것이다.

옮긴이 **최영열**

한양대학교 연극영화학과를 졸업한 후 연극 및 다원예술 분야에서 활동하고 있으며, 번역 에이전시 엔터스코리아의 번역가로 일하고 있다. 옮긴 책으로는《테넷 TENET 메이킹 필름 북》,《콜드 플레이》,〈해저 세계〉시리즈 등 다수가 있다. AI시대의 예술과 사랑의 개념을 주제로 한 열혈예술청년단의 공연〈로봇을 이겨라〉시리즈에 공동 창작가 및 퍼포머로 참여한 경력이 있다.

걸 디코디드

초판 1쇄 인쇄 2021년 3월 10일
초판 1쇄 발행 2021년 3월 19일

지은이 | 라나 엘 칼리우비, 캐롤 콜먼
옮긴이 | 최영열
발행인 | 강봉자, 김은경

펴낸곳 | (주)문학수첩
주소 | 경기도 파주시 회동길503-1(문발동633-4) 출판문화단지
전화 | 031-955-9088(대표번호), 9534(편집부)
팩스 | 031-955-9066
등록 | 1991년 11월 27일 제16-482호

홈페이지 | www.moonhak.co.kr
블로그 | blog.naver.com/moonhak91
이메일 | moonhak@moonhak.co.kr

ISBN 978-89-8392-856-6 03830

＊파본은 구매처에서 바꾸어 드립니다.